KB241993

톰 아저씨의 오두막 2

UNCLE TOM'S CABIN

해리엇 비처 스토 지음

권진아 옮김

현대문학

Vol. II

| 차 례 |

제19장 미스 오필리아의 경험과 의견 2 — 9

제20장 톱시 — 41

제21장 켄터키 — 66

제22장 "풀은 마르고 꽃은 시드네" — 74

제23장 헨리크 — 86

제24장 전조 — 99

제25장 어린 전도사 — 110

제26장 죽음 — 119

제27장 "이것이 지상에서의 마지막" — 141

제28장 재회 — 154

제29장 보호받지 못한 자들 — 178

제30장 노예창고 — 190

제31장 중간 항로 — 208

제32장 어두운 곳들 — 218

제33장 캐시 ─ 233

제34장 쿼드룬 여자 이야기 ─ 246

제35장 징후 ─ 265

제36장 에멀린과 캐시 ─ 276

제37장 자유 ─ 288

제38장 승리 ─ 299

제39장 전략 ─ 316

제40장 순교자 ─ 332

제41장 젊은 주인 ─ 344

제42장 그럴듯한 유령 이야기 ─ 355

제43장 결과 ─ 365

제44장 해방자 ─ 378

제45장 맺음말 ─ 385

제19장

미스 오필리아의
경험과 의견 2

"톰 아저씨, 말 안 데려와도 돼. 가고 싶지 않아."
에바가 말했다.

"왜요, 에바 아가씨?"

"그 이야기 때문에 마음이 무거워." 에바가 말했다. "마음이 무거워." 다시 한 번 진지하게 반복했다. "가고 싶지 않아." 아이는 톰에게서 돌아서서 집으로 들어갔다.

며칠 후 프루 대신 다른 여자가 러스크 빵을 가지고 왔다. 미스 오필리아가 마침 부엌에 있었다.

"어!" 다이나가 말했다. "프루는 무슨 일 있어?"

"프루는 이제 못 와요." 여자가 알 듯 말 듯하게 대답했다.

"왜 못 와?" 다이나가 말했다. "죽은 건 아니지?"

"우리도 정확히는 몰라요. 지하실에 있어요." 여자가 미스 오필리아를 흘낏 보며 말했다.

미스 오필리아가 러스크 빵을 가져가자, 다이나는 여자를 문간까지 따라 나왔다.

"프루는 어떻게 된 거야?" 그녀가 물었다.

여자는 말하고 싶지만 주저하는 듯한 기색을 비치더니, 비밀이라도 이야기하는 어조로 소리 죽여 대답했다.

"아무한테도 말하면 안 돼요. 프루가 또 술에 취하는 바람에 지하실에 가둬서 하루 종일 내버려뒀대요. 근데 누가 그러는데 **파리가 꼬인다지 뭐예요. 죽은 거죠!**"

다이나가 놀라서 손을 번쩍 들고 돌아섰는데, 바로 옆에 에반젤린이 정령처럼 서 있었다. 아이의 커다랗고 신비한 눈은 공포로 휘둥그레졌고, 입술과 뺨에는 핏기가 싹 가셨다.

"아이고! 에바 아가씨 기절하시겠네! 우리가 미쳤지, 아가씨 귀에 이런 이야기가 들어가게 하다니. 주인님이 노발대발하시겠네."

"기절 안 해, 다이나." 아이가 단호히 말했다. "그리고 왜 난 들으면 안 돼? 내가 들어선 안 되는 이야기라기보단 가엾은 프루가 그런 일을 당해서는 안 되는 거잖아."

"**세상에!** 그건 아가씨처럼 착하고 섬세한 어린 아가씨들이 들어선 안 될 이야기예요. 이런 이야기는 안 돼요. 누굴 죽이고도 남을 만큼 충격적이니까!"

에바는 다시 한숨을 내쉬곤 천천히 침울하게 계단을 올라갔다.

미스 오필리아가 걱정하며 프루에 대해 물었다. 다이나는 수다스럽게 떠들어댔고, 여기에 톰이 그날 아침 들었던 사항들을 덧붙였다.

"지독한 일이야. 완전 끔찍해!" 싱클레어가 누워서 신문을 읽고 있는 방으로 들어오며 그녀가 외쳤다.

"이번엔 또 무슨 부정한 일이 생겼길래 그래요?" 그가 물었다.

"이번엔 뭐냐고? 세상에, 그 사람들이 프루를 매질해서 죽였다는구나!" 미스 오필리아는 가장 충격적인 부분을 과장하며 세부사항까지 낱낱이 늘어놓았다.

"언젠간 그럴 줄 알았지." 싱클레어는 신문을 계속 읽으며 이렇게 말했다.

"그럴 줄 알았다고! 넌 이 일에 대해 아무런 **행동**도 하지 않을 거니?" 미스 오필리아가 말했다. "그런 일을 조사하고 중재할 **행정위원** 같은 사람 없어?"

"이런 경우엔 흔히들 **재산권**이 충분한 방호물이라고 생각해요. 사람들이 자기 재산을 망치겠다는데, 무슨 일을 할 수 있겠어요? 그 가엾은 것은 도둑에다 주정뱅이였던 것 같은데, 그러면 동정을 얻을 희망도 별로 없을 거예요."

"정말이지 말도 안 돼. 끔찍하구나, 오거스틴! 그 원한이 너한테 분명히 돌아올 거야."

"누님, 제가 그런 게 아니잖아요. 어쩔 수도 없고요. 할 수 있는 일이라면 저도 할 거예요. 하지만 천박하고 잔인한 인간들이 자기들 본성대로 행동하겠다는데, 제가 뭘 어쩌겠어요? 절대적인 통제권은 그들에게 있어요. 그 책임감 없는 폭군들. 끼어들어 봤자 소용없어요.

사실 그런 경우엔 도움이 되는 법이 없어요. 눈과 귀를 닫고 그냥 내버려두는 게 상책이에요. 그게 유일하게 우리가 할 수 있는 일이에요."

"넌 어떻게 눈과 귀를 닫을 수가 있니? 어떻게 그런 일을 내버려둘 수가 있어?"

"누님은 뭘 기대하세요? 여기 이 타락하고 무지하고 게으르고 짜증나는 계급은 어떤 조건이나 협정도 없이 고스란히 저런 사람들 손아귀에 놓여 있다고요. 사실 세상 대부분이 그렇죠. 동정심도 자제심도 없는 사람들, 자기 이익조차 사리분별 있게 생각할 줄 모르는 사람들 손에요. 세상의 반 이상이 그런 사람들이잖아요. 그러니 그런 사회에서 명예와 인간미를 갖춘 사람이 할 수 있는 일이 눈 감고 무감각해지는 것 외에 뭐가 있겠어요? 눈에 보이는 가엾은 것들을 다 사들일 순 없잖아요. 이런 곳에서 벌어지는 모든 부당한 일을 시정하는 편력기사가 될 순 없다고요. 제가 할 수 있는 일은 끼어들지 않는 것밖에 없어요."

싱클레어의 밝은 안색이 잠시 어두워졌다. 그는 화난 듯한 표정을 지었다가, 갑자기 경쾌한 미소를 띠며 말했다.

"자, 누님, 그렇게 운명의 여신 같은 표정을 하고 거기 서 계시지 말아요. 누님은 이제 커튼 사이로 무대를 살짝 훔쳐봤을 뿐이니까. 그건 여기서 이러저러하게 벌어지는 일들의 견본에 불과해요. 삶의 온갖 비참한 일을 다 꼬치꼬치 캐려 한다면, 어디에도 마음을 줘서는 안 돼요. 다이나의 부엌 구석구석을 너무 가까이서 보는 것과 마찬가지죠." 싱클레어는 다시 소파에 누워 신문을 읽는 데 몰두했다.

미스 오필리아는 자리에 앉아 뜨개질거리를 꺼내더니, 침울하게 화난 표정으로 뜨개질을 했다. 계속해서 뜨개질을 했지만, 그동안에도 불길은 계속 타올랐다. 마침내 그녀가 불쑥 말을 꺼냈다.

"내 말하지만, 오거스틴, 넌 몰라도 난 그렇게는 못 넘기겠다. 네가 그런 체제를 옹호하다니 정말이지 지독하게 끔찍하구나. 그게 **내** 생각이야!"

"이번엔 뭐가요?" 싱클레어가 고개를 들며 물었다. "아, 또 그 이야기예요?"

"네가 그런 체제를 옹호한다는 게 지독하게 끔찍하다고 했다." 미스 오필리아가 점점 더 흥분하며 말했다.

"**제가** 옹호한다고요, 누님? 제가 옹호했다고 누가 그래요?" 싱클레어가 물었다.

"물론 넌 옹호하잖아. 모두 그래. 너희 남부 사람들 모두. 그게 아니면 왜 노예들을 데리고 있겠니?"

"누님은 세상 사람들이 자기가 옳지 않다고 생각하는 건 하나도 안 한다고 생각할 정도로 순진하신 겁니까? 옳지 않다고 생각한 일은 하나도 안 하시나요, 아니 해본 적 없으세요?"

"한다면 참회할 거야." 미스 오필리아는 뜨개바늘을 분주히 움직이며 말했다.

"저도 그래요." 싱클레어는 오렌지를 까며 말했다. "항상 참회하고 있다고요."

"그럼 왜 계속하는 거니?"

"누님은 참회하고 나서도 계속 잘못을 저지른 적 없으세요?"

"유혹이 정말 클 때만 그렇지." 미스 오필리아가 말했다.

"저도 그래요." 싱클레어가 말했다. "그게 제 어려움이죠."

"하지만 난 항상 그러지 말아야지 하고 결심해, 그리고 그만두려고 노력하고."

"저도 이따금 그만두려고 결심해왔어요. 지난 10년 동안." 싱클레어가 말했다. "하지만 어째선지 벗어나지 못했죠. 누님은 누님의 모든 죄에서 완전히 벗어났어요?"

"오거스틴," 미스 오필리아가 뜨개질거리를 놓고 심각하게 말했다. "네가 내 결점을 비난하는 것도 지당한 일이야. 네 말이 다 맞아. 나보다 더 절실하게 그걸 느끼는 사람은 없을 거야. 하지만 결국 너와 나 사이엔 약간의 차이가 있는 것 같구나. 난 잘못이라고 생각하는 일을 나날이 계속하느니 차라리 내 오른손을 자를지 몰라. 하지만 내가 공언과 너무나 다른 행동을 한다면, 네가 날 책망하는 것도 당연해."

"아이, 누님," 오거스틴이 바닥에 앉아 머리를 그녀의 무릎에 누이며 말했다. "그렇게 죽어라 심각하게 받아들이지 마세요! 제가 얼마나 아무짝에도 쓸모없고 건방진 놈인지 아시잖아요. 그냥 찔러보는 게 재미있어서 그러는 거예요. 그게 다예요. 누님이 진지해지시나 보려고요. 누님은 구제불능으로, 비참할 지경으로 선한 사람이에요. 생각만 해도 죽도록 피곤해질 정도로."

"하지만 이건 심각한 이야기야, 오거스틴." 미스 오필리아가 그의 이마에 손을 올려놓으며 말했다.

"우울할 지경이죠." 그가 말했다. "전 무더운 날씨에 진지한 이야기 하는 건 질색이에요. 모기니 이런저런 것들 때문에 숭고한 도덕적 경지로 고양될 수가 없다고요." 그 순간 싱클레어가 갑자기 벌떡 몸을 일으키며 말했다. "그래, 이 이론이구나! 왜 북부 주들이 항상 남부 주들보다 더 고결한지 이제 이해하겠네. 문제가 환히 보이는군."

"아, 오거스트, 넌 정말이지 통탄스럽게 입만 살았구나!"

"제가요? 음, 제가 그렇죠 뭐. 하지만 딱 이번 한 번만 진지해져 보죠. 저 오렌지 바구니 좀 이리 주시죠. 제가 이런 힘든 일을 하려면, 누님이 포도주 병으로 마음을 가라앉히고 사과로 달래주셔야 하거든요." 오거스틴이 바구니를 끌어당기며 말했다. "자, 시작하죠. 사람이 살아가다 벌레 같은 동료 인간 이삼십 명 정도를 감금할 필요가 생기면, 여론을 정중하게 고려해야 할—"

"전혀 진지해지고 있지 않은데." 미스 오필리아가 말했다.

"기다리세요. 진지해지고 있으니까. 들어보세요. 문제의 핵심은 말입니다, 누님," 그의 잘생긴 얼굴이 갑자기 진지하고 심각한 표정으로 변했다. "제가 생각하기에 이 심원한 노예제 문제에 대한 의견은 단 하나밖에 없어요. 노예제로 돈을 벌 농장주들, 농장주의 비위를 맞춰야 하는 성직자들, 그걸 이용해 통치하고자 하는 정치가들은 세상이 그 재간에 깜짝 놀랄 정도로 언어와 윤리를 왜곡하고 비틀 수 있겠죠. 자연도 성경도, 그 밖에 뭐든 자기 의지에 따르도록 압박하고요. 하지만 결국엔 그들 자신도, 세상도 그 말을 조금도 믿지 않아요. 노예제는 악마에게서 나온 겁니다. 그게 요점이에요. 악마가 어떤 일을 할 수 있는지 보여주는 멋진 견본이죠.”

미스 오필리아는 놀란 얼굴로 뜨개질을 멈추었고, 싱클레어는 이를 즐기며 계속해서 말했다.

“어리둥절해 보이시는군요. 하지만 제 말을 제대로 들어주신다면, 몽땅 털어놓고 말씀드리죠. 하나님과 인간의 저주를 받은 이 끔찍한 일, 그게 뭡니까? 장식을 다 벗겨버리고 뿌리와 핵까지 다 파헤쳐보면 결국 뭐죠? 내 형제 쿼시는 무지하고 약한데 나는 똑똑하고 강하니까, 난 방법을 알고 **능력**이 있으니까, 그러니 내가 그의 재산을 다 빼앗고는 그에겐 나 좋을 대로 아주 조금만 줘도 된다는 거 아닙니까. 어렵고 지저분하고 내키지 않는 일들은 쿼시에게 시키는 거죠. 난 일하기 싫으니까 쿼시가 일해야 해요. 태양이 뜨거우니까 땡볕엔 쿼시가 나가 있어야 해요. 쿼시는 돈을 벌고 나는 쓰는 거죠. 물웅덩이가 나올 때마다 쿼시를 엎드리게 해서 내 발을 더럽히지 않고 건너가는 거예요. 쿼시는 평생을 자신의 의지가 아니라 내 의지에 따라 행동해서 마침내는 천국에 들어갈 기회를 얻을 겁니다. 그게 나한테 편하니까. 노예제의 **실상**은 결국 이런 겁니다. 누구든 우리 법전에 있는 노예 규약을 읽어보고 그걸 다른 식으로 해석할 수 있는지, 어디 할 수 있으면 한번 해보라 해요. 노예제를 **매도**한다고! 헛소리! 노예제는 **그 자체**가 모든 폐해의 정수라고요! 이 땅이 소돔과 고모라처럼 그 무게에 짓눌려 무너지지 않은 유일한 이유는, 적어도 법이 그보다는 훨씬 더 나은 방식으로 **쓰이고** 있기 때문이에요. 동정심 때문에, 수치심 때

Uncle Tom's Cabin

문에, 우리가 야만적인 짐승이 아니라 여인들에게서 태어난 남자이기 때문에 많은 사람들이 안 그러는 겁니다. 아니, 감히 못 하는 거예요. 우린 야만적인 법이 우리 손에 쥐어준 권력을 완전히 휘두르는 걸 **수치**로 여겨요. 가장 막 나가는, 최악의 짓을 하는 사람조차도 법이 준 권한의 한도 내에서 행동하고 있을 뿐이에요."

싱클레어는 벌떡 일어나더니, 흥분하면 늘 그렇듯이 빠른 발걸음으로 방 안을 왔다 갔다 걸었다. 그리스 조각상처럼 고전적인 그의 잘생긴 얼굴은 열띤 흥분으로 인해 실제로 타오르는 듯했다. 그는 커다란 푸른 눈을 번쩍거리며 자기도 모르게 열렬한 동작을 취했다. 이런 그의 모습을 한 번도 본 적이 없었던 미스 오필리아는 한 마디도 하지 않고 조용히 있었다.

"누님께 분명히 말씀드릴게요," 그가 갑자기 미스 오필리아 앞에서 걸음을 멈추고 말했다. "이 주제에 대해 이야기하거나 감정을 가져봤자 다 소용없는 일이지만, 누님께 분명히 말하건대, 이 나라 전체가 땅 밑으로 꺼져서 이 모든 불의와 비참함이 감춰진다면 기꺼이 함께 죽겠다는 생각을 한 적이 한두 번이 아닙니다. 배를 타고 상하류를 여행하면서, 업무상 여러 곳을 다니면서 생각했어요. 제가 만난 그 짐승 같고 역겹고 비열하고 천박한 인간들이 속임수나 도둑질, 도박으로 번 돈으로 사들인 그 남자들과 여자들, 아이들에 대해 절대적인 독재자가 될 권한을 법에 의해 부여받았다는 사실에 대해서요. 이런 사람들이 실제로 무력한 아이들과 어린 소녀들, 젊은 여자들을 소유하고 있는 걸 보면, 당장이라도 이 나라를, 그리고 인류를 저주하고 싶어져요!"

"오거스틴! 오거스틴!" 미스 오필리아가 말했다. "그만하면 충분해. 그만해라. 이런 말은 평생 들어본 적이 없구나. 심지어 북부에서조차도."

"북부에서라고요!" 싱클레어의 표정이 갑자기 바뀌더니 다시 평소처럼 무심한 어조로 말했다. "허! 누님네 북부 사람들은 냉정하죠. 모든 일에요! 당신들은 절대 우리처럼 샅샅이 저주할 수 없어요."

"하지만 문제는," 미스 오필리아가 말했다.

"아, 예, 물론 **문제**는, 그리고 아주 어처구니없는 문제죠! 어떻게 이런 죄악과 고통의 상태에 빠졌나 이거죠? 누님이 오래전 일요일에 절 가르치실 때 썼던 말로 대답해보죠. 대대로 그렇게 된 겁니다. 제 노예들은 아버지 소유였고, 게다가 어머니 소유이기도 했죠. 그게 이제 다 제 거예요, 그들과 그 자식들이. 값을 매겨보면 꽤 상당할걸요. 잘 아시다시피, 우리 아버지는 뉴잉글랜드 출신이었고, 누님 아버님과 똑같이 전형적인 로마인이셨죠. 강직하고 원기왕성하며 숭고하고 강철 같은 의지를 가진 분이셨습니다. 숙부님은 뉴잉글랜드에 정착해서 바위와 돌을 다스리며 자연에서 생활을 꾸리셨고, 우리 아버지는 루이지애나에 정착해서 남녀를 다스리며 그들을 통해 생활을 꾸리셨죠. 어머니는," 싱클레어는 일어나 방 한쪽 끝에 있는 초상화 앞으로 걸어가더니 열렬히 숭배하는 표정으로 올려다보았다. "**어머니는 신성한** 분이셨어요! 그렇게 보지 마세요! 무슨 말인지 아시잖아요! 태어나긴 인간으로 태어나셨을지 모르지만, 제가 지켜본바 어머니에게는 인간적 약점이나 실수의 흔적이라곤 없었어요. 어머니를 기억하는 모든 사람들, 노예, 자유민, 하인, 지인, 친척 다들 그렇게 말했죠. 누님, 어머니는 오랫동안 제가 완전한 불신에 빠지지 않도록 막아준 유일한 분이셨어요. 어머니는 신약의 구현이자 현신이셨죠. 오로지 진실에 의해서만 설명될 살아 있는 사실이셨어요. 아, 어머니! 어머니!" 싱클레어는 무아지경에 빠진 듯 손을 움켜잡고 이야기하다가, 갑자기 감정을 억누르고 돌아와 의자에 앉아 이야기를 계속했다.

"형과 전 쌍둥이였죠. 사람들이 쌍둥이는 닮아야 한다고 말하지만, 우리는 모든 면에서 반대였어요. 형은 검고 이글거리는 눈에, 칠흑 같은 흑발, 로마인 같은 옆선, 갈색 피부를 가졌지만, 전 푸른 눈에, 금발, 그리스인 같은 선, 흰 피부를 가졌죠. 형은 활달하고 주의 깊었지만, 전 몽상가에다 움직이는 걸 싫어했어요. 형은 친구들과 동료들에게 관대했지만 아랫사람들에게는 오만하고 지배적이고 군림하는 사람이었고, 자신에게 맞서는 것은 가차 없이 짓밟았어요. 사실 우리 둘 다 그랬죠. 형은 자만심과 용기에서, 전 일종의 추상적 이상주의에 의해서요. 우리는 사내아이들이 대개 그렇듯이 우애가 좋았어요. 기복은 있어도 대체로는요. 형은 아버지의 총아였고, 전 어머니의 총아였죠.

전 모든 주제에 대해 병적으로 예민하고 날카로운 감정을 가졌는데, 형과 아버지는 전혀 이해하지도, 공감하지도 못했어요. 하지만 어머니는 달랐죠. 그래서 앨프리드 형과 말다툼을 하고 아버지가 엄한 얼굴로 저를 쳐다보면, 전 어머니 방으로 도망쳐서 그 옆에 앉아 있곤 했어요. 어머니 표정이 선하게 생각나요. 그 창백한 뺨과 깊고 부드럽고 진지한 눈, 하얀 드레스. 어머니는 항상 흰 옷을 입으셨죠.「요한계시록」에서 깨끗하고 하얀 옷을 입은 성인들 이야기를 읽을 때마다 어머니 생각이 나곤 했어요. 어머니에겐 대단한 천재성이 있었는데, 특히 음악적 재능이 대단했죠. 오르간 앞에 앉아 가톨릭 교회의 장엄한 곡들을 연주하며 인간이 아닌 천사 같은 목소리로 노래하곤 하셨어요. 그러면 전 어머니 무릎에 고개를 얹고 울고 꿈꾸며 음악을 느꼈어요. 끝도 없이! 그건 어떤 언어로도 표현할 수가 없어요!

그 시절에는 노예제 문제를 지금처럼 점검하지 않았어요. 그게 해롭다는 생각도 누구도 하지 않았죠.

아버지는 타고난 귀족이었어요. 전 아버지는 전생에 분명 고위 천사여서 그 궁정의 자존심을 그대로 가지고 온 게 틀림없다고 생각해요. 원래 가난하고 귀족 집안 출신도 아닌데도 아버지에게는 그런 태도가 뼛속에 뿌리박혀 있었어요. 형은 그런 아버지를 고대로 빼다 박았죠.

아시겠지만 귀족들은 어디에서나 어느 선 이상으로는 동정심이 없어요. 영국과 버마, 미국, 나라마다 그 선은 모두 다르지만, 어느 나라건 귀족들은 절대 그 선을 넘지 않아요. 자신의 계급에서는 고생과 비탄, 불의일 문제가 다른 계급에서는 냉정한 문제에 불과해요. 아버지의 경우 그 선은 피부색이었죠. **동등한** 사람들 사이에서는 아버지만큼 정의롭고 관대한 사람이 없었어요. 하지만 아버지는 검둥이는 피부색이 옅든 짙든 모두 인간과 동물의 중간단계라고 여겼고, 이 가정에 의거해서 정의와 관대함의 등급을 매기셨죠. 누군가 아버지에게 검둥이들에게도 불멸의 영혼이 있냐고 노골적으로 물었다면, 아버진 분명 말문이 막혀 머뭇대며 그렇다고 대답했을 거예요. 하지만 아버지는 정신주의에 크게 구애받는 분이 아니었어요. 아버지에게는 당연 상류층의 수장으로서의 하나님에 대한 경배를 넘어서는 종교적 심성이라곤 없었으니까.

아버지는 500여 명의 검둥이들을 부렸어요. 완고하고 정력적이고 정확한 사업가였습니다. 모든 것이 체계적으로 움직여야 했고, 확실하게 정확하고 정밀하게 이루어져야 했죠. 이 모든 것을 게으르고 실없고 속수무책인 일꾼들에게 시켜야 했다는 걸 생각해보세요. 버몬트 사람들 말로 '피하는' 것 외에는 뭔가를 배울 동기라고는 없이 자라온 일꾼들에게 말입니다. 그러면 자연히 저같이 예민한 아이가 보기에 끔찍하고 고통스러운 일들이 아버지의 농장에서 수없이 벌어졌으리라는 걸 아실 수 있을 거예요.

게다가 아버지에게는 키가 껑충하고 호리호리하며 힘센 버몬트 주의 변절자(실례해요, 누님)인 감독이 하나 있었는데, 제대로 도제기간을 거쳐 가혹하고 잔인한 짓을 학습해서 실행할 자격을 얻은 자였죠. 어머니는 그 사람을 견디지 못했고, 저도 그랬습니다. 하지만 그자는 아버지에 대해 완전히 우위를 점유하여 농장의 절대군주가 되었어요.

전 그때 아직 어렸지만, 지금과 마찬가지로 온갖 인간에 대해 똑같은 애정을 품고 있었어요. 일종의 인간 연구에 대한 정열이 있었죠. 무슨 모양을 하고 있든지 간에 말입니다. 전 노예들의 오두막 숙소와 들판에서 많은 시간을 보냈고, 그들도 저를 좋아했어요. 그들은 온갖 불만과 불평을 제 귀에 들려줬고, 전 어머니께 그 이야기들을 전했어요. 우린 둘이서 일종의 불만시정위원회를 꾸렸죠. 우린 많은 잔혹 행위를 막고, 억제했고, 좋은 일을 많이 했다고 자축했어요. 그러다가 결국 열성이 지나쳐서 문제가 되는 상황이 생겨버렸죠. 스터브스가 아버지께 일꾼들을 통제할 수가 없다며 그만두겠다고 불평을 한 겁니다. 아버지는 관대하고 애정 어린 남편이었지만, 필요하다고 생각하는 일은 해치우고야 마는 사람이었어요. 그래서 아버지는 우리와 농장 일꾼들 사이에 바위처럼 버티고 섰어요. 그러고는 어머니께 완벽하게 점잖고 존중 어린 말투로, 하지만 분명하게 말씀하셨죠. 집안 일꾼들에 대해서는 어머니가 전권을 행사하지만 농장 일꾼들에 대한 간섭은 허락하지 않겠다고. 아버지는 세상 누구보다 어머니를 숭배하고 존중했지만, 아버지의 체제에 끼어든 사람이 성모 마리아라 해도 똑같이 말씀하셨을 겁니다.

때로 어머니가 아버지와 논쟁하며 아버지의 공감을 이끌어내려고 애쓰시는 걸 들은 적이 있어요. 아버지는 애처롭기 짝이 없는 호소도 차갑게 예의 바르고 침착한 태도로 들으셨습니다. '정리하자면 결국 이렇게 되는군,' 아버지는 말씀하셨죠. '스터브스를 데리고 있어야겠소, 아니면 내보내야겠소? 스터브스는 철두철미 정확하고 정직하고 효율적인 사람이오. 일을 뚝 부러지게 하고, 인간미도 보통 치 정도로는 있지. 완벽한 걸 가질 수는 없잖소. 그를 데리고 있으려면 그의 관리방식 **전체**를 지지해줘야 하오. 비록 이따금씩 불쾌한 일들이 있다

손 치더라도 말이오. 모든 통치에는 어느 정도 가혹함이 포함될 수밖에 없소. 일반 규칙이 개별 경우들을 압박해야 하니까.' 아버지는 이 마지막 금언을 대부분의 잔혹 행위에 대한 논쟁의 최종 결론이라고 생각하시는 듯했어요. **그 말**을 하고 나면 아버지는 업무를 처리한 사람처럼 소파에 발을 올리고 낮잠을 자거나 신문을 읽곤 하셨으니까.

사실 아버지는 정치가에 딱 맞는 재능을 지니셨어요. 아버지라면 폴란드를 오렌지라도 자르듯 손쉽게 분할하고, 누구보다 소리 없이 체계적으로 아일랜드를 짓밟을 수도 있으셨을 겁니다. 마침내 어머닌 절망에 빠져 포기하셨어요. 어머니처럼 고귀하고 섬세한 성정의 사람들에게 그게 어떤 기분이었을지는 마지막까지 절대 알 수 없을 겁니다. 자신이 보기엔 심연 같은 불의와 잔혹함의 세계에 완전히 무력하게 내던져져 있는데, 주변의 누구도 그 세계를 그렇게 바라보지 않는다는 것이죠. 지옥이 낳은 이런 세상에서 그런 성정을 지닌 사람들은 기나긴 슬픔의 세월을 보낼 수밖에 없었죠. 그러니 자식들에게 자신의 견해와 감정을 가르치는 것 외에 어머니가 뭘 하실 수 있었겠습니까? 누님이 교육 이야기를 하셨지만, 아이들은 본질적으로 타고난 대로 자라요. 앨프리드 형은 아기 때부터 귀족이었어요. 자라서도 본능적으로 모든 공감력과 추론능력이 그쪽에 맞춰져 있었죠. 어머니의 간곡한 말들도 형은 다 흘려버렸어요. 하지만 저에겐 그 말들이 마음 깊이 다가왔습니다. 어머니는 아버지의 말을 절대 반박하지도 않고 직접적으로 다른 의견을 내놓지도 않으셨지만, 비천한 인간들의 품위와 가치를 온 마음을 다해 제 영혼 깊이 새겨주셨어요. 어머니께서 저녁 하늘의 별을 가리키며 '저기 봐, 오거스트! 이 별들이 영원히 사라져버렸을 때도, 여기서 가장 가난하고 비천한 영혼은 하나님이 살아 계신 한 영원히 살아 있을 거야!'라고 말씀하시면, 전 경외하는 마음으로 어머니를 쳐다보곤 했죠.

어머니가 가진 오래된 명화 중에서 예수님이 맹인을 치료하는 그림이 하나 있었어요. 굉장히 훌륭해서 특히 제 마음을 흔든 그림이었죠. '봐, 오거스트,' 어머니는 말씀하셨죠. '저 맹인은 거지야. 가난하고 역겨운 사람이지. 그래서 예수님은 **멀찍이서** 그를 치료하려고 하지 않으셨어. 맹인을 가까이 불러서 **그에게 당신 손을 갖다 대셨지**! 기억해라, 애야.' 어머니의 보살핌을 받고 클 수 있었다면, 어머니의 자극을 받고 저도 모를 열정을 가지게 되었을지도 몰라요. 성인이나 개혁가, 순교자가 되었을지도 모르죠. 하지만 애석하게도 전 겨우 열세 살 때 어머니와 헤어졌고 다시는 보지 못했어요!"

싱클레어는 손으로 얼굴을 가리고 잠시 아무 말도 하지 않았다. 잠시 후 그는 고개를 들고 이야기를 계속했다.

"인간의 미덕이라는 것도 하잘것없는 쓰레기에 불과해요! 대부분의 경우 위도와 경도, 그리고 지리적 위치가 타고난 기질과 함께 만들어내는 문제에 불과한 것 아닙니까? 대부분은 우연에 불과하다고요! 예를 들어, 숙부님은 모든 사람이 자유롭고 동등한 버몬트에 정착해서 교회의 일원이 되고 집사가 되고 적당한 때에 노예제폐지협회에 들어가서 우리를 야만인보다 나을 것 없는 사람들로 보고 있으시죠. 하지만 숙부님도 체질과 습관에 있어서는 우리 아버지의 복사판이에요. 그 흔적이 오십 군데에서는 새어 나온다고요. 숙부님은 아버지와 똑같이 강하고 오만하고 지배적인 성격을 지니셨죠. 누님 동네사람들에게 싱클레어 나리가 그들을 아래로 내려다보지 않는다고 설득하기가 얼마나 불가능한 일인지 잘 아실 거예요. 사실 그분은 민주주의 시대에 나서 민주주의적 견해를 포용하고 계시지만, 오륙백 명의 노예를 부리는 우리 아버지만큼 뼛속까지 귀족이시죠."

이러한 묘사에 미스 오필리아가 흠을 잡으려고 뜨개질거리를 내려놓고는 막 뭐라고 하려 했지만 싱클레어가 막았다.

"누님이 뭐라고 하실지 다 압니다. 사실 두 분이 똑같다는 말은 아니에요. 한 사람은 모든 것이 타고난 성정에 어긋나는 곳에 갔고, 다른 한 사람은 모든 것이 성정에 맞는 곳에 있었죠. 그래서 한 사람은 강퍅하고 억세고 오만한 늙은 민주주의자가 되었고, 다른 사람은 강퍅하고 억세고 오만한 늙은 전제군주가 되었죠. 두 사람 모두 루이지 애나에서 농장을 했다면, 한 틀에서 찍어낸 총알처럼 똑같아졌을 겁니다."

"너 정말 불효막심하구나!" 미스 오필리아가 말했다.

"불경스러운 말을 하려던 건 아니에요." 싱클레어가 말했다. "공손한 건 제 장기가 아닌 거 아시잖아요. 하지만 다시 제 이야기로 돌아가죠.

돌아가시면서 아버지는 우리 쌍둥이 형제에게 전 재산을 물려주고 우리끼리 나누라고 하셨죠. 동급의 사람들에 관한 한 앨프리드 형처럼 관대하고 고귀한 영혼을 지닌 사람은 없을 겁니다. 우린 형제답지 않은 말이나 감정을 내비치는 일 하나 없이 감탄할 정도로 훌륭하게 재산문제를 처리했죠. 그리고 농장을 함께 경영했어요. 외모나 능력이 제 힘의 두 배는 되는 앨프리드는 열성적인 농장주가 되어 크게 성공했죠.

하지만 2년을 시험해본 결과 전 그런 식의 농장주는 될 수 없다고 결론 내렸어요. 개인적으로 알거나 개별적 관심을 가질 수도 없는 700명의 노예들을 사고 관리하고 재우고 먹이고 뿔 달린 가축처럼 일 시키고 군사적 정확성을 기하도록 몰아치는 것, 삶의 평범한 즐거움들을 가능한 한 최소한 제공하면서 계속 일하게 만들 방법을 끊임없이 재고해야 하는 것, 몰이꾼과 감독의 **필요성**, 최초이자 최후, 유일한 논의 방법인 채찍질의 항구적인 필요성, 이 모든 것이 참을 수 없이 역겹고 혐오스러웠습니다. 한 불쌍한 인간이 지닌 영혼의 가치에 대한 어머니의 말씀을 생각하면 더욱 끔찍했죠!

노예들이 이 모든 걸 **즐긴다**는 말은 헛소리예요! 생색내는 북부 사람들 일부가 우리 죄를 변명해주겠답시고 만들어낸, 그 입에 담을 수도 없는 쓰레기 같은 소리를 전 참을 수 없었어요. 그게 아니라는 건 우리 모두 알잖아요. 하루 종일, 새벽부터 해질 때까지, 주인의 끊임없는 감시하에, 단 하나의 무책임한 의지도 내놓을 힘조차 없이 매일매일 따분하고 단조롭고 똑같은 노역을 하고 싶어 하는 사람이 있으면 저한테 말씀해주세요. 1년에 바지 두 벌과 신발 한 켤레, 겨우 일할 정도의 음식과 거처만 받고 말입니다! 그 정도면 누구라도 보통 편안하게 살 수 있다고 생각하는 사람이 있으면, 한번 직접 해보라고

　Uncle Tom's Cabin

해요. 제가 그런 놈을 사서 양심에 거리낌 없이 부리게요!"

"난 항상 생각했어," 미스 오필리아가 말했다. "네가, 너희 남부 사람들 모두가 이런 일을 용인한다고, 그리고 성경에 따라 **옳다**고 생각하고 있다고 말이야."

"헛소리! 우린 그 지경까지 타락하지는 않았어요. 누구보다 단호한 독재자인 앨프리드 형도 그런 변명은 안 해요. 아니, 형은 당당하고 오만하게 **강자들의 권리**라는 오래된 훌륭한 근거를 신봉해요. 그리고 미국 농장주는 '영국 귀족과 자본주의자들이 하층계급을 이용해 하는 일을 다른 형태로 하고 있을 뿐'이라고 말하는데, 전 그 말이 일리 있다고 생각합니다. 그러니까 그들의 몸과 뼈, 영혼과 정신 모두를 자신들의 이익과 편의를 위해 **전유**하고 있는 거죠. 형은 양자 모두를 옹호해요. 제 생각에는 적어도 **일관성 있게** 말입니다. 형은 다수의 대중을 노예로 삼지 않고는 명목상으로든 진짜로든 어떤 고도의 문명도 있을 수 없다고 말해요. 짐승 같은 환경에서 노역을 하는 하층계급이 있어야만, 상층계급은 이를 통해 지식과 개선을 확장할 여가와 부를 얻고 하층계급의 지도자가 되는 거라고요. 형은 그렇게 생각해요. 말했듯이 형은 타고난 귀족이니까. 그리고 전 그런 말을 믿지 않죠. 전 타고난 민주주의자니까."

"그 두 가지를 어떻게 비교할 수가 있니?" 미스 오필리아가 말했다. "영국 노동자들은 팔리거나 거래되거나 가족들과 생이별하거나 매질당하지 않아."

"그들도 팔린 거나 마찬가지로 고용인들의 마음에 달려 있잖아요.

노예주는 말 안 듣는 노예를 때려죽일 수 있지만, 자본가는 노동자를 굶겨 죽일 수 있죠. 가족의 안전이라면, 어느 쪽이 더 안 좋은지 말하기 힘들군요. 아이들이 팔려 가는 걸 보는 일인지, 아니면 집에서 굶어 죽는 걸 보는 일인지."

"하지만 노예제가 다른 나쁜 제도보다 나쁘지 않다는 것을 증명한다고 해서 그게 노예제에 대한 변명이 될 수는 없어."

"변명으로 한 말이 아니에요. 아니, 게다가 우리 노예제가 더 뻔뻔하고 명백하게 인권을 짓밟는 제도라고 말할 겁니다. 사실 사람을 말처럼 산다는 것,—치아를 살피고, 관절을 차보고, 걸어보게 하고, 돈을 지불하는 것—또 인간의 육신과 영혼을 취급하는 투기꾼과 사육자, 상인, 중개인이 있다는 것은 문명세계의 눈앞에 그 본질을 더 명백하게 드러낸 거죠. 다른 집단의 이익과 발전을 위해 한 집단을 무자비하게 전유한다는 것은 본질적으로 똑같지만 말입니다."

"그 문제를 이런 식으로는 한 번도 생각해본 적이 없구나." 미스 오필리아가 말했다.

"전 영국을 좀 여행했고, 그곳 하층계급의 상태에 대한 서류들을 상당히 봤습니다. 영국의 다수 인구보다 형의 노예들이 더 잘 산다는 앨프리드 형의 말을 부정할 수는 없다고 생각해요. 제 말을 듣고 앨프리드 형이 엄혹한 주인이라고 생각하시면 안 돼요. 형은 그렇지 않으니까. 형은 전제적이고 불복종에 대해선 무자비한 사람이어서, 자신에게 거스르는 사람은 사슴을 쏘듯 아무 가책 없이 쏴버리는 사람이에요. 하지만 전반적으로는 자기 노예들을 잘 먹이고 편하게 지낼 수 있도록 해준다는 데 자부심을 가지고 있거든요.

형과 같이 있었을 때, 전 노예들의 교육을 위해서 뭔가 해야 한다고 형에게 고집했어요. 형은 저를 생각해서 목사님을 데려와 일요일에 노예들에게 교리문답을 하게 했죠. 하지만 형이 마음속으로는 개들과 말들에게 목사를 데려다 놓는 거나 마찬가지로 소용없는 짓이라고 생각하고 있다는 걸 알고 있었어요. 사실 태어날 때부터 온갖 나쁜 영향을 받아 정신이 마비되고 짐승처럼 되어버린 데다 주중이면 아무 생각 없이 하루 종일 고된 노동을 해야 하는 사람들이 일요일 몇 시간만으로 달라질 리가 없잖아요. 영국 노동계급을 가르치는 주일학교 선생님들과 우리 나라 농장 일꾼들의 주일학교 선생님들은 **거기서나 여기서나** 어쩌면 똑같은 결과를 증명할지도 모르죠. 하지만 여기엔 놀라운 예외가 있어요. 검둥이들은 원래 백인보다 종교적 감정에 더 쉽게 영향을 받는다는 사실이죠.”

“음,” 미스 오필리아가 말했다. “농장생활은 어떻게 포기하게 된 거니?”

“우린 한동안 함께 천천히 달렸어요. 하지만 결국 앨프리드 형은 제가 농장주 감이 아니라는 걸 분명히 알게 됐죠. 제 의견에 맞춰주느라 온갖 것들을 개혁하고 바꾸고 개선했는데도 전 여전히 불만스러우니, 형이 보기엔 말도 안 되는 일이었죠. 사실은 전 그 모든 걸 결국 혐오했어요. 그저 날 위해 돈을 벌자고 이 남자들과 여자들을 이용하고, 이 모든 무지와 잔인함과 악을 영속시키는 일을!

게다가 전 항상 자잘한 일에 간섭했어요. 저 자신이 게으르기 짝이 없는 인간이다 보니 게으른 사람들에 대한 동료의식이 지나쳤던 거죠. 그 불쌍하고 속수무책인 놈들이 솜바구니 바닥에 돌멩이를 깔아 무게를 늘리거나 자루에 모래를 담고 위에만 솜을 넣는 걸 보면, 제가 그 입장이라면 딱 저지를 짓 같아서 그런 일로 채찍질을 할 수도, 하고 싶지도 않았어요. 물론 농장의 규율에는 한도라는 게 있죠. 그래서 앨프 형과 저는 수년 전 존경하는 아버지와 제가 부딪혔던 바로 그 지점에 오게 된 겁니다. 형은 저보고 여자 같은 감상주의자라면서, 저는 은행채권과 뉴올리언스의 저택을 맡아 시나 쓰고 농장은 형이 경영하겠다고 했어요. 그래서 우리는 헤어졌고, 저는 여기 오게 된 거죠."

"하지만 그렇다면 왜 네 노예들을 해방시키지 않았니?"

"음, 그럴 감당이 안 돼서요. 그들을 돈 버는 도구로 데리고 있는 짓은 할 수 없었지만, 돈을 쓰기 위해 데리고 있는 것은 그다지 나빠 보이지 않았어요. 일부 노예들은 오래전부터 있던 제가 좋아하던 집안 하인들이었고, 어린 것들은 그들의 아이들이었죠. 모두 그 상태 그대로 만족하고 있었어요." 그는 말을 멈추고 생각에 잠겨 방 안을 서성거렸다.

"그냥 흘러가듯 사는 게 아니라 이 세상에서 뭔가 해보자고 계획과 희망을 품었던 때도 있었죠. 노예해방 운동가 같은 게 되어서 내 고향 땅을 이 죄악에서 해방시키고 싶다는 막연한 열망도 있었어요. 젊은 사람들은 모두 그런 열병을 앓잖아요, 언젠가는. 하지만 그 땐……"

"왜 그러지 않았니?" 미스 오필리아가 말했다. "쟁기를 잡고 뒤를 돌아봐선 안 돼."

"일은 바라던 대로 되지 않았고, 전 솔로몬의 삶을 사는 듯한 절망을 느꼈어요. 그건 지혜를 얻기 위해 필요한 일이었죠. 하지만 어쩐 일인지 사회운동가나 개혁가가 되는 대신 전 물 위에 뜬 나뭇조각이 되어 내내 이리저리 흘러 다니기만 했어요. 앨프리드 형은 만날 때마다 절 나무라죠. 형이 이겼어요. 인정해요. 형은 정말로 뭔가를 하니까. 형의 삶은 자기 의견의 논리적 결과이지만, 제 삶은 경멸스럽고 **불합리한 추론**일 뿐이에요."

"이 시간을 이런 식으로 보내는 데 만족하니?"

"만족하냐고요! 방금 경멸한다고 말했잖아요! 하지만 다시 그 지점으로 돌아가자면, 우린 해방 이야기를 하고 있었죠. 노예제에 대한 제 생각이 특이한 건지는 모르겠어요. 속으로는 저처럼 생각하는 사람들이 많을 거라고 봐요. 이 땅은 노예제로 인해 신음하고 있어요. 노예제는 노예에게도 나쁘지만, 주인에게는 더 나빠요. 우리 주위의 사악하고 헤프고 타락한 인간들이 그들 자신뿐만 아니라 우리에게도 악이라는 건 안경 없이도 분명히 볼 수 있는 일이에요. 영국의 자본주의자와 귀족은 우리처럼 우리가 망친 계급과 뒤섞여 살지 않기 때문에 우리 심정을 알 수 없어요. 노예들은 우리 집 안에 있어요. 우리 아이들과 어울리고, 우리보다 더 먼저 아이들의 마음에 영향을 줘요. 아이들이 항상 달라붙어 놀고 아이들을 동화시키는 인종이니까. 에바가 특별한 천사 같은 아이가 아니었다면 벌써 다 망가졌을 겁니다.

노예들을 무지하고 사악하게 만들어놓고는 우리 아이들이 그 영향을 안 받기를 바라느니, 천연두가 날뛰고 다니게 만들어놓고 아이들이 병에 안 걸리기를 바라는 게 더 나을 겁니다. 하지만 우리 법은 효율적인 일반교육체계를 완전히 금지하고 있죠. 현명한 일이죠. 교육을 시작해서 한 세대만 제대로 가르쳐도 이 모든 게 다 산산조각 날 테니까. 우리가 자유를 주지 않는다면, 그들이 자유를 쟁취할 겁니다."

"그럼 이 일의 마지막이 어떻게 될 거라고 생각하니?" 미스 오필리아가 물었다.

"몰라요. 한 가지는 확실합니다. 세계적으로 대중들이 힘을 모으고 있다는 거요. 조만간 심판의 날이 올 겁니다. 유럽, 영국, 이 나라에서도 같은 일이 벌어지고 있어요. 어머니는 다가올 천년왕국에 대해 말씀하셨죠. 예수님이 통치하는 그곳에서 모든 사람이 자유롭고 행복해질 거라고요. 그리고 제가 어릴 때 '당신 왕국이 임하시며'라고 기도하라고 가르쳐주셨죠. 때로 전 이 마른 뼈들 사이에서 한숨짓고 신음하고 움직이는 이 모든 일이 어머니의 말씀을 예고하는 게 아닌가 하는 생각이 들어요. 하지만 그분이 나타나시는 날 누가 여기 남아 있겠습니까?"

"오거스틴, 때로 난 네가 왕국에서 멀리 가지 않았다는 생각이 든단다." 미스 오필리아가 뜨개질거리를 내려놓고 사촌동생을 걱정스레 바라보며 말했다.

"좋은 의견 감사합니다. 하지만 전 오르락내리락하고 있어요. 이론은 천국의 문을 향해 올라가고, 실천은 흙바닥에 내려와 있죠. 하지만 차가 준비되었다는 종이 울리는군요. 갈까요? 제가 평생 진지하게 대화한 적 없다는 소리는 이제 하지 마세요."

식탁에서 마리가 프루 이야기를 넌지시 꺼냈다. "형님은 우리가 모두 야만인이라고 생각하시겠죠."

"그건 야만적인 일이라고 생각하지만," 미스 오필리아가 말했다. "여기 사람들 모두가 야만인이라고는 생각하지 않네."

"음, 이들 중에는 도저히 상종할 수 없는 인간들이 있어요. 너무 사악해서 죽는 게 마땅해요. 그런 경우에는 조금 치의 동정심도 들지 않아요. 행동을 똑바로 했으면 그런 일은 없었을 것 아니에요."

"하지만 엄마," 에바가 말했다. "그 불쌍한 사람은 불행했대요. 그래서 술을 마신 거래요."

"말도 안 되는 소리! 그게 무슨 변명이라도 된다는 듯이 말하는구나! 나도 굉장히 자주 불행해." 그녀가 구슬프게 말했다. "난 그 여자보다 더한 시련을 겪어왔어. 그건 그냥 그 사람들이 나쁘기 때문이야. 어떤 가혹한 방법을 써도 길들일 수 없는 사람들이 있어. 아버지 노예 중에 너무 게을러서 단지 일을 피하려고 도망친 사람이 있었어. 늪지대에 숨어서 물건을 훔치고 온갖 끔찍한 짓들을 했지. 잡혀서 몇 번이고 채찍질을 당했지만 전혀 소용이 없었단다. 그런데 마지막에는 그냥 갈 수가 없으니 기어 나가서 늪지대에서 죽더구나. 그럴 이유가 없었는데 말이지. 아버지는 항상 친절하게 대해주셨거든."

"나도 딱 한 번 어떤 노예를 길들인 적이 있소," 싱클레어가 말했다. "감독들과 주인들이 다 손든 노예였지."

"당신이오!" 마리가 말했다. "**당신**이 언제 그런 일을 했는지 듣고 싶네요."

"그 노예는 몸집이 거대하고 힘센 아프리카 출신이었소. 야만적인 자유본능이 특히 강한 사람이었지. 완전 아프리카 사자 같았소. 이름은 시피오였고. 감당할 수 있는 사람이 없어서 이 감독, 저 감독에게로 팔려 다니다가 마침내 앨프리드 형한테 오게 된 거요. 형은 자기가 그를 다룰 수 있다고 생각했거든. 하루는 그가 감독을 때려눕히고 늪지대로 도망갔소. 그때는 내가 앨프리드 형과 동업을 끝낸 후였는데, 마침 방문차 형의 농장에 가 있었거든. 형은 화가 머리끝까지 났지만, 난 형에게 그건 형의 잘못이라고 말하고 내가 길들일 수 있다고 내기를 걸었지. 마침내 내가 그를 잡아 오면 실험을 해봐도 좋다고 형도 동의했소. 그래서 사람들 예닐곱을 모아 총을 들고 개를 데리고 사냥을 나갔소. 사람들은 관례적으로 벌어지는 일이라면 사슴을 사냥하</p>

Uncle Tom's Cabin

든 사람을 사냥하든 마찬가지로 흥분하지. 그를 잡을 경우 중재할 역할로 들어온 것뿐인 나조차도 약간 흥분이 되더군.

개들은 으르렁거리고 울부짖어댔고 우리는 말을 타고 재빨리 움직여서 마침내 그를 몰기 시작했소. 그는 사슴처럼 달리고 뛰어 한참 동안 앞서 갔지만, 마침내 빽빽한 덤불 안에서 잡혔지. 그러자 사냥개들을 향해 돌아서더니 용감하게 맞서 싸우더군. 오른쪽 왼쪽으로 돌진해서는, 실제로 맨손으로 그중 세 마리나 죽였소. 마침내 총을 쏘자 그는 내 발밑에 피를 흘리며 쓰러졌소. 그 불쌍한 녀석은 절망이 깃든 남자다운 눈으로 나를 쳐다보더군. 나는 개들과 다가오는 사람들을 저지하고 그놈은 내 거라고 소리쳤소. 승리감에 도취된 사람들이 그를 쏘지 않도록 하기 위해서는 그래야만 했지. 그러곤 그를 사겠다고 고집해서 결국 형은 내게 그자를 팔았소. 그 후 그를 데리고 와 2주 만에 있을 수 없이 고분고분하고 온순한 사람으로 길들여놓았지."

"도대체 어떻게 했길래요?" 마리가 물었다.

"그냥 단순한 절차였소. 난 그를 내 방으로 데리고 와서 좋은 잠자리를 주고, 다시 걸을 수 있을 때까지 상처를 치료해주고, 직접 보살펴줬소. 그리고 그사이 해방증서를 만들어서 가고 싶은 곳 아무 데로나 가도 좋다고 그에게 말했지."

"그랬더니 갔니?" 미스 오필리아가 물었다.

"아니요. 그 바보 같은 자는 서류를 찢고는 절대 나를 떠나지 않겠다고 고집했어요. 제 노예 중 가장 용감하고 훌륭한 노예였어요. 강철처럼 믿을 수 있고 진실한 사람이었습니다. 나중에는 기독교도가 되어서 아이처럼 유순해졌죠. 호수에 있는 제 집을 관리했는데, 아주 훌륭하게 해냈어요. 하지만 처음 콜레라가 유행했을 때 그를 잃고 말았죠. 사실 저를 위해 목숨을 바친 거였어요. 제가 거의 죽을 지경으로 아파서 모두가 겁을 내며 도망쳤지만, 시피오는 거인처럼 저를 위해 일했고 마침내 저를 다시 살려냈어요. 하지만 그 불쌍한 것은 그 직후 병에 걸려 죽고 말았죠. 노예를 잃고 그렇게 슬퍼본 적은 처음이었어요."

에바는 아버지의 이야기를 들으며 점점 가까이 다가왔다. 조그만 입을 벌리고 눈을 크게 뜬 채 진지하게 이야기에 열중했다.

이야기를 마치자 에바는 갑자기 아버지의 목을 얼싸안고 울음을 터뜨리더니 몸을 들썩거리며 흐느꼈다.

"에바, 애야! 무슨 일이니?" 아이가 격렬한 감정을 이기지 못해 조그만 몸을 떨며 흐느끼자 싱클레어가 물었다. "이 아이는 이런 이야기를 들으면 안 되는데. 너무 신경이 예민해."

"아니에요, 아빠. 예민하지 않아요." 에바가 그런 아이에게서 찾아보기 힘든 결연한 태도로 갑자기 감정을 억누르며 말했다. "예민해서 그런 게 아니라, 그 이야기 때문에 **마음이 무거워서** 그래요."

"무슨 말이니, 에바?"

"뭐라고 말 못 하겠어요, 아빠. 많은 생각들이 들어요. 나중에 말씀 드릴게요."

"그래, 생각해보렴. 다만 울어서 아빠를 걱정시키지는 말고." 싱클레어가 말했다. "봐라. 아빠가 널 위해 얼마나 예쁜 복숭아를 가져왔는지!"

에바는 복숭아를 받고 미소 지었지만, 입가는 여전히 불안하게 실룩거리고 있었다.

"자, 금붕어 보러 가자." 싱클레어가 아이의 손을 잡고 베란다로 나갔다. 잠시 후 즐거운 웃음소리가 실크커튼 사이로 들려왔다. 에바와 싱클레어는 장미꽃을 던지며 안뜰 솔길 사이에서 술래잡기를 하고 있었다.

높으신 분들의 모험 이야기를 하느라 우리의 비천한 친구 톰이 무시당할 위험이 있지만, 독자 여러분이 우리를 따라 마구간 위의 조그만 다락방 위로 올라온다면 그의 상황을 조금 알게 될 것이다. 그 점잖은 방 안에는 침대와 의자, 조그맣고 거친 탁자가 하나씩 있었다. 탁자 위에는 톰의 성경과 찬송가책이 놓여 있었고, 지금 톰은 석판을 앞에 놓고 거기 앉아서 아주 심각한 생각을 요하는 듯한 문제에 골몰해 있었다.

사실, 톰은 향수병이 너무 심해져서 에바에게 종이 한 장을 얻은 다음 조지 도련님에게 배운 얼마 되지 않는 학식을 총동원하여 편지를 쓰겠다는 대담한 생각을 하게 되었다. 그래서 지금 그는 석판 위에 분주히 초고를 쓰고 있었다. 톰은 고전하고 있었다. 어떤 글자들은 완전히 모양을 잊어버렸고, 기억하는 글자들 중에서는 무엇을 써야 할지 몰랐기 때문이다. 그가 낑낑거리며 숨을 몰아쉬고 있는데, 에바가 그가 앉은 의자 가로대에 새처럼 앉아 어깨 너머로 훔쳐봤다.

"톰 아저씨! 무슨 웃기는 걸 만들고 있는 거야!"

"불쌍한 제 할멈이랑 아이들한테 편지를 쓰려고요, 에바 아가씨." 톰이 손등으로 눈을 비비며 말했다. "하지만 못하겠어요."

"내가 도와줄 수 있으면 좋을 텐데! 나 글을 좀 배웠거든. 작년에는 철자를 다 쓸 줄 알았는데, 조금 잊어버린 것 같아."

그래서 에바는 톰과 금발 머리를 맞대고 진지하게 열심히 토론을 시작했다. 두 사람 다 똑같이 진지했고 똑같이 무지했다. 글자 하나하나마다 수많은 토론과 충고를 거쳐 작문이 글처럼 보이자, 두 사람 모두 희망에 부풀었다.

"톰 아저씨, 이제 정말 그럴듯하게 보이기 시작해." 에바가 기쁨에 차 글을 들여다보면서 말했다. "아저씨의 부인과 아이들이 얼마나 기뻐할까! 가족들과 떨어져 있어야 하다니 정말 슬픈 일이야! 언젠가 아빠한테 아저씨를 돌려보내 달라고 부탁할 거야."

"마님께서 돈을 모으는 대로 절 다시 사겠다고 하셨어요." 톰이 말했다. "그러실 거라 믿어요. 조지 도련님도 절 찾으러 오겠다고 하면서 이 동전을 그 증표로 주셨어요." 그러면서 톰은 셔츠 아래서 소중한 달러 동전을 끄집어냈다.

"그럼 분명히 올 거야!" 에바가 말했다. "정말 잘됐다!"

"그래서 그분들께 제가 어디 있는지 알려주고, 불쌍한 클로이에게 잘 있다는 소식을 편지로 전해주고 싶어요. 불쌍한 마누라가 너무 걱정하고 있을 테니까요."

"톰!" 그 순간 싱클레어의 목소리가 문간에서 들려왔다.

톰과 에바 둘 다 깜짝 놀랐다.

"이게 뭐지?" 싱클레어가 올라와서 석판을 보며 말했다.

"아, 이건 톰의 편지예요. 제가 쓰는 걸 도와주고 있어요." 에바가 말했다. "멋지지 않아요?"

"두 사람을 낙담시키고 싶지는 않지만," 싱클레어가 말했다. "톰, 편지를 쓰고 싶으면 나한테 부탁해야 한다고 생각하는데. 승마를 하고 돌아와서 내가 써주지."

"아저씨가 직접 쓰는 게 굉장히 중요해요." 에바가 말했다. "아저씨의 주인 마님이 아저씨를 다시 살 돈을 보낼 거거든요. 아저씨한테 그렇게 말했대요."

싱클레어는 속으로 그건 아마도 선한 노예주인들이 실제로 그 기대를 이루어줄 의도는 없이 팔려 가는 공포를 덜어주기 위해 노예들에게 하는 말에 불과할지도 모른다고 생각했다. 하지만 그는 그저 톰에게 말을 내오라고 명령했을 뿐 그 생각을 입 밖으로 내지 않았다.

톰의 편지는 그날 저녁 제대로 된 형태로 쓰여 우체국에 무사히 안착했다.

미스 오필리아는 여전히 살림정리로 고집을 부리며 고전하고 있었다. 다이나에서부터 어린아이들에 이르기까지 온 집안 사람들은 미스 오필리아가 단연코 '이상하다'는 데 동의했는데, 이는 남부의 하인들이 윗사람들과 그다지 잘 맞지 않다고 암시할 때 쓰는 단어였다.

한 급 높은 무리들, 즉 아돌프와 제인, 로자는 그녀가 숙녀가 아니라는 데 동의했다. 숙녀들은 절대 그렇게 일하지 않았다. **점잔** 떠는 태도도 전혀 없어서 그녀가 싱클레어의 친척이라는 게 놀라울 정도였다. 마리마저도 오필리아 형님이 늘 그렇게 부산을 떠는 게 피곤해 죽을 지경이라고 선언했다. 사실 미스 오필리아의 근면함은 그칠 새가 없어서 불평의 초석이 될 정도였다. 그녀는 시간에 쫓기는 사람처럼 아침부터 밤까지 바느질하고 수선했다. 해가 지면 바느질거리를 치우기 무섭게 뜨개질거리를 꺼내서는 변함없이 기운찬 태도로 바늘을 놀렸다. 그녀를 지켜보는 것은 정말이지 고역이었다.

제20장

톱시

어느 날 아침 미스 오필리아가 바삐 집안일을 하고 있는데, 싱클레어가 계단 아래에서 그녀를 불렀다.

"여기 내려와 봐요, 누님. 보여줄 게 있어요."

"뭔데 그래?" 미스 오필리아가 바느질거리를 들고 계단을 내려오며 물었다.

"누님 일을 돕도록 사람을 하나 샀어요. 보세요." 싱클레어가 이렇게 말하며, 여덟아홉 살 정도 되어 보이는 조그만 검둥이 여자아이 하나를 데리고 왔다.

아이는 검둥이 중에서도 특히 까맸고, 둥글고 빛나는 눈을 유리구슬처럼 반짝이며 방 안의 모든 것을 불안하고 재빠른 시선으로 쳐다보았다. 새 주인의 거실의 경이로운 모습에 놀란 아이의 입이 반쯤 벌어지며 희고 반짝이는 치아가 드러났다. 양털 같은 머리는 여러 가닥

으로 땋았는데, 가닥들이 사방으로 삐죽삐죽 튀어나와 있었다. 약삭
빠름과 교활함이 묘하게 뒤섞인 표정 위로는 처연한 심각함과 엄숙함
이 베일처럼 기이하게 드리워져 있었다. 아이는 자루로 통짜로 만든
지저분한 누더기를 입고 손을 가지런히 앞에 모으고 서 있었다. 그 모
습에는 전반적으로 기이하고 도깨비 같은 데가 있었다. 나중에 미스
오필리아가 한 말에 따르자면, 그녀를 완전히 절망하게 만들 정도로
"너무도 이교도적"인 데가 있었다. 그래서 그녀는 싱클레어를 돌아보
고 말했다.

"오거스틴, 저 아이를 도대체 여기 왜 데려왔니?"

"당연히 누님이 가르쳐서 올바른 길로 훈련시켜보라고 데려온 거
죠. 제가 보기엔 짐 크로과 중에서도 상당히 재미있는 표본인 것 같거
든요. 여기, 톱시." 그는 개를 부르듯이 휘파람을 불며 덧붙였다. "노래
불러봐, 춤도 좀 보여주고."

유리 같은 검은 눈이 사악하고 익살스럽게 반짝거리더니, 아이는 청랑하고 날카로운 목소리로 오래된 검둥이 노래를 부르며 거기 맞춰 손과 발로 박자를 맞췄다. 뱅뱅 돌며 경이로운 손놀림으로 제멋대로 무릎을 두드리고 목으로는 흑인 종족 특유의 온갖 이상한 후음을 내더니, 마지막으

로 공중제비를 한두 바퀴 돌고 증기선 경적처럼 기이하고 섬뜩한 음을 길게 내질렀다. 그러고는 갑자기 양탄자 위에 내려앉아 손을 모으고는 온순하고 경건한 얼굴을 했다. 곁눈질로 교활한 시선을 보내지만 않았다면 신성하기 짝이 없는 표정이었다.

미스 오필리아는 놀라서 완전히 할 말을 잊은 채 조용히 서 있었다.

싱클레어는 누님의 놀라는 모습에 개구쟁이처럼 즐거워하는 듯했다. 그는 다시 아이에게 말했다.

"톱시, 네 새 주인님이시다. 널 이분께 줄 생각이야. 행동 똑바로 해야 한다."

"네, 주인님." 톱시는 사악한 눈을 빛내며 경건하고 진지하게 대답했다.

"얌전하게 행동해, 알겠지?" 싱클레어가 말했다.

"네, 주인님." 톱시는 여전히 경건하게 손을 맞잡은 채 또다시 눈을 빛내며 대답했다.

"자, 오거스틴, 도대체 이게 뭐니?" 미스 오필리아가 말했다. "너희 집은 이미 이런 조그만 골칫거리들로 가득 차 있어서, 애들을 밟지 않고선 걸어 다닐 수 없을 지경이야. 아침에 일어나면 문 뒤에 애 하나가 자고 있고, 식탁 아래서는 검은 머리가 불쑥 튀어나오고, 또 하나는 깔개 위에 누워 있어. 그 애들이 난간 사이마다 웃으면서 쓸고 닦고 있고, 부엌바닥에선 구르고 있다고! 이 아이는 도대체 뭐에 쓰려고 데리고 온 거니?"

"누님이 교육해보시라고요. 제가 말씀드리지 않았습니까? 누님은 항상 교육에 대해 설교를 하시잖아요. 그래서 방금 잡은 견본을 선물로 드려서 누님이 손을 대 제대로 키워보시도록 해야겠다는 생각을 했죠."

"난 절대 필요 없다. 지금도 넘치게 많은 형편이야."

"기독교인들은 늘 그런 식이죠! 모임을 만들어서 불쌍한 선교사를 그런 이교도들 사이에 보내 하루 종일 있게 만들잖아요. 하지만 기독교인들 중에서 자기 집에 이교도를 들여 직접 개종시키는 수고를 떠맡을 사람이 하나라도 있는지 알고 싶네요! 아뇨, 그런 상황이 되면, 그들은 더럽고 불쾌하고 지나치게 손이 많이 가고 뭐 그런 존재가 되는 거죠."

"오거스틴, 난 그런 식으로 생각한 게 아냐." 미스 오필리아는 훨씬 더 부드러운 말투로 말했다. "그래, 그건 정말 선교사업 같은 일일지도 모르지." 그녀는 좀 더 호의를 가지고 아이를 바라보며 말했다.

싱클레어가 핵심을 제대로 짚은 것이었다. 미스 오필리아의 양심은 항상 깨어 있었다. "하지만," 그녀가 덧붙였다. "난 이 아이를 사야 할 필요를 정말 모르겠구나. 네 집에는 내 시간과 기술을 요하는 사람들이 지금도 넘치게 있어."

"그럼 누님," 싱클레어가 그녀를 가까이 당기며 말했다. "아무짝에도 소용없는 제 연설에 대해 사과를 드려야겠군요. 결국 누님은 너무 선하셔서 그 연설들이 아무 소용이 없네요. 사실 이 문제는 제가 매일 지나치는 싸구려 식당을 운영하는 주정뱅이들 때문에 생긴 일입니다. 그 사람들이 이 아이를 때리고 욕하는 소리와 애 비명을 듣는 데

지쳐버렸거든요. 애가 뭔가 물건이 될 만하게 똑똑하고 재미있어 보이기도 했고요. 그래서 샀고 누님께 드리려고 하는 겁니다. 정통 뉴잉글랜드식 교육을 한번 시켜봐서 뭐가 되나 보세요. 전 그런 쪽으론 전혀 재능이 없지만 누님이 한번 해주셨으면 좋겠네요."

"내가 할 수 있는 건 해보마." 미스 오필리아는 이렇게 말하고, 좋은 의도를 가지고 검정거미에게 다가가는 사람처럼 새 하인에게 다가갔다.

"끔찍하게 지저분한 데다 반쯤은 벗다시피 하고 있구나." 그녀가 말했다.

"음, 아래층으로 데리고 가서 씻기고 옷을 입히게 하세요."

미스 오필리아는 부엌 쪽으로 아이를 데리고 갔다.

"싱클레어 나리께서 왜 '검둥이를 또 하나' 데리고 오셨는지 모르겠네!" 다이나가 신참을 냉랭하게 훑어보며 말했다. "**내** 발에 걸리적대기만 해봐!"

"흡!" 로자와 제인이 질색을 하며 말했다. "애 좀 저리 치워요! 도대체 주인님은 이런 비천한 검둥이를 왜 또 데려오셨는지 몰라!"

"말하는 것 좀 보게! 저도 흑인이면서, 미스 로자." 다이나가 말했지만, 마지막 말은 자신에게도 해당하는 말이었다. "넌 네가 백인인 줄 알지. 넌 백인도 **아니고** 흑인도 아니야. 나라면 그중 하나이기라도 하는 편이 더 낫겠다."

미스 오필리아는 여기 있는 사람들 가운데 신참을 씻기고 옷 입히는 일을 감독할 사람이 아무도 없음을 알았다. 그래서 불쾌한 티를 내며 내키지 않아 하는 제인의 도움을 받아 직접 할 수밖에 없었다.

방치당하고 학대받은 아이의 첫 목욕에 대한 자세한 사항은 점잖은 귀에 들려줄 만한 이야기가 아니다. 사실 이 세상 사람들 다수는 듣는 것만으로도 충격을 받을 상태에서 살고 죽는다. 미스 오필리아는 결심을 굳건히 하고 그 모든 역겨운 일을 영웅적으로 철두철미하게 해치웠다. 비록 매우 품위 있게 해내지는 못했다는 점은 인정해야겠지만 말이다. 그녀의 원칙이 해낼 수 있는 최대치는 인내였다. 아이의 등과 어깨에서 이제까지 자라온 체제의 지울 수 없는 흔적인 무시무시한 채찍 자국과 굳은살을 봤을 때 그녀의 마음속에서 동정심이 솟구쳤다.

"이것 봐요!" 제인이 상처를 가리키며 말했다. "저게 이 아이가 개구쟁이라는 걸 보여주잖아요? 애 때문에 아주 고생하게 될 거예요. 전 이 검둥이 꼬마들이 싫어요! 너무 역겨워! 주인님은 왜 애를 데리고 오셨나 몰라!"

언급된 '꼬마'는 이 모든 말을 특유의 차분하고 처연한 태도로 들었고, 그저 눈을 깜박이며 제인이 귀에 단 장식품을 날카롭게 흘낏 살펴보기만 했다. 마침내 제대로 된 옷을 입히고 머리를 짧게 자르고 나자 미스 오필리아는 이제 좀 기독교인다워 보인다며 만족을 표했다. 마음속에서는 아이를 가르칠 계획들이 만들어지기 시작했다.

그녀는 아이 앞에 앉아서 질문을 했다.

"몇 살이니, 톱시?"

"몰라요, 아씨." 아이는 이를 활짝 드러내고 싱긋 웃으며 말했다.

"나이를 모른다고? 아무도 말해주지 않았니? 어머니는 누구니?"

"엄마 없어요!" 아이가 또다시 싱긋 웃으며 말했다.

"엄마가 없다고? 그게 무슨 말이니? 어디서 태어났는데?"

"태어난 적 없어요!" 톱시는 또 도깨비처럼 씩 웃으며 고집스레 말했다. 미스 오필리아가 조금만 겁이 많았어도 악마의 땅에서 온 시커먼 땅신령을 붙들고 있다고 생각했을지도 모른다. 하지만 미스 오필리아는 겁내지 않았고, 사무적인 태도로 솔직하고 약간 엄하게 말했다.

"그런 식으로 대답하면 안 된다. 난 너랑 장난치는 게 아니야. 어디서 태어났고 아버지와 어머니가 누군지 말해."

"태어난 적 없어요." 아이가 더 강조해서 되풀이했다. "아빠도 엄마도 없었어요. 아무것도. 투기꾼과 다른 사람들이 절 길렀어요. 예전에는 수 할머니가 돌봐줬고요."

아이는 분명 진지했다. 제인이 짧게 웃음을 터뜨리곤 말했다.

"아씨, 이런 일은 흔해요. 투기꾼들이 아이가 어릴 때 싸게 사서 내다 팔려고 기르는 거요."

"주인님과 마님과 얼마 동안 살았니?"

"몰라요, 아씨."

"1년, 아니면 그보다 오래, 적게?"

"몰라요, 아씨."

"이런 천한 검둥이들은 몰라요, 아씨. 시간에 대해서 아무것도 모르거든요." 제인이 말했다. "1년이 뭔지 몰라요. 자기 나이도 모르는걸요."

"하나님에 대해서 들어봤니, 톱시?"

아이는 어리둥절한 표정을 지었다가, 평소처럼 씩 웃었다.

"누가 너를 만드셨는지 아니?"

"아무도 안 만들었어요, 제가 알기론." 아이는 짧게 웃으며 말했다.

그 생각이 상당히 재미있는 모양인지, 아이는 눈을 반짝거리며 덧붙였다.

"그냥 제가 큰 것 같은데요. 아무도 저를 안 만들었어요."

"바느질하는 법은 아니?" 미스 오필리아는 실체가 있는 이야기로 화제를 돌려야겠다고 생각하고 물었다.

"아뇨, 아씨."

"뭘 할 줄 아니? 주인과 마님을 위해서 뭘 했는데?"

"물 길어 오고, 설거지하고, 칼을 닦고, 사람들 시중을 들었어요."

"사람들은 잘해줬니?"

"그랬던 것 같아요." 아이가 약삭빠르게 미스 오필리아의 눈치를 보며 말했다.

미스 오필리아는 이 고무적인 대화를 마치고 일어났다. 싱클레어가 그녀의 의자 뒤에 기대고 있었다.

"누님은 처녀지를 찾은 거예요. 누님 생각을 집어넣어 봐요. 뽑아내야 할 건 별로 없을 겁니다."

미스 오필리아의 교육관은 그녀의 다른 견해들과 마찬가지로 매우 뚜렷하게 정해져 있었다. 뉴잉글랜드에서 한 세기 전에 유행했으며, 철로가 없는 매우 낙후된 지역에서는 아직까지도 보존되어 있는 그런

종류의 교육관이었다. 가능한 한 표현해
보자면 그 교육관은 다음 몇 마디로
요약될 수 있었다. 말을 하면 듣도록
가르칠 것, 교리문답과 바느질, 책 읽
기를 가르칠 것, 거짓말할 경우 회초
리로 때릴 것. 물론 이제는 교육에 계
몽의 빛이 쏟아져 들어와 이들은 저
뒤로 밀려났지만, 이런 통치체제에서
우리 할머니들이 꽤 훌륭한 남녀를 길
러내셨음은 많은 사람들이 기억하고 증

명하듯이 분명한 사실이다. 여하튼 간에 미스 오필리아는 다른 방법
을 몰랐고, 따라서 이 이교도에게 최대한 성실하게 마음을 쏟았다.

아이는 미스 오필리아의 하인으로 집안에 소개되고 받아들여졌
다. 부엌의 시선이 곱지 않았기 때문에 미스 오필리아는 아이의 활동
과 교육영역을 그녀의 방으로 제한하기로 결정했다. 일부 독자들은
그 진가를 인정해줄 자기희생 정신을 발휘하여 그녀는 이제까지 집안
의 모든 하녀가 내미는 도움의 손길을 완전히 무시하고 직접 해왔던
침대정리와 방청소를 편안하게 직접 하는 대신 톱시에게 이 일들을
하도록 가르치는 수난의 길을 걷기로 결심했다. 아, 그날에 애도를!
우리 독자들이 이 같은 일을 한 적이 있다면 그게 얼마나 어마어마한
자기희생인지 그 가치를 인정해줄 것이다.

첫날 미스 오필리아는 톱시를 자기 방에 데리고 가서 침대정리의

기술과 신비에 대해 엄숙하게 교육을 시작했다.

보라, 깨끗이 목욕하고 좋아하던 땋은 머리가닥들이 모두 잘려 나간 톱시는 깨끗한 가운과 빳빳한 앞치마를 입고 미스 오필리아 앞에 장례식에 걸맞은 엄숙한 표정으로 공손하게 서 있었다.

"자, 톱시, 이제 침대를 어떻게 정리하는지 보여줄게. 난 침대정리 상태에 매우 까다로운 사람이야. 어떻게 하는지 정확하게 배워야 한다."

"네, 마님." 톱시가 애처롭고 진지한 표정으로 깊은 한숨을 내쉬며 대답했다.

"자, 톱시, 여기 봐. 이게 시트 가장자리야. 이게 시트 오른쪽이고, 이쪽이 왼쪽. 기억하겠니?"

"네, 마님." 톱시는 또 한숨을 쉬며 대답했다.

"자, 이제 속시트를 덧베개 위로 끌어 올려. 이렇게. 그리고 매트리스 아래에 깔끔하게 집어넣는 거야. 이렇게. 알겠니?"

"네, 마님." 톱시는 몹시 집중해서 지켜보며 말했다.

"하지만 겉시트는," 미스 오필리아가 말했다. "이렇게 내려서 다리 쪽에 단단히 집어넣는 거야. 이렇게. 좁은 가장자리가 다리 쪽으로 가도록."

"네, 마님." 톱시는 전과 마찬가지로 대답했다. 하지만 미스 오필리아가 가르치는 데 심취해 등을 돌리고 선 사이에 어린 제자는 장갑 한 벌과 리본을 낚아채는 데 성공해 민첩하게 소매 안에 집어넣은 뒤 전처럼 공손하게 손을 모으고 서 있었다는 사실을 덧붙여야겠다.

"자, 톱시, 이제 **네**가 하는 걸 한번 보자." 미스 오필리아가 시트 자락을 내리고 의자에 앉았다.

톱시는 진지하고 민첩하게 실습을 완벽히 끝내서 미스 오필리아를 흡족하게 했다. 주름을 하나하나 다 펴서 시트를 매끈하게 정리하고, 그러는 내내 심각하고 진지한 태도를 보여 선생님의 기분을 고양시켰다. 하지만 막 정리를 마치려고 할 때 운 없는 실수로 휘날리는 리본 자락이 한쪽 소매 밖으로 튀어나와 미스 오필리아의 시선에 잡혔다. 그녀는 즉시 달려들었다.

"이게 뭐니? 이 사악한 것, 이걸 훔치고 있었구나!"

리본이 톱시의 소매에서 나왔지만, 아이는 전혀 당황하지 않았다. 깜짝 놀라며 아무것도 모른다는 태도로 그것을 쳐다볼 뿐이었다.

"아이고! 그게 필리 아가씨 리본이었어요? 그게 어쩌다 내 소매에 들어갔지?"

"톱시, 이 나쁜 것, 거짓말하지 마. 네가 리본을 훔쳤잖아!"

"아씨, 맹세코 아니에요. 지금 이 순간까지 본 적도 없다고요."

"톱시," 미스 오필리아가 말했다. "거짓말은 나쁘다는 것 모르니?"

"전 거짓말 안 해요, 필리 아가씨." 톱시가 정숙하고 진지하게 말했다. "전 진실만 말했고 다른 말은 하지 않았어요."

"톱시, 그렇게 거짓말하면 매질을 할 수밖에 없어."

"아이고, 아씨, 하루 종일 매질을 해도 전 달리 할 말이 없어요." 톱시는 엉엉 울기 시작했다. "전 정말 저거 본 적 없어요. 제 소매에 달라붙은 거겠죠. 미스 필리가 침대 위에 둬서 옷에 달라붙었다가 소매

안으로 들어간 게 분명해요."

미스 오필리아는 이 뻔뻔한 거짓말에 너무 분개해서 아이를 잡고 흔들어댔다.

"다신 그런 소리 하지 마!"

그러자 반대쪽 소매에서 장갑이 빠져나와 바닥에 떨어졌다.

"저것 봐!" 미스 오필리아가 말했다. "그런데도 리본을 안 훔쳤다고 말할래?"

톱시는 이제 장갑에 대해서는 고백했지만, 여전히 리본을 훔친 것은 부인했다.

"자, 톱시." 미스 오필리아가 말했다. "다 자백하면 이번에는 때리지 않으마." 이렇게 탄원하자 톱시는 슬프게 회개하며 리본과 장갑을 훔친 것을 고백했다.

"자, 말해봐. 이 집에 들어온 이후 넌 다른 것들도 훔친 게 분명해. 어제 하루 종일 사방에 돌아다니도록 내버려뒀으니까. 자, 가져간 게 있다면 말해, 그럼 때리지는 않을 테니까."

"아이고, 아씨! 에바 아가씨가 목에 건 빨간 걸 훔쳤어요."

"그랬구나, 이 나쁜 것! 그리고 또?"

"로자 귀고리두요. 그 빨간 거요."

"당장 이리 가져와. 둘 다."

"아이고, 아씨! 그렇게는 못 해요. 다 타버렸어요!"

"다 타버렸다고! 무슨 소리야! 당장 가져와, 안 그러면 때려줄 테니까."

톱시는 거세게 항의하고 울고 신음하며 그렇게는 **못 한다고** 선언했다. "다 타버렸어요. 정말요."

"왜 그걸 태운 거니?" 미스 오필리아가 물었다.

"전 나쁜 아이니까요. 어쨌거나 전 정말 나빠요. 어쩔 수가 없어요."

그때 에바가 바로 그 산호 목걸이를 하고 천진난만하게 방으로 들어왔다.

"에바, 그 목걸이 어디서 났니?" 미스 오필리아가 물었다.

"어디서 났느냐고요? 왜 그러세요, 하루 종일 하고 있었는데." 에바가 말했다.

"어제도 했어?"

"네, 우습게도 밤새도록 하고 있었어요, 고모. 자러 갈 때 푸는 걸 잊어버렸거든요."

미스 오필리아는 어안이 벙벙한 표정이었다. 게다가 바로 그 순간 로자가 새로 다린 리넨을 담은 바구니를 머리에 이고 달랑거리는 산호 귀고리를 단 채 방 안으로 들어왔다!

"얘를 도대체 어째야 좋을지 모르겠구나!" 그녀가 절망하며 말했다. "도대체 왜 저것들을 훔쳤다고 말한 거니, 톱시?"

"아씨께서 고백을 하라고 하니, 고백할 수밖에요." 톱시가 눈을 비비며 말했다.

"하지만 물론 하지도 않은 일을 고백하라는 건 아니었어." 미스 오필리아가 말했다. "그건 그 반대와 마찬가지로 거짓말이야."

"아이고, 그래요?" 톱시가 아무것도 모른다는 듯이 어리둥절해하며 물었다.

"저 몸 안에 진실이라는 건 없어요." 로자가 톱시를 쏘아보며 말했다. "제가 싱클레어 주인님이었다면, 피가 흐를 때까지 때려줄 거예요. 그래서 알아듣게 만들어줄 텐데!"

"안 돼, 안 돼, 로자." 에바가 때때로 취하는 명령조로 말했다. "그렇게 말하면 안 돼, 로자. 그런 건 참을 수 없어."

"세상에! 에바 아가씨, 아가씨는 너무 착해서 검둥이들을 어떻게 다뤄야 하는지 모르세요. 말씀드리지만, 호되게 매질하는 수밖에 없어요."

"로자!" 에바가 말했다. "조용히 해! 그런 말 한 번만 더 해봐!" 아이의 눈이 번쩍였고, 뺨이 달아올랐다.

로자는 금세 기가 죽었다.

"에바 아가씨에게 싱클레어 주인님의 피가 흐르는 게 분명하구나. 딱 아버지처럼 말하네." 그녀가 방에서 나가며 말했다.

에바는 톱시를 쳐다보며 섰다.

여기 사회의 양극단을 대표하는 두 아이가 서 있었다. 금발 머리와 깊은 눈, 영적이고 고귀한 이마, 공주 같은 자태를 지닌 상류층의 백인 아이와 그 옆에 선 검고 날카롭고 미묘하고 비굴하면서도 명민한 아이. 그들은 각자 인종의 대표들이었다. 수 세기에 걸친 수련과 지배, 교육, 육체적, 정신적 탁월함의 산물인 앵글로색슨인과 수 세기에 걸친 박해와 굴종, 무지, 노역과 죄악의 산물인 아프리카인!

그 비슷한 생각이 에바의 마음속에서 꿈틀댔을지도 모른다. 하지만 아이의 생각은 희미하고 제대로 정의되지 않은 본능이었다. 에바의 고귀한 본성 안에서는 그런 많은 생각들이 간절하게 자라나고 있었지만 표현할 방법을 몰랐다. 미스 오필리아가 톱시의 버릇없고 사악한 행동을 상술하자, 아이는 당황하고 슬픈 표정을 짓더니 상냥하게 말했다.

"불쌍한 톱시, 왜 훔쳐야 하니? 이제부턴 훌륭한 보살핌을 받을 거야. 네가 훔치게 하느니 내 것을 무엇이든 줄게."

그것은 아이가 평생 처음으로 들어본 친절한 말이었다. 그 상냥한 어조와 태도가 아이의 조야하고 사납고 거친 마음을 기이하게 두드리자, 그 날카롭고 둥글고 빛나는 눈에서 눈물 같은 것이 반짝하고 빛났다. 하지만 이내 아이는 불쑥 웃음을 터뜨렸다가 평소처럼 싱긋 웃었다. 욕설밖에 듣지 못한 귀는 거룩한 친절의 말을 믿지 못했기에, 톱시에게는 에바의 말이 그저 웃기고 불가사의할 뿐이었다. 아이는 그 말을 믿지 않았다.

하지만 톱시를 어떻게 할 것인가? 미스 오필리아에게는 난제였다. 그녀의 교육 원칙은 먹히지 않는 듯했다. 그녀는 천천히 고려해봐야겠다고 생각했다. 시간도 벌고, 어두운 창고 벽장에 내재해 있다고 믿고 있는 막연한 미덕에 대한 희망에서, 미스 오필리아는 이 문제에 대해 생각이 정리될 때까지 톱시를 벽장에 가뒀다.

"난 모르겠다." 미스 오필리아가 싱클레어에게 말했다. "매질을 하지 않고 저 아이를 어떻게 다뤄야 할지."

"뭐, 그럼 마음껏 때려보세요. 좋으실 대로 할 권한을 다 드릴 테니."

"아이들은 늘 맞아야 해." 미스 오필리아가 말했다. "매를 대지 않고 아이를 키운다는 말은 못 들어봤다."

"아, 물론이죠." 싱클레어가 말했다. "가장 좋은 방법이라고 생각하는 대로 하세요. 한 가지만 제안할게요. 전 이 아이가 부지깽이로 맞고, 삽이든 집게든 손 닿는 데 있는 아무 걸로나 두들겨 맞는 걸 봤어요. 애가 그런 일에 익숙하다는 걸 생각할 때 누님 매질이 효과가 있으려면 꽤나 힘차야 할 겁니다."

"그럼 어떻게 해야겠니?" 미스 오필리아가 물었다.

"진지한 문제를 제기하셨군요." 싱클레어가 말했다. "대답을 발견하시길 바랍니다. 채찍으로만 다스릴 수 있는 인간을, **그게** 실패할 경우 어떻게 해야 할 것인가. 이 남부에서는 아주 흔한 상황이죠!"

"난 정말 모르겠다. 그런 아이는 본 적이 없어."

"그런 아이들은 여기선 아주 흔합니다. 그런 남자들과 여자들도요. 그들을 어떻게 다스려야 할까요?" 싱클레어가 물었다.

"그건 내가 대답할 수 있는 게 아니구나." 미스 오필리아가 말했다.

"저도 아니에요." 싱클레어가 대답했다. "간혹 가다 신문에 실리는 끔찍한 가혹 행위들과 폭행들,—예를 들어, 프루의 경우 같은 거요—그건 어디서 기인한 걸까요? 많은 경우, 그건 양쪽 모두 서서히 무정해져서 그런 겁니다. 주인은 점점 더 잔인해지고, 노예는 점점 더 무감각해지죠. 매질과 학대는 아편팅크 같아서, 감각이 무뎌지면 양을 두 배로 늘리는 수밖에 없죠. 노예주인이 되었을 때 전 일찌감치 이 사실을 알았고, 결코 시작하지 않겠노라고 결심했죠. 언제 멈추어야 할지 모르니까. 전 적어도 제 자신의 도덕성은 지키자고 결심했습니다. 그 결과 제 노예들은 버릇없는 아이들처럼 행동하게 되었죠. 하지만 둘 다 짐승처럼 되느니 그게 더 낫다고 생각합니다. 누님은 우리가 교육을 책임져야 한다는 말씀을 많이 하셨죠. **시험 삼아** 하나를 교육시켜보시길 정말 바랍니다. 수천 명 중 견본이니까.”

“그런 아이들을 만드는 건 너의 체제야.” 미스 오필리아가 말했다.

“저도 압니다. 하지만 이미 그렇게 **되어버린**걸요. 그들은 그렇게 존재해요. 그걸 어쩌겠습니까?”

“그 실험에 대해 고맙다는 말은 못 하겠다. 하지만 그게 내 의무인 것 같으니, 인내하고 최선을 다해볼게.” 이렇게 말한 미스 오필리아는 기특할 정도의 열성과 에너지를 다 바쳐 새 종복에게 노력을 기울였다. 아이에게 규칙적인 일과와 일거리를 정해주고, 읽기와 바느질을 가르쳤다.

앞의 기술을 아이는 재빨리 습득했다. 톱시는 마치 마법처럼 글자를 익혔고 이내 쉬운 글을 읽을 줄 알게 되었다. 아이는 고양이처럼 유연했고, 원숭이처럼 활기차서 바느질처럼 답답한 일은 질색했다. 그래서 바늘을 부러뜨려 몰래 창밖이나 갈라진 벽 틈으로 던져버리고, 실을 엉키게 만들고 자르고 더럽히거나, 실패를 통째로 버려버리곤 했다. 아이는 숙련된 마술사처럼 동작이 날랬고, 표정을 자유자재로 바꿨다. 그렇게 수많은 사고들이 연속으로 일어날 리 없다고 아무리 생각해도, 미스 오필리아가 다른 어떤 일도 할 수 없을 정도로 계속해서 지켜보지 않고서는 현장을 잡을 수 없었다.

톱시는 곧 집에서 유명인사가 되었다. 온갖 종류의 익살과 찡그린 표정, 모방, 춤, 공중제비, 기어오르기, 노래, 휘파람, 마음에 드는 소리 흉내 등 재능이 무궁무진해 보였다. 노는 시간이면 언제나 집안의 온갖 아이들이 감탄해서 입을 쩍 벌린 채 톱시를 졸졸 따라다녔다. 에바도 예외가 아니어서, 아이는 비둘기가 때로 번쩍거리는 뱀에 홀리듯이 톱시의 거친 마술에 정신을 빼앗긴 듯했다. 미스 오필리아는 에바가 톱시와의 친교를 너무 좋아하는 것을 불편하게 여겨서, 싱클레어에게 그것을 막아달라고 애원했다.

"허! 애 좀 내버려두세요." 싱클레어가 말했다. "톱시가 좋은 영향을 줄 겁니다."

"하지만 그렇게 타락한 아이를— 걔가 무슨 나쁜 짓을 가르칠까봐 걱정되지도 않니?"

"나쁜 짓은 가르칠 수 없어요. 다른 아이들에게는 몰라도, 악은 이슬이 양배추 잎사귀에서 굴러떨어지듯 에바의 마음에서 떨어져 나가거든요. 한 방울도 남지 않고."

"장담하지 마." 미스 오필리아가 말했다. "내 아이라면 절대 톱시랑 못 놀게 할 거다."

"누님 아이들은 그럴 필요가 없죠." 싱클레어가 말했다. "하지만 제 아이는 그래야 할지도 몰라요. 에바가 나쁜 버릇이 들 수 있었다면, 벌써 몇 년 전에 그랬을 겁니다."

톱시는 처음에는 상층노예들의 멸시와 경멸을 받았다. 하지만 그들은 이내 생각을 고칠 이유를 발견했다. 톱시에게 무례한 짓을 한 사람은 누구든지 간에 얼마 지나지 않아 불편한 사고를 맞닥뜨리고 만다는 사실을 알았기 때문이다. 귀고리나 아끼던 장신구가 사라지거나, 드레스가 갑자기 엉망진창이 되어 있다거나, 우연히 뜨거운 물 양동이 안으로 넘어진다거나, 나들이옷을 차려입고 있을 때 알 수 없는 구정물 세례로 생쥐 꼴이 되기 십상이었다. 이런 일이 있을 때마다 조사를 해봐도 그 배후에는 아무도 없었다. 톱시의 이름이 언급되고 몇 번이나 집안재판에 회부되었지만, 아이는 언제나 순진무구하고 심각하기 짝이 없는 얼굴로 조사를 견딜 뿐이었다. 그것이 누구의 짓인지 모르는 사람은 아무도 없었다. 하지만 그 가설을 확립할 직접적인 증거는 한 조각도 발견되지 않았고, 미스 오필리아는 증거 없이 마음대로 일을 처리하기엔 너무 공정한 사람이었다.

또한 장난은 언제나 절묘한 순간에 맞춰 이루어져서 범인의 정체를 더 오리무중으로 만들었다. 두 집안 하녀 로자와 제인에 대한 복수는 항상 (자주 있는 일이지만) 그들이 마님의 심기를 언짢게 해서 아무리 불평을 해도 동정표를 얻지 못하는 시기를 골라 이루어졌다. 간단히 말해서 집안 사람들은 모두 톱시를 건드리지 않는 게 좋다는 사실을 곧 이해했고, 따라서 모두 그녀를 내버려뒀다.

톱시는 손으로 하는 모든 일을 똘똘하고 활기차게 해냈고, 뭐든 가르치면 놀랄 만큼 빨리 배웠다. 몇 번의 가르침만으로 아이는 미스 오필리아 방의 예법을 그 까다로운 숙녀조차 흠잡지 못할 정도로 익혔다. 톱시보다 시트를 더 매끈하게 펴고, 베개를 정확하게 맞춰놓고, 완벽하게 쓸고 먼지 털고 정리할 수 있는 사람은 없었다. 마음을 먹으면 말이다. 하지만 그런 일은 자주 일어나지 않았다. 만약 미스 오필리아가 사나흘여를 인내하고 세심하게 감독한 후 희망에 차서 드디어 톱시가 제대로 정신을 차렸으니 감독하지 않아도 되겠다고 생각하고 다른 일을 하러 가면, 톱시는 한두 시간 동안 완전히 난리법석을 떨며 엉망진창을 만들어놓았다. 침대를 정리하는 대신 베갯잇을 벗기고 양털 같은 머리로 베개들을 들이받아 때론 머리에 사방으로 깃털이 삐죽삐죽 튀어나온 기괴한 장식을 해놓곤 했다. 또 기둥에 올라가 꼭대기에서 거꾸로 매달리고, 시트를 온 집 안에 휘두르고 다니고, 덧베개에 미스 오필리아의 잠옷을 입혀서 그걸로 온갖 극을 상연하기도 했다. 그러고는 노래하고 휘파람을 불고 거울 속 자신을 보며 얼굴을 찌푸렸다. 간단히 말해 미스 오필리아의 말대로 "대소동을 일으키

Uncle Tom's Cabin

는" 것이었다.

미스 오필리아는 한번은 자신이 가장 아끼는 진홍색의 인디아 크레이프 숄을 톱시가 머리에 터번으로 두르고 거울 앞에서 한껏 폼을 잡으며 리허설을 하고 있는 현장을 잡았다. 미스 오필리아가 전혀 그녀답지 않은 부주의한 실수로 서랍에 열쇠를 두고 갔던 것이다.

"톱시!" 인내심이 바닥난 그녀가 외쳤다. "넌 도대체 왜 그러니?"

"몰라요, 아씨. 제가 너무 사악해서 그런 거겠죠."

"도대체 널 어째야 좋을지 모르겠구나, 톱시."

"아씨, 절 때리셔야 해요. 옛날 마님은 항상 때리셨어요. 전 매질을 안 당하면 일을 못 해요."

"톱시, 난 널 때리고 싶지 않아. 마음만 먹으면 넌 잘할 수 있어. 그러지 않는 이유가 뭐니?"

"아이고, 아씨. 전 맞는 데 이골이 나서 그게 저한테 좋은 거 같아요."

미스 오필리아가 그 처방전을 시도하면 톱시는 언제나 소리 지르고, 끙끙대고, 애원하면서 끔찍한 소란을 피워댔지만, 30분만 지나면 감탄하는 '어린애들' 무리에 둘러싸여 발코니 난간에 앉아 그 모든 일을 극도로 무시하며 이야기하곤 했다.

"아이고, 필리 아가씨의 매질이라니! 그런 매질로는 모기 한 마리도 못 잡을걸. 옛날 주인님이 살점이 날리도록 때리던 걸 봐야 하는데. 그분은 좀 때릴 줄 알았지!"

톱시는 항상 자신의 죄를 떠벌렸다. 분명 그게 자신의 대단한 특징이라고 여기는 듯했다.

"야, 이 검둥이들아." 톱시가 청중에게 말했다. "너희가 다 죄인인 건 아냐? 너흰 다 죄인이야. 모두가 그래. 백인들도 죄인이야. 필리 아가씨가 그랬어. 하지만 내 생각엔 검둥이들이 제일 큰 죄인이야. 하지만 너희 중에 날 이길 사람은 없어. 난 너무 끔찍하게 사악한 인간이라 아무도 못 건드린다고. 옛날 마님은 나한테 30분은 욕을 퍼붓곤 했지. 내가 세상에서 제일 사악한 인간일 거야." 그러고는 공중제비를 휙 돌고 기운차게 더 높은 난간에 올라가 자신의 탁월함을 뽐냈다.

미스 오필리아는 일요일이면 톱시에게 교리문답을 가르치며 진지하고 바쁜 나날을 보냈다. 톱시는 언어에 대한 기억력이 비상했고 유창한 대답으로 열심히 임해 선생님을 크게 고무시켰다.

"그게 아이에게 무슨 득이 될 것 같아요?" 싱클레어가 물었다.

"교리문답은 항상 아이들에게 득이 됐어. 그건 아이들이 언제나 배워야 하는 거야." 미스 오필리아가 말했다.

"이해하든 아니든 말이죠." 싱클레어가 말했다.

"아이들은 항상 이해 못 해. 하지만 어른이 되고 나면 이해하게 될 거야."

"전 아직도 안 되는데요." 싱클레어가 말했다. "제가 어렸을 때 누님께서 철저히 주입시켜주셨다고 증언할 수도 있지만 말입니다."

"넌 항상 똑똑한 학생이었지, 오거스틴. 너한테 정말 기대가 컸는데." 미스 오필리아가 말했다.

"음, 지금은 아닌가요?"

"어렸을 때만큼 착하다면 좋을 텐데, 오거스틴."

"저도 그랬으면 좋겠네요. 그건 사실이에요, 누님." 싱클레어가 말했다. "자, 톱시와 교리문답을 해보세요. 뭔가 이루어내실지도 모르죠."

이 대화가 이루어지는 동안 손을 얌전하게 모으고 검은 조각상처럼 서 있던 톱시가 미스 오필리아의 신호에 입을 열었다.

"자유의지를 따르도록 내버려두자, 최초의 우리 부모님은 본래 창조된 상태로부터 떨어져 나와 타락하였다."

톱시의 눈이 반짝하더니, 궁금한 표정을 지었다.

"뭐야, 톱시?" 미스 오필리아가 물었다.

"아씨, 그 상태가 킨턱(켄터키 주를 잘못 말한 것—옮긴이)인가요?"

"무슨 상태 말이니?"

"타락 전에 있던 상태요. 주인님이 우리는 모두 킨턱에서 왔다고 말했거든요."

싱클레어가 웃음을 터뜨렸다. "의미를 설명해주지 않으면, 하나 만들 기세인데요." 그가 말했다. "아주 이론에 대한 암시가 들어 있는 것 같군요."

"아! 오거스틴, 좀 조용히 해." 미스 오필리아가 말했다. "네가 그렇게 웃고 있는데, 내가 뭘 할 수 있겠니?"

"명예를 걸고 다시는 방해하지 않을게요." 그리고 싱클레어는 신문을 들고 거실에 가서 톱시가 암송을 마칠 때까지 앉아 있었다. 암송은 훌륭했지만, 아이는 이따금씩 중요한 말을 이상하게 바꾸어놓고는 아무리 고쳐주려고 해도 그 실수를 고집했다. 얌전히 있겠다는 약속에도 불구하고 싱클레어는 사악하게도 이 실수를 즐겼고, 미스 오필리아가 아무리 항의해도 마음이 내킬 때마다 톱시를 불러서 그 문제의 구절을 되풀이시켰다.

"네가 그런 식으로 구는데, 내가 쟤를 어떻게 가르칠 수 있겠니, 오거스틴?" 그때마다 그녀는 이렇게 말하곤 했다.

"아, 유감이네요. 다시는 안 그럴게요. 하지만 저 익살스러운 것이 저 거창한 단어들 때문에 버벅대는 게 너무 재미있잖아요!"

"하지만 네가 저 애의 잘못된 버릇을 굳히고 있잖니."

"그게 무슨 차이가 있길래요? 어차피 저 애한테는 이 말이나 저 말이나 마찬가지일 텐데."

"나보고 애를 똑바로 교육시켜보라고 했잖니. 쟤가 이성적 인간이라는 걸 잊지 말고, 애한테 미칠 영향에 신경 써."

"아, 우울해! 그래야 하는군요. 하지만 톱시 말대로 '전 너무 사악하거든요!'"

약 1, 2년간 톱시의 교육은 이런 식으로 진행되었다. 미스 오필리아는 날이면 날마다 만성적인 역병처럼 톱시 걱정을 했고, 사람들이 때로 신경통이나 두통에 익숙해지듯이 시간이 지나면서 그 괴로움에 익숙해졌다.

싱클레어는 앵무새나 사냥개의 재주에 흥미를 보이는 것처럼 아이에게 흥미를 느꼈다. 다른 곳에서 잘못을 저질러 불화가 생길 때면 톱

시는 늘 그의 의자 뒤로 숨었고, 싱클레어는 어떤 식으로든 화해를 시
켜주곤 했다. 아이는 그에게서 동전들을 많이 얻었는데, 이를 땅콩들
과 사탕들 사이에 넣고 아이들에게 무심하게 아낌없이 나눠주곤 했
다. 공정하게 평하자면, 톱시는 착하고 대범했으며 자기를 방어할 때
만 악의를 품었다. 이제 톱시는 코르 드 발레(발레에서 군무를 추는
무용수들—옮긴이)의 일원으로 소개가 되었으니, 앞으로 이따금씩
다른 무용수들과 함께 등장할 것이다.

제21장

켄터키

독자 여러분은 켄터키 농장의 톰 아저씨의 오두막을 잠깐 뒤돌아보며 그가 남겨두고 간 사람들에게 어떤 일이 일어났는지 보고 싶을 것이다.

때는 여름날의 늦은 오후여서, 혹여 들어올 마음이 내킨 한 줄기 미풍이라도 붙잡기 위해 커다란 거실의 문과 창문 들이 모두 활짝 열려 있었다. 셸비 씨는 집 전체를 가로지르며 방과 이어지고 양쪽 끝에는 발코니가 달린 넓은 복도에 앉아 있었다. 그는 여유롭게 의자에 기대앉아 발을 다른 의자에 얹은 채 식후 담배를 즐기고 있었다. 셸비 부인은 문간에 앉아서 분주히 정교한 바느질을 하고 있었는데, 뭔가 할 말이 있어서 말을 꺼낼 기회를 노리고 있는 듯한 모습이었다.

"그거 알아요?" 그녀가 말했다. "클로이가 톰에게 편지를 받았대요."

"아! 그렇소? 톰이 거기서 친구가 생긴 모양이군. 어떻게 지낸대?"

"굉장히 좋은 집에 팔린 것 같아요." 셸비 부인이 말했다. "친절하게 대해주고 할 일도 별로 없다는군요."

"아! 잘됐네, 정말 잘됐어." 셸비 씨가 진심으로 말했다. "톰은 남부에서 사는 데 만족하게 될 테고, 그럼 여기로 다시 오고 싶지도 않을 거요."

"반대로, 굉장히 마음을 죄며 묻고 있더군요." 셸비 부인이 말했다. "언제 자기를 다시 살 돈이 모일지에 대해서요."

"나도 모르겠소." 셸비 씨가 말했다. "한 번 일이 잘못되기 시작하면 끝이 없는 것 같소. 마치 사방이 늪지대인 곳에서 이 늪에서 다른 늪으로 뛰는 것 같아. 이 돈을 빌려서 저 돈을 갚고, 또 돈을 빌려서 그 돈을 갚고. 이 말도 안 되는 어음들은 담배 한 대 피우고 돌아서기도 전에 마감이 닥치지. 독촉 편지들과 독촉 전보들, 모든 게 허둥지둥 정신없을 뿐이오."

"여보, 상황을 해결할 방법이 있을 것도 같지 않아요? 말을 다 팔고 농장도 하나 팔아서 빚을 다 갚아버릴 수 없나요?"

"말도 안 되는 소리, 에밀리! 당신은 켄터키 최고의 여인이지만, 사업에 대해서는 아무것도 모른다는 걸 아직 이해 못 하고 있구려. 여자들은 절대 몰라, 알 수도 없고."

"하지만 적어도," 셸비 부인이 말했다. "상황을 좀 알려줄 수는 없나요? 적어도 빚과 당신이 받아야 할 것들의 목록을 알려줘요. 절약할 방법이 있을지 알아보게요."

"아, 귀찮아! 날 좀 괴롭히지 마오, 에밀리! 나도 정확히 말할 수 없소. 상황이 어떤지는 대충 알지만, 정리하고 청산하는 건 불가능해. 클로이가 파이껍질 자르는 것하곤 다르단 말이오. 당신은 사업에 대해서는 아무것도 모르잖소."

자신의 주장을 역설할 다른 방법을 모르는 셀비 씨는 목소리만 높였다. 신사가 사업문제를 아내와 논의할 때 매우 편리하면서도 설득력 있는 논쟁방식이었다.

셀비 부인은 말을 멈추고 한숨을 내쉬었다. 사실 남편은 그녀가 여자라고 일축했지만, 그녀는 분명하고 정력적이며 실용적인 정신과 모든 면에서 남편보다 뛰어난 품성을 지니고 있었다. 그러니 그녀에게 경영을 허락한다 해도 셀비 씨가 생각한 것처럼 말도 안 되는 가정은 아니었을 것이다. 셀비 부인은 톰과 클로이 아줌마에게 한 약속을 지키기로 마음을 굳게 먹었기 때문에, 실망의 가능성이 높아지자 한숨을 내쉬었다.

"어떻게 해본다면 그 돈을 마련할 수도 있지 않아요? 불쌍한 클로이 아줌마! 너무도 간절히 바라고 있는데!"

"그렇다면 미안하오. 내가 성급히 약속을 한 듯도 하오. 잘은 모르겠지만, 클로이에게 말하고 마음을 접게 하는 게 가장 좋을 것 같소. 톰은 1, 2년 후면 새 아내를 얻을 테고, 클로이도 다른 사람을 만나는 게 더 좋을 거요."

"셀비, 난 내 노예들에게 그들의 결혼도 우리 결혼만큼이나 신성한 거라고 가르쳤어요. 클로이에게 그런 충고를 한다는 건 상상도 할 수 없어요."

"안됐지만, 여보, 당신이 노예들에게 지운 도덕의 짐은 그들의 조건과 가능성을 넘어서는 거요. 난 항상 그렇게 생각했소."

"그건 성경의 도덕률일 뿐이라고요, 셸비."

"자, 자, 에밀리, 당신의 종교관에 간섭할 생각은 없소. 단지 그 종교관이 그런 처지의 사람들과는 몹시 안 맞는 것 같아."

"사실 맞아요." 셸비 부인이 말했다. "그래서 이 모든 걸 마음속 깊이 증오하는 거예요. 여보, 이 가엾은 사람들에게 한 약속을 저버릴 수가 없어요. 다른 방법으로 돈을 구할 수 없으면 음악을 가르칠 제자들을 받겠어요. 충분히 돈을 받을 수 있으니 직접 벌겠어요."

"그렇게 품위를 떨어뜨리는 짓은 하지 않을 테지, 에밀리? 난 절대 동의할 수 없소."

"품위를 떨어뜨린다고요! 그 가엾은 사람들과 한 약속을 저버리는 것만큼 품위가 떨어지겠어요? 아뇨, 절대로!"

"음, 언제나 영웅적이고 초월적이시군." 셸비 씨가 말했다. "하지만 그렇게 돈키호테처럼 주책맞게 용감한 짓을 저지르기 전에 생각을 좀 하는 게 좋을 것 같소."

그 순간 베란다 끝에 클로이 아줌마가 나타나는 바람에 대화가 끊겼다.

"마님, 저 괜찮으시면." 그녀가 말했다.

"어, 클로이, 무슨 일이야?" 안주인이 일어나서 발코니 끝으로 다가가며 말했다.

"오셔서 이 가곡을 좀 봐주셨으면 하는데요."

클로이는 가금家禽을 가곡歌曲이라고 부르는 특이한 취미가 있었다. 집안의 젊은 사람들이 언제나 고쳐주고 충고해줘도 그녀는 항상 이 단어 사용을 고집했다.

"제발! 이거나 저거나 마찬가지구만. 어쨌건 난 가곡이 좋아." 그래서 클로이는 계속해서 그걸 가곡이라고 불렀다.

셀비 부인은 클로이가 엄청나게 진지한 표정으로 닭들과 오리들을 죽 엎어놓고 서 있는 것을 보고 미소 지었다.

"생각해봤는데, 마님은 이걸로 닭고기파이를 만들고 싶지 않으실까 해서요."

"클로이 아줌마, 난 상관없어. 아줌마가 좋을 대로 요리해줘."

클로이는 멍하게 고기들을 장만하며 서 있었다. 생각하고 있는 게 닭고기가 아닌 것이 명백했다. 마침내 그 종족이 모호한 화제를 끄집어낼 때 종종 그러듯이, 그녀는 살짝 웃으며 말했다.

"저기요, 마님! 주인님과 마님이 왜 손에 쥔 걸 안 쓰고 돈 문제로 골치를 썩여야 하는지 모르시겠어요?" 클로이는 다시 웃었다.

"무슨 말인지 모르겠어, 클로이." 셀비 부인은 자신이 아는 클로이의 태도로 볼 때 그녀가 자신과 남편 사이에 오간 대화를 한 마디도 빼놓지 않고 다 들었다는 것을 전혀 의심하지 못하고 말했다.

"그러니까, 마님!" 클로이가 다시 웃으며 말했다. "다른 사람들은 검둥이들에게 고용살이를 시켜서 돈을 벌잖아요! 집 안 음식도 안 축내고요."

"클로이, 누구를 고용살이 보내라고 제안하는 거야?"

"아이고! 제안하는 거 아니에요. 그냥 샘 말이 루이빌에, 그러니까 **제조점**(제과점을 잘못 말한 것—옮긴이)이 하나 있는데, 거기서 케이크와 페이스트리 잘 만드는 사람을 구한대요. 일주일에 4달러를 준다네요."

"그래서, 클로이."

"그래서, 생각했어요, 마님. 이제 샐리에게 일을 맡길 때도 됐잖아요. 한참 동안 제 밑에서 배웠고, 웬만한 건 저만큼 잘해요. 마님께서 보내주시기만 하면, 제가 돈을 벌어 올게요. 제 케이크와 파이는 어떤 **제조사** 옆에 놓는다 해도 무서울 게 없어요."

"제과점이지, 클로이."

"아이고, 마님! 별 차이도 없구만요. 말들은 참 별나기도 하지. 똑바로 알 수가 없다니까."

"하지만 클로이, 아이들은 어쩌고?"

"마님! 아들들은 이제 한몫할 정도로 다 컸고, 일도 잘해요. 아기는 샐리가 봐줄 거예요. 똘똘한 애라 손이 많이 가지 않을 거예요."

"루이빌은 먼 곳인데."

"아이고! 전 안 무서워요. 강 아래쪽이니, 어쩌면 영감이랑 가깝겠죠?" 클로이가 셸비 부인을 쳐다보며 마지막 말을 의문조로 말했다.

"아니, 클로이. 몇백 킬로미터 떨어진 곳이야." 셸비 부인이 말했다.

클로이의 표정이 일그러졌다.

"괜찮아. 거기 가면 더 가까워질 거야, 클로이. 그래, 가도 좋아. 아줌마 임금은 한 푼도 빼놓지 않고 아줌마 남편을 다시 사 올 돈으로 모아둘게."

밝은 햇살이 어두운 구름을 은빛으로 물들이듯, 클로이의 어두운 표정이 즉시 환하게 밝아졌다. 진짜로 빛이 났다.

"세상에! 마님은 정말로 좋은 분이세요! 제가 바로 그 생각을 하고 있었어요. 전 옷도, 신발도, 아무것도 필요 없어요. 한 푼도 안 빼놓고 다 모을 수 있어요. 1년은 몇 주예요, 마님?"

"52주." 셸비 부인이 말했다.

"세상에! 그래요? 그런데 그 한 주마다 4달러라고요? 와, 그게 전부 얼마야?"

"208달러네." 셸비 부인이 말했다.

"우와!" 클로이가 경탄하며 즐거워했다. "그럼 다 버는 데 얼마나 걸리는 거예요, 마님?"

"4, 5년 정도 되겠지. 하지만 혼자 다 할 필요는 없어. 나도 좀 보탤 테니까."

"마님이 수업을 한다거나 하는 소리는 듣기 싫어요. 그건 주인님 말씀이 옳아요. 그건 절대 안 돼요. 내게 손이 있는 한 우리 식구들이 그렇게 되는 건 싫어요."

"걱정하지 마, 클로이. 집안의 명예는 생각할 테니까." 셸비 부인이 미소 지으며 말했다. "언제 가려고?"

"당장이라도요. 샘이 망아지들을 데리고 강에 가는데, 제가 따라가도 된대요. 그래서 짐을 챙겨뒀어요. 마님만 괜찮으시면, 내일 아침에 샘이랑 갈게요. 통행증이랑 추천서만 써주시면요."

"클로이, 셀비 씨가 반대하지 않으면 내가 알아서 할게. 남편에게 이야기해야겠다."

셀비 부인이 계단을 올라가자, 클로이 아줌마는 기쁨에 차서 준비를 하러 오두막으로 갔다.

"세상에, 조지 도련님! 저 내일 루이빌에 가요!" 클로이가 오두막 안으로 들어오는 조지에게 말했다. 그녀는 아기 옷을 정리하느라 여념이 없었다. "그냥 좀 살펴보고 정리하려 했는데. 하지만 전 가요, 조지 도련님. 일주일에 4달러를 벌러 가요. 그럼 마님이 다 모아뒀다가 우리 영감을 다시 사주실 거예요."

"와아!" 조지가 말했다. "이거 단연 굉장한 사업인데! 어떻게 갈 거야?"

"내일요, 샘이랑. 그러니 조지 도련님, 앉아서 우리 영감한테 편지 좀 써줘요. 몽땅 다 전해줘요. 해줄 거죠?"

"물론이지." 조지가 말했다. "톰 아저씨가 우리 소식을 들으면 엄청 기뻐할 거야. 당장 집에 가서 종이랑 잉크 가져올게. 그러고 나서 새 망아지랑 온갖 이야기를 다 해줄게, 클로이 아줌마."

"네, 네, 조지 도련님. 가세요, 전 닭요리를 좀 만들게요. 이제 이 불쌍한 할멈이랑 저녁 먹을 일도 많지 않을 테니까."

"풀은 마르고 꽃은 시드네"

인생은 모든 사람에게 한 번에 하루씩 흘러간다. 우리 친구 톰에게도 시간은 그렇게 흘러 어언 2년이 지나갔다. 소중히 여기던 모든 사람과 떨어져서 저 멀리 있는 것들을 종종 그리워하기도 했지만, 그런데도 비참하다는 생각을 의식적으로 해본 적은 없었다. 인간의 감정이라는 하프는 너무도 잘 조율되어 있어서 모든 현이 다 끊어지지 않고서야 그 조화를 완전히 망가뜨릴 수 없기 때문이다. 박탈과 시련으로 점철된 듯한 시절도 돌이켜보면, 흘러가는 매시간 속에는 즐거운 순간도, 고통을 잊는 순간도 있는 까닭에 완전히 행복하지는 않지만 그렇다고 완전히 비참하지도 않다.

톰은 그가 가진 유일한 책에서 '어떠한 형편에 있든지 간에 자족하기를 배운' 사람의 이야기를 읽었다. 이는 훌륭하고 합당한 교리 같았고, 그 책에서 습득한 차분하고 신중한 습관과 잘 조화되었다.

앞 장에서 말한 바 있는 집으로 보낸 편지에 대한 답장이 얼마 후 조지 도련님에게서 왔다. 그 시원하고 둥글둥글한 학생 같은 글자는 톰의 말마따나 "방 저쪽 편에서도" 읽을 수 있을 정도였다. 편지에는 우리 독자들은 이미 알고 있는 집안의 각종 새로운 소식들이 담겨 있었다. 클로이 아줌마가 루이빌의 제과점에 고용살이를 가게 되었다는 것, 그 과자 만드는 솜씨로 돈을 엄청나게 벌어올 거라는 것, 그 돈은 몽땅 톰을 다시 사 올 비용으로 모을 거라는 것, 모즈와 피트는 무럭무럭 자라나고 있고, 아기는 샐리와 집안 사람들 대부분의 보살핌을 받으며 온 집 안을 아장거리고 돌아다닌다는 소식들이었다.

톰의 오두막은 지금은 비어 있지만, 톰이 돌아오면 새로 단장하고 증축할 거라고 조지는 상세하게 설명했다.

편지의 나머지 부분에는 첫 글자를 화려한 대문자로 적은 조지의 학과목 목록, 톰이 떠난 후 농장에 들어온 망아지 네 마리의 이름, 그리고 그 연장선상에서 어머니와 아버지는 잘 지내신다는 안부가 적혀 있었다. 편지의 문체는 단연 간결하고 생동감이 넘치긴 했지만, 톰에게는 근대에 등장한 최고의 작문 견본 같았다. 그는 지치지도 않고 계속 편지를 들여다봤고, 심지어 방에 걸어놓기 위해 액자에 넣을 방법을 에바와 상담하기까지 했다. 편지의 양면이 한 번에 보이도록 하는 문제 외에는 어려울 것 없는 절차였다.

톰과 에바의 우정은 아이의 성장과 함께 커져갔다. 이 충직한 종자의 부드럽고 다정다감한 마음속에 아이가 어떤 자리를 차지하고 있는지 말하기란 어려웠다. 그는 아이를 지상의 약한 존재로 사랑하면서도 거룩하고 신성한 존재로 숭배하다시피 했다. 그는 이탈리아 선원이 아기 예수의 성상을 바라보듯이 숭배와 애정이 뒤섞인 시선으로 에바를 바라보았다. 에바의 우아한 도락들을 만족시키고 여러 색 무지개 같은 어린 시절의 수천 가지 소박한 욕구들을 들어주는 일이 톰의 최고의 낙이었다. 아침에 시장에 가면 언제나 에바에게 줄 진귀한 꽃다발을 찾아 꽃가게를 눈여겨봤고, 돌아가서 주려고 먹음직한 복숭아나 오렌지를 주머니에 챙겨 넣었다. 그를 가장 기쁘게 하는 일은 멀리서 그가 오는지 보려고 대문 밖으로 내민 아이의 햇살 같은 머리와 "톰 아저씨, 오늘은 뭘 줄 거야?"라는 귀여운 질문이었다.

에바도 친절한 답례에 있어서는 뒤지지 않았다. 어린 나이에도 불구하고 에바는 책을 근사하게 낭독할 줄 알았다. 음악적 감각이 있는 귀와 생생한 시적 공상력, 장엄하고 고귀한 것에 본능적 감응력을 지닌 에바는 성경을 무척 근사하게 읽었다. 톰은 그런 낭독을 한 번도 들어본 적이 없었다. 아이는 처음에는 비천한 친구를 기쁘게 해주기 위해 성경을 읽어주었지만, 곧 그 진지한 천성이 덩굴을 내뻗어 그 위대한 책을 휘감았다. 에바는 그 책을 사랑했다. 그것이 아이의 마음속에 이상한 갈망과, 열정적이고 상상력이 풍부한 아이들이 잘 느끼는 어렴풋하고도 강한 감정을 일깨웠기 때문이다.

에바가 가장 좋아하는 부분은 계시록과 예언서였다. 그 어렴풋하고 경이로운 이미지와 열띤 언어에 깊은 감명을 받은 에바는 그 의미를 물었지만 소용없었다. 아이와 아이의 소박한 친구, 어린아이와 늙은 아이의 감상은 똑같았다. 그들이 아는 것이라곤 그 책이 앞으로

     Uncle Tom's Cabin

모습을 드러낼 영광, 앞으로 일어날 경이로운 일을 노래하고 있다는 것뿐이었다. 그들의 영혼은 기쁨으로 가득 찼지만, 그 이유는 몰랐다. 물리과학에서와 달리, 도덕과학에서는 이해할 수 없는 것이라고 해서 꼭 득이 되지 않는 것만은 아니다. 두 개의 어렴풋한 영원—영원한 과거와 영원한 미래—사이에서 깨어난 영혼은 떨리는 낯선 존재가 된다. 빛은 에바 주위에만 비치고 있어서, 아이는 미지의 세상을 향해 간절히 나아가야만 한다. 구름에 가린 영감의 기둥에서 오는 목소리들과 그림자 같은 움직임들은 모두 아이의 기대에 대한 반향이자 대답을 담고 있다. 그 신비한 이미지들은 미지의 상형문자가 새겨진 부적이자 보석이어서, 아이는 이를 가슴에 품고 있다가 장막 너머로 건너갈 때 읽을 것이다.

이야기의 이 시점에, 싱클레어 집안 전체는 당분간 폰차트레인 호수에 있는 별장에 가 있었다. 여름의 열기로 인해 이 찌는 듯한 병든 도시에서 떠날 능력이 되는 사람들은 모두 호숫가와 시원한 바람을 찾아 떠났던 것이다.

싱클레어의 별장은 대나무 베란다가 둘러지고 사방이 정원과 공원으로 통해 있는 동인도풍 오두막이었다. 거실은 아름다운 열대식물과 꽃이 향기를 내뿜고 있는 커다란 정원과 통해 있었고, 정원의 구불구불한 산책길들은 모두 호숫가로 이어져 있었다. 은빛 막을 씌운 듯한 호수는 햇살 속에서 출렁거리며 시시각각 다른 모습으로, 하지만 점점 더 아름다운 모습으로 변했다.

지금은 강렬한 황금빛 노을이 수평선 전체를 불태워 호수가 또 하

나의 하늘처럼 보이는 그런 시간이었다. 흰 돛단배들이 정령처럼 여기저기 미끄러져 지나간 흔적을 제외하고는 호수 전체가 장밋빛 또는 황금빛으로 물들었고, 황금빛 작은 별들이 그 빛 사이로 반짝거리며 물속에서 일렁이는 자기 그림자를 내려다보고 있었다.

톰과 에바는 정원 끝에 있는 정자의 이끼 낀 자리에 앉아 있었다. 일요일 저녁이라 에바는 무릎 위에 성경을 펴놓고 있었다. 아이가 성경 구절을 읽었다. "내가 보니 불이 섞인 유리 바다 같은 것이 있고." (「요한계시록」 15장 2절—옮긴이)

"톰 아저씨." 에바가 갑자기 읽기를 멈추고 호수를 가리키며 말했다. "저기 있어."

"뭐가요, 에바 아가씨?"

"안 보여, 저기?" 아이가 장밋빛 하늘을 담고 출렁거리는 유리 같은 호수를 가리키며 말했다. "저기 '불이 섞인 유리 바다'가 있어."

"정말 그러네요, 에바 아가씨." 톰은 이렇게 대답하고 노래했다.

"오, 내게 아침의 날개가 있다면,

가나안의 바닷가로 날아갈 텐데.

빛나는 천사들이 나를 집으로,

새 예루살렘으로 데려다 줄 텐데."

"새 예루살렘이 어디 있을 것 같아, 톰 아저씨?" 에바가 물었다.

"저 구름 위에요, 에바 아가씨."

"그럼 난 그게 보이는 것 같아." 에바가 말했다. "저기 구름 속을 봐봐! 진주로 만든 커다란 문 같아. 그 너머가 보이지, 저기 멀리멀리. 온통 황금색이야. 톰 아저씨, '빛나는 영혼들' 노래 불러줘."

톰이 잘 알려진 감리교 찬송가를 불렀다.

"저곳의 영광을 맛보는

빛나는 영혼들이 보이네,

모두 티 하나 없는 흰 옷을 입고

승리의 종려 잎사귀를 들고 있네."

"톰 아저씨, 난 **그**들이 보여." 에바가 말했다.

톰은 이를 전혀 의심하지 않았다. 전혀 놀랍지도 않았다. 에바가 천국에 가봤다고 말하더라도 그럴 수 있다고 철석같이 믿었을 것이다.

"잠들어 있을 때 간혹 내게 와, 저 영혼들이." 에바의 눈이 몽롱해지더니, 낮은 목소리로 콧노래를 부르기 시작했다.

"모두 티 하나 없는 흰 옷을 입고
승리의 종려 잎사귀를 들고 있네."

"톰 아저씨," 에바가 말했다. "난 저기 갈 거야."
"어디요, 에바 아가씨?"
아이는 일어나서 조그만 손으로 하늘을 가리켰다. 저녁놀이 아이의 금발을 비추고 이 세상 것 같지 않은 광채로 아이의 뺨을 물들였다. 에바의 눈은 진지하게 하늘에 고정되어 있었다.
"난 **저기** 갈 거야." 아이가 말했다. "빛나는 영혼들에게. 톰 아저씨, **난 갈 거야, 머지않아서.**"
그 충직한 심장이 갑자기 덜컹하고 내려앉았다. 지난 6개월 동안 에바의 작은 손이 점점 더 말라가고, 피부는 점점 더 투명해지고, 숨이 점점 더 가빠지던 것을 얼마나 자주 눈치 챘던가. 한때는 정원에서 몇 시간이고 뛰고 놀았는데, 지금은 얼마나 빨리 지치고 흥미를 잃는가. 미스 오필리아는 어떤 약으로도 치료되지 않는 기침 이야기를 종종 했다. 바로 지금도 저 달아오른 뺨과 조그만 손은 열로 달떠 있었지만, 에바의 말이 암시하는 바를 톰은 이 순간까지 한 번도 생각해 본 적이 없었다.
에바 같은 아이가 있었던가? 그렇다, 있었다. 하지만 그들의 이름은 항상 묘비에 새겨져 있고, 그 상냥한 미소와 신성한 눈, 기묘한 말과 행동 들은 그리움에 사무치는 가슴속에 묻힌 보물들이다. 살아 있는 아이들이 아무리 착하고 얌전하다 해도 **그렇지 않은** 아이의 기묘한 매력에 비하면 아무것도 아니라는 이야기가 얼마나 많은 집에 전하는가? 마치 천국에는 특별한 천사집단이 있어서, 여기서 한 계절 머물며 변덕스러운 인간들의 마음을 사로잡은 다음 집으로 돌아갈 때 그 마음을 함께 가지고 올라가는 일을 담당하는 듯했다. 아이의 눈에 깊고 영적인 빛이 보이면, 그 조그만 영혼이 평범한 아이들의 말과는 다른 상냥하고 현명한 말들을 내놓으면, 그 아이를 붙들고 있을 수 있다는 희망을 버려라. 아이에게는 이미 하늘의 표식이 찍혔고, 그 눈에서는 불멸의 빛이 나오고 있으니.

그렇다 하더라도 사랑하는 에바라니! 당신 집의 아름다운 별! 당신은 사라져가고 있는데, 당신을 죽도록 사랑하는 사람들은 그 사실을 모른다.

톰과 에바의 대화는 미스 오필리아의 다급한 외침에 의해 중단되었다.

"에바, 에바! 이슬이 내리고 있어. 그렇게 바깥에 있으면 안 돼!"

에바와 톰은 황급히 집으로 들어갔다.

나이가 지긋한 미스 오필리아는 간호법을 잘 알고 있었다. 뉴잉글랜드 출신인 그녀는 예쁘고 사랑스러운 수많은 아이들을 휩쓸어 생명의 끈 하나가 잘리는 느낌이 들기도 전에 돌이킬 수 없이 죽음의 인장을 찍어놓는 그 조용한 잠행성 병의 음험한 첫 발자국을 잘 알고 있었다.

그녀는 가벼운 마른기침과 나날이 붉어지는 뺨을 주시했다. 빛나는 눈과 열로 인한 쾌활함도 그녀의 눈을 속일 수 없었다.

그녀는 이 두려움을 싱클레어에게 말하려 했지만, 그는 평소의 무심하고 익살스러운 태도와는 달리 안절부절못하고 불쾌해하며 그 암시를 내쳤다.

"불길한 소리 하지 마세요, 누님. 듣기 싫어요!" 그는 이렇게 대답하곤 했다. "애가 크느라고 그러는 거잖아요. 부쩍부쩍 자랄 때는 다들 기운이 없는 법이에요."

"하지만 그런 기침을 하잖니!"

"아! 말도 안 되는 소리! 그건 아무것도 아니에요. 그냥 감기가 좀 걸린 거겠죠."

"엘리자 제인도 딱 그랬어. 엘런과 마리아 샌더스도."

"간병인들이 퍼뜨리는 그런 도깨비 같은 이야기들 좀 그만하세요. 누님같이 나이 드신 분은 너무 아는 게 많아서 애들이 기침이나 재채기만 해도 금방이라도 끝장이 나는 것처럼 구는 거예요. 애가 밤공기를 쐬지 않도록 하고 너무 많이 놀지 않게 잘 돌봐주시기나 해요. 그럼 괜찮아질 테니까."

싱클레어는 그렇게 말했다. 하지만 그는 불안하고 안절부절못했다. 그는 날이면 날마다 불안하게 에바를 지켜봤고, "아이는 괜찮다"고, 그 기침은 별것 아니라고, 애들이 종종 그렇듯이 그냥 위장에 탈이 좀 난 거라고 수없이 되풀이해서 말했다. 하지만 그는 전에 없이 아이 옆을 지켰고, 더 자주 함께 말을 타러 갔고, "아이에게 **필요**해서가 아니라, 해 될 게 없기 때문"이라고 말하며 며칠이 멀다 하고 처방약이나 보약을 들고 왔다.

무엇보다 그의 마음을 아프게 하는 것은 아이의 마음과 감정이 하루가 다르게 성숙해지는 것이었다. 아이다운 기발한 매력도 온전히 가지고 있었지만, 아이는 가끔 무의식적으로 너무도 심오한 생각과 기묘하게 비현세적인 지혜를 불쑥 내놓았다. 마치 무엇인가를 시사하는 듯했다. 그럴 때면 싱클레어는 돌연 가슴이 철렁 내려앉아 다정한 포옹이 구원책이나 되는 양 딸을 품에 껴안고는 절대 아이를 놓치지 않고 지키고 말겠다는 결연한 결심을 마음속 깊이 품곤 했다.

아이의 마음과 영혼은 사랑과 친절을 베풀 생각에 온통 빠져 있는 것 같았다. 에바는 항상 충동적으로 베풀어왔던 아이였지만, 이제는 감동적이고 여자다운 사려 깊은 배려가 보였다. 누구나 그걸 알 수 있었다. 에바는 여전히 톱시와 다양한 피부색의 흑인 아이들과 놀기를 좋아했지만 이제는 놀이의 참가자가 아니라 구경꾼 같았다. 아이는 30분씩이나 앉아서 톱시의 기묘한 재주를 보며 웃곤 했지만, 이내 얼굴에 그림자가 뒤덮이며 눈가가 촉촉해지고 딴 생각에 잠겼다.

"엄마," 하루는 아이가 갑자기 어머니에게 말했다. "우린 왜 하인들에게 글을 안 가르쳐요?"

"그게 무슨 말이니, 얘야! 사람들은 절대 그런 짓 안 해."

"왜 안 하는데요?" 에바가 물었다.

"노예들이 글을 읽어봤자 소용없으니까. 그렇다고 해서 일을 더 잘하는 것도 아니잖아. 일하는 게 목적인 인간들인데 말이야."

"하지만 하나님의 의지를 알려면 성경을 읽어야 하잖아요."

"오! 필요한 부분은 누군가가 읽어주잖니."

"제 생각에는요, 엄마, 모든 사람은 직접 성경을 읽어야 해요. 읽어 줄 사람이 없어도 필요할 때가 많거든요."

"에바, 넌 정말 이상한 애야." 어머니가 말했다.

"오필리아 고모는 톱시한테 글을 가르쳐요." 에바는 계속 말했다.

"그래, 그래서 무슨 득이 있기는 하디? 톱시는 내가 본 애들 중 최악이야!"

"가엾은 유모를 봐요!" 에바가 말했다. "유모는 성경을 아주 좋아하고, 직접 읽고 싶어 해요! 제가 읽어줄 수 없게 되면 유모는 어떡해요?"

마리는 분주히 서랍 안을 뒤지면서 대답했다.

"에바, 물론 점차 너에게도 하인들에게 성경을 읽어주는 일 말고도 생각할 거리들이 생길 거야. 매우 적절한 일은 아니지만, 나도 건강할 때는 성경을 읽어줬어. 하지만 너도 사교계에 나가게 되면 그럴 시간이 없을 거야. 여길 보렴!" 그녀가 덧붙였다. "네가 데뷔하면 이 보석들을 줄게. 내가 첫 번째 무도회에서 걸쳤던 것들이야. 그때 엄마가 얼마나 화제를 불러일으킨 줄 아니?"

에바는 보석함을 가져가 그 안에서 다이아몬드 목걸이를 꺼냈다. 생각에 잠긴 커다란 눈이 목걸이에 머물렀지만, 다른 생각을 하고 있는 게 명백했다.

"왜 그렇게 심각한 얼굴이니!" 마리가 말했다.

"이건 엄청나게 비싼 거죠, 엄마?"

"그럼. 아버지가 프랑스에서 들여오신 거야. 한재산 될 정도지."

"제 거였으면 좋겠어요." 에바가 말했다. "하고 싶은 걸 하게요."

"뭘 하고 싶은데?"

"목걸이를 팔아 자유주에 땅을 사서 우리 집 사람들을 다 데리고 갈 거예요. 그러곤 선생님을 고용해 읽고 쓰는 걸 가르치고 싶어요."

에바의 말은 어머니의 웃음소리로 중단됐다.

"기숙학교를 세우렴! 피아노도 가르치고 벨벳에 그림 그리는 것도 가르치지 그러니?"

"직접 성경을 읽고 스스로 편지를 쓰고 자기한테 온 편지는 읽을 수 있도록 가르칠 거예요." 에바는 한결같이 말했다. "노예들이 이런 것들을 할 줄 몰라서 힘들어한다는 걸 전 알아요. 톰이 그래요. 유모도요. 아주 많은 사람들이 그래요. 이건 잘못된 일 같아요."

"자, 자, 에바. 넌 아이일 뿐이야! 넌 이런 일에 대해 아무것도 몰라." 마리가 말했다. "게다가 너 때문에 머리가 아프구나."

마리는 마음에 들지 않는 대화만 하면 늘 즉시 머리가 아팠다.

에바는 살며시 방에서 나갔다. 하지만 그날 이후 에바는 유모에게 열심히 읽기를 가르쳤다.

헨리크

이 무렵 싱클레어의 형 앨프리드와 그의 열두 살 난 장남이 호숫가 집에 와서 이틀여를 머물렀다.

어떤 장면도 이 쌍둥이 형제의 모습보다 독특하고 아름다울 수는 없었다. 자연은 이들을 닮게 만드는 대신 모든 면에서 반대로 만들었다. 하지만 두 사람은 신비한 유대로 묶여 있기라도 한 듯 각별한 형제애를 나누었다.

그들은 팔짱을 끼고 정원의 오솔길과 산책길을 어슬렁거리며 다니곤 했다. 오거스틴은 푸른 눈에 금발, 공기처럼 유연한 몸, 경쾌한 얼굴을 하고 있었고, 앨프리드는 검은 눈과 로마인 같은 오만한 옆선, 강인한 팔다리, 단호한 태도를 지니고 있었다. 그들은 항상 상대방의 의견과 관행을 매도했지만, 함께 어울리는 즐거움은 조금도 줄지 않았다. 사실 서로 반대라는 사실 자체가 자석의 양극이 서로 이끌리는 듯이 그들을 하나로 묶어주는 것 같았다.

앨프리드의 장남 헨리크는 귀족적이고 당당하며 원기 왕성한 검은 눈의 소년이었다. 그는 에반젤린을 처음 소개받는 순간 사촌의 세련된 품위에 홀딱 반한 듯했다.

에바에게는 눈처럼 흰 조그만 망아지가 있었다. 요람처럼 편안하고 어린 주인처럼 온순한 망아지였다. 톰이 그 망아지를 뒤 베란다로 끌고 왔고, 열세 살 정도 되는 어린 물라토 소년이 헨리크를 위해서 막대한 비용을 치르고 외국에서 막 들여온 검은 아라비아종 망아지를 데려왔다.

헨리크는 이 새 소유물에 대해 소년다운 자부심이 있었다. 앞으로 나가 어린 마부의 손에서 고삐를 받으며 세심하게 말을 살펴보더니, 그가 얼굴을 찌푸렸다.

"이게 뭐야, 도도, 이 게으른 자식! 오늘 아침에 말을 안 씻겼잖아."

"아니에요, 주인님." 도도가 유순하게 말했다. "자기가 저렇게 흙을 묻힌 거예요."

"이 천한 것, 입 닥쳐!" 헨리크가 격하게 승마용 채찍을 들어 올렸다. "어디서 감히 입을 놀려!"

검은 눈의 잘생긴 물라토 소년은 헨리크와 몸집이 비슷했고, 높고 훤칠한 이마 주위에는 곱슬머리가 늘어져 있었다. 순식간에 붉게 달아오른 뺨과 빛나는 눈으로 알 수 있듯이 그에게는 백인의 피가 흐르고 있었다. 그는 간절하게 뭔가 말하려고 했다.

"헨리크 도련님!" 그가 말을 꺼냈다.

헨리크는 승마용 채찍으로 그의 얼굴을 후려치고는 한쪽 팔을 잡고 무릎을 꿇리더니 숨이 차도록 그를 때렸다.

"이 건방진 개자식! 내가 말할 때 말대꾸해선 안 된다는 걸 이제 알겠어? 말을 다시 데려가서 제대로 씻겨 와. 분수를 가르쳐줄 테다!"

"도련님," 톰이 말했다. "저 아이는 마구간에서 데려오는 도중에 말이 바닥에서 뒹굴었다는 말을 하려고 했어요. 말이 몹시 기운이 넘쳐 저렇게 흙이 묻은 겁니다. 저 아이가 말을 씻기는 걸 제가 봤습니다."

"너한테 묻지 않으면 입 닥치고 있어!" 헨리크는 이렇게 말하고 돌아서서 계단을 올라가 승마복을 입고 서 있는 에바에게 갔다.

"귀여운 사촌, 저 멍청한 녀석 때문에 기다리게 해서 미안해." 그가 말했다. "올 때까지 여기 앉아서 기다리자. 그런데 무슨 일이야? 표정이 심각해."

"가엾은 도도에게 어떻게 그렇게 잔인하고 심술궂게 굴 수가 있어?" 에바가 말했다.

"잔인하고, 심술궂다고!" 소년이 놀라움을 감추지 못하고 말했다. "그게 무슨 말이야, 귀여운 에바?"

"날 귀여운 에바라고 부르지 마, 그런 짓을 해놓고." 에바가 말했다.

"귀여운 사촌, 넌 도도를 몰라. 그렇게 하지 않으면 다스릴 수 없는 녀석이라고. 입만 열면 거짓말에 변명투성이거든. 그러니 당장 제압하는 수밖에 없지. 입도 뻥긋 못 하게 말이야. 아빠가 노예들을 다루는 방식이야."

"하지만 톰 아저씨가 어쩌다 그렇게 된 거라고 했잖아. 아저씨는 절대 거짓말 안 해."

"그럼 흔치 않은 검둥이 영감이네!" 헨리크가 말했다. "도도는 입만 열면 거짓말을 하는데."

"그렇게 다루면 겁이 나서 거짓말을 하게 될 거야."

"에바, 너 정말로 도도를 좋아하는구나. 질투가 날 지경인걸."

"하지만 오빠가 그 아이를 때렸잖아. 그럴 짓을 하지도 않았는데."

"뭐, 알았어. 녀석 이젠 맞을 짓을 해도 당분간은 안 맞게 되겠네. 몇 대 때려도 도도한테는 나쁠 게 절대 없어. 전형적인 놈이거든. 하지만 네가 싫다면 네 앞에서는 때리지 않을게."

에바는 만족스럽지 않았지만, 잘생긴 사촌오빠에게 자신의 감정을 이해시키는 것은 소용없는 일임을 깨달았다.

도도가 말을 끌고 곧 다시 나타났다.

"도도, 이번에는 잘했다." 어린 주인이 조금 상냥하게 말했다. "자, 이제 내가 에바를 안장에 태워주는 동안 아가씨 말을 좀 잡고 있어."

도도는 에바의 망아지 옆에 와서 섰다. 표정은 심란했고, 눈에는 울었던 흔적이 있었다.

숙녀들에 대한 예의를 차리는 데 신사다운 민첩성을 자랑하는 헨리크는 곧 예쁜 사촌을 안장에 태우고 고삐를 모아 에바의 손에 쥐어주었다.

하지만 에바는 도도가 서 있는, 말의 반대편으로 몸을 숙여, 그가 고삐를 놓자 말했다. "잘했어, 도도. 고마워!"

도도는 놀라서 그 상냥한 얼굴을 쳐다보았다. 뺨이 확 달아올랐고 눈에는 눈물이 고였다.

"여기, 도도." 주인이 오만하게 말했다.

도도가 얼른 달려와 말을 잡자, 주인이 말에 올라탔다.

"자, 이건 사탕 사 먹을 돈이야, 도도." 헨리크가 말했다. "가서 사 먹어."

헨리크와 에바는 느린 구보로 말을 몰고 갔다. 도도는 두 아이를 지켜보며 서 있었다. 한 사람은 그에게 돈을 주었고, 다른 한 사람은 그가 훨씬 더 바라던 것—상냥하게 건넨 친절한 말—을 주었다. 도도는 불과 몇 달 전에 어머니와 헤어졌다. 주인은 그의 잘생긴 얼굴이 잘생긴 망아지와 잘 어울릴 것 같다고 노예창고에서 사 왔다. 그리고 지금 그는 어린 주인의 손에 길들여지고 있었다.

매질을 하는 광경을 정원 건너편에서 싱클레어 형제가 지켜보고 있었다.

오거스틴은 뺨이 달아올랐지만, 평소처럼 냉소를 띠며 무심하게 지켜보기만 했다.

"저게 소위 공화주의적 교육이라는 거겠지, 앨프리드 형?"

"헨리크는 흥분하면 아주 무시무시한 녀석이지." 앨프리드가 무심하게 말했다.

"형은 이게 헨리크에게 도움 되는 실습이라고 생각하는 거지?" 오거스틴이 냉담하게 말했다.

"어쩔 수가 없어. 헨리크는 성격이 아주 폭풍 같거든. 아내와 나는 오래전에 손들었어. 하지만 저 도도는 완전 도깨비 같은 녀석이야. 아무리 매질을 해도 꿈쩍도 않거든."

"이건 헨리크에게 공화주의자 교리문답 제1절을 가르치기 위한 거군. '모든 인간은 자유롭고 평등하게 태어난다!'"

"흥!" 앨프리드가 말했다. "토머스 제퍼슨의 프랑스식 정서와 헛소리지. 지금까지도 그 말이 돌아다닌다는 건 완전 말도 안 되는 소리야."

"나도 그렇게 생각해." 싱클레어가 의미심장하게 말했다.

"왜냐하면," 앨프리드가 말했다. "모든 사람이 자유롭게 태어나지도 **않고** 평등하게 태어나지도 **않는다는** 게 누가 봐도 명백하잖아. 사람들은 그렇게 태어나지 않아. 난 이 공화주의자들이 하는 말의 절반은 완전 헛소리라고 생각해. 동등한 권리를 가져야 할 것은 교육받고 지적이고 부유하고 세련된 사람들이야, 어중이떠중이들이 아니라."

"형이 그런 어중이떠중이들을 가질 수 있다면 말이지." 오거스틴이 말했다. "프랑스에서는 한때 그들이 사회를 뒤엎었지."

"그러니까 물론 한결같이 계속해서 눌러놔야 해, 내가 그러는 것처럼." 앨프리드는 마치 누군가를 짓밟듯이 발을 세게 굴리며 말했다.

"그들이 일어나면 끔찍한 일이 생기지." 오거스틴이 말했다. "예를 들면, 산토도밍고처럼."

"흥!" 앨프리드가 말했다. "이 나라에서는 우리가 알아서 막을 거야. 지금 벌어지는 교육이니 계몽이니 하는 소리에 맞서야만 해. 하층 계급은 절대 교육받아서는 안 돼."

"그걸 바랄 단계는 넘어섰어." 오거스틴이 말했다. "그들은 교육받게 될 거고, 우리는 방법을 말할 수 있을 뿐이야. 우리의 체제는 그들에게 야만과 잔인성을 가르치고 있어. 모든 인간적인 유대를 끊고 짐승으로 만들고 있다고. 그들이 우리를 이긴다면, 그런 짐승 같은 모습으로 우리를 지배하겠지."

"그들은 절대 우리를 이길 수 없어!" 앨프리드가 말했다.

"맞아." 싱클레어가 말했다. "증기를 틀고 안전판을 잠근 다음 그 위에 앉아서 어떻게 되나 봐봐."

"음," 앨프리드가 말했다. "두고 보자고. 보일러가 튼튼하고 기계가 잘 돌아가는 한 난 안전판 위에 앉아 있는 것 따위 무섭지 않아."

"루이 16세 시절의 귀족들도 딱 그렇게 생각했지. 오스트리아와 비오 9세도 지금 그렇게 생각하고 있고. 그러다가 어느 상쾌한 아침 **보일러가 터지면** 모두 공중에서 만나게 될걸."

"**두고 보면 알겠지.**" 앨프리드가 웃으며 말했다.

"다시 말하지만," 오거스틴이 말했다. "우리 시대의 신성한 법이 알려준 게 있다면, 그건 대중들은 들고 일어날 테고, 그러면 하류층이 상류층이 된다는 거야."

"그건 너희 붉은 공화주의자들의 헛소리야, 오거스틴! 넌 왜 연설가가 되지 않았냐? 굉장한 연설가가 될 수도 있었을 텐데! 뭐, 난 네그 교활한 대중들의 천년왕국이 도래하기 전에 죽기나 바라야겠다."

"교활하건 아니건, 때가 오면 그들이 형을 지배할 거야." 오거스틴이 말했다. "그리고 형이 만든 모습 그대로의 지배자가 되겠지. 프랑스 귀족들은 민중들에게 **퀼로트를 입지 않게**(원문의 '상퀼로트sans culottes'는 '퀼로트〔반바지〕를 입지 않은 사람'이라는 의미로 프랑스 혁명의 추진세력을 가리킴—옮긴이) 했고, 그 결과 그들은 **'퀼로트를 입지 않은'** 지배자 밑에서 실컷 살게 됐지. 아이티 민중들은……"

"아, 제발, 오거스틴! 그 지긋지긋하고 경멸스러운 아이티 이야기는 지겹도록 했잖아! 아이티인들은 앵글로색슨족이 아니었어. 그랬다면 이야기는 달랐을 거야. 앵글로색슨족이 세상을 지배하는 종족이고, **앞으로도 그럴 거야.**"

"우리 노예들 가운데도 이제 앵글로색슨 피가 주입된 사람들이 꽤 있지." 오거스틴이 말했다. "저들 중에는 아프리카적인 특성이라곤 우리의 계산적 단호함과 선견지명에 열대의 열정을 조금 더한 정도로만 지닌 노예들도 수두룩해. 산토도밍고 같은 때가 온다면, 앵글로색슨 피가 앞장설 거야. 혈관 속에 오만함이 불타는 백인 아버지들의 아들들은 마냥 사고 팔리고 거래되지만은 않을 거야. 그들은 들고 일어날 테고, 어머니의 종족과 함께 일어설 거야."

"말도 안 되는 소리!"

"뭐, 이런 옛말이 있잖아. '노아의 때와 같이 인자의 임함도 그러하리라. 사람들은 먹고, 마시고, 씨 뿌리고, 짓다가, 홍수가 와서 그들을 휩쓸어 갈 때까지 몰랐다'(「마태복음」 24장 37, 39절을 고쳐 인용— 옮긴이)."

"오거스틴, 네 재능은 대체로 순회 목사에 적당할 것 같다." 앨프리드가 웃으며 말했다. "우리 걱정은 하지 마. 가진 자가 임자니까. 우리에겐 권력이 있어. 우리의 지배를 받는 이 종족은," 그는 단호하게 발을 구르며 말했다. "짓밟히고, 앞으로도 계속 짓밟힐 거야! 우리에겐 우리 화약을 지킬 힘이 충분히 있어."

"헨리크처럼 교육받은 아들들이 화약고를 잘 지키겠지." 오거스틴이 말했다. "그렇게 냉정하고 침착하니! 속담에도 있잖아. '자기를 다스릴 줄 모르는 자는 다른 사람도 다스릴 수 없다.'"

"문제가 있군." 앨프리드가 심각하게 말했다. "우리 체제가 아이들을 교육하기에는 어렵다는 건 확실해. 이런 기후에서는 안 그래도 뜨거운 정열을 제멋대로 휘두르게 만들거든. 헨리크는 골치야, 맞아. 관대하고 친절하지만, 흥분하면 어디로 튈지 모르지. 내 생각에는 북부에 보내서 교육시켜야 할 것 같다. 거기선 복종이 더 유행하는 데다, 아랫사람보다는 같은 계층의 사람들과 더 많이 어울리게 될 테니까."

"아이들을 교육시키는 것은 인류의 주요 업무이니까," 오거스틴이 말했다. "우리 체제가 그 부분에서 제대로 작동하지 않는다는 건 고려해봐야 할 일 같은데."

"어떤 부분에선 그렇지." 앨프리드가 말했다. "그리고 또 어떤 부분에서는 괜찮고. 소년들을 남자답고 용감하게 만들고, 그 비열한 종족의 악덕으로 인해 정반대의 미덕을 키우게 되기도 하거든. 헨리크도 거짓말과 속임수가 노예제의 보편적 휘장인 걸 봤으니, 이제 진실의 아름다움을 더 잘 알게 되었을 거야."

"진실로 기독교적인 시각이군!" 오거스틴이 말했다.

"기독교적이건 아니건 그게 사실이고, 세상의 다른 대부분의 일들만큼은 기독교적이야." 앨프리드가 말했다.

"그럴지도."

"말해봤자 소용없어, 오거스틴. 이런 똑같은 이야기를 5백 번은 한 것 같다. 백개먼(서양의 주사위 놀이―옮긴이) 게임이나 하는 게 어때?"

두 형제는 베란다 계단을 달려 올라가 곧 백개먼 판을 사이에 놓고 대나무 탁자에 앉았다. 말을 놓으면서 앨프리드가 말했다.

"오거스틴, 만약 내가 너와 같은 생각을 했다면 난 뭔가 할 거야."

"형은 그러겠지. 형은 행동파니까. 그런데 뭘 할 건데?"

"음, 예를 들자면, 하인들을 향상시키는 것." 앨프리드는 약간 경멸조의 미소를 지으며 말했다.

"나더러 온갖 사회적 압력을 지고 있는 내 하인들을 향상시키라고 하느니, 차라리 에트나 산을 그들 위에 올려놓고 그 밑에서 일어나 보라고 해. 공동체 전체에 맞서 한 사람이 할 수 있는 일은 없어. 교육이 뭔가를 해내자면, 그건 국가의 교육이어야 하거나, 하나의 흐름이 될 수 있을 정도로 의견을 같이하는 사람들이 충분히 많아야 해."

"먼저 해." 앨프리드가 말했다. 형제는 곧 게임에 빠져들었고, 말발굽 소리가 베란다 아래서 들릴 때까지 아무 말도 하지 않았다.

"아이들이 왔군." 오거스틴이 일어나며 말했다. "여기 봐, 앨프 형! 저렇게 아름다운 광경 본 적 있어?" 정말로 아름다운 광경이었다. 훤칠한 이마와 검고 윤기 나는 곱슬머리, 빛나는 뺨을 한 헨리크가 예쁜 사촌 쪽으로 몸을 기울인 채 즐겁게 웃고 있었다. 에바는 푸른 승마복을 입고 같은 색의 모자를 쓰고 있었다. 운동으로 뺨이 발갛게 달아올라 기묘하게 투명한 피부와 금발의 효과가 더 두드러져 보였다.

"맙소사! 완전 눈이 부시게 아름답군!" 앨프리드가 말했다. "오거스트, 에바는 조만간 남자들 가슴을 태우겠어."

"그래, 정말로. 그럴 것 같아서 정말 걱정이야!" 싱클레어는 딸을 말에서 내려주려고 서둘러 내려가며 갑자기 슬픈 어조로 말했다.

"에바, 애야! 피곤하진 않니?" 그가 딸을 품에 안으며 말했다.

"아뇨, 아빠." 아이는 이렇게 대답했지만, 가쁜 숨소리에 아버지는 깜짝 놀랐다.

"왜 그렇게 빨리 몰았니? 너한테 안 좋다는 걸 알잖니."

"괜찮았어요, 아빠. 정말 좋아서 잊어버렸어요."

싱클레어는 아이를 안고 거실에 와서 소파에 내려놓았다.

"헨리크, 에바는 조심해야 해. 에바와 있을 땐 너무 빨리 몰면 안 돼."

"제가 돌볼게요." 헨리크가 소파 옆에 앉아서 에바의 손을 잡았다.

에바는 곧 훨씬 좋아졌다. 아버지와 백부는 아이들끼리 두고 게임을 다시 시작했다.

"에바, 아빠가 여기 이틀만 있을 거라고 해서 난 너무 슬퍼. 그러고 나면 오랫동안 너를 다시 못 볼 거잖아! 너랑 같이 있으면 착하게 행동하려고 노력하고 도도한테도 심술궂게 안 굴 텐데. 도도에게 못되게 굴려던 게 아니야. 하지만 너도 알다시피 난 성격이 너무 불같거든. 하지만 정말 못되게 굴지는 않아. 이따금씩 동전도 주고, 너도 봤다시피 도도는 옷도 잘 입고 있잖아. 대체로 도도는 잘 지내는 거라고 생각해.”

“오빠는 가까이서 오빠를 사랑해줄 사람이 하나도 없어도 잘 지낸다고 생각할 수 있어?”

“내가? 음, 물론 아니지.”

“그런데 오빠가 도도를 친구들에게서 멀리 데려와서 이제 도도한테는 아무도 사랑해줄 사람이 없잖아. 그런 식으로는 누구도 잘 지낼 수 없어.”

“하지만 그건 내가 어쩔 수 없는 일이야. 도도 엄마를 데려올 수도 없고, 내가 사랑해줄 수도 없어. 내가 아는 한 다른 사람들도 마찬가지고.”

“왜 못 해?” 에바가 말했다.

“도도를 **사랑**하라고! 에바, 그럴 수는 없어! 어느 정도 **좋아해줄** 수는 있지만, 하인들을 **사랑할** 수는 없는 거야.”

“난 그래, 정말로.”

“너무 이상해!”

“성경에서 우린 모두를 사랑해야 한다고 하지 않아?”

“아, 성경! 물론 거기엔 그런 말들이 많지. 하지만 실제로 할 생각을 하는 사람은 아무도 없어. 에바, 아무도 안 그래.”

에바는 아무 말도 하지 않았다. 그녀는 잠시 시선을 고정하고 생각에 잠겼다.

“어쨌거나,” 그녀가 말했다. “오빠, 가엾은 도도를 부디 사랑해줘. 그리고 친절하게 대해주고, 나를 위해서!”

"널 위해서라면 뭐든 사랑할 수 있어. 넌 정말로 내가 본 가운데 가장 사랑스러운 애니까!" 헨리크는 잘생긴 얼굴을 붉히며 진지하게 말했다. 에바는 얼굴 표정 하나 변하지 않고 천진난만하게 이를 받아들이고는, 그저 이렇게 말했다. "그렇게 생각해준다니 기뻐, 헨리크 오빠! 오빠가 기억해주길 바라."

저녁식사 종이 울려 대화는 끝났다.

전조

　　그로부터 이틀 후 앨프리드 싱클레어는 오거스틴의 집에서 떠났다. 사촌오빠와 노느라 정도 이상으로 무리를 한 에바는 급속히 쇠약해지기 시작했다. 싱클레어는 마침내 의사를 부를 마음을 냈다. 그는 항상 이를 피했는데, 그것은 반갑지 않은 진실을 인정하는 행위였기 때문이다.

　하지만 하루 이틀 만에 에바의 건강은 극도로 나빠져 집 안에서만 있어야 할 지경이 되었다. 의사가 불려왔다.

　마리 싱클레어는 아이의 건강과 기력이 서서히 쇠퇴하고 있다는 사실을 전혀 눈치 채지 못했다. 자신에게 새로 생겼다고 믿는 두세 가지 병을 살피느라 정신이 없었기 때문이다. 마리의 첫 번째 신조는 누구도 **자신**보다 더 힘든 사람은 없으며 있을 수도 없다는 것이었다. 그래서 주변의 누군가가 아픈 것 같다는 말만 해도 늘 화를 벌컥 내곤

했다. 그런 경우는 게으름이거나 기운이 없는 것일 뿐이며, 자기처럼 아파봤다면 그 차이를 곧 알 것이라고 그녀는 철썩같이 믿었다.

미스 오필리아는 마리에게 에바에 대한 어머니로서의 걱정을 일깨워보려고 여러 번 노력했지만, 아무 소용이 없었다.

"아이는 아무 문제없어 보이는데요." 그녀는 말하곤 했다. "뛰어다니고 잘 놀잖아요."

"하지만 기침을 하잖아."

"기침이라고요! **제** 앞에서 기침 이야기는 하지도 마세요. 전 평생 동안 기침을 한 사람이에요. 제가 에바 나이 때 모두들 폐병에 걸렸다고 생각했죠. 밤마다 유모가 자지 않고 절 지켜보곤 했어요. 에바의 기침은 아무것도 아니에요."

"하지만 점점 약해지고 숨 가빠해."

"저도 몇 년이나 그래왔어요. 그건 그냥 신경증이에요."

"하지만 밤이면 진땀을 흘려!"

"저도 요 10년 동안 계속 그랬어요. 걸핏하면 밤마다 옷이 흠뻑 젖어요. 잠옷이 온통 땀에 젖고 시트도 축축해져서 유모가 말려야 할 지경이에요! 에바는 그렇지 않잖아요!"

미스 오필리아는 한동안 입을 다물었다. 하지만 이제 에바는 눈에 띄게 수척해졌고, 의사가 왔다. 마리는 갑자기 태도가 돌변했다.

"이럴 줄 알았어!" 그녀는 말했다. "세상에서 가장 비참한 엄마가 되리라는 느낌이 늘 들었어. 내 건강도 이렇게 좋지 않은데, 하나뿐인 사랑스러운 아이가 먼저 무덤에 가는 걸 지켜봐야 하다니!" 마리는 이 새로운 불행의 힘으로 밤마다 유모를 깨워 괴롭혔고, 낮이면 그 어느 때보다 기운차게 하루 종일 유모를 들들 볶았다.

"여보, 마리, 그런 말 하지 마!" 싱클레어가 말했다. "그렇게 당장 포기해버려선 안 돼."

"당신은 엄마의 마음을 몰라요, 싱클레어! 당신은 절대 나를 이해 못 했어! 지금도 못 하고."

"하지만 마치 다 끝난 상황인 것처럼 그렇게 말하지 마!"

"난 당신처럼 그렇게 무심하게 받아들일 수 없어요, 싱클레어. 하나뿐인 아이가 이 지경인데 당신은 아무것도 못 느낄지 몰라도, **난** 안 그래. 아무리 많은 걸 견뎌왔지만 이건 내겐 너무 큰 시련이야."

"맞아." 싱클레어가 말했다. "항상 알고 있었어. 에바는 굉장히 섬세한 아이란 것, 기력이 소진될 정도로 너무 빨리 자랐다는 것, 상황이 심각하다는 것도. 하지만 지금은 그저 날씨가 너무 덥고 사촌의 방문 때문에 흥분해서 기운을 소진해 쇠약해진 것뿐이오. 의사는 희망이 있다고 했소."

"물론 밝은 면을 볼 수 있으면 마음대로 해요. 이런 세상에서 예민하지 않은 사람들은 복 받은 거예요. 나도 이런 감정 안 느꼈으면 좋겠어. 그래 봤자 비참할 뿐이니까! 나도 다른 사람들처럼 걱정 없이 있을 수 **있으면** 좋겠다고요!"

그 '다른 사람들'도 같은 기도를 할 이유가 충분했다. 마리는 새 불행을 핑계 삼아 주위 사람들을 온갖 방식으로 괴롭히고 다녔다. 누가 무슨 말을 하든, 어떤 일이 생기든 혹은 생기지 않든 그 모든 것은 그녀의 특별한 슬픔 따위는 신경 쓰지 않는 몰인정하고 무신경한 사람들에 둘러싸여 있다는 새로운 증거일 뿐이었다. 불쌍한 에바도 어쩌다 이 말들을 들었고, 엄마가 불쌍해서, 또 자신이 엄마에게 그렇게 큰 괴로움을 준다는 사실이 슬퍼서 눈이 퉁퉁 붓도록 울었다.

1, 2주가 지나자 증상이 크게 호전되었다. 하지만 그것은 그 냉혹한 병이 불안에 떠는 사람들을 종종 무덤 바로 앞에서도 속이는 기만적인 소강상태였다. 에바는 다시 정원으로, 발코니로 나갈 수 있었다. 다시 놀고 웃었고, 아버지는 기쁨에 차서 이제 곧 남들 못지않게 건강해지겠다고 단언했다. 미스 오필리아와 의사만이 이 가짜 휴전상태에 고무되지 않았다. 같은 확신을 하는 사람이 하나 더 있었다. 바로 에바였다. 지상에서의 시간이 길지 않다고, 너무도 조용하고 분명하게 때때로 영혼에 속삭이는 그 목소리는 무엇일까? 쇠약해져가는 마음의 비밀스러운 본능 아닐까, 혹은 불멸의 세상이 가까워짐에 따라 영혼이 충동적으로 맥박 치는 것이 아닐까? 정체가 무엇이든 그 목소리는 에바의 마음속에 자리를 잡았고, 고요하고 상냥하게 예언하며 천국이 가까웠다고 확신을 주었다. 황혼의 빛처럼 고요하고, 가을의 빛나는 고요처럼 부드러운 그 목소리 속에서 아이의 작은 심장은 안식을 취했다. 다만 자신을 너무 사랑하는 사람들 때문에 슬플 따름이었다.

지극한 간호를 받고 있고 사랑과 부가 줄 수 있는 모든 것이 있는 환한 장래가 눈앞에 펼쳐져 있었지만, 아이는 죽는 것이 유감스럽지 않았다.

아이와 아이의 소박한 친구가 너무도 자주 함께 읽었던 그 책에서
에바는 자신을 사랑하는 분의 이미지를 보았고 가슴 깊이 간직했다.
물끄러미 들여다보며 생각에 잠겨 있노라면, 그분은 더 이상 먼 과거
의 이미지나 그림이 아니라 모든 것을 감싸는 살아 있는 현실이 되었
다. 그분은 유한한 인간의 애정을 넘어서는 사랑으로 아이를 감쌌다.
아이는 그분에게로, 그분의 집으로 가고 있었다.

하지만 뒤에 남기고 가는 것들을 생각하면 슬픔으로 마음이 무거
웠다. 가장 마음에 걸리는 사람은 아버지였다. 한 번도 뚜렷하게 생
각해본 적은 없지만 다른 누구보다 자신을 사랑하는 사람은 아버지
라는 것을 에바는 본능적으로 알고 있었다. 어머니도 정말로 사랑스
러운 사람이라 사랑했다. 어머니에게서 보이는 이기심은 그저 슬프고
당황스러울 뿐이었다. 어머니는 잘못할 리 없다는 아이다운 맹목적인
신뢰가 있었기 때문이다. 어머니에게는 결코 이해할 수 없는 면이 있
었지만, 에바는 항상 결국 자기 엄마이고 자신은 엄마를 정말로 사랑
한다고 생각하며 그 잘못들을 덮어버렸다.

자신을 햇살처럼 여기는 다정하고 충직한 하인들도 가여웠다. 아
이들은 보통 일반화를 하지 않지만, 에바는 특별히 성숙한 아이여서
자신이 목격한 노예제의 악행들 하나하나가 그 성찰적인 마음 깊이
무겁게 내려앉았다. 그들을 위해 뭔가 하고 싶은 열망—그들뿐만이
아니라 그런 처지에 있는 모두를 지키고 구해주고 싶은 열망—이 있
었지만, 그 열망은 아이의 조그맣고 쇠약한 몸과 슬픈 대조를 이뤘다.

"톰 아저씨," 하루는 성경을 읽어주다가 아이가 말했다. "난 왜 예

수님이 우리를 위해 **돌아가시려고** 했는지 이해하겠어."

"왜요, 에바 아가씨?"

"나도 그런 생각이 들거든."

"무슨 말이에요, 에바 아가씨? 전 이해가 안 돼요."

"나도 말 못 하겠어. 하지만 아저씨가 왔을 때 그 배에서 봤던 불쌍한 사람들 말이야. 엄마를 잃은 사람들, 남편을 잃은 사람들, 또 아이를 잃고 울부짖는 엄마들— 그런 사람들을 봤을 때, 또 가엾은 프루의 이야기—아, 정말 끔찍하지 않아!—를 들었을 때, 그리고 그 외에도 많은 순간들에 내가 죽어서 이 비참함이 끝날 수 있다면 기꺼이 죽을 수 있다는 생각을 수없이 했어. 할 수만 있으면 그들을 위해서 **죽겠노라고.**" 아이는 조그만 손으로 톰의 손을 잡고 진지하게 말했다.

톰은 경외심이 가득한 눈으로 아이를 봤다. 그때 아버지가 불러서 아이는 집으로 돌아갔고, 톰은 아이의 뒷모습을 바라보며 여러 번 눈물을 훔쳤다.

"에바 아가씨를 여기 붙들어두려고 해도 소용이 없어요." 그는 잠시 후 만난 유모에게 말했다. "아가씨 이마에는 주님의 표시가 찍혀 있어요."

"아, 그럼요, 그럼." 유모가 손을 올리며 말했다. "나도 항상 그렇게 말했다우. 아가씨는 살아 있는 아이 같지가 않아요. 그 눈에는 항상 뭔가 깊은 생각이 담겨 있어요. 아씨한테 몇 번이나 말했는데, 그게 정말이 되다니. 우리 모두에게 보이잖아요. 사랑스러운 양 같은 우리 아가씨!"

에바는 베란다 계단을 뛰어올라 아버지에게 갔다. 늦은 오후여서 새하얀 드레스를 입고 뺨이 빨갛게 달아오른 채 오는 아이의 금발 머리 뒤로 햇살이 후광처럼 빛났다. 혈관 속에서 천천히 타오르는 열로 인해 아이의 눈은 이상하게 빛났다.

싱클레어는 딸을 위해 산 작은 조각상을 보여주려 아이를 불렀지만, 다가오는 아이의 모습을 보자 갑자기 가슴이 아파왔다. 아이에게는 너무나 강렬하면서도 부스러질 듯 연약한 아름다움이 흘러넘쳐 쳐다볼 수 없을 정도였다. 아버지는 갑자기 아이를 껴안았고, 무슨 말을 하려고 했는지 거의 잊어버렸다.

"에바, 요즘은 건강이 더 나아졌지? 그렇지?"

"아빠," 에바가 갑자기 단호하게 말했다. "오랫동안 말하고 싶었던 게 있어요. 더 기운이 없어지기 전에 지금 말하고 싶어요."

에바가 무릎 위에 앉는 동안, 싱클레어는 떨며 기다렸다. 아이는 아빠의 가슴에 머리를 기대고 말했다.

"이제 더 이상 숨길 수가 없어요, 아빠. 전 곧 아빠를 떠날 거예요. 가서 다시는 돌아오지 않을 거예요!" 에바는 흐느꼈다.

"우리 귀여운 에바!" 싱클레어의 목소리는 떨렸지만, 애써 쾌활하게 말했다. "넌 기운이 없고 신경이 약해졌을 뿐이야. 그런 우울한 생각에 빠지면 안 된다. 여기 봐, 널 위해서 이걸 샀어!"

"아뇨, 아빠," 에바가 조각상을 살짝 옆으로 밀며 말했다. "자기를 속이지 마요! 전 **전혀** 나아지지 않았어요. 확실히 알아요. 전 곧 갈 거예요. 신경이 약한 게 아니에요. 기운이 없는 것도 아니에요. 아빠와 친구들만 아니라면, 전 정말 행복할 거예요. 전 가고 싶어요. 가길 원해요!"

"애야, 왜 그렇게 슬퍼하니? 넌 행복하기 위해 가질 수 있는 모든 걸 다 가졌는데."

"전 천국에 가고 싶어요. 친구들을 위해서라면 살고 싶지만, 여긴 끔찍하고 슬픈 일들이 너무 많아요. 전 차라리 저기에 가고 싶어요. 하지만 아빠를 떠나고 싶진 않아요. 그걸 생각하면 가슴이 찢어지는 것 같아요!"

"뭐가 슬프고 끔찍한 거니, 에바?"

"여기서 항상 벌어지는 일들이오. 불쌍한 우리 집 사람들 때문에 슬퍼요. 저를 많이 사랑해주고 정말 좋고 친절한 사람들이에요. 아빠, 그 사람들이 다 **자유**로워졌으면 좋겠어요."

"에바, 그들이 지금 충분히 잘 살고 있다고 생각하지 않니?"

"하지만 아빠, 아빠한테 무슨 일이라도 생기면 다들 어떻게 되겠어요? 아빠 같은 사람들은 잘 없어요. 앨프리드 삼촌도 아빠랑 다르고, 엄마도 그래요. 불쌍한 프루의 주인을 생각해봐요! 사람들이 얼마나 무서운 짓들을 하고, 또 할 수 있는지!" 에바가 몸서리쳤다.

"애야, 넌 너무 예민해. 네가 그런 이야기를 듣게 해서 미안하구나."

"그게 괴로워요, 아빠. 아빠는 제가 항상 행복하게, 아무 고통도 없이, 어떤 고생도 하지 않고 살길 원하잖아요. 슬픈 이야기조차 듣지 않게요. 하지만 다른 불쌍한 사람들은 평생을 고통과 슬픔 속에서 살아요. 그건 이기적인 일 같아요. 전 그런 일들을 알아야 해요. 저도 그

Uncle Tom's Cabin

걸 느껴야 해요! 그런 생각들 때문에 항상 마음이 무거워요. 생각하고 또 생각했어요, 아빠. 노예들에게 모두 자유를 줄 방법은 없는 건가요?"

"그건 어려운 문제란다, 얘야. 이런 방식이 굉장히 나쁘다는 건 분명해. 아주 많은 사람들이 그렇게 생각한단다. 나도 그렇고. 이 땅에 노예가 한 사람도 없기를 나도 진심으로 바라고 있어. 하지만 어떻게 해야 할지는 나도 모르겠다!"

"아빠는 정말 좋은 사람이고 고귀하고 친절한 분이에요. 그리고 말도 정말 기분 좋게 잘하시잖아요. 아빠가 돌아다니면서 사람들이 옳은 행동을 하도록 설득할 수는 없어요? 제가 죽고 나면, 아빠, 제 생각을 하면서 저를 위해 그렇게 해주세요. 할 수 있으면 저도 할 거예요."

"네가 죽다니, 에바." 싱클레어가 격렬하게 말했다. "아, 얘야, 그런 말 하지 마라! 나한텐 세상에 너밖에 없다."

"불쌍한 프루도 자기 아이가 제일 소중했어요. 그런데 프루는 아기가 우는 걸 들으면서 아무것도 할 수 없었어요! 아빠, 이 불쌍한 사람들도 우리만큼 자기 아이들을 사랑해요. 그 사람들을 위해 뭔가 해줘요! 가엾은 유모도 아이들을 사랑해요. 유모가 아이들 이야기를 하면서 우는 걸 봤어요. 톰도 아이들을 사랑하고요. 이런 일들이 항상 벌어진다는 게 정말 끔찍해요, 아빠!"

"진정해라, 진정해, 얘야!" 싱클레어가 달랬다. "괴로워하지 마. 죽는다는 말도 하지 말고. 그럼 원하는 건 뭐든지 하마."

"약속해요, 아빠. 톰에게 자유를 준다고." 아이는 말을 멈추었다가 주저하며 말했다. "제가 죽고 나면."

"그래, 뭐든지 할게. 네가 부탁하는 건 뭐든지."

"아빠," 아이가 뜨거운 뺨을 아빠의 뺨에 갖다 대며 말했다. "우리가 같이 갈 수 있으면 얼마나 좋을까요!"

"어딜 말이니?" 싱클레어가 물었다.

"우리 구세주의 집요. 그곳은 아주 즐겁고 평화로운 곳이에요. 모든 게 사랑인 곳이에요!" 아이는 종종 가봤던 곳인 양 홀린 듯이 말했다. "아빠도 가고 싶지 않아요?"

싱클레어는 아이를 바싹 끌어안고 아무 말도 하지 않았다.

"아빤 저한테 올 거예요." 아이는 종종 무의식적으로 내는 고요하고 단호한 목소리로 말했다.

"널 따라갈게. 절대 잊지 않을 거야."

점점 짙어져가는 엄숙한 저녁 그림자가 연약한 어린 딸을 말없이 품에 안고 있는 싱클레어를 감쌌다. 딸의 진지한 눈은 더 이상 보이지 않았지만, 그 목소리는 유령의 목소리처럼 계속해서 들렸다. 마치 심판의 계시처럼 그의 모든 과거가 순식간에 눈앞에 펼쳐졌다. 어머니의 기도와 찬송가, 어린 시절 가졌던 선을 향한 열망과 갈망, 그때와 지금 사이의 세속적이고 회의적인 세월, 그리고 이른바 존경할 만한 삶이. 한순간에 우리는 **많은** 것을, 정말로 많은 것을 생각할 수 있다. 싱클레어는 많은 것을 보고 느꼈지만 아무 말도 하지 않았다. 날이 점점 어두워지자, 그는 아이를 침실로 데려갔다. 아이가 잠잘 준비

를 마치자, 그는 하인들을 내보내고 아이를 품에 안고는 잠들 때까지
노래를 불러줬다.

제25장

어린 전도사

일요일 아침이었다. 싱클레어는 베란다의 긴 대나무 의자 위에 늘어져서 담배를 피우며 쉬고 있었다. 마리는 날뛰는 모기들을 피해 베란다로 나 있는 창문 반대편 소파 위에 드리워진 투명한 거즈 차양 아래서 우아한 찬송가책을 들고 나른하게 누워 있었다. 찬송가책을 들고 있는 것은 일요일이었기 때문이고, 그녀는 책을 읽고 있다고 상상했지만, 사실 책을 편 채 들고 계속 깜박깜박 졸고 있을 뿐이었다.

미스 오필리아는 근처를 뒤진 끝에 적당한 거리에 조촐한 감리교 예배가 열리는 곳을 찾아내서 톰을 마부로 데리고 나갔고, 에바는 그들을 따라갔다.

"오거스틴," 마리가 졸다가 말했다. "제 예전 주치의 포지 선생님을 시내에서 불러와야겠어요. 심장에 이상이 있는 게 분명해요."

"왜 그 의사를 불러야 하지? 에바의 의사 선생님도 실력이 좋은 것 같은데."

"그 사람은 위급한 문제에는 신뢰할 수가 없어요." 마리가 말했다. "나 문제가 심각해지는 것 같아요! 지난 2, 3일 밤 동안 계속 생각했는데, 너무 괴롭게 아프고 기분이 이상해."

"마리, 당신은 우울한 거요. 그건 심장병이 아니야."

"당신은 그렇게 생각하겠죠." 마리가 말했다. "**그렇게** 말할 줄 알았어. 에바가 기침을 하거나 조금만 문제가 있으면 깜짝 놀라면서, 내 생각은 하나도 안 하죠."

"심장병이 특별히 당신 마음에 든다면, 내 믿으려 노력해보리다." 싱클레어가 말했다. "그런 줄 몰랐지."

"너무 늦게 후회하지 않길 바랄 뿐이에요." 마리가 말했다. "하지만 당신이 믿든 말든 에바 걱정을 하고 무리하는 바람에 오랫동안 의심했던 병에 진짜 걸린 거예요."

마리가 말한 **무리**가 무엇인지는 말하기 좀 어려울 것 같은데, 싱클레어는 혼자 조용히 이렇게 논평하고, 몰인정한 인간처럼 계속 담배를 피웠다. 그때 마차가 베란다 앞에 와서 섰고, 미스 오필리아와 에바가 내렸다.

미스 오필리아는 평소처럼 한 마디 말도 하지 않고 보닛과 숄을 벗어두려고 곧바로 자기 방으로 갔고, 에바는 싱클레어가 부르자 아빠의 무릎에 앉아 예배에서 들은 이야기를 해줬다.

잠시 후 그들이 앉아 있는 거실과 같은 베란다로 통해 있는 미스 오필리아의 방에서 커다란 고함과 함께 누군가에게 야단치는 소리가 들렸다.

"톱시가 또 무슨 마법을 꾸몄던 거지?" 싱클레어가 물었다. "장담컨대, 이런 소동은 분명 톱시 짓인데."

잠시 후 미스 오필리아가 분노가 극에 달한 상태로 죄인을 끌고 나왔다.

"여기 나와, 당장!" 그녀가 말했다. "네 주인에게 다 고할 테다!"

"무슨 일이에요?" 오거스틴이 물었다.

"난 더 이상 이 아이 때문에 고생 못 하겠다! 더 이상은 못 참겠어. 인간이라면 못 참아! 방에다 가둬두고 찬송가책을 공부하라고 줬는데, 애가 뭘 했는지 아니? 내가 어디다 열쇠를 두는지 훔쳐보고는 내 옷장에 들어가서 모자장식을 조각조각 잘라 인형 옷을 만들었지 뭐냐! 내 평생 이런 애는 본 적이 없어!"

"제가 말했잖아요, 형님." 마리가 말했다. "이 아이들은 엄하게 대하지 않고는 키울 수가 없다는 걸 알게 되실 거라고요. 제 마음대로 할 수 있다면," 그녀가 싱클레어를 비난 섞인 눈길로 바라보며 말했다. "앨 보내서 호되게 매질을 당하게 할 거예요. 더 이상 견딜 수 없을 때까지요!"

"왜 안 그러시겠소." 싱클레어가 말했다. "여자들의 사랑스러운 규율에 대해 말해주구려! 마음대로 할 수만 있다면, 말이건 하인이건 반쯤 죽여놓지 않을 여자는 열두엇밖에 본 적이 없어서 말이오. 남자는 말할 것도 없고."

"당신의 우유부단한 방식은 소용이 없어요, 싱클레어!" 마리가 말했다. "형님은 분별 있는 여자여서, 이제 나만큼 분명히 사태를 파악하신 거라고요."

미스 오필리아에게는 철저한 가정주부가 가질 법한 분개의 능력밖에 없었지만, 아이의 책략과 낭비가 이를 제대로 일깨웠다. 사실 여성 독자들이라면 그런 상황에서 그녀와 같은 기분을 느낄 거라고 인정할 것이다. 하지만 마리가 한 술 더 뜨는 바람에 오필리아의 화는 가라앉았다.

"난 절대 아이가 그런 짓을 당하게 하지는 않을 거야." 그녀가 말했다. "하지만 오거스틴, 정말이지 난 어째야 좋을지 모르겠다. 가르치고 또 가르쳤어. 지칠 때까지 이야기도 했고, 때려도 봤어. 생각할 수 있는 모든 방법으로 다 벌을 줘봤지만, 이 아이는 처음이랑 달라진 게 없어."

"이리 와, 톱스, 이 장난꾸러기!" 싱클레어가 아이를 불렀다.

톱시가 다가왔다. 걱정과 평소의 기이한 익살이 함께 담긴 아이의 동그랗고 강렬한 눈이 깜박거리며 반짝였다.

"왜 그렇게 행동했니?" 싱클레어가 아이의 표정에 흥미를 감추지 못하며 물었다.

"제가 사악해서 그런 거겠죠." 톱시가 새침하게 말했다. "필리 아씨가 그렇게 말씀하세요."

"오필리아 아씨가 널 위해 얼마나 많은 일을 해주셨는지 모르니? 생각할 수 있는 모든 걸 다 하셨다잖니."

"네, 맞아요, 주인님! 옛날 마님도 그렇게 말씀하셨어요. 절 엄청 세게 때리고, 머리털을 뽑고, 문에 머리를 박곤 했죠. 하지만 그래도 소용없었어요! 제 머리털을 다 뽑는다고 해도 아무 소용없을 거예요. 전 너무 사악해요! 어쨌거나 전 검둥이에 불과하니까요!"

"난 재 포기해야겠다." 미스 오필리아가 말했다. "더 이상은 이 골칫거리를 감당 못 하겠어."

"질문 하나만 할게요." 싱클레어가 말했다.

"뭔데?"

"복음의 힘이 집에 데리고 있는 이교도 아이 하나를 구할 정도도 안 된다면, 그런 사람들 수천 명 사이에 가엾은 전도사 한두 명을 보내는 게 무슨 소용이에요? 제가 보기엔 이 아이는 그 수천 명의 이교도의 표본 같은데."

미스 오필리아는 금방 대답하지 않았다. 이제까지 아무 말도 하지 않고 이 광경을 지켜보던 에바가 말없이 톱시에게 따라오라고 신호했다. 베란다 구석에는 싱클레어가 일종의 서재로 사용하는 조그만 유리방이 있었는데, 에바와 톱시는 그곳으로 들어갔다.

"에바가 뭘 하는 거지?" 싱클레어가 말했다. "두고 봅시다."

그는 살금살금 다가가서 유리문을 가린 커튼을 들어 올리고 안을 들여다보았다. 잠시 후 그는 입술에 손가락을 대고 소리 없는 신호를 보내며 미스 오필리아에게 와서 보라고 했다. 바닥에 앉아 있는 두 아이의 옆모습이 보였다. 톱시는 평소처럼 무심하게 익살스럽고 태연자약한 태도였지만, 맞은편에 앉은 에바의 얼굴은 흥분으로 달아올라

있었고 커다란 눈에는 눈물이 고여 있었다.

"넌 왜 그렇게 나쁘게 구니, 톱시? 왜 착한 아이가 되려고 하지 않아? 넌 아무도 사랑하지 않니, 톱시?"

"사랑 같은 건 몰라요. 사탕 같은 건 좋지만." 톱시가 말했다.

"하지만 엄마와 아빠는 사랑할 거잖아?"

"그런 거 없어요. 말했잖아요, 에바 아가씨."

"아, 알아." 에바가 슬프게 말했다. "하지만 다른 사람은 없어? 오빠나 언니, 아니면 숙모……"

"아뇨, 아무도. 아무것도, 아무도 가진 적 없어요."

"하지만 톱시, 착한 아이가 되려고 노력하면, 혹시나……"

"아무리 착해진다 해도, 그래 봤자 검둥이밖에 될 수 없어요." 톱시가 말했다. "껍질을 벗겨서 백인이 된다면, 그때 노력해볼게요."

"하지만 네가 흑인이라도 사람들은 널 사랑할 수 있어, 톱시. 네가 착한 아이가 되면 오필리아 고모가 널 사랑해줄 거야."

톱시가 짧고 쌀쌀맞게 웃었다. 톱시 특유의 믿을 수 없다는 표현이었다.

"그렇게 생각 안 해?" 에바가 물었다.

"아뇨, 아씨는 절 못 참아요. 전 검둥이니까! 차라리 두꺼비가 건드리는 게 나을걸요! 아무도 검둥이를 사랑할 수 없어요. 검둥이는 아무것도 못 해요! **난** 상관 안 해." 톱시는 휘파람을 불며 말했다.

"오, 톱시, 가엾어라. **난** 널 사랑해!" 에바가 갑자기 격렬하게 말하며 앙상한 흰 손을 톱시의 어깨에 올렸다. "난 널 사랑해. 넌 아빠도, 엄마도, 친구도 없었으니까. 넌 불쌍하고 학대받았으니까! 난 널 사랑해. 네가 착한 아이가 되었으면 좋겠어. 톱시, 난 굉장히 아파. 오래 살지 못할 거야. 네가 이렇게 말 안 듣는 게 정말로 속이 상해. 날 위해서 착한 아이가 되려고 노력해줬으면 좋겠어. 난 너랑 오래 있지 못할 거야."

흑인 아이의 동그랗고 강렬한 눈에 눈물이 가득 고였다. 커다랗고 둥근 눈물방울이 뚝뚝 흘러내려 조그맣고 흰 손에 떨어졌다. 그렇다, 그 순간 진정한 믿음의 빛, 천상의 사랑의 빛이 그 이교도 영혼의 어둠을 뚫고 들어갔다! 톱시는 에바의 무릎에 머리를 묻고 서럽게 흐느꼈고, 아름다운 아이는 죄인을 교화하려고 허

Uncle Tom's Cabin

리를 굽힌 빛나는 천사의 그림처럼 그 위로 몸을 숙이고 있었다.

"가엾은 톱시!" 에바가 말했다. "예수님은 모두를 똑같이 사랑하신 다는 걸 모르니? 예수님은 너도 나처럼 기꺼이 사랑해주실 거야. 그분은 나처럼 너를 사랑하셔. 아니, 더 많이. 그분은 더 훌륭하신 분이니까. 예수님이 네가 착한 아이가 되도록 도와주실 거야. 그럼 너도 나중에 천국에 갈 수 있고, 영원히 천사가 될 수 있어. 마치 네가 백인인 것처럼 말이야. 생각해봐, 톱시! **너도 톰 아저씨가 노래하는 빛나는 영혼이 될 수 있어.**"

"오, 에바 아가씨, 에바 아가씨!" 아이가 말했다. "노력할게요. 노력할 거예요. 전에는 그런 거 신경도 쓰지 않았어요."

싱클레어는 커튼을 내렸다. "어머니 같은 마음이 되네요." 그가 미스 오필리아에게 말했다. "에바가 제게 한 말이 옳아요. 맹인의 눈을 뜨게 해주고 싶으면, 예수님처럼 할 자세가 되어 있어야 해요. 그들을 불러서 **우리 손을 그들에게 올려놓아야 해요.**"

"난 항상 검둥이들에 대해 편견을 가지고 있었어." 미스 오필리아가 말했다. "사실이야. 저 아이가 날 건드리는 것조차 참을 수 없었어. 하지만 쟤가 알고 있을 거라고는 생각하지 못했구나."

"어떤 아이라도 알 수 있어요." 싱클레어가 말했다. "아이들에게는 숨길 수 없어요. 하지만 아이를 도와주려고 아무리 노력해도, 아무리 후한 은혜를 베풀어도, 마음속에 반감을 품고 있는 한은 조금도 감사하는 마음을 불러일으키지 못할 거라고 믿어요. 기이한 사실이지만, 정말 그래요."

"어째야 좋을지 모르겠어." 미스 오필리아가 말했다. "난 그들이 싫어. 특히 이 아이가. 그런 마음으로 어떻게 도울 수가 있겠니?"

"에바가 도울 겁니다."

"에바는 정말 애정이 넘쳐! 정말이지 에바는 예수님 같아." 미스 오필리아가 말했다. "내가 에바 같다면 좋으련만. 에바가 나한테 교훈을 줄 수도 있겠지."

"그렇다면, 나이 든 제자를 가르치기 위해 어린아이를 이용한 게 이번이 처음은 아닐 겁니다." 싱클레어가 말했다.

제26장

죽음

"삶의 행복한 아침에 무덤의 베일이
우리 눈에서 감추어버린 이들을 위해 울지 마오."

에바의 침실은 넓었고, 이 집의 다른 모든 방과 마찬가지로 넓은 베란다가 있었다. 방 한쪽 편은 부모님의 방과 통하고, 반대편은 미스 오필리아의 방과 통해 있었다. 싱클레어는 이 방을 방 주인의 성격과 기묘하게 어울리는 스타일로 꾸미면서 자신의 눈과 취향을 만족시켰다. 창문에는 장미색과 흰색의 모슬린 커튼이 걸려 있었다. 바닥에 깔린 깔개는 그가 직접 디자인해서 파리에서 주문해 들여온 것으로, 테두리는 장미 봉오리와 잎사귀들로 둘러싸여 있었고, 중앙에는 만발한 장미가 그려져 있었다. 대나무로 만든 침대 틀, 창문, 안락의자의 세공은 기묘하게 우아하고 환상적이었다. 침대 머리 위에 달린 설화석고 선반 위에는 아름다운 천사상이 날개를 늘어뜨린 채 도금양 잎사귀로 만든 왕관을 들고 서 있었는데, 여기서 장미색 바탕에 은색 줄무늬가 있는 얇은 거즈 휘장이 침대 위로 늘어져 있었다. 이런 기후에서는 모기를 막기 위해서 모든 잠자리에 필수적으로 덧붙여야 하는 장치였다. 우아한 대나무 안락의자에는 장미색 능직 쿠션이 수북이 놓여 있었고, 그 위로는 침대 위 휘장과 비슷한 거즈 휘장이 조각상들의 손에 매달려 늘어져 있었다. 방 한가운데에는 가볍고 아름다운 대나무 탁자가 있었고, 그 위에는 항상 꽃이 그득한 흰 백합 모양의 파로스 백자 꽃병과 에바의 책, 작은 장신구들, 우아하게 세공된 설화석고 서판이 놓여 있었다. 글쓰기 연습을 하는 에바를 보고 아버지가 사주신 것이었다. 방 안의 벽난로 위 대리석 선반에는 아이를 안고 있는 예수님을 묘사한 아름다운 조각상이, 선반 양쪽에는 대리석 꽃병이 놓여 있었는데, 매일 아침 여기에 꽃을 꽃다발을 가져오는 것이 톰의 자부심이자 즐거움이었다. 벽에는 다양한 모습의 아이들을 그린 세련된 그림 두세 점이 걸려 있었다. 간단히 말해서, 방 안은 어디를 둘러봐도 어린 시절, 아름다움, 평화의 이미지로 가득 차 있었다. 아이가 아침 햇살에 눈을 뜨자마자 편안하고 아름다운 생각을 불러일으키는 것들을 보게 하는 방이었다.

잠시 동안 에바에게 활기를 줬던 기만적 힘은 급속도로 사라지고 있었다. 에바의 가벼운 발자국 소리는 점점 더 베란다에서 듣기 힘들어졌고, 열린 창가 옆 조그만 안락의자에 누워 출렁이는 호수를 커다랗고 깊은 눈동자로 물끄러미 바라보고 있는 때가 점점 더 많아졌다.

오후의 중반 무렵, 에바가 성경책을 반쯤 펴놓고 투명하다시피 한 조그만 손을 기운 없이 책장 사이에 끼운 채 누워 있을 때, 갑자기 베란다에서 어머니의 날카로운 목소리가 들렸다.

"이런 쓰레기 같은 것! 이건 또 무슨 새로운 장난이니? 네가 꽃을 꺾고 있었구나, 어?" 그리고 철썩하는 소리가 들렸다.

"아씨! 이건 에바 아가씨를 위해서 그런 거예요." 에바가 알고 있는 톱시의 목소리가 대답했다.

"에바 아가씨라고! 핑계 좋구나! 에바가 **네** 꽃을 좋아할 거라 생각하니, 이런 아무짝에도 쓸모없는 검둥이 같으니! 당장 들고 꺼져버려!"

에바가 순식간에 안락의자에서 일어나 베란다로 나왔다.

"그러지 마요, 엄마! 전 꽃 좋아요. 저 주세요! 갖고 싶어요!"

"에바, 네 방은 꽃으로 가득 차 있잖니."

"많을수록 좋아요." 에바가 말했다. "톱시, 이리로 가져올래?"

실쭉한 표정으로 고개를 떨구고 서 있던 톱시가 다가와서 꽃을 내밀었다. 평소의 이상하게 대담하고 활기찬 태도와는 달리 주저하고 수줍어하는 모습이었다.

"꽃다발 정말 예쁘다!" 에바가 꽃을 바라보며 말했다.

그것은 환한 진홍색 제라늄과 윤기 나는 잎사귀들이 달린 동백꽃 한 송이로 만든 좀 특이한 꽃다발이었다. 색의 대조를 아는 눈이 모아서 잎사귀 하나하나까지 세심하게 배열한 것이었다.

"톱시, 넌 정말 꽃다발을 잘 만드는구나." 에바의 말에 톱시는 기쁜 얼굴을 했다. "여기 이 꽃병은 비어 있어. 네가 매일 꽃을 꽂아줬으면 좋겠어."

"그건 이상해!" 마리가 말했다. "도대체 그걸 왜 가지려는 거니?"

"신경 쓰지 말아요, 엄마. 신경 안 쓰는 게 더 좋을 거예요. 톱시는 할 거예요, 안 그래?"

"알았어, 네가 기뻐하는 거라면 뭐든지 하렴! 톱시, 아가씨 말씀 들었지? 단단히 해."

톱시는 고개를 까닥하며 인사한 뒤 고개를 숙이고 있었다. 톱시가 돌아서는 순간 에바는 그 검은 뺨에 눈물이 흘러내리는 것을 봤다.

"엄마, 톱시는 절 위해 뭔가 하고 싶어 해요." 에바가 어머니에게 말했다.

"말도 안 되는 소리! 그건 단지 못된 장난을 하는 걸 좋아하기 때문이야. 꽃을 꺾지 말라고 하니까, 꺾는 거지. 바로 그런 거야. 하지만 네가 톱시가 꽃을 꺾어다 주기를 바란다면, 그러라고 해."

"엄마, 톱시는 달라진 것 같아요. 착한 아이가 되려고 노력하고 있어요."

"착한 아이가 되려면 한참 노력해야 할걸." 마리가 코웃음 치며 말했다.

"엄마, 알잖아요. 가엾은 톱시는 이제까지 정말 힘들게 살았어요."

"여기 온 이후에는 아니잖니. 이야기도 해주고, 설교도 들려주고, 모두가 할 수 있는 일은 다 해줬어. 그런데도 여전히 저렇게 거세고, 앞으로도 계속 그럴 거야. 쟤는 희망이 없어!"

"하지만 엄마, 저와 톱시는 너무 다르게 자랐어요. 전 수많은 친구들과 수많은 것들이 있어서 행복하고 착하게 자랄 수 있었지만, 톱시는 여기 오기 전까지는 내내 고생만 했잖아요!"

"그럴지도 모르지." 마리가 하품을 하며 말했다. "날씨가 너무 덥구나."

"엄마, 엄마도 톱시가 기독교인이 되면 우리랑 마찬가지로 천사가 될 수 있다고 믿죠? 그렇죠?"

"톱시가! 무슨 말도 안 되는 소리니! 그렇게 생각하는 사람은 세상에 너밖에 없을 거야. 하지만 그럴 수 있을지도 모르지."

"하지만 엄마, 하나님은 우리의 아버지인 것처럼 톱시의 아버지이기도 하지 않나요? 예수님도 톱시의 구세주이지 않나요?"

"그럴지도 모르지. 하나님께서 모든 걸 만드셨으니." 마리가 말했다. "내 향수병 어딨니?"

"너무 불쌍해요. 정말 **너무** 불쌍해!" 에바가 멀리 호수를 바라보며 혼잣말처럼 말했다.

"뭐가 불쌍한데?" 마리가 물었다.

"빛나는 천사가 될 수도 있고 천사들이랑 살 수도 있는 사람들이 이렇게 아래로, 아래로, 아래로 떨어져야 한다는 게요! 그런데도 아무도 도와주지 않는다는 게요!"

"뭐, 어쩔 수 없는 일이야. 걱정해봤자 소용없어, 에바! 난 뭘 해야 할지 모르겠다. 그저 우리가 누리는 이점에 감사드려야지."

"전 그럴 수가 없어요." 에바가 말했다. "감사할 게 하나도 없는 불쌍한 사람들을 생각하면 정말 미안해요."

"그건 진짜 이상하구나." 마리가 말했다. "내 종교는 내가 누리는 것들에 대해 감사하라고 하는데."

"엄마," 에바가 말했다. "머리카락을 좀 잘라내고 싶어요, 많이."

"뭣 때문에?" 마리가 물었다.

"엄마, 친구들에게 나눠주고 싶어요. 제가 직접 줄 수 있을 때. 고모한테 머리카락 좀 잘라달라고 말해줘요."

마리는 목소리를 높여 다른 방에 있던 미스 오필리아를 불렀다.

고모가 들어오자 아이는 몸을 일으켜 긴 황갈색 곱슬머리를 풀어헤치고 장난스럽게 말했다. "고모, 와서 양털 좀 깎아줘요!"

"뭐 하는 거야?" 아이에게 줄 과일을 가지고 들어오던 싱클레어가 물었다.

"아빠, 고모한테 머리카락 좀 잘라달라고 하던 참이었어요. 머리카락이 너무 길어서 머리가 뜨거워요. 사람들에게 좀 나눠주고 싶기도 하고요."

미스 오필리아가 가위를 들고 왔다.

"조심해요. 모양 망치지 않게!" 아버지가 말했다. "보이지 않는 아래쪽을 잘라요. 에바의 곱슬머리는 내 자랑거리니까."

"아, 아빠!" 에바가 슬프게 말했다.

"자랑이고말고. 그리고 우리가 네 백부 농장에 가서 헨리크를 만날 때 그 예쁜 머리카락이 그대로 있었으면 좋겠구나." 싱클레어가 유쾌하게 말했다.

     Uncle Tom's Cabin

"전 절대 못 가요, 아빠. 전 더 좋은 곳에 가요. 제발 믿어줘요! 제가 매일매일 더 약해지는 게 안 보이세요?"

"왜 그렇게 잔인한 말을 믿으라는 거니?" 아버지가 말했다.

"그게 **사실**이니까요, 아빠. 그걸 믿으면, 아빠도 저와 같은 기분을 느낄 거예요."

싱클레어는 입을 다물고 길고 아름다운 곱슬머리를 우울하게 바라보았다. 머리타래는 아이의 머리에서 잘려 하나하나 무릎에 놓였다. 아이는 머리타래를 집어 들고 물끄러미 바라보며 가느다란 손가락으로 꼬다가 때때로 간절하게 아버지를 쳐다보았다.

"이게 바로 내가 불안해했던 일이야!" 마리가 말했다. "이것 때문에 나날이 건강을 갉아먹혀 무덤으로 내려가고 있다고요. 다른 사람들은 상관도 않지만, 이럴 줄 알았어. 싱클레어, 얼마 후면 당신도 내가 옳다는 걸 알게 될 거예요."

"참으로 위안이 되겠구려, 분명히!" 싱클레어가 냉담하고 쓰라린 어조로 말했다.

마리는 안락의자에 기대 삼베 손수건으로 얼굴을 감쌌다.

에바의 맑고 푸른 눈이 사람들을 하나하나 진지하게 바라보았다. 지상의 속박에서 반쯤은 풀려난 영혼의 고요하고 관대한 시선이었다. 아이는 분명 둘의 차이를 보고 느끼고 인식하고 있었다.

에바가 손짓으로 아빠를 불렀다. 그가 다가와서 옆에 앉았다.

"아빠, 매일매일 기운이 빠져요. 가야만 한다는 걸 알아요. 몇 가지 말하고 하고 싶은 게 있어요. 아빠는 제가 이런 이야길 하는 걸 싫어

하지만, 해야만 해요. 반드시 일어날 일이니, 미룰 수가 없어요. 지금 말할 수 있게 해줘요!"

"애야, 그러렴!" 싱클레어는 한 손으로는 눈을 가리고 다른 손으로는 에바의 손을 잡았다.

"우리 집 사람들을 다 같이 보고 싶어요. **해야 할** 말이 있어요." 에바가 말했다.

"**음.**" 싱클레어가 눈물을 참으며 말했다.

미스 오필리아가 사람을 보냈고, 곧 모든 노예가 방 안에 모였다.

에바는 베개로 머리를 받치고 누워 있었다. 얼굴 주위에는 머리카락이 흩어져 있고, 발갛게 달아오른 뺨은 하얗게 질린 얼굴과 바싹 마른 팔다리와 고통스럽게 대조되었다. 영혼이 깃든 커다란 눈이 모두를 진지하게 응시했다.

하인들은 갑자기 감정이 북받쳤다. 아이의 거룩한 얼굴과 옆에 놓인 잘린 머리타래, 아버지의 외면하는 얼굴, 마리의 흐느낌이 다정다감하고 감수성 예민한 종족의 감정을 뒤흔들었다. 그들은 방에 들어오며 서로 얼굴을 쳐다보고 한숨을 쉬며 고개를 저었다. 장례식장 같은 무거운 침묵이 감돌았다.

에바는 몸을 일으키고 노예들을 하나하나 오랫동안 진지하게 바라보았다. 모두 슬프고 걱정하는 표정이었다. 많은 여자들이 앞치마로 얼굴을 가렸다.

"내가 불러달라고 했어요, 내 소중한 친구들." 에바가 말했다. "여러분은 모두 내가 사랑하는 사람들이니까. 하고 싶은 말이 있는데, 다들 항상 기억해줬으면 좋겠어…… 난 여길 떠나요. 몇 주 후면 나를 더 이상 보지 못할 거야……."

아이의 말은 모두에게서 터져 나온 신음소리와 흐느낌, 탄식으로 중단되었고, 그 가냘픈 목소리는 완전히 묻혀버렸다. 에바는 잠시 기다렸다가, 모두가 흐느낌을 억누르게 만드는 어조로 말했다.

"날 사랑한다면, 그렇게 말을 끊지 말고, 다들 내 말 잘 들어줘요. 여러분 영혼에 대해 말하고 싶어…… 신경 쓰지 않는 사람들이 많은 것 같아서 걱정이 돼요. 여러분은 지금 이 세상 생각만 하면서 살고 있으니까. 예수님이 계시는 아름다운 세상이 있다는 걸 모두 알았으면 좋겠어요. 난 거기 갈 거고, 여러분도 갈 수 있어요. 나를 위한 만큼 여러분을 위한 곳이야. 하지만 거기 가고 싶다면 안일하고 무심하고 생각 없이 살아선 안 돼요. 기독교인이 되어야 해요. 모두가 천사가 될 수 있다는 걸, 영원히 천사일 수 있다는 걸 기억해야만 해요…… 기독교인이 되고 싶다면, 예수님이 도와주실 거야. 그분께 기도를 드려야 해, 그리고 성경을……."

아이가 말을 끊고 그들을 측은하게 바라보더니 슬프게 말했다.

"저런! 글을 읽을 줄 **모르잖아**. 가엾은 영혼들 같으니!" 그러더니 아이는 베개에 머리를 파묻고 흐느꼈다. 바닥에 무릎을 꿇고 앉아 그 말을 듣고 있던 사람들의 입에서 숨죽인 흐느낌이 터져 나오자 에바는 다시 정신을 차렸다.

"괜찮아." 그녀가 얼굴을 들고 눈물 사이로 미소를 지으며 말했다. "내가 여러분을 위해 기도했어. 분명히 예수님이 도와주실 거야. 읽을 줄 몰라도 예수님께서 도와주실 거예요. 모두 할 수 있는 최선을 다해요. 매일 기도하고, 그분께 도와달라고 해요. 그리고 기회가 있을 때마다 성경을 읽어달라고 하고. 그럼 우리 모두 천국에서 만날 수 있을 거예요."

"아멘." 톰과 유모, 감리교회에 다니는 몇몇 나이 든 노예들이 중얼거리며 화답했다. 젊고 생각 없는 노예들은 슬픔을 못 이겨 머리를 무릎까지 숙인 채 흐느꼈다.

"알아요." 에바가 말했다. "모두 나를 사랑한다는 걸."

"그래요, 그래요! 정말이에요! 주님이 축복하시길!" 모두가 자기도 모르게 대답했다.

"알고 있어! 한 사람도 빼놓지 않고 모두들 언제나 나한테 친절하게 대해줬어. 그래서 모두에게 뭔가를, 보면 항상 날 생각할 수 있는 물건을 주고 싶어요. 내 머리타래를 줄게요. 그걸 볼 때마다 내가 여러분들을 사랑했다는 걸, 천국에서 모두를 다시 만나고 싶어 한다는 걸 생각해줘요."

그 장면을 묘사하기란 불가능하다. 그들은 눈물을 흘리고 흐느끼며 조그만 아이 주위에 모여 그 손에서 마지막 사랑의 징표를 받아갔다. 그리고 무릎을 꿇고 흐느끼고 기도하며 옷자락에 키스했다. 늙은 노예들은 다정다감한 종족답게 애정 어린 말을 쏟아부으며 기도하고 축복했다.

모두가 선물을 받자, 이 흥분이 어린 환자에게 미칠 영향을 우려하던 미스 오필리아는 방에서 나가라고 사람들에게 손짓했다.

마침내 모두 나가고 톰과 유모만 남았다.

"톰 아저씨," 에바가 말했다. "이 예쁜 머리카락은 아저씨 거야. 아저씨를 천국에서 보게 된다고 생각하니 난 너무 행복해. 분명히 그렇게 될 거라 확신하니까. 그리고 유모, 사랑하는 우리 착한 유모!" 아이는 늙은 간병인을 다정하게 안으며 말했다. "유모도 거기 올 거라는 거 알고 있어."

"아, 에바 아가씨, 아가씨 없이 어떻게 살 수 있을지 모르겠어요." 충직한 하인이 말했다. "마치 여기서의 모든 걸 한꺼번에 빼앗아 가는 것 같아요!" 유모는 슬픔을 못 이겨 무너졌다.

미스 오필리아가 유모와 톰을 방에서 살짝 밀어 내보냈다. 이제 모두 나갔다고 생각했는데 돌아보니 톱시가 거기 서 있었다.

"어디서 온 거니?" 그녀가 급작스럽게 물었다.

"전 여기 있었어요." 톱시가 눈물을 닦으며 말했다. "아, 에바 아가씨, 전 나쁜 애였지만 **저**한테도 하나 주시지 않겠어요?"

"물론이야, 가엾은 톱시! 당연하지. 여기, 이걸 볼 때마다 내가 널 사랑했고 네가 착한 아이가 되기를 바랐다는 걸 생각해줘."

"에바 아가씨, 전 노력하고 **있어요**!" 톱시가 진지하게 말했다. "하지만 착한 아이가 되기는 너무 힘들어요! 절대 익숙해지지 못할 것 같아요!"

"예수님께서는 알고 계셔, 톱시. 너를 안타깝게 여기고 계셔. 그분이 도와주실 거야."

미스 오필리아가 앞치마로 눈물을 닦는 톱시를 조용히 방에서 내보냈다. 하지만 톱시는 나가면서 그 소중한 머리타래를 품속에 간직했다.

모두가 나가고 나자, 미스 오필리아는 문을 닫았다. 이 점잖은 숙녀는 그 장면을 지켜보며 수없이 눈물을 훔쳤지만, 그런 흥분이 어린 환자에게 미칠 결과를 최우선으로 걱정했다.

싱클레어는 내내 손으로 눈을 가린 채 꼼짝도 않고 앉아 있었다. 모두 나갔을 때도 그는 여전히 그렇게 조용히 앉아 있었다.

"아빠!" 에바가 아버지의 손을 잡으며 말했다.

그는 깜짝 놀라서 몸을 떨었지만, 아무 대답도 하지 않았다.

"사랑하는 아빠!" 에바가 말했다.

"난 **못 해**." 싱클레어가 일어나며 말했다. "난 그럴 수 없어! 하나님은 나한테 **너무 가혹하게** 구시는구나!" 싱클레어는 이 말을 정말 슬프게 강조하며 발음했다.

"오거스틴! 하나님께서는 당신 의지대로 하실 권리가 있지 않니?"
미스 오필리아가 말했다.

"그럴지도 모르죠. 하지만 그렇다고 해서 더 견디기 쉬운 건 아니
에요." 그가 돌아서며 냉담하고 감정 없이 말했다.

"아빠, 아빠 때문에 가슴이 너무 아파요!" 에바가 일어나서 아버지
의 품에 덥석 안기며 말했다. "그러지 마세요!" 아이가 격렬하게 흐느
끼며 울자 모두 깜짝 놀랐고, 아버지의 생각은 당장 다른 경로로 옮겨
갔다.

"자, 에바, 착하지! 진정해라! 진정해! 내가 잘못했다. 내가 나빴어.
어쨌거나 난 이런 기분을 느낄 수밖에 없지만, 넌 괴로워하지 마. 그
렇게 울지 마. 난 체념하게 될 거야. 그런 말 한 건 정말 잘못했다."

에바는 곧 피곤에 지친 비둘기처럼 아버지의 품 안에 누웠고, 그는
아이 위로 몸을 숙이고 세상에서 가장 다정한 말들로 위로해주었다.

마리는 일어나 방에서 뛰쳐나가 자기 방으로 가더니 격렬하게 울
음을 터뜨렸다.

"나한테는 머리카락을 안 줬잖니, 에바." 아버지가 슬픈 미소를 지
으며 말했다.

"다 아빠 거예요." 아이가 미소 지으며 말했다. "아빠랑 엄마 거예
요. 그리고 고모한테도 원하는 만큼 주세요. 불쌍한 우리 하인들에게
직접 준 이유는, 있잖아요, 아빠, 그 사람들은 내가 가버리고 나면 날
잊을지도 모르잖아요. 그걸 보고 기억했으면…… 아빠는 기독교인이
죠, 그렇죠?" 에바가 자신 없이 물었다.

"그걸 왜 묻니?"

"모르겠어요. 아빠는 정말 좋은 사람인데, 어떻게 견딜 수 있는지 모르겠어요."

"기독교인이라는 게 뭔데, 에바?"

"예수님을 가장 사랑하는 거요." 에바가 말했다.

"넌 그러니, 에바?"

"물론이에요."

"넌 그분을 한 번도 본 적이 없잖니." 싱클레어가 말했다.

"그건 중요하지 않아요." 에바가 말했다. "전 그분을 믿고, 며칠 후면 그분을 **볼** 거예요." 어린 얼굴이 기쁨으로 환하게 빛났다.

싱클레어는 더 이상 아무 말도 하지 않았다. 예전에 어머니에게서 보았던 감정이지만, 그의 심금은 그에 맞춰 떨리지 않았다.

이 일 이후 에바의 건강은 급속도로 나빠졌다. 이제 의심의 여지가 없었다. 아무리 어리석은 희망을 품어도 보지 않을 수가 없었다. 아이의 아름다운 방은 명실공히 병실이 되었고, 미스 오필리아는 에바를 밤낮으로 간호했다. 그녀의 친구들이 그 능력에 있어서 이토록 그녀의 진가를 인정한 적은 없었다. 잘 훈련된 손과 눈으로 깔끔하고 편안한 환경을 만들 수 있는 모든 기술을 완벽하고 민첩하게 실행하며 병에 수반되는 불쾌한 것들을 눈에 띄지 않게 처리하는 데다, 너무나 시간을 정확히 지키며 침착하게 행했고, 모든 처방과 의사의 지시를 정확하게 외우는 그녀는 그에게 세상에서 제일 필요한 사람이었다. 남부의 무심한 편안함과는 너무도 다른 그녀의 괴상함과 완고함에 어깨를 으쓱거리던 사람들도 이제 그녀야말로 여기 가장 필요한 사람이라고 인정했다.

톰 아저씨는 에바의 방을 자주 지켰다. 아이는 많이 불안해했는데, 안고 돌아다녀주면 안정되곤 했다. 톰은 기쁜 마음으로 베개에 기댄 그 연약한 몸을 안고 방 안을 왔다 갔다 하거나, 베란다로 나가기도 했고, 상쾌한 바람이 호수에서 불어올 때나 아이가 아침에 기분이 좋을 때면 때로는 아이를 안고 정원의 오렌지나무 밑이나 예전에 같이 이야기하던 의자에 앉아서 에바가 가장 좋아하는 옛 찬송가를 불러 주곤 했다.

아이의 아버지도 종종 똑같이 했다. 하지만 그는 몸이 더 홀쭉해서, 아버지가 피곤해할 때면 에바는 말하곤 했다.

"아빠, 톰 아저씨한테 시켜요. 톰 아저씨는 해주고 싶어 해요. 이젠 이것밖에 해줄 일이 없고, 아저씨는 뭔가 해주고 싶어 하거든요!"

"나도 그렇단다, 에바!" 아버지가 말했다.

"아, 아빠는 뭐든 해줄 수 있고 제게 가장 소중한 사람이에요. 책도 읽어주고 밤새 제 옆을 지켜주기도 하잖아요. 하지만 톰 아저씨에게는 이것과 노래해주는 일밖에 없어요. 그리고 아저씨에게는 더 수월한 일이잖아요. 아저씨는 저를 정말 가볍게 안고 가거든요!"

무엇인가 해주고 싶어 하는 마음이 있는 사람은 톰만이 아니었다. 집안의 모든 하인이 같은 마음이었고, 모두 각자 나름의 방식으로 뭔가를 했다.

불쌍한 유모의 마음도 온통 아이를 향해 있었다. 하지만 낮이고 밤이고 기회가 없었다. 마리가 마음이 너무 어지럽다며 쉴 수가 없다고 선언했기 때문이다. 물론 다른 사람을 쉬게 하는 것은 그녀의 원칙에 위배되는 일이었다. 유모는 하룻밤에도 스무 번씩 잠에서 깨어 마리의 발을 문지르고, 머리를 감기고, 손수건을 찾아주고, 에바의 방에서 나는 소리가 무엇인지 알아봐주고, 방 안이 너무 밝다고 커튼을 내려주고, 너무 어둡다고 커튼을 올려주곤 했다. 낮에 에바를 간호하는 걸 조금이라도 도우려 하면, 마리는 평소답지 않게 교묘하게 다른 일로 온 집 안을 바쁘게 돌아다니게 만들거나 자기의 시중을 들게 했다. 그래서 잠시 슬쩍 나누는 대화나 잠깐 흘낏 보는 정도 이외에는 아무것도 할 수 없었다.

"지금 같은 때 내 몸을 특히 잘 챙기는 게 내 의무라 생각해요." 그녀는 말하곤 했다. "약하긴 해도, 저 아이를 돌보고 간호하는 건 온통 내 책임이니까."

"그런 거로군." 싱클레어가 말했다. "우리 사촌누님이 그 책임을 덜어준 줄 알았는데."

"참 남자들처럼 이야기하네요, 싱클레어. 마치 어머니가 그런 상태에 있는 아이 걱정을 덜어버릴 수 있다는 듯이 말이에요. 하지만 다 마찬가지예요. 누구도 내 마음은 몰라줘! 난 당신처럼 무심할 수가 없다고요."

싱클레어는 미소 지었다. 여러분은 그를 용서해줘야 하는 것이, 그도 어쩔 수가 없었다. 싱클레어는 아직 미소를 지을 수 있었다. 그 작은 영혼의 이별여행이 너무도 환하고 평온했기 때문이다. 그 조그만 배는 너무도 달콤하고 향기로운 바람에 실려 천상의 호숫가로 나아갔기 때문에, 지금 닥쳐오는 것이 죽음이라는 실감이 나지 않았다. 아이에게는 아무런 고통이 없었고, 그저 거의 느낄 수조차 없이 나날이 조용히 그리고 살며시 약해져가고 있을 뿐이었다. 게다가 아이는 너무나 아름답고 사랑스럽고 진실하고 행복해서, 그 주위를 휘감고 있는 듯한 순수하고 평화로운 공기에 모두 감화되지 않을 수 없었다. 싱클레어에게는 기이한 고요가 찾아왔다. 희망은 아니었다. 그것은 불가능했다. 체념도 아니었다. 그저 지금 이 순간 속에서 고요한 휴식을 취할 뿐이었고, 그 순간이 너무도 아름다워서 미래를 생각하고 싶지 않았다. 그것은 나무들이 홍조를 띠고 개울가에는 마지막까지 꾸물거리며 남은 꽃들이 피어 있는 가을날의 환하고 온화한 숲 속에서 영혼이 느끼는 고요 같았다. 곧 사라져버릴 것을 알기 때문에 훨씬 더 기쁘게 즐기는 아름다움 말이다.

에바가 하는 상상과 예견을 가장 잘 아는 친구는 충직한 하인 톰이었다. 아이는 그에게 아버지가 슬퍼할까 봐 하지 못하는 이야기들을 들려주었다. 아이는 그에게 육체를 영원히 떠나기 전에 영혼이 느끼는 신비한 암시를 전달했다.

톰은 마침내 자기 방에서 자지 않으려 했고, 소리만 들리면 깰 자세로 밤새도록 바깥 베란다를 지켰다.

"톰 아저씨, 도대체 왜 개처럼 아무 데서나 자려는 거예요?" 미스 오필리아가 말했다. "아저씨는 기독교식으로 침대에서 자길 좋아하는 단정한 사람이라고 생각했는데."

"맞아요, 필리 아씨." 톰이 불가사의하게 말했다. "그렇습니다, 하지만 지금은……"

"지금이 뭐요?"

"크게 이야기하면 안 돼요. 싱클레어 주인님께서 들으시면 안 되니까. 하지만 필리 아씨, 누군가 신랑을 지켜봐야 한다는 이야기 아시죠."

"무슨 말이에요, 톰?"

"성경에 쓰여 있잖아요, '밤중에 소리가 나되 보라, 신랑이로다 맞으러 나오라 하매'.(「마태복음」 25장 6절—옮긴이) 전 매일 밤 그걸 기다리고 있어요. 절대 곁을 떠나서 잘 수가 없어요."

"톰 아저씨, 왜 그런 생각을 하는 거예요?"

"에바 아가씨가 말해요. 주님께서 영혼의 전령을 보내신다고. 전 거기 있어야 해요, 필리 아씨. 저 축복받은 아기씨가 주님의 왕국으로 갈 때면 그 문이 활짝 열려서 우리 모두가 그 영광을 보게 될 거예요, 필리 아씨."

"톰 아저씨, 에바가 오늘 밤 몸이 평소보다 안 좋다고 했어요?"

"아뇨, 하지만 오늘 아침에 때가 가까워졌다고 말했어요. 그런 말을 해주는 사람들이 있다고요. 천사들, '해 뜨기 전 들리는 나팔 소리' 말이에요." 톰이 좋아하는 찬송가를 인용하며 말했다.

이 대화는 어느 날 밤 10시에서 11시 사이 미스 오필리아가 잠잘 준비를 모두 마치고 바깥문을 잠그러 갔다가 바깥 베란다 문 앞에 톰이 누워 있는 것을 보고 두 사람이 나눈 대화였다.

그녀는 신경이나 감수성이 예민하지는 않았지만, 그 엄숙하고 진심 어린 태도에 놀랐다. 에바는 그날 오후 유독 밝고 쾌활했고, 침대에 몸을 일으키고 앉아 장신구들과 귀중품들을 살펴보며 그 물건들을 누구에게 줄지 지정했다. 지난 몇 주간 보던 것보다 태도가 더 활기찼고 목소리는 더 자연스러웠다. 저녁에 방에 들어간 아버지는 에바가 아프기 전의 모습 같다고 말했고, 잘 자라는 키스를 하면서 미스 오필리아에게 말했다. "누님, 결국 에바는 괜찮을지도 몰라요. 확실히 더 나아졌어요." 그는 지난 몇 주보다 가벼워진 마음을 안고 자러 들어갔다.

하지만 약한 현재와 영원한 미래 사이의 경계가 희미해지는 자정, 그 이상하고도 신비한 시간에 전령이 왔다!

방에서 소리가 들렸다. 재빠른 발자국 소리였다. 미스 오필리아였다. 밤새도록 어린 환자를 지켜보기로 결심한 그녀는 숙련된 간병인들이 의미심장하게 '변화'라고 부르는 증상을 한밤중에 알아봤다. 바깥문이 재빨리 열리더니, 바깥에서 지켜보고 있던 톰이 순식간에 민첩하게 들어왔다.

"의사를 불러요, 톰! 지체하지 말고." 미스 오필리아는 방을 가로질러 가 싱클레어의 방문을 두드렸다.

"사촌, 여기 좀 와야겠어."

이 말이 그의 심장에 관 위에 떨어지는 흙처럼 내려앉았다. 왜 불렀을까? 그는 일어나서 순식간에 에바의 방으로 와 여전히 자고 있는 아이 위로 몸을 숙였다.

무엇을 보았길래 그의 심장이 내려앉은 것일까? 왜 두 사람 사이에 아무 말도 오가지 않은 것일까? 당신은 말할 수 없다. 소중한 이의 얼굴에서 같은 표정을 본 당신은 말할 수 없다. 당신이 사랑하는 사람은 더 이상 당신 것이 아니라고 말하는 그 형언할 수 없고, 절망적이고, 의심의 여지가 없는 표정을.

하지만 아이의 얼굴에 죽음의 흔적은 전혀 없었다. 그저 고귀하고 거의 숭고하다시피 한 표정, 영적 세계의 압도적 존재감, 아이의 영혼 속에 동이 터오는 불멸의 생의 흔적만 있을 뿐이었다.

그들은 아이를 응시하며 숨소리조차 내지 않고 서 있었다. 시곗바늘 소리마저 너무 크게 느껴졌다. 잠시 후 톰이 의사를 데리고 돌아왔다. 의사는 들어와서 한 번 쳐다보더니 다른 사람들과 마찬가지로 말없이 서 있었다.

"이런 변화가 언제 나타났습니까?" 그가 미스 오필리아에게 속삭이듯 물었다.

"한밤중쯤에요." 그녀가 대답했다.

의사의 등장에 잠에서 깬 마리가 허둥지둥 옆방에서 나왔다.

"오거스틴! 형님! 무슨!" 그녀가 허겁지겁 입을 열었다.

"쉿!" 싱클레어가 쉰 목소리로 말했다. **"죽어가고 있어!"**

유모가 그 말을 듣고 하인들을 깨우러 뛰어갔다. 온 집안이 깨어났다. 불이 켜지고, 발자국 소리가 들리고, 불안한 얼굴들이 베란다에 모여 눈물을 흘리며 유리문 너머로 쳐다봤다. 하지만 싱클레어에게는 아무 소리도 들리지 않았고 아무것도 보이지 않았다. 그는 오로지 잠든 아이의 얼굴에 깃든 **그 표정**만을 보고 있었다.

"깨어나서 한 마디만 더 해준다면!" 그가 말했다. 그러고는 몸을 굽히고 아이의 귀에 대고 말했다. "에바, 애야!"

아이가 커다란 푸른 눈을 뜨더니 미소가 얼굴을 스치면서 고개를 들고 말하려 했다.

"날 알아보겠니, 에바?"

"아빠." 아이가 마지막 힘을 다해 아빠의 목을 안고 말했다. 하지만 그 팔은 곧 다시 떨어졌다. 싱클레어가 고개를 드는 순간, 죽음의 경련이 아이의 얼굴을 스쳤다. 에바는 숨을 쉬려고 애쓰며 조그만 손을 들었다.

"오, 하나님, 무서워요!" 그는 고통스러워 외면하며 자기도 모르게 톰의 손을 꽉 쥐었다. "오, 톰, 나도 죽을 것 같아!"

톰은 검은 뺨 위로 눈물을 흘리며 주인의 손을 꼭 쥐고, 그가 늘 쳐다보던 곳을 향해 고개를 들고 도움을 구했다.

"제발 빨리 끝나게 해줘요!" 싱클레어가 말했다. "가슴이 찢어지는 것 같아."

"주님께 축복을! 끝났어요, 끝났어요, 주인님!" 톰이 말했다. "아가씨를 보세요."

아이는 지친 사람처럼 숨을 헐떡이며 누워 있었다. 커다랗고 맑은 눈동자가 이리저리 구르더니 한군데 고정되었다. 아, 천국을 그토록 노래했던 저 눈은 무슨 말을 하는가? 지상의 삶과 지상의 고통은 지나갔다. 하지만 그 얼굴에 떠오른 의기양양한 빛이 너무도 엄숙하고

신비로워 슬픔의 흐느낌조차 멈추었다. 그들은 아이 주위로 모여들어 숨조차 쉬지 못하고 조용히 있었다.

"에바." 싱클레어가 부드럽게 불렀다. 아이는 대답하지 않았다.

"에바, 무엇을 봤는지 말해다오! 뭘 봤니?" 아버지가 말했다.

환한 영광의 미소가 아이의 얼굴을 스쳐 지나가더니, 띄엄띄엄 말했다. "오! 사랑, 기쁨, 평화!" 그러곤 한숨을 내쉬더니 죽음에서 삶으로 넘어갔다!

"안녕, 사랑하는 딸아! 빛나는 영원의 문이 네 뒤에서 닫혔구나. 이제 네 귀여운 얼굴을 더 이상 못 보겠지. 오, 네가 천국에 들어간 것을 지켜본 사람들에게는 슬픔뿐이구나. 네가 없는 세상에서 깨어나면 그들에겐 오직 회색 하늘 같은 나날만 있을 테니."

제27장

"이것이 지상에서의 마지막"
—존 Q. 애덤스

에바 방의 조각상들과 그림들에는 흰 천이 덮였다. 방 안에는 낮은 숨소리와 소리 죽인 발자국 소리밖에 들리지 않았고, 빛은 블라인드가 쳐진 어두운 창문 틈으로 엄숙하게 스며 들어왔다.

침대에는 흰 천이 덮였고, 그 침대 위 고개 숙인 천사상 아래에는 조그만 형체가 누워 있었다. 절대 깨어나지 않을 잠에 빠진 채!

아이는 생전에 잘 입던 소박한 하얀 드레스를 입고 있었고, 커튼 사이로 들어오는 장밋빛 햇살이 얼음처럼 차가운 죽음의 기운 위로 따스한 빛을 던졌다. 짙은 속눈썹이 말간 뺨 위에 드리워져 있었다. 머리는 마치 진짜로 잠든 듯이 한쪽 옆으로 살짝 기울어져 있었지만, 그 얼굴의 모든 선에는 환희와 휴식이 뒤섞인 천상의 표정이 퍼져 있어서, 그것이 순간적인 지상의 잠이 아니라 '그분이 사랑하는 자들에게 주시는' 신성한 긴 휴식임을 알려주고 있었다.

사랑스러운 에바, 당신 같은 사람에게는 죽음이란 없다! 어둠도, 죽음의 그림자도 없다. 그저 새벽별이 황금빛 여명 속에서 아스라지는 것처럼 투명하게 사라질 뿐이다. 이것은 전투 없는 승리, 충돌 없이 쟁취한 왕관이다.

싱클레어는 팔짱을 끼고 서서 물끄러미 바라보며 그런 생각을 하고 있었다. 아! 그가 무슨 생각을 하는지 누가 말하겠는가? 그 방에서 사람들이 "죽었어"라고 말하던 그 순간부터 세상은 온통 음산한 안개, '고통으로 가득한 어둠'일 뿐이었다. 그는 주위의 목소리들을 들었고, 질문을 받았고, 그 질문에 대답했다. 사람들은 장례식을 언제 치를 거냐고, 어디에 묻을 거냐고 물었고, 그는 울컥하며 신경 쓰지 않는다고 대답했다.

아돌프와 로자가 방을 정리했다. 그들은 경박하고 변덕스럽고 유치했지만, 마음이 여리고 감정이 풍부했다. 전반적인 배치와 정리는 미스 오필리아가 지휘했지만, 그 배치에 부드럽고 시적인 분위기를 더한 것은 그들이었다. 덕분에 그 방에서는 뉴잉글랜드 장례식 특유의 음산하고 소름 끼치는 분위기가 풍기지 않았다.

선반 위에는 늘어진 우아한 잎들이 달린 하얗고 섬세하고 향기로운 꽃들이 여전히 꽂혀 있었다. 흰 천이 덮인 에바의 조그만 탁자 위에는 아이가 가장 좋아하던 꽃병이 하얀 이끼장미 한 송이를 담고 있었다. 아돌프와 로자는 그 종족 특유의 섬세한 눈으로 천의 접힌 주름과 커튼의 늘어진 모양을 정리하고 또 정리했다. 싱클레어가 생각

Uncle Tom's Cabin

에 잠겨 앉아 있는 지금 이 순간에도 로자는 흰 꽃을 바구니에 담아 들고 살금살금 방 안으로 들어왔다. 싱클레어를 보자 뒤로 물러서서 공손하게 걸음을 멈췄지만, 그가 지켜보고 있지 않다는 걸 보더니 다시 다가가서 죽은 아이 주위에 꽃을 놓았다. 싱클레어는 로자가 조그만 손에 재스민 꽃을 쥐어주고 소파에 다른 꽃들을 솜씨 좋게 배열하는 것을 꿈속인 양 몽롱하게 지켜보았다.

문이 다시 열리더니, 울어서 눈이 퉁퉁 부은 톱시가 앞치마 밑에 뭔가를 숨기고 나타났다. 로자가 오지 말라는 신호를 재빨리 했지만, 아이는 방 안으로 한 발 들어왔다.

"넌 나가." 로자가 단호하고 날카롭게 속삭였다. "여긴 **네가** 할 일이 없어!"

"아, 제발요! 꽃을 가져왔어요. 정말 예쁜 꽃이에요!" 톱시가 반쯤 핀 월계화 꽃송이들을 들고 말했다. "하나만 놓게 해줘요."

"나가!" 로자가 더 단호하게 말했다.

"있으라고 해!" 싱클레어가 갑자기 발로 바닥을 쿵 차며 말했다. "들어와."

로자는 즉시 물러났고, 톱시는 앞으로 다가와 죽은 이의 발치에 공물을 놓았다. 그러더니 갑자기 격렬하고 비통한 울음을 터뜨리며 침대 옆 바닥에 몸을 던지고는 크게 통곡하며 신음했다.

미스 오필리아가 서둘러 방에 들어와 아이를 일으키고 진정시키려 했지만 소용이 없었다.

"아, 에바 아가씨! 아, 에바 아가씨! 저도 죽었으면 좋겠어요. 정말이에요!"

가슴을 찢을 듯이 격렬한 울음이었다. 대리석처럼 하얗던 싱클레어의 얼굴이 달아오르더니, 에바가 죽은 후 처음으로 눈에 눈물이 고였다.

"일어나라, 애야." 미스 오필리아가 부드러운 목소리로 말했다. "그렇게 울지 마. 에바 아가씨는 천국에 갔어. 천사가 됐단다."

"하지만 볼 수 없잖아요!" 톱시가 말했다. "다시는 볼 수 없잖아요!" 그러고는 다시 흐느꼈다.

그들은 모두 잠시 아무 말 없이 서 있었다.

"**아가씨**는 절 **사랑**한다고 했어요." 톱시가 말했다. "그렇게 말했어요! 아이고! 아이고! 이젠 **아무도** 없어. 아무도 없어!"

"정말 그렇구나." 싱클레어가 말했다. "하지만," 그가 미스 오필리아에게 말했다. "저 불쌍한 것을 좀 달래줄 수 없으세요?"

"차라리 태어나지 않았다면 좋았을 텐데," 톱시가 말했다. "전 태어나고 싶지 않았어요. 절대로. 그게 무슨 소용이에요."

미스 오필리아가 아이를 부드럽게, 하지만 단단히 안고 방에서 데리고 나갔다. 하지만 그러는 미스 오필리아의 눈에서도 눈물이 몇 방울 떨어졌다.

"톱시, 불쌍한 것." 그녀가 자기 방으로 아이를 데려와 말했다. "포기하지 마! 난 그 아이와는 다르지만, **내가** 널 사랑해줄 수 있어. 내가 에바에게서 그리스도의 사랑을 조금이나마 배웠기를 바란단다. 내가 널 사랑해줄 수 있어. 네가 훌륭한 기독교인으로 자랄 수 있도록 내가

　　　Uncle Tom's Cabin

힘껏 도와줄게."

미스 오필리아의 목소리에는 말 이상의 진심이 담겨 있었고, 그 목소리보다 그녀가 흘리는 눈물에 더 진심이 담겨 있었다. 그때부터 그녀는 그 곤궁한 아이의 마음에 영향력을 발휘했고, 다시는 그것을 잃어버리지 않았다.

'오, 에바, 그렇게 잠깐 이 지상에 머무르면서 어떻게 그렇게 많은 좋은 일을 할 수 있었니?' 싱클레어는 생각했다. '내 긴 세월은 어떻게 설명해야 할까?'

잠시 나지막한 속삭임과 발자국 소리가 들리더니, 죽은 아이를 보기 위해 사람들이 하나하나 살며시 들어왔다. 그리고 조그만 관이 들어왔다. 장례식이 거행되었다. 마차들이 문 앞에 서고, 낯선 이들이 와서 자리에 앉았다. 흰 스카프와 리본, 상장이 준비되고, 문상객들은 검은 상장을 둘렀다. 성경 말씀이 낭독되고, 모두 기도했다. 더 이상 흘릴 눈물도 없는 싱클레어는 살고 걷고 움직였고, 마지막까지 오로지 하나, 관 속의 황금빛 머리카락만 바라보았다. 하지만 그 위로 천이 덮이고, 관 뚜껑이 닫혔다. 그는 이끌리는 대로 다른 사람들과 함께 정원 끝의 조그만 자리로 걸어 내려갔다. 바로 그곳, 아이와 톰이 너무도 자주 앉아서 노래하고 성경을 읽었던 이끼 낀 자리 옆에 조그만 무덤이 있었다. 싱클레어는 그 옆에 서서 멍하게 아래를 내려다보았다. 관이 내려가는 것이 보이고, 엄숙한 말씀이 희미하게 들렸다. "나는 부활이요 생명이니, 나를 믿는 자는 죽어도 살겠고."(「요한복음」 11장 25절—옮긴이) 흙이 던져져 조그만 무덤을 채웠지만, 그는 눈앞에 사라지고 있는 것이 자신의 에바라는 게 실감이 나지 않았다.

사실 아니었다! 그것은 에바가 아니라, 주 예수께서 오시는 날 에바가 취할 빛나는 불멸의 형상의 약한 씨앗일 뿐이었다!

모두가 갔다. 문상객들은 에바를 알지 못할 곳으로 돌아갔다. 마리는 어두운 방 안 침대에 누워 슬픔을 못 이기고 흐느끼고 통곡하며 매 순간 모든 하인을 불러댔다. 그들은 울 시간도 없었다. 그들이 왜 울어야 하나? 슬픔은 **그녀의** 슬픔이었고, 그녀는 세상 누구도 자신처럼 슬퍼할 수도 없고, 슬프지도 않을 거라고 확신했다.

"싱클레어는 눈물 한 방울 안 흘렸어." 그녀가 말했다. "에바에게 조의를 표하지 않았어. 애가 얼마나 고통스러워했는지 알면서도 얼마나 무정하고 냉혹한지 놀라울 정도야."

사람들은 눈과 귀의 지배를 받기 때문에, 많은 노예들이 정말로 이 일에서 가장 큰 고통을 겪는 사람은 아씨라고 생각하게 되었다. 특히 마리가 히스테리 발작을 일으키며 의사를 부르고 마침내 죽는다고 엄포를 놓았기에 더욱 그랬다. 이리저리 뛰고 뜨거운 물병을 가져오고 플란넬 천을 데워서 문질러주고 야단법석을 떠느라 그들은 슬픔을 잊었다.

하지만 톰은 마음 깊이 슬픔을 묻었고, 그 점에서 주인님과 공감했다. 그는 주인님이 걷는 곳마다 슬퍼하며 따라갔고, 주인님이 창백한 얼굴로 말없이 에바의 방에 앉아 읽지도 않으면서 에바의 조그만 성경책을 펴 들고 있는 모습을 지켜봤다. 눈물도 흘리지 않고 고요히 주인님을 응시하는 톰의 눈에는 마리의 통곡과 비탄을 다 합친 것보다 더 진한 슬픔이 녹아 있었다.

　며칠 후 싱클레어 일가는 도시로 돌아왔다. 슬픔으로 지친 오거스틴이 생각의 흐름을 바꾸게 해줄 다른 환경을 바랐기 때문이다. 그래서 그들은 집과 정원, 조그만 무덤을 떠나 뉴올리언스로 돌아왔다. 싱클레어는 바쁘게 거리를 쏘다니며 가슴속의 빈틈을 분주한 일상과 장소의 변화를 통해 메워보려 했다. 모자에 달린 상장이 아니었으면 거리에서 그를 보거나 카페에서 만난 사람들은 상을 당했다는 사실을 몰랐을 것이다. 그는 웃고 이야기하고 신문을 읽고 정치를 논하고 사업을 돌보았다. 그가 짓는 미소가 어둡고 고요한 무덤과도 같은 심장을 덮은 텅 빈 껍질에 불과함을 누가 알겠는가?

　"싱클레어 씨는 이상한 사람이에요." 마리는 미스 오필리아에게 불평조로 말했다. "세상에서 싱클레어가 사랑하는 것이 있다면, 그건 우리 에바라고 생각했어요. 그런데 그는 굉장히 쉽게 에바를 잊어가고 있는 것 같아요. 도대체 같이 에바 이야기를 할 수가 없어요. 더 슬퍼하는 모습을 보여줄 거라 생각했는데!"

　"고요한 물은 깊은 법이라고 하잖아." 미스 오필리아가 엄숙하게 말했다.

　"전 그런 말 믿지 않아요. 그건 말에 불과해요. 사람은 감정이 있으면 보이게 되어 있어요. 어쩔 수가 없다고요. 하지만 감정이 있다는 건 참 불행한 일이죠. 저도 차라리 싱클레어 같은 사람이었으면 좋겠어요. 전 슬픔에 갉아먹히고 있어요!"

　"아니에요, 아씨. 싱클레어 주인님은 그림자처럼 바싹 말라가고 있어요. 사람들 말이 아무것도 안 드신대요.” 유모가 말했다. “주인님은 에바 아가씨를 잊지 않으셨어요. 아무도 잊을 수가 없어요. 우리 축복 받은 에바 아가씨!” 그녀는 눈물을 닦으며 덧붙였다.

“어쨌거나 남편은 나에 대해 전혀 배려가 없어요.” 마리가 말했다. “위로의 말을 한 마디도 안 건넸어요. 어떤 남자보다도 어머니가 더 슬퍼한다는 걸 알면서도 말이에요.”

“마음의 고통은 자신이 아는 거지.” 미스 오필리아가 진지하게 말했다.

“제 말이 바로 그거예요. 전 제 감정을 아는데, 다른 사람들은 그걸 알지 못하는 것 같아요. 에바는 알았지만, 이제는 여기 없죠!” 그러더니 마리는 소파에 누워 슬프게 흐느끼기 시작했다.

마리는 손 안에 있을 때는 절대 모르던 가치를 잃어버리거나 그것이 사라지고 나서야 아는 잘못된 체질을 지닌 사람이었다. 무엇이든지 가지고 있을 때는 흠만 잡지만, 사라지고 나면 입이 닳도록 칭찬하는 것이었다.

거실에서 이런 대화가 오가고 있을 때, 싱클레어의 서재에서는 또 다른 대화가 이루어지고 있었다.

불안하게 주인의 뒤를 따라다니던 톰은 몇 시간 전 주인이 서재에 들어가는 것을 보고 속절없이 나오기를 기다리다가 마침내 들어가 보기로 결심했다. 그는 살며시 안으로 들어갔다. 싱클레어는 방 한 구석에 놓인 안락의자에 누워 있었다. 그는 에바의 성경을 앞에 펴놓은 채 엎드려 있었다. 톰은 다가가서 의자 옆에 섰다. 그는 머뭇거렸고, 그러는 사이에 싱클레어가 갑자기 벌떡 일어났다. 슬픔이 가득한 그 정직한 얼굴과 애정과 공감을 담은 애원하는 표정이 주인의 마음을 두드렸다. 그는 톰의 손을 잡고 고개를 숙여 이마를 갖다 댔다.

"오, 톰, 온 세상이 계란 껍질처럼 텅 비었어."

"알아요, 주인님. 저도 알아요." 톰이 말했다. "하지만 주인님, 제발 하늘을 보세요. 우리 사랑스러운 에바 아가씨가 있는 하늘, 주 예수께서 계신 저 위 하늘을요!"

"아, 톰! 나도 위를 보고 있어. 하지만 문제는, 내겐 아무것도 안 보여. 나도 볼 수 있었으면 좋겠어."

톰은 깊은 한숨을 내쉬었다.

"우리에게는 안 보이는 것이 아이들과 너처럼 불쌍하고 정직한 사람들에게만 보이나 봐." 싱클레어가 말했다. "왜 그럴까?"

"당신은 '지혜롭고 슬기 있는 자들에게는 숨기시고 어린아이들에게는 나타내시네'(「마태복음」 11장 25절—옮긴이)," 톰이 중얼거렸다. "옳소이다 이렇게 된 것이 아버지의 뜻이니이다."(「마태복음」 11장 26절—옮긴이)

"톰, 난 믿지 않아. 믿을 수가 없어. 회의는 내 습관이거든." 싱클레어가 말했다. "나도 성경을 믿고 싶어. 하지만 그럴 수가 없어."

"주인님, 주님께 기도를 하세요. '내가 믿나이다, 나의 믿음 없는 것을 도와주소서'(「마가복음」 9장 24절—옮긴이)라고."

"누가 뭘 알겠나?" 싱클레어가 초점 없는 눈으로 혼잣말을 했다. "그 아름다운 사랑과 믿음도 모두 의지할 실체는 하나도 없이 한 번의 숨결에도 사라지는, 그저 지나가는 인간 감정에 불과한 것 아닌가? 그래서 에바도, 천국도, 그리스도도, 아무것도 없는 것 아닌가?"

"오, 주인님, 있어요! 전 알아요. 확실히 알아요." 톰이 무릎을 꿇으며 말했다. "믿으세요, 주인님, 제발 믿으세요!"

"그리스도가 계시다는 걸 어떻게 아나, 톰? 주님을 보지도 못했으면서."

"제 영혼 속에서 그분을 느껴요, 주인님. 지금도 느껴요! 주인님, 제 마누라와 아이들과 생이별하고 팔렸을 때, 전 완전히 무너졌어요. 아무것도 남지 않은 듯한 기분이었죠. 그런데 그때 주님께서 제 옆에 서서 말씀하셨어요. '두려워하지 마라, 톰.' 그러고는 빛과 기쁨을 이 불쌍한 놈의 영혼 안에 가져다주시고 평안을 찾게 해주셨어요. 전 몹시 행복하고, 모두를 사랑해요. 주님께 속하기를, 주님의 뜻이 이루어지기를 고대하고 있어요. 주님께서 원하시는 곳에 있을 자세가 되어 있어요. 그게 제 마음에서 나올 수 없다는 걸 알아요. 전 불쌍하고 불평 많은 인간이니까요. 그건 주님으로부터 오는 거예요. 그리고 주님께서는 주인님을 위해서도 기꺼이 그렇게 하시리라는 걸 알아요."

톰은 눈물을 줄줄 흘리며 목이 멘 목소리로 말했다. 싱클레어는 그의 어깨에 기대어 단단하고 충직한 검은 손을 굳게 잡았다.

"톰, 자넨 날 사랑하지." 그가 말했다.

"이 복된 날 주인님께서 기독교인이 되시는 걸 보게 되면 제 목숨이라도 바치겠습니다."

"불쌍한 바보 같으니!" 싱클레어가 고개를 들며 말했다. "난 자네

같이 선하고 정직한 사람의 사랑을 받을 자격이 없어."

"오, 주인님. 주인님을 사랑하는 건 저만이 아니에요. 은총의 주 예수께서 주인님을 사랑하세요."

"그걸 어떻게 아나, 톰?" 싱클레어가 물었다.

"제 영혼으로 느끼니까요. 오, 주인님! 모든 지식에 뛰어난 주님의 사랑을요."

"이상하군!" 싱클레어가 돌아서며 말했다. "1,800년 전에 살다 죽은 사람의 이야기가 아직까지도 사람들에게 영향을 미칠 수 있다니. 하지만 그분은 인간이 아니었지." 그가 갑자기 덧붙였다. "어떤 사람도 그렇게 오랫동안 살아 있는 힘을 갖지 않았어! 어머니가 가르쳐주신 걸 믿을 수만 있다면, 그래서 어릴 때처럼 기도할 수만 있다면!"

"주인님께서 괜찮으시다면," 톰이 말했다. "에바 아가씨는 이 부분을 너무나 아름답게 읽어주셨어요. 주인님께서 읽어주시면 좋겠어요. 에바 아가씨가 가시고 나니 아무도 읽어줄 사람이 없어요."

그것은 「요한복음」 11장, 나사로가 부활하는 감동적인 이야기 부분이었다. 싱클레어는 큰 소리로 읽었고, 그 이야기가 불러일으키는 감정을 억누르기 위해 간간이 멈추어야만 했다. 톰은 그 앞에 손을 모은 채 무릎을 꿇고 앉아서 그 고요한 얼굴에 사랑과 신뢰, 숭배를 담고 열중해서 들었다.

"톰," 주인이 말했다. "자네한텐 이 모든 게 **진짜** 같나!"

"제 눈에는 분명하게 **보입니다**, 주인님." 톰이 말했다.

"내게도 자네의 눈이 있으면 좋겠군, 톰."

"사랑하는 주님께 맹세코, 저도 그랬으면 좋겠어요!"

"하지만 톰, 자네도 내가 자네보다 훨씬 더 지식이 많다는 걸 알잖나. 내가 이 성경을 믿지 않는다고 말하면 어쩔 텐가?"

"오, 주인님!" 톰이 애원하는 자세로 주인의 손을 잡고 말했다.

"그럼 자네 믿음이 흔들리지 않겠나, 톰?"

"조금도요." 톰이 말했다.

"왜 그렇지? 내가 더 많이 안다는 걸 알면서."

"오, 주인님, 방금 주님께서는 지혜롭고 슬기 있는 자들에게는 숨기시고 어린아이들에게는 나타내신다는 걸 읽으셨잖아요? 하지만 분명 지금 진지하게 하신 말씀 아니죠?" 톰이 간절하게 말했다.

"아냐, 톰, 그런 거 아냐. 난 불신하지는 않아. 믿을 이유가 있다고 생각해. 하지만 여전히 난 믿지 않아. 골치 아픈 습관이지, 톰."

"주인님께서 기도를 하시면 좋을 텐데!"

"내가 안 한다는 걸 어떻게 알지?"

"하시나요?"

"내가 기도할 때 거기 누군가 있다면 난 할 거야. 하지만 기도를 한다면 그건 아무것도 없는 데 대고 말하는 것일 뿐이야. 자, 하지만 톰, 지금 기도해봐. 어떻게 하는지 보여줘."

톰은 심장이 벅차올랐고, 이를 오랫동안 막혀 있던 물이 쏟아지듯 기도로 쏟아냈다. 한 가지는 분명했다. 톰은 실제로 있건 없건 간에 누군가 듣고 있다고 생각했다. 사실 싱클레어는 그 믿음과 감정의 물결을 타고 톰이 너무나 생생하게 상상하고 있는 천국의 문 앞까지 흘

 Uncle Tom's Cabin

러가는 듯한 기분이 들었다. 에바에게 가까이 다가가는 듯했다.

"고마워." 톰이 일어나자 싱클레어가 말했다. "기도를 들으니 좋군. 하지만 이제 가봐. 혼자 있게 해주게. 나중에 다시 이야기하자고."

톰은 조용히 방에서 나갔다.

제28장

재회

싱클레어 저택에서 한 주 한 주가 흘렀고, 그 조그만 배가 가라앉았던 삶의 파도는 평소의 흐름으로 되돌아왔다. 단단하고 차갑고 무정한 매일의 현실은 인간의 감정 같은 건 고려하지 않은 채 오만하고 가차 없이 흘러가기 때문이다. 우리는 여전히 먹고 마시고 자고 다시 일어나고, 여전히 흥정하고 사고팔고 묻고 답한다. 간단히 말해, 흥미는 다 사라져도 그림자만 남은 수많은 것들을 뒤쫓는다. 생생한 흥미는 모두 사라져버리고, 차갑고 기계적인 삶의 습관만이 남는 것이다.

스스로 의식하지는 못했지만, 싱클레어의 삶의 모든 흥미와 희망은 그 아이를 둘러싸고 있었다. 재산을 관리하는 것은 에바를 위해서였다. 시간 계획을 짜는 것도 에바를 위해서였다. 에바를 위해서 사고 개선하고 바꾸고 정리하고 배치하고 이런저런 일들을 하는 데 너무나 오랫동안 익숙해져 있어서, 아이가 사라지자 생각할 것도, 해야 할 일도 없어진 것만 같았다.

물론 다른 생이 있었다. 믿기만 한다면, 의미 없고 공허한 시간 앞에 장엄하고 의미심장하게 서서 그 시간을 미지의 신비한 질서로 바꾸어줄 또 다른 생이. 싱클레어는 이를 잘 알고 있었다. 고단한 순간마다 그를 하늘로 부르는 그 가늘고 어린애 같은 목소리가 종종 들리고, 그에게 삶의 길을 알려주는 조그만 손이 보이곤 했다. 하지만 무기력한 슬픔의 무게에 짓눌려 일어날 수가 없었다. 그는 실제적이고 실용적인 기독교인들보다 지각과 본능으로 종교적인 것들을 더 분명하고 잘 이해할 수 있는 천성을 지니고 있었다. 도덕의 미세한 뉘앙스와 차이를 느끼고 제대로 이해하는 재능은 평생토록 그런 것들에는 신경 쓰지 않는 사람들에게 흔히 있는 특성 같다. 그래서 무어와 바이런과 괴테는 종종 평생토록 종교의 지배를 받으며 산 사람보다 진정한 종교적 감정을 더 제대로 묘사하는 것이다. 그런 마음이 있는 사람에게는 종교를 무시하는 것이 더 두려운 배반, 더 끔찍한 죄이다.

싱클레어는 어떤 종교적 의무도 따르는 시늉을 하지 않았지만 타고난 섬세함으로 기독교가 요구하는 바를 본능적으로 파악했고, 일단 따르기로 결심할 경우 스스로의 양심이 얼마나 가혹한 요구를 하게 될지 미리 예견했기 때문에 이를 피했다. 인간의 본성이란 참으로 모순적이어서, 특히 이상의 문제에 있어서는 아예 아무것도 하지 않는 것이 시작했다가 미치지 못하는 것보다 낫게 느껴진다.

그럼에도 불구하고 싱클레어는 여러모로 전과는 달라졌다. 그는 에바의 성경책을 진지하고 진실하게 읽었고, 하인들과 자신의 관계를 냉정하고 실제적으로 성찰한 결과 자신의 과거와 현재의 방식 모두에 극도의 불만을 품게 되었다. 뉴올리언스에 돌아온 직후 그는 한 가지 일은 했다. 그는 톰을 해방시키기 위한 법적 절차를 준비하기 시작했고, 이제 필요한 형식적 절차만 밟으면 곧 완료될 예정이었다. 그러는 동안 톰에 대한 그의 애착은 날마다 점점 커져갔다. 이 넓은 세상에서 톰만큼 에바를 떠올리게 하는 사람은 없어 보였다. 그는 항상 톰을 가까이 두려고 했고, 좀처럼 속내를 터놓지 않는 까다롭고 다가가기 어려운 사람인데도 톰에게는 생각을 거의 다 털어놓다시피 했다. 젊은 주인을 늘 따라다니는 톰의 다정하고 헌신적인 표정을 본 사람이라면 놀라지도 않을 일이었다.

"톰," 톰을 해방시킬 법적 절차에 들어간 다음 날 싱클레어가 말했다. "자네를 자유민으로 만들어줄 거야. 그러니 가방을 꾸려서 켄터키로 돌아갈 준비를 해."

톰의 얼굴이 갑자기 환해지며 하늘을 향해 손을 쳐들고 "주님께 축복을!"이라고 힘주어 외치자, 싱클레어는 다소 마음이 불안해졌다. 그렇게 자신을 당장 떠날 태세를 보이는 것이 마음에 들지 않았다.

"그렇게 좋아할 정도로 여기서 굉장히 힘든 시간을 보낸 건 아니잖아, 톰?" 그가 냉정하게 말했다.

"아니, 아니에요, 주인님! 그런 게 아니에요. **자유인**이 된다는 것 때문이에요! 그게 기뻐서 그러는 거예요."

"그렇다면, 톰, 자네 자신만 보자면, 자유로운 것보다 지금까지가 더 나았다고 생각하지 않나?"

"아뇨, **절대로요**, 싱클레어 주인님." 톰이 격렬하게 말했다. "아뇨, 절대로!"

"톰, 자네가 일해서는 내가 준 것 같은 옷이나 생활수준을 누리지 못했을 텐데."

"잘 압니다, 싱클레어 주인님. 주인님은 정말 잘해주셨어요. 하지만 전 남의 소유인 최고급품을 갖느니 차라리 남루한 옷과 남루한 집, 온갖 남루한 것들을 **제 것**으로 가지고 싶어요. **그렇게** 하고 싶어요, 주인님. 그건 자연스러운 일이라 생각해요, 주인님."

"나도 그렇게 생각하네, 톰. 그럼 자넨 한 달 정도 후엔 나를 떠나겠군." 그가 다소 불만스럽게 덧붙였다. "그러지 않을 이유가 뭐가 있겠나." 그는 쾌활하게 말하고는 일어나 걷기 시작했다.

"주인님께서 괴로워하실 동안에는 안 가요." 톰이 말했다. "주인님께서 원하시는 한은 주인님과 함께 있을게요. 제가 쓸모가 있는 한은."

"내가 괴로워할 동안엔 안 간다고, 톰?" 싱클레어가 슬픈 얼굴로 창밖을 바라보며 말했다. "……**내** 괴로움이 언제 끝날까?"

"싱클레어 주인님께서 기독교인이 되실 때요." 톰이 말했다.

"그럼 정말로 그날이 올 때까지 있겠단 말인가?" 싱클레어는 살짝 미소를 띠고 창에서 돌아서서 톰의 어깨에 손을 올려놓았다. "톰, 이 착하고 어리석은 것 같으니! 그날까지 자넬 붙들어두지는 않을 거야. 아내와 아이들이 있는 집으로 돌아가. 내 사랑도 모두에게 전해주고."

"전 그날이 올 거라고 믿습니다." 톰이 두 눈에 눈물이 고인 채 진지하게 말했다. "주님께서는 주인님이 하실 일을 준비하고 계세요."

"일이라고, 어?" 싱클레어가 말했다. "그게 어떤 일인지 자네 의견을 좀 말해줘. 들어보자고."

"저 같은 미천한 사람도 주님을 위해 할 일이 있어요. 그러니 배움도, 재산도, 친구도 다 가지신 싱클레어 주인님께서는 주님을 위해 얼마나 더 많은 일을 할 수 있겠어요!"

"톰, 자넨 주님께서 아주 많은 일을 바라시는 것처럼 생각하는군." 싱클레어가 미소 지으며 말했다.

"주님께서 창조하신 것들을 위해 일하면 주님을 위해 일하는 겁니다." 톰이 말했다.

"훌륭한 신학이군, 톰. B. 프리치즈 박사보다 더 훌륭해, 정말로." 싱클레어가 말했다.

손님들이 오셨다는 말에 대화는 여기서 중단되었다.

마리 싱클레어는 에바를 잃은 슬픔에 나름 깊이 빠져 있었다. 그녀는 자신이 불행하면 모두를 불행하게 만드는 데 탁월한 능력을 지닌 사람이었으므로, 바로 옆에서 시중드는 사람들은 어린 여주인의 죽음을 더더욱 슬퍼할 만했다. 에바가 매력적인 태도와 상냥한 중재로 어머니의 독재적이고 이기적인 요구에 방패막이 되어준 적이 한두 번이 아니었기 때문이다. 특히 모든 자연스러운 가정적 유대와 단절되어 이 아름다운 아이만을 위안으로 삼고 살았던 가엾은 늙은 유모는 슬픔으로 무너지다시피 했다. 그녀는 낮이고 밤이고 울었고, 슬픔을 이기지 못한 나머지 평소처럼 숙련되고 기민하게 마님의 시중을 들지 못해 끝없는 독설의 포화를 속절없이 견뎌야만 했다.

미스 오필리아도 슬픔에 잠겼지만 그 선하고 정직한 마음속에서 그 상실은 영생을 향한 열매를 맺었다. 그녀는 더 부드럽고 상냥해졌다. 여전히 자신이 맡은 모든 일을 근면하게 해나갔지만, 스스로의 마음을 헛되이 들여다보지 않는 사람답게 태도가 더 누그러지고 조용해졌다. 그녀는 톱시를 더욱 성실하게 가르쳤다. 주로 가르치는 것은 성경이었다. 더 이상 톱시와 몸이 닿아도 움츠리지 않았고, 제대로 억누르지 못한 혐오를 드러내지도 않았다. 그런 감정이 들지 않았기 때문이다. 이제 그녀는 에바가 처음으로 눈앞에 펼쳐줬던 부드러운 매개를 통하여 톱시를 바라봤고, 그녀에게서 오로지 불멸의 존재밖에 보지 않았다. 하나님께서 영광과 덕성의 길로 안내하라고 보내주신 존재였다. 톱시는 금세 성자가 되지는 않았지만, 에바의 삶과 죽음을 통해 뚜렷하게 변화했다. 이전의 냉담한 무심함은 사라지고, 선을 향한 감수성과 희망, 열망, 노력이 이제 그 자리를 대신했다. 그 노력은 불규칙적이고 산만하고 종종 중단되었지만, 그래도 다시 살아났다.

하루는 미스 오필리아가 찾는다는 말에 톱시가 가슴에 뭔가를 황급히 쑤셔 넣으며 왔다.

"거기서 뭘 하니, 이 말썽쟁이야? 보나마나 뭘 훔치고 있었던 거지?" 톱시를 부르러 갔던 오만한 로자가 아이의 팔을 거칠게 붙들며 말했다.

"내버려둬요, 로자 언니!" 톱시가 팔을 빼며 말했다. "상관없는 일이잖아요!"

"건방진 소리 하지 마!" 로자가 말했다. "네가 뭘 숨기는 걸 봤어. 네가 하는 짓들을 다 안다고." 로자는 팔을 붙잡고 억지로 품에 손을 집어넣으려 했고, 톱시는 화가 나서 발길질을 하고 몸싸움을 하며 자신의 권리를 지키려고 애썼다. 그 소란스러운 소동에 미스 오필리아와 싱클레어가 나타났다.

"쟤가 물건을 훔치고 있었어요!" 로자가 말했다.

"아니에요!" 톱시가 악에 받쳐 흐느끼며 소리 질렀다.

"내놔, 뭐든지 간에!" 미스 오필리아가 엄하게 말했다.

톱시는 머뭇거렸지만, 두 번째 명령이 떨어지자 품에서 낡은 스타킹의 발 부분으로 싼 조그만 꾸러미를 꺼냈다.

미스 오필리아가 꾸러미를 풀었다. 그 안에는 에바가 톱시에게 준 것들이 싸여 있었다. 1년 동안 매일 성경 한 구절을 읽을 수 있도록 만들어진 조그만 책과 에바가 마지막 작별인사를 했던 그 잊지 못할 날 주었던 머리타래였다.

그 광경에 싱클레어는 크게 감동했다. 조그만 책은 장례식 상장을 찢은 기다란 검은 천 조각에 싸여 있었다.

"책에 왜 이걸 쌌니?" 싱클레어가 상장을 들며 물었다.

"왜냐하면, 왜냐하면, 에바 아가씨가 준 거니까요. 제발 가져가지 마세요!" 톱시는 이렇게 말하고 바닥에 털썩 주저앉더니 앞치마를 뒤집어쓰고 통곡하기 시작했다.

낡은 스타킹과 검은 상장 조각, 책, 부드러운 금발 고수머리, 톱시의 비탄이 함께 만들어낸 그 모습은 애처로움과 우스꽝스러움이 기이하게 뒤섞인 광경이었다.

싱클레어는 미소 지었지만, 눈에는 눈물이 고여 있었다.

"자, 자, 울지 마라. 안 가져갈 테니!" 그러고는 물건들을 한데 모아 아이의 무릎에 던져주고 미스 오필리아와 함께 거실로 왔다.

"전 누님이 정말로 저 아이를 바꿀 수 있다고 생각해요." 그가 엄지손가락으로 어깨 너머 뒤쪽을 가리키며 말했다. "**진정으로 슬퍼할** 수 있는 사람이라면 착해질 수 있어요. 누님께서 애쓰셔서 사람으로 만들어보시죠."

"저 아인 엄청나게 좋아졌어." 미스 오필리아가 말했다. "기대가 크단다. 하지만 오거스틴," 미스 오필리아가 그의 팔을 잡으며 말했다. "묻고 싶은 게 있어. 이 아이는 누구 소유가 되는 거니, 너 아니면 나?"

"왜요, **누님**께 드렸잖아요." 오거스틴이 말했다.

"하지만 법적으로는 아니잖니. 난 재가 법적으로 내 소유였으면 좋겠다." 미스 오필리아가 말했다.

"어이구, 누님!" 오거스틴이 말했다. "노예제폐지협회에서 뭐라고 생각하겠어요? 누님이 노예주인이 된다면 이런 타락을 개탄하며 하루를 지정해 단식이라도 하지 않겠습니까!"

"말도 안 되는 소리! 내 것이었으면 좋겠다는 건, 그래야 자유주로 데리고 가서 자유를 줄 권리가 있으니까 한 말이야. 내가 애쓰는 게 헛수고가 되지 않도록."

"아, 누님, 좋은 일이 생길 수 있도록 나쁜 짓을 하는 건 끔찍한 일 아닙니까? 전 권장 못 하겠네요."

"말 되는 소리 아니면 농담하지 마." 미스 오필리아가 말했다. "이 아이를 기독교인으로 만들려고 애써봤자 앞날을 알 수 없는 노예제에서 구해내지 않는다면 무슨 소용이 있겠니? 정말로 저 아이를 내게 줄 생각이면, 기증서나 법적 서류를 줬으면 좋겠다."

"알았어요, 알았어." 싱클레어가 말했다. "그러죠." 그리고 그는 앉아서 신문을 펴 들고 읽기 시작했다.

"지금 해줬으면 해." 미스 오필리아가 말했다.

"뭐가 그리 급하세요?"

"지금이 아니면 못 하니까." 미스 오필리아가 말했다. "자, 여기 종이와 펜, 잉크가 있다. 증서를 써줘."

싱클레어는 그런 종류의 기질을 가진 대부분의 사람들이 그렇듯이 당장 행동하는 것을 보통 진심으로 싫어했다. 그래서 그는 미스 오필리아의 솔직함에 상당히 기분이 상했다.

"뭐가 문제예요?" 그가 말했다. "제 말 못 믿으세요? 그런 식으로 밀어붙이다니 누가 보면 유대인한테 강습이라도 받으신 줄 알겠습니다!"

"확실히 하고 싶을 뿐이야." 미스 오필리아가 말했다. "네가 혹시라도 죽거나 건강이 쇠약해진다면, 톱시는 내가 아무리 애를 써도 경매장으로 끌려갈 거 아냐."

"정말이지 누님은 신중하시군요. 뭐, 전 양키의 손아귀에 있으니

양보하는 수밖에요." 그리고 싱클레어는 재빨리 기증서를 썼다. 법적 서류 형식을 잘 알고 있었기 때문에 쉽게 할 수 있는 일이었다. 그는 마구 뻗친 대문자로 서명하고 엄청나게 화려한 장식체로 마무리했다.

"자, 이제 흑백이 분명하죠, 버몬트 누님?" 그가 서류를 내밀며 말했다.

"잘했다." 미스 오필리아가 미소 지으며 말했다. "하지만 증인이 있어야 하지 않겠니?"

"아, 젠장! 그래요, 여기." 그가 마리의 방으로 통하는 문을 열며 말했다. "마리, 누님이 당신 서명을 원한다는군. 여기 이름만 좀 적어주오."

"이게 뭐예요?" 마리가 서류를 훑어보며 말했다. "말도 안 돼! 형님은 무척 경건한 사람이라 이런 끔찍한 일은 안 하실 거라 생각했는데." 그녀는 무심하게 이름을 적으며 말했다. "하지만 그 물건이 탐난다면, 기꺼이 가지셔도 돼요."

"자, 이제 톱시는 육신과 영혼 모두 누님 것입니다." 싱클레어가 서류를 건네며 말했다.

"전과 마찬가지로 지금도 내 것은 아니야." 미스 오필리아가 말했다. "하나님을 제외하고는 누구도 그 애를 내게 줄 권리가 없지만, 이제 난 개를 보호해줄 수 있어."

"뭐, 그렇다면 톱시는 법의 가설에 따라 누님 겁니다." 싱클레어는 이렇게 말하고 거실로 돌아가 앉아서 신문을 읽었다.

마리가 있으면 좀처럼 오래 앉아 있는 법이 없는 미스 오필리아는 우선 조심스레 서류를 치운 다음 그를 따라 거실로 왔다.

"오거스틴," 그녀는 앉아서 뜨개질을 하다가 갑자기 말했다. "네가 죽을 경우 하인들에 대한 준비는 해뒀니?"

"아뇨." 싱클레어는 계속 신문을 읽으며 대답했다.

"그럼 네 관대한 태도는 장차 굉장히 잔인한 일이 될지도 몰라."

싱클레어도 자주 같은 생각을 했다. 하지만 그는 시큰둥하게 대답했다.

"머지않아 준비를 하려고 해요."

"언제?" 미스 오필리아가 물었다.

"조만간요."

"네가 먼저 죽으면 어쩌고?"

"누님, 도대체 왜 그러세요?" 싱클레어가 신문을 놓고 그녀를 바라보며 말했다. "그렇게 열심히 사후 조치를 취하다니, 제가 황열병이나 콜레라라도 걸린 줄 아세요?"

"삶의 한중간에서 우리는 죽음 가운데 있나니."(『기도서*The Book of Commons Prayer*』에 실린 장례식용 기도의 한 구절—옮긴이) 미스 오필리아가 말했다.

싱클레어는 불쾌한 대화를 끝내기 위해 자리에서 일어나 신문을 아무렇게나 놓고는 베란다로 열린 문을 향해 걸어갔다. 그는 난간에 기대어 솟구쳤다가 떨어지는 분수대의 물줄기를 바라보며 기계적으로 마지막 단어—**"죽음!"**—를 되풀이했다. 그리고 흐릿하고 어지러운 아지랑이 너머로 꽃과 나무, 정원의 장식물 들을 보며, 누구나 흔하게 입에 담지만 너무나 무시무시한 위력을 가진 단어, "죽음!"을 다시 한 번 반복했다. "이런 단어가 있다니 참 이상하지," 그가 말했다. "그리고 그런 일이 있다는 것도, 또 우리가 항상 그걸 잊어버린다는 것도. 희망과 열정, 소원을 가득 품고 따스하고 아름답게 살아 있다가 다음 순간 갑자기 완전히 그리고 영원히 사라져버리다니!"

무더운 황금빛 저녁이었다. 그는 베란다 반대쪽 끝으로 걸어갔다. 톰이 손가락으로 단어를 하나하나 꾹꾹 짚고 진지한 태도로 혼자 중얼거리면서 성경을 읽는 데 몰두해 있었다.

"내가 읽어줄까, 톰?" 싱클레어가 무심히 옆에 앉으며 말했다.

"괜찮으시면요." 톰이 감사히 말했다. "주인님이 읽어주시면 훨씬 더 쉬워져요."

싱클레어는 책을 받아 어디인지 슬쩍 본 뒤 톰이 진하게 표시해놓은 구절 가운데 하나를 읽기 시작했다. 말씀은 이러했다.

"인자가 자기 영광으로 모든 천사와 함께 올 때에 자기 영광의 보좌에 앉으리니, 모든 민족을 그 앞에 모으고 각각 구분하기를 목자가 양과 염소를 구분하는 것같이 하여." 싱클레어는 힘찬 목소리로 마지막 절까지 계속해서 읽었다. "또 왼편에 있는 자들에게 이르시되, 저주를 받은 자들아 나를 떠나 마귀와 그 사자들을 위하여 예비된 영원한 불에 들어가라. 내가 주릴 때에 너희가 먹을 것을 주지 아니하였고 목마를 때에 마시게 하지 아니하였고 나그네 되었을 때에 영접하지 아니하였고 헐벗었을 때에 옷 입히지 아니하였고 병들었을 때와 옥에 갇혔을 때에 돌보지 아니하였느니라 하시니, 그들도 대답하여 이르되 주여 우리가 어느 때에 주께서 주리신 것이나 목마르신 것이나 나그네 되신 것이나 헐벗으신 것이나 병드신 것이나 옥에 갇히신 것을 보고 공양하지 아니하더이까. 이에 임금이 대답하여 이르시되 내가 진실로 너희에게 이르노니 이 지극히 작은 자 하나에게 하지 아니한 것이 곧 내게 하지 아니한 것이니라 하시리니."(최후의 심판을 다룬 「마태복음」 25장 31~32절, 41~45절—옮긴이)

싱클레어는 마지막 구절에 감동한 듯했다. 그는 그 구절을 두 번 읽었고, 두 번째는 그 단어들을 마음속에서 곰곰이 돌이켜 생각해보기라도 하는 것처럼 천천히 읽었다.

"톰," 그가 말했다. "이렇게 심한 조처를 당하는 이 사람들이 딱 나처럼 사는 것 같아. 편안하고 점잖게 잘살면서 얼마나 많은 형제들이 굶주리거나 목이 마르거나 아프거나 감옥에 가는지 알려고 하지 않잖나."

톰은 대답하지 않았다.

싱클레어는 일어나더니 베란다를 거닐었다. 그는 자기만의 생각에 빠져 모든 것을 잊어버린 듯 보였다. 어찌나 골똘히 몰두했던지 티타임 종이 울렸다고 톰이 두 번이나 말했을 때야 그 말을 들었다.

마리는 실크 모기장을 친 긴 소파에 누워서 곧 깊은 잠에 빠졌다. 미스 오필리아는 말없이 분주하게 뜨개질을 하고 있었다. 싱클레어는 피아노에 앉아 에올리언 하프의 반주에 맞춰 부드럽고 감상적인 가락을 연주하기 시작했다. 그는 깊은 명상에 빠져 음악으로 스스로에게 혼잣말을 건네는 것 같았다. 잠시 후 그는 서랍을 열고 오래되어 책장

     Uncle Tom's Cabin

이 누렇게 변색된 악보책을 꺼내 뒤적였다.

"이건," 그는 미스 오필리아에게 말했다. "어머니의 책이에요. 여기 어머니 글씨가 있죠. 와서 한번 보세요. 이건 어머니가 모차르트의 〈레퀴엠〉을 베껴서 정리한 거예요." 미스 오필리아가 다가왔다.

"어머니는 종종 이 노래를 부르셨죠." 싱클레어가 말했다. "지금도 그 목소리가 들리는 것 같아요."

그는 장엄한 화음을 몇 소절 치더니, 장중한 라틴어 노래 〈분노의 날〉을 부르기 시작했다.

바깥 베란다에서 듣고 있던 톰은 소리에 이끌려 바로 문 앞까지 다가와서 진지하게 서 있었다. 물론 가사는 이해하지 못했지만, 곡조와 태도에 마음이 흔들렸다. 싱클레어가 애수 어린 부분을 부를 때는 특히 더 그랬다. 그 아름다운 가사의 의미를 알았더라면 더 진심으로 공감했을 것이다.

"생각하소서, 오 예수여,

어떤 이유로 당신이 지상의 악의와 배신을 견디셨는지,

그 끔찍한 때에 저를 저버리지 마소서.

저를 찾아 당신의 고단한 발은 서둘렀고

십자가에서 당신의 영혼은 죽음을 맛보셨으니

이 모든 고통을 헛되이 마소서."

싱클레어는 가사에 깊고 처연한 감정을 불어넣었다. 세월의 희미한 베일이 걷히고 노래하는 어머니의 목소리가 들리는 것 같았다. 목소리와 악기는 모두 살아 있는 것 같았고, 천상의 모차르트가 죽어가는 자신을 위한 레퀴엠으로 상상했던 곡조를 선명하게 공감하며 내놓았다.

싱클레어는 노래를 마치고는 잠시 고개를 숙인 채 손으로 얼굴을 가리고 앉아 있다가 일어나서 이리저리 걷기 시작했다.

"최후의 심판, 참 장엄한 개념이죠!" 그가 말했다. "오랜 세월 동안 벌어진 불의를 모두 바로잡는 것! 반박의 여지가 없는 지혜로 모든 도덕적 문제를 해결하는 것! 정말이지 멋진 이미지 아닙니까."

"두려운 일이지." 미스 오필리아가 말했다.

"저한텐 분명 그럴 겁니다." 싱클레어가 걸음을 멈추고 생각에 잠긴 채 말했다. "오늘 오후에 톰에게 「마태복음」의 그 부분을 읽어주고 있었는데, 저도 모르게 완전히 빠져들게 되더군요. 보통 사람들은 천국에 들어가지 못하는 이유가 무슨 끔찍한 죄를 지었기 때문일 거라고 생각하잖아요. 하지만 아니에요. 그 사람들이 벌을 받은 건 적극적으로 선을 행하지 **않았기** 때문이에요. 마치 거기 온갖 해가 다 포함된 것처럼 말이죠."

"어쩌면," 미스 오필리아가 말했다. "선을 행하지 못하는 사람은 해를 끼치지 않는 일도 불가능할지 모르지."

"그렇다면," 싱클레어는 멍하면서도 진심 어린 말투로 말했다. "마음과 교육과 사회가 모두 어떤 고귀한 목적을 행하라고 요구하고 있는데도 그 기대를 저버린 채 부유하듯 살면서 인간의 고투와 고통과 악행을 남의 일 보듯 멍하니 관조하는 사람에 대해서는 뭐라고 해야 할까요?"

"그런 사람은 회개해야지, 그리고 당장 행동을 시작해야 하고." 미스 오필리아가 말했다.

"언제나 실용적이고 핵심을 찌르시는군요!" 싱클레어가 갑자기 환히 미소 지으며 말했다. "누님은 절대 일반적 고찰을 해볼 시간을 주는 법이 없으시군요. 항상 제게 지금 현재를 들이대시죠. 누님 마음속에는 언제나 영원한 **지금**만 있어요."

"내가 신경 써야 하는 건 **지금**밖에 없으니까." 미스 오필리아가 말했다.

"사랑스러운 우리 에바, 가엾은 것!" 싱클레어가 말했다. "그 아이는 조그맣고 소박한 영혼을 다 바쳐 저를 위해 옳은 일을 하려고 했죠."

에바가 죽은 후 그가 에바에 대해 이렇게 오래 말하는 것은 처음이었다. 지금 그는 분명 굉장히 강렬한 감정을 억누르고 있었다.

"제가 생각하는 기독교는 이렇습니다." 그가 덧붙였다. "모순 없이 스스로를 기독교인이라고 공언할 수 있으려면, 우리 사회의 기반을 이루는 이 끔찍하게도 불공평한 체제에 맞서 자신을 다 내던져야 해요. 필요할 경우에는 그 전투에서 희생할 자세가 되어 있어야 하고요. 그러니까, **전** 다른 식으로는 기독교인이 될 수 없어요. 물론 그런 일을 전혀 하지 않는 계몽된 기독교인들도 수없이 많이 알고 지내고 있지만 말입니다. 고백하지만, 이 문제에 대한 종교인들의 무관심, 끔찍하기 이를 데 없는 악행들에 대한 인식 결여야말로 그 어떤 것들보다도

회의심이 들게 만드는 일들이라고요."

"그걸 다 안다면 왜 하지 않았니?" 미스 오필리아가 물었다.

"아, 그건 저에겐 소파에 드러누워 교회와 목사들이 순교자와 참회자가 되지 않았다고 욕하는 정도의 자비심밖에 없기 때문이죠. 아시겠지만, 남에게 순교자가 되라고 하는 건 굉장히 쉬운 일이거든요."

"그럼, 이제부터는 다르게 행동할 거니?" 미스 오필리아가 물었다.

"앞날의 일을 아는 건 하나님뿐이시죠." 싱클레어가 말했다. "전 전보다는 용감해졌어요. 모든 걸 다 잃었으니까. 잃을 게 없는 사람은 모든 위험을 무릅쓸 수 있거든요."

"그래서 뭘 할 작정인데?"

"가난하고 천한 자들에 대한 의무를 다하고 싶어요. 그걸 발견하는 대로 즉시." 싱클레어가 말했다. "이제까지 아무것도 해준 게 없는 제 하인들부터 시작할 겁니다. 어쩌면 훗날에는 계급 전체를 위해 뭔가를 해줄 수 있을지도 모르죠. 모든 문명국 앞에서 수치스러운 입장에 서 있는 이 나라를 구할 수 있는 어떤 일을 말입니다."

"국가가 자발적으로 해방시키는 게 가능하다고 생각하니?" 미스 오필리아가 물었다.

"모르죠." 싱클레어가 말했다. "지금은 위대한 행위의 시대예요. 사리사욕을 챙기지 않는 영웅주의가 세계 여기저기서 일어나고 있어요. 헝가리 귀족들은 엄청난 금전적 손실을 감수하고 수백만의 농노들을 해방시켰죠. 어쩌면 우리 중에도 명예와 정의를 돈으로 재지 않는 관대한 영혼의 소유자들이 있을지도 모릅니다."

"난 그럴 것 같지 않구나." 미스 오필리아가 말했다.

"하지만 우리가 내일 떨치고 일어나 이들을 해방시킨다고 쳐요. 그러면 누가 이 수백만의 사람들을 교육시키고, 자유를 어떻게 써야 할지 가르치겠습니까? 그들은 우리와 함께 있어서는 결코 대단한 일을 하지 못할 겁니다. 사실 우리부터가 너무 게으르고 비현실적인 터라, 사람 구실을 하자면 성실과 에너지가 필요하다는 개념을 그들에게 심어줄 수가 없거든요. 그들은 북부로 가야 할 겁니다. 거기선 노동이 유행이고 보편적인 관습이니까. 말해보세요, 누님. 누님네 북부 주에는 이들을 교육하고 향상하는 과정을 인내할 기독교적 박애정신이 충분한가요? 외국에서 전도를 하는 일에는 수천 달러를 보내잖아요. 하지만 이교도들이 누님네 도시와 마을에 들어오는 걸 참을 수 있습니까? 그리고 그들을 기독교적 기준에 맞도록 끌어올리기 위해 시간과 생각과 돈을 들이는 건요? 전 그걸 알고 싶습니다. 우리가 그들을 해방시킨다면, 누님네 북부 사람들은 기꺼이 교육시킬 자세가 되어 있습니까? 검둥이 남녀를 받아들여서 가르치고 인내하고 기독교인으로 만들기 위해 애쓸 가족들이 북부에 얼마나 있습니까? 제가 아돌프를 점원으로 만들고 싶어 한다면 그를 받아줄 상인이 얼마나 될까요? 아니면, 직업을 가르치고 싶어 한다면 받아줄 기계공은요? 제인과 로자를 학교에 보내고 싶어 한다면, 그들을 받아줄 학교가 북부 주에 얼마나 있을까요? 숙식을 제공할 집은요? 하지만 그들은 북부와 남부의 여자들만큼이나 피부가 희잖아요. 누님, 전 우리에게 정의의 심판이 내리길 바랍니다. 우리 입장은 나빠요. 검둥이들을 더 **명백**

하게 억압하는 사람들은 우리니까. 하지만 북부의 비기독교적인 편견도 그 못지않게 모진 압제자라고요."

"그래, 나도 그런 줄 알아." 미스 오필리아가 말했다. "그걸 극복하는 게 내 의무라는 걸 알기 전까지는 나도 그랬으니까. 하지만 난 극복했다고 믿어. 그리고 자신의 의무가 뭔지 **배우기만** 한다면 그걸 실천할 선한 사람들이 북부에 많다는 것도 알고 있어. 이교도들에게 전도사들을 보내는 것보다 그들을 우리 사이에 받아들이는 게 분명 더 큰 극기를 필요로 할 거야. 하지만 우리는 그렇게 하리라고 난 생각해."

"**누님**은 그러시겠죠. 압니다." 싱클레어가 말했다. "누님이 하지 않으실 일이 뭐가 있는지 그걸 보고 싶네요. 의무라고 생각하시는 일이라면요!"

"난 특별히 선한 사람이 아니야." 미스 오필리아가 말했다. "다른 사람들도 나처럼 그것들을 보게 되면 그렇게 할 거다. 집에 돌아갈 때 톱시를 데려갈 작정이야. 사람들이 처음에는 놀라겠지만, 그들도 나처럼 보게 될 거라고 생각해. 게다가 북부에는 네가 말한 그대로 실천하는 사람들이 많다는 걸 알거든."

"네, 하지만 그들은 소수죠. 우리가 조금이라도 노예해방을 시작하려면 누님에게서 곧 그 소식을 들어야 할 겁니다."

미스 오필리아는 대답하지 않았다. 잠시 말이 없었다. 싱클레어의 얼굴에는 꿈꾸는 듯한 슬픈 표정이 떠올랐다.

"오늘 밤 왜 이렇게 어머니 생각이 많이 나는지 모르겠네요." 그가 말했다. "마치 어머니가 옆에 있는 듯한 이상한 기분이 들어요. 어머니가 하시던 말씀이 계속 생각나요. 참 이상하죠, 어째서 때로는 과거의 일들이 이렇게 생생하게 떠오를까요!"

싱클레어는 잠시 방 안을 서성거리더니 이윽고 입을 열었다.

"오늘 밤엔 잠시 거리를 걸으면서 소식을 들어봐야겠습니다."

그는 모자를 들고 밖으로 나갔다.

톰이 그를 따라 복도를 지나 안뜰까지 나가서는 모시고 가도 되겠냐고 물었다.

"괜찮아," 싱클레어가 말했다. "한 시간 뒤에는 돌아올 거야."

톰은 베란다에 앉았다. 달빛이 환히 비치는 아름다운 밤이었다. 그는 앉아서 오르락내리락하는 분수의 물줄기를 바라보며 속삭이는 듯한 물소리를 들었다. 톰은 집 생각을 했다. 곧 자유인이 되어서 자신이 원할 때 집으로 돌아갈 수 있을 것이다. 열심히 일해서 아내와 아들들을 살 것이다. 그는 억센 팔의 근육을 기쁜 마음으로 만져보았다. 이 근육은 곧 자기 것이 될 테고, 식구들의 자유를 얻기 위해 많은 일을 할 것이다. 그러고 나서 그는 고귀한 젊은 주인을 떠올렸고, 그러자 주인을 위해 늘 드렸던 기도가 즉시 습관적으로 나왔다. 그다음에는 아름다운 에바 생각이 났다. 이제는 천사들과 함께 있을 에바가. 얼마나 생각을 했던지 분수 물줄기 사이로 에바의 환한 얼굴과 황금빛 머리카락이 그를 지켜보고 있는 것만 같았다. 그는 계속 생각에 빠진 채 잠들었고, 에바가 전과 다름없이 머리에 재스민 화환을 쓰고 뺨을 환하게 빛낸 채 기쁘게 눈을 반짝거리며 그를 향해 달려오는 꿈을 꿨다. 하지만 그가 쳐다보고 있는데, 에바가 땅에서 떠오르는 것 같았다. 뺨이 창백해지고 눈은 깊고 거룩하게 빛났으며 황금빛 후광이 머리를 휘감고 있는 듯했다. 그러더니 에바는 그의 눈앞에서 사라졌고, 톰은 시끄럽게 문을 두드리는 소리와 문 앞에서 두런거리는 사람들 목소리에 잠에서 깨어났다.

그는 서둘러 문을 열었다. 몇 사람이 소리 낮춰 속삭이며 망토에 싸서 덧문 위에 눕힌 사람을 들고 무거운 발걸음으로 들어왔다. 불빛이 그 얼굴에 정면으로 떨어졌다. 톰은 놀라고 절망한 나머지 외마디 비명을 질렀고, 그 소리가 회랑 전체에 울려 퍼졌다. 사람들은 짐을 든 채 열린 거실 문을 향해 나아갔다. 거실에는 미스 오필리아가 아직도 앉아서 뜨개질을 하고 있었다.

싱클레어는 석간신문을 보러 카페에 들어갔었다. 그가 신문을 읽고 있을 때 약간 취해 있던 두 신사 사이에 싸움이 벌어졌다. 싱클레어와 한두 명의 사람들이 둘을 떼어놓으려 했고, 그 와중에 그중 하나가 들고 있던 사냥칼을 뺏으려다가 싱클레어가 옆구리를 심하게 찔렸던 것이다.

집 안은 고함과 통곡, 비명과 절규로 가득 찼다. 하인들은 땅바닥을 구르며 미친 듯이 머리를 쥐어뜯었고, 통곡하며 넋이 나간 듯 이리저리 뛰어다녔다. 제정신을 차리고 있는 사람은 톰과 미스 오필리아밖에 없어 보였다. 마리는 심한 히스테리 발작을 일으키고 있었다. 사람들은 미스 오필리아의 지시에 따라 거실 소파 하나를 허겁지겁 치우고 피 흘리는 사람을 그 위에 놓았다. 싱클레어는 고통과 출혈로 기절해 있었지만, 미스 오필리아가 강장제를 갖다 대자 정신을 차리고 눈을 뜨더니 뚫어져라 약을 바라보다가 주위를 열심히 둘러보았다. 그의 시선은 뭔가를 찾는 듯이 방 안의 온갖 물건들을 탐색하다가 마침내 어머니의 초상화에 멈추었다.

그때 의사가 도착하여 상태를 진단했다. 그의 표정으로 보아 희망이 없음이 분명했다. 의사와 미스 오필리아, 톰은 문간과 베란다 창문 주위에 모여든 하인들의 공포에 질린 통곡과 흐느낌, 절규의 혼란 와중에 침착하게 할 일을 해나갔다.

"이제 이 사람들을 다 내보내야 합니다." 의사가 말했다. "환자의 절대적 안정이 필요합니다."

싱클레어가 눈을 뜨더니, 미스 오필리아와 의사가 방 안에서 내보내고 있는 절망에 빠진 사람들을 물끄러미 지켜보았다. "가엾은 것들!" 그가 말했다. 쓰디쓴 자책의 표정이 그의 얼굴을 스쳤다. 아돌프는 나가지 않으려고 완강하게 버텼다. 그는 공포로 인해 완전히 정신이 나가 있었다. 바닥을 데굴데굴 구르며 누가 뭐라 해도 일어나지 않으려 했다. 나머지 하인들은 주인의 안전이 조용히 순종하는 데 달려 있다는 미스 오필리아의 절박한 설명에 따랐다.

싱클레어는 거의 아무 말도 하지 못했다. 그는 눈을 감은 채 누워 있었지만, 쓰라린 생각에 괴로워하고 있는 게 분명했다. 잠시 후 그는 무릎을 꿇고 옆에 앉아 있던 톰의 손을 잡고 말했다. "톰! 불쌍한 것!"

"예, 주인님?" 톰이 성심껏 대답했다.

"난 죽어가고 있어!" 싱클레어가 톰의 손을 꽉 잡으며 말했다. "기도해줘!"

"목사님을 원하시면……" 의사가 말했다.

싱클레어는 급히 고개를 젓더니 톰에게 한 번 더 진지하게 말했다. "기도해줘!"

톰은 온 마음과 힘을 다해 죽어가고 있는 영혼, 저 크고 우울한 푸른 눈으로 한결같이 슬프게 바라보고 있는 듯한 영혼을 위해 기도했다. 문자 그대로 통곡과 눈물로 바쳐진 기도였다.

톰이 기도를 마치자 싱클레어는 손을 뻗어 그의 손을 잡았다. 진심 어린 눈길로 톰을 쳐다봤지만 아무 말도 하지 않았다. 그는 눈을 감고서도 여전히 손은 놓지 않았다. 영원의 문 앞에서 검은 손과 흰 손은 서로를 동등하게 맞잡고 있었다. 싱클레어는 혼잣말로 띄엄띄엄 나지막하게 중얼거렸다.

"생각하소서, 오 예수여,

……

그 끔찍한 때에 저를 저버리지 마소서.

저를 찾아 당신의 고단한 발은 서둘렀고."

그날 저녁 불렀던 노래, 무한한 동정을 주시는 그분께 보내는 탄원의 말이 그의 마음에 남아 있던 게 분명했다. 그의 입술이 간간이 움직이며 찬송가가 띄엄띄엄 흘러나왔다.

"정신을 잃어가고 있어요." 의사가 말했다.

"아니요! **집으로** 가고 있는 겁니다, 마침내!" 싱클레어가 힘차게 말했다. "마침내요! 마침내!"

말을 하느라 애쓴 나머지 그는 기력이 다했다. 창백한 죽음의 기운이 그를 뒤덮었다. 하지만 그와 더불어 마치 그를 가엾이 여기는 영의 날개에서 떨어지기라도 한 듯이 아름답고 평화로운 표정이 그에게 찾아왔다. 흡사 피곤에 지쳐 잠든 아이 같았다.

그렇게 그는 잠시 누워 있었다. 그들은 위대한 손길이 그에게 닿는 것을 지켜보았다. 영이 사라지기 직전, 그는 기뻐하며 알아보는 듯이 갑자기 환하게 눈을 빛내며 "어머니!"라고 말했다. 그리고 그는 떠나버렸다!

제29장

보호받지 못한 자들

우리는 종종 친절한 주인의 죽음으로 검둥이 노예가 곤경에 처한 이야기를 듣는다. 그럴 만한 것이, 이 땅에서 이런 상황에 처한 노예들보다 더 무방비하고 외로운 사람은 없기 때문이다.

아비를 잃은 아이는 그래도 친구들과 법의 보호를 받을 수 있다. 아이는 가치 있는 존재이고, 뭔가를 할 수도 있으며, 권리와 지위를 인정받고 있다. 노예들에게는 아무것도 없다. 법은 모든 면에서 노예들을 짐짝처럼 권리라곤 없는 존재로 여긴다. 인간으로서, 불멸의 존재로서 갖는 열망이나 욕구에 대한 인정은 오로지 주인의 절대적이며 무책임한 의지를 통해서만 주어질 수 있다. 그리고 그 주인이 쓰러지면 아무것도 남지 않는다.

완전히 무책임한 권력을 어떻게 인간적이며 관대하게 써야 할지 아는 사람들은 많지 않다. 모두가 이 사실을 알고 있으며, 노예들은 그 누구보다도 잘 안다. 그래서 노예들은 사려 깊고 친절한 주인을 발견하는 일보다 가혹하고 폭압적인 주인을 만날 가능성이 열 배는 높다는 것을 알고 있다. 그러니 친절한 주인의 죽음에 대한 통곡이 크고 긴 것은 당연한 일이다.

싱클레어가 마지막 숨을 거두자, 공포와 경악이 온 집을 휩쌌다. 순식간에, 한창 젊은 시기에 그는 그렇게 가버렸다. 집 안 구석구석에서 흐느낌과 절망의 절규가 울려 퍼졌다.

늘 자기 마음대로 하고 살아서 신경이 약해진 마리는 그 충격의 공포를 감당할 수가 없었고, 남편이 마지막 숨을 쉬는 순간 기절하듯이 연달아 발작을 일으켰다. 불가사의한 결혼의 인연으로 그녀와 연결되어 있던 그는 이별의 말조차 건넬 수 없이 영원히 떠나버렸다.

미스 오필리아는 특유의 힘과 자제심으로 마지막까지 온 힘을 다해 지켜보고 듣고 관심을 쏟으며 혈연의 곁을 지켰다. 해줄 수 있는 일이 없는 와중에도 뭐든 했고, 죽어가는 주인의 영혼을 위해 불쌍한 노예가 쏟아내고 있는 상냥하고 열정적인 기도에 온 영혼을 다해 동참했다.

마지막 안식을 위한 준비를 하던 중 그들은 그의 가슴에서 조그맣고 소박한 세밀화 상자를 발견했다. 고귀하고 아름다운 여성의 얼굴을 그린 세밀화였다. 뒷면의 크리스털 유리 아래에는 검은 머리카락 한 타래가 들어 있었다. 그들은 죽은 자의 가슴 위에 다시 상자를 놓았다. 한때 그 차가운 심장을 그렇게 따스하게 뛰게 했던 젊은 시절 꿈의 슬픈 유물이여, 흙은 흙으로 돌아갈지어다!

톰의 영혼은 온통 영원에 대한 생각뿐이었다. 생명이 떠나간 육신을 돌보는 동안, 이 갑작스러운 타격으로 인해 자신이 속절없이 노예 상태에 매이게 되었다는 생각은 단 한순간도 하지 않았다. 주인님을 생각하는 그의 마음은 평화로웠다. 하늘에 계신 아버지의 가슴에 기도를 쏟아붓고 있던 그 순간, 마음속에서 고요하고 확신에 찬 대답이 솟아오르는 것을 느꼈다. 그의 다정한 성정 깊은 곳에서부터 하나님의 충만한 사랑 같은 것이 느껴졌다. 오래된 성언에 이렇게 적혀 있지 않았던가. "사랑 안에 거하는 자는 하나님 안에 거하고 하나님도 그의 안에 거하시느니라."(「요한1서」 4장 16절―옮긴이) 톰은 희망했고 믿었으며, 마음이 평온했다.

하지만 장례식은 지나갔고, 검은 상장과 기도와 엄숙한 얼굴들의 화려한 행렬도 끝났다. 그리고 일상의 차갑고 혼탁한 파도가 다시 밀려왔고, 영원한 난제―"다음엔 뭘 해야 하지?"―가 들이닥쳤다.

그 질문은 불안해하는 하인들에게 둘러싸인 채 느슨한 아침용 가운을 입고 커다란 안락의자에 앉아 상장과 상복 견본을 검토하고 있던 마리의 마음에도 떠올랐다. 북부의 집 생각을 하기 시작한 미스 오필리아의 마음에도 떠올랐다. 말없이 두려움에 빠진 하인들의 마음에도 떠올랐다. 그들은 자신들의 운명이 무정하고 포악한 여주인의 손에 달려 있음을 잘 알고 있었다. 자신들이 받았던 은혜는 여주인이 아니라 주인에게서 왔다는 것을, 그리고 이젠 그가 가고 없으니 병으로 심술궂어진 성미가 고안해낼 수 있는 가혹한 처벌과 그들 사이를 막아줄 보호막은 없으리라는 것을 그들은 너무나 잘 알고 있었다.

자기 방에서 분주히 일하고 있던 미스 오필리아가 조용히 방문을 두드리는 소리를 들은 것은 장례식을 치른 후 2주 정도 지난 어느 날이었다. 문을 열자 우리가 전에 종종 보았던 예쁜 쿼드룬 처녀 로자가 서 있었다. 머리카락은 흐트러져 있었고, 눈은 울어서 퉁퉁 부어 있었다.

"오, 미스 필리." 그녀가 무릎을 꿇으며 주저앉아 드레스 자락을 잡으며 말했다. "**제발, 제발** 저를 위해 미스 마리에게 좀 가주세요! 절 좀 변호해주세요. 아씨께서 절 채찍 징벌장으로 보내려고 하세요. 이걸 보세요!" 그녀는 미스 오필리아에게 종이 한 장을 내밀었다.

그것은 마리가 섬세한 이탤릭 필체로 채찍 징벌장 주인에게 쓴 글로, 이 종이를 가져가는 사람에게 열다섯 대를 때리라는 명령서였다.

"무슨 짓을 했길래요?" 미스 오필리아가 물었다.

"미스 필리, 아시다시피 전 성질이 너무 못돼먹었어요. 제가 정말 나빠요. 미스 마리의 드레스를 입어보다가 걸려서 아씨가 제 얼굴을 때렸는데, 제가 생각도 안 하고 말을 내뱉은 거예요. 건방지게 말이에요. 그러자 아씨가 절 혼쭐을 내서 다시는 전처럼 대장질하지 못하게 단단히 알려주겠다고 하셨어요. 그러고는 이걸 쓰시더니 저보고 가져가라는 거예요. 차라리 아씨가 저를 당장 죽여버렸으면 좋겠어요."

미스 오필리아는 손에 종이를 든 채 서서 생각에 잠겼다.

"미스 필리," 로자가 말했다. "미스 마리나 아씨가 채찍질을 하신다면 당해도 괜찮아요. 하지만 **남자**에게 보내지다니요! 그것도 그렇게 무시무시한 남자에게. 그런 수치스러운 일이 어디 있어요, 미스 필리!"

미스 오필리아는 여자들과 어린 소녀들을 채찍 징벌장으로, 이 일을 직업으로 삼을 정도로 야비하고 저열하기 이를 데 없는 남자들의 손에 보내서 잔인하게 노출된 채 치욕스러운 벌을 받게 하는 것이 보편적인 관습임을 잘 알고 있었다. 전에도 **알고는** 있었다. 하지만 괴로움에 부들부들 떨고 있는 로자의 가냘픈 모습을 보기 전까지는 결코 실감하지 못했다. 정숙한 여성의 피와 뉴잉글랜드의 강력한 자유의 피가 확 뺨으로 솟구쳤고 분노한 심장 속에서 고통스럽게 고동쳤다. 하지만 그녀는 평소의 신중함과 자제심을 발휘하여 감정을 억누르고는 주먹을 움켜쥐어 서류를 구기며 로자에게 그저 이렇게 말했다. "앉아 있어요. 내가 아씨에게 가볼 테니."

"이런 치욕스럽고! 끔찍하고! 터무니없는 일이 있나!" 거실을 가로질러 걸어가며 그녀는 혼자 중얼거렸다.

마리는 안락의자에 앉아 머리를 빗고 있었고, 유모가 옆에 서 있었다. 제인은 그녀의 발치에 앉아 부지런히 발을 문질러주고 있었다.

"오늘은 기분이 어때?" 미스 오필리아가 물었다.

잠시 동안 대답이라고는 깊은 한숨과 내리감은 눈밖에 없었다. 그리고 마리가 대답했다. "모르겠어요, 형님. 더 나아질 게 뭐가 있겠어요!" 그리고 마리는 3센티미터 정도 검은색 테두리 장식이 되어 있는 흰 삼베 손수건으로 눈을 닦았다.

"저기," 미스 오필리아는 어려운 화제를 끄집어낼 때 흔히 하는 짧고 마른기침을 하며 말했다. "가엾은 로자에 대해 좀 이야기하려고 왔네."

마리는 눈을 크게 뜨더니, 뺨이 확 붉어지며 날카롭게 대응했다.

"뭐가요, 그 애가 왜요?"

"진심으로 잘못했다고 생각하고 있어."

"그래요, 그렇겠죠? 앞으로 점점 더 후회하게 될걸요! 그 애의 건방진 태도를 참을 만큼 참아왔어요. 이제 제대로 벌을 줄 거예요. 흙바닥에 뒹굴게 만들 거라고요."

"하지만 다른 방식으로 벌을 줄 수는 없어? 좀 덜 수치스러운 방식으로?"

"망신을 주려고 하는 거예요. 그게 제가 원하는 바라고요. 그 앤 평생토록 섬세함과 예쁜 얼굴과 숙녀처럼 젠체하는 태도를 믿고 살아서 마침내 자기가 누군지 잊어버린 거예요. 그 버르장머리를 제대로 꺾어놓겠어요!"

"하지만 올케, 생각해봐, 젊은 처자에게서 섬세함과 수치심을 없애버리면, 순식간에 타락하게 되는 거야."

"섬세함이라고요!" 마리가 비웃으며 말했다. "그런 애한테 퍽도 어울리는 말이군요! 그 뻔뻔한 것에게 가르쳐줄 거예요. 길바닥에 돌아다니는 남루하기 짝이 없는 검둥이 계집보다 하등 나을 것 없는 처지란 걸요! 제 앞에서 더 이상 고개를 쳐들지 못하게 할 거예요!"

"그런 잔인한 행동에 대해 하나님 앞에서 책임져야 할 거야!" 미스 오필리아가 힘주어 말했다.

"잔인하다고요. 잔인한 게 뭔지 알고 싶네요! 전 겨우 채찍질 열다섯 대를 명령했을 뿐이에요. 게다가 살살 치라고 했고. 그게 뭐가 잔인하다고 그러세요!"

"잔인하지 않다고!" 미스 오필리아가 말했다. "내 장담하는데, 어떤 여자애라도 차라리 당장 죽고 싶을걸!"

"형님 같은 심정을 가진 분에겐 그렇게 보이겠죠. 하지만 이 인간들은 그런 일에 익숙해요. 이것들을 고분고분하게 만들자면 그 방법밖에 없어요. 섬세함이니 뭐니 하며 젠체할 여지를 주면, 이치들은 우리 머리 꼭대기에서 놀 거예요. 제 노예들이 항상 그래왔던 것처럼. 이제 전 이것들을 꺾어놓기 시작했어요. 모두에게 똑똑히 알려줄 거예요. 조심하지 않으면 줄줄이 채찍 징벌장으로 가게 될 거라고!" 마리는 결연하게 주위를 둘러보며 말했다.

이 말에 제인은 고개를 떨구며 몸을 움츠렸다. 마치 특별히 그녀를 겨냥하고 한 말 같아서였다. 미스 오필리아는 곧 터질 폭발물이라도 삼킨 것처럼 잠시 자리에 앉았다. 그러고는 그런 본성을 가진 사람과 말다툼해봤자 아무 소용도 없음을 상기하고는 입을 굳게 다물고 기운을 추스르더니 방에서 나갔다.

돌아가서 로자에게 아무것도 할 수 없었다고 말하기란 힘들었다. 잠시 후 남자 노예가 하나 오더니 아씨가 로자를 채찍 징벌장에 데리고 가라고 명했다고 했다. 로자는 눈물을 뿌리고 애원하며 떠났다.

며칠 후 톰이 발코니 옆에 서서 생각에 잠겨 있는데 아돌프가 다가왔다. 그는 주인이 죽은 후 완전히 풀이 죽고 수심에 잠겨 있었다. 아돌프는 자신이 마리에게 늘 반감을 일으키는 존재라는 걸 잘 알고 있었다. 하지만 주인이 살아 있는 동안에는 그 사실을 별로 개의치 않았다. 이제 주인이 가고 없자 그는 이제 무슨 일이 벌어질지 매일매일 두려움에 떨며 다녔다. 마리는 변호사와 몇 차례 상담을 했고, 싱클레어의 형과 이야기를 나눠본 다음 자신의 개인재산을 제외한 집과 하인들을 모두 팔기로 결정했다. 개인재산을 챙겨 아버지의 농장으로 돌아갈 작정이었다.

"톰, 우리가 모두 팔리게 되었다는 거 알아?" 아돌프가 말했다.

"어디서 들었어?" 톰이 말했다.

"아씨가 변호사랑 이야기할 때 커튼 뒤에 숨어 있었거든. 며칠 뒤면 우린 모두 경매장으로 가게 될 거야, 톰."

"하나님의 뜻대로 되리라!" 톰은 팔짱을 끼고 깊은 한숨을 내쉬며 말했다.

"그런 주인님은 다시는 못 만날 거야." 아돌프가 걱정스레 말했다. "하지만 아씨 밑에서 불안하게 사느니 차라리 팔리는 게 나아."

톰은 돌아섰다. 마음이 무거웠다. 묵묵히 인내하는 그의 영혼 앞에 자유에 대한 희망, 먼 곳에 있는 아내와 아이들에 대한 생각이 떠올랐다. 마치 항구를 목전에 두고 난파당한 선원에게 검은 파도 꼭대기 위로 고향마을의 교회 첨탑과 그리운 지붕들의 모습이 마지막 작별인사를 위해 떠오르는 것처럼 말이다. 그는 팔짱을 단단히 끼고 쓰디쓴 눈물을 꿀꺽 삼킨 다음 기도하려고 애썼다. 그 가엾은 늙은 영혼은 자유에 대해 너무나 특별하고 설명할 수 없는 애정을 품고 있어서, 그에게는 몹시 쓰라린 고통이었다. "하나님의 뜻대로 되리라"고 말하면 말할수록 마음이 더 아팠다.

그는 에바가 죽은 이후 그에게 특히나 정중하고 친절하게 대해준 미스 오필리아를 찾아갔다.

"미스 필리," 그가 말했다. "싱클레어 주인님께서는 제게 자유를 주겠다고 약속하셨어요. 절차를 밟기 시작했다고 하셨어요. 혹시 미스 필리께서 아씨께 말씀을 해주시면 아씨가 계속 진행해주시지 않을까요? 싱클레어 주인님의 바람이었으니까요."

"내가 말해볼게요, 톰. 최선을 다할게요." 미스 오필리아가 말했다. "하지만 결정권이 싱클레어 부인에게 있다면, 낙관할 수는 없을 것 같군요. 그래도 노력은 해볼게요."

로자의 일이 있고 나서 며칠 후에 벌어진 일이었다. 미스 오필리아는 북부로 돌아갈 준비를 하느라 바빴다.

속으로 심각하게 고민해본 끝에 그녀는 지난번 마리와 이야기할 때 너무 성급하고 격앙된 언어를 썼을지도 모른다고 생각했다. 이번에는 열정을 가라앉히고 가능한 한 잘 달래도록 노력해야겠다고 결심했다. 그래서 이 선한 영혼은 자세를 갖추고 뜨개질거리를 챙긴 다음 마리의 방으로 가 최대한 기분을 맞춰주면서 자신이 가진 모든 외교적 기술을 동원하여 톰의 일을 협상해보겠노라고 결심했다.

마리는 베개들 옆에 팔꿈치를 괸 채 안락의자에 길게 누워 있었고, 시장에 다녀온 제인이 주인 앞에 얇은 검정 옷감 견본들을 펼쳐 보여주고 있었다.

"그거면 되겠어." 마리가 하나를 고르며 말했다. "다만 이게 상복으로 적절할지 잘 모르겠네."

"아씨," 제인이 수다스럽게 말했다. "작년 여름 더베논 장군께서 돌아가신 다음 장군 부인께서도 바로 이걸 입으셨답니다. 아주 근사해요!"

"어떻게 생각하세요?" 마리가 미스 오필리아에게 물었다.

"그거야 관습에 달려 있겠지." 미스 오필리아가 말했다. "그런 문제는 자네가 나보다 더 잘 결정할 수 있을 거야."

"사실," 마리가 말했다. "도대체 제가 입을 수 있는 옷이 없어요. 다음 주에는 집을 팔고 떠날 테니 뭔가 결정을 해야 하는데 말이에요."

"그렇게 빨리 가려고?"

"네, 아주버님께서 편지를 보내셨는데, 아주버님과 변호사는 하인들과 가구는 경매에 넘기고 집은 변호사에게 맡겨두는 게 좋겠다고 하시네요."

"그 문제에 대해 이야기할 게 하나 있어." 미스 오필리아가 말했다. "오거스틴이 톰에게 자유를 주겠다고 약속했고 그에 필요한 법적 서류작업을 시작했었어. 올케가 그 일을 맡아서 끝내줬으면 해."

"정말이지 저는 그런 건 안 할 거예요!" 마리가 날카롭게 말했다. "톰은 이 집에서 가장 값나가는 하인들 중 하나라고요. 어쨌거나 그럴 여유는 없어요. 게다가, 도대체 자유가 왜 필요하대요? 이대로도 아주 잘만 살면서."

"하지만 톰은 진심으로 자유를 원하고 있어. 그리고 주인이 약속을 했고." 미스 오필리아가 말했다.

"그래요, 원하겠죠." 마리가 말했다. "다들 원해요. 불만투성이 족

속들이니까. 늘 자기들이 가지지 않은 걸 원하죠. 전 원칙적으로 해방
에 반대예요. 어떤 경우든지 간에. 검둥이는 주인의 보살핌 아래 둬야
제대로 일을 하고 훌륭한 인간이 되는 거라고요. 하지만 자유를 주면
게을러져서는 일도 안 하고 술독에 빠져서 비열하고 쓸모없는 인간으
로 전락해버리죠. 그런 시도를 수백 번은 봤어요. 하인들에게 자유를
주는 건 전혀 호의를 베푸는 게 아니에요."

"하지만 톰은 너무나 한결같고 성실하고 경건한 사람이야."

"말씀 안 하셔도 잘 알고 있어요! 그런 사람을 100명은 봤으니까.
누가 보살펴주는 한은 아주 잘하겠죠. 그뿐이에요!"

"하지만, 생각해봐." 미스 오필리아가 말했다. "톰을 경매에 부치면,
나쁜 주인을 만날 가능성이 있잖아."

"그건 다 헛소리예요!" 마리가 말했다. "착한 사람이 나쁜 주인을
만나는 건 백에 한 번 정도도 안 돼요. 세간에 무슨 말들이 돌아다닌
다 해도 대부분 주인들은 다 좋은 사람들이에요. 전 여기 남부에서
나고 자랐지만, 자기 하인들에게 잘해주지 않는 주인은 한 번도 본 적
이 없어요. 하인들이 가진 가치에 합당하게요. 그 점에 대해서는 아무
것도 걱정하지 않아요."

"저기," 미스 오필리아가 열성적으로 말했다. "톰에게 자유를 주어
야 한다는 건 자네 남편의 마지막 바람이었어. 에바가 죽을 때 한 약
속이기도 했고. 자네 마음대로 그걸 무시해선 안 된다고 생각해."

마리는 이 말에 손수건으로 얼굴을 감싸더니 향이 든 병 냄새를
맡으며 격렬하게 흐느끼기 시작했다.

"다들 저한테 너무해요!" 그녀가 말했다. "모두들 너무나 매정해요! **형님**이 그 고통스러운 기억들을 들이대시리라곤 생각지도 못했어요. 너무 매정해요! 하지만 누가 생각할 수 있겠어요, 제가 겪은 시련들은 너무나 특별하게 다른데! 너무하잖아요. 딸이라곤 하나밖에 없는데, 그 애를 앗아 가다니! 딱 맞는 남편을 얻었더니—제가 좀 맞추기 힘든 사람이에요!—그 사람마저 앗아 가다니요! 게다가 형님은 제 심정은 개의치도 않고 너무나 무심하게 계속 그 이야기를 꺼내시고요. 그게 저한테 얼마나 견딜 수 없이 힘든 일인지 아시면서! 물론 좋은 뜻으로 하신 말씀이겠죠. 하지만 정말 매정하세요, 정말로!" 그리고 마리는 흐느끼고 숨을 헐떡이며, 창문을 열어라, 장뇌병을 가져와라, 머리를 적셔라, 옷을 풀어라 하고 유모에게 요구해댔다. 이어지는 대혼란 속을 틈타 미스 오필리아는 그 자리에서 벗어나 자기 방으로 돌아왔다.

그녀는 더 이상 말해봤자 아무 소용이 없음을 즉시 깨달았다. 마리는 히스테리 발작을 일으키는 데는 무한한 능력이 있기 때문이었다. 이후로는 노예들에 대한 남편이나 에바의 소원을 비치기만 하면 그때마다 옳다구나 하고 발작을 일으킬 것이었다. 따라서 미스 오필리아는 톰을 위해 할 수 있는 차선책을 실행했다. 그녀는 셸비 부인에게 그의 곤란한 처지를 알리고 그를 구해달라고 촉구하는 편지를 썼다.

다음 날 톰과 아돌프, 그리고 대여섯 명의 하인들은 노예창고로 보내졌고, 거기서 경매로 한몫 챙길 노예상인의 편의에 맞는 날짜를 기다리게 되었다.

제30장

노예창고

노예창고! 일부 독자들은 그런 곳이라면 끔찍한 모습을 떠올릴지도 모른다. 불쾌하고 어두컴컴한 굴 같은 곳, '흉측하고 끔찍하고 빛이 없는' 무시무시한 지옥 같은 곳을 상상할 것이다. 하지만 순진한 친구여, 그렇지 않다. 요즈음 인간들은 상류사회의 눈과 감각에 충격을 주지 않도록 전문적이고도 신사답게 죄를 저지르는 기술을 익혔다. 인간 재산은 시장에서 가치가 높으며, 따라서 단정하고 튼튼하고 반짝이는 상태로 시장에 나올 수 있도록 잘 먹이고 깨끗이 씻기고 보살피고 돌봐준다. 뉴올리언스의 노예창고는 겉에서 보면 다른 집들과 다를 바 없이 깔끔하게 관리된 집이지만, 건물 외부를 따라 늘어선 일종의 헛간 아래에는 매일 남녀가 줄지어 늘어서 있는 광경을 볼 수 있다. 안에서 팔리는 상품을 상징하기 위해 서 있는 사람들이다.

그러면 당신은 들러서 살펴보라는 정중한 청을 받고, '구매자의 편의에 따라 따로따로 팔리거나 무더기로 함께 팔릴' 수많은 남편과 아내, 형제, 자매, 아버지, 어머니, 어린아이를 보게 될 것이다. 그 옛날 땅이 흔들리고 바위가 갈라지고 무덤이 열리던 때 하나님의 아들이 피와 고통의 대가를 치르고 산 그 불멸의 영혼이 매매 상황이나 구매자의 기호에 따라 팔리고 임차되고 저당 잡히고 식료품이나 물건과 교환된다.

마리와 미스 오필리아가 대화를 나눈 지 하루 이틀 뒤, 톰과 아돌프, 그리고 싱클레어 집안의 다른 대여섯 명의 노예들은 창고지기 스케그스 씨의 상냥한 손에 넘겨져 다음 날 경매를 기다리게 되었다.

톰은 꽤 커다란 옷가방을 들고 있었고, 다른 사람들도 대부분 마찬가지였다. 그들은 그날 밤을 보내게 될 기다란 방으로 안내받아 들어갔고, 그곳에는 다양한 연령대와 체격, 피부색의 사람들이 모여 있었다. 왁자지껄한 웃음소리와 무념무상의 놀이판이 펼쳐지고 있었다.

"아하! 옳지, 계속해라, 애들아, 계속해!" 창고지기 스케그스 씨가 말했다. "내 종자들은 늘 참으로 흥겹단 말이지! 삼보(19세기에 '삼보'는 특히 아첨에 능한 노예를 깔보며 쓴 별칭―옮긴이), 그럼 그렇지!" 그가 저질스러운 익살을 부리고 있는 덩치 큰 검둥이를 향해 만족스러운 어조로 말했다. 그 고함소리는 톰의 귀에도 가 닿았다.

상상할 수 있겠지만 톰은 이 놀이를 함께 즐길 기분이 전혀 아니어서 그는 시끄러운 무리에서 가능한 한 멀찍이 가방을 놓고 그 위에 걸터앉아 벽에 머리를 기댔다.

인간 상품을 거래하는 사람들은 노예들 사이에 시끄러운 흥을 돋우기 위하여 면밀하면서도 체계적으로 노력한다. 깊은 생각에 빠지는 것을 막아 자신의 처지에 무감각해지게 하기 위해서이다. 북부의 시장에서 팔리는 순간부터 남부에 도착하기까지 검둥이가 받는 훈련은 무감각하고 아무 생각도 하지 않는 짐승 같은 상태를 목표로 체계적으로 방향 지어져 있다. 노예상인은 버지니아 주나 켄터키 주에서 한 무리를 모아 이들을 편리하고 건강에 좋은 장소—종종 동물들에게 물을 먹이는 곳—로 몰고 온다. 살을 찌우기 위해서이다. 여기서 그들을 매일 배불리 먹인다. 근심으로 수척해지는 사람들도 있게 마련이므로 흔히 바이올린을 무리에 넣어주고 매일 춤추게 한다. 아내나 아이, 집에 대한 생각이 너무 간절해서 즐기지 못하고 흥을 거부하는 자는 음침하고 위험한 자로 찍히며, 완전히 무책임하고 냉혹한 인간의 악의가 가할 수 있는 온갖 악질적인 짓들을 감내하게 된다. 그들은 팔팔하고 기민하고 쾌활한 모습, 특히 관찰자들 앞에서 그런 모습을 보여야 한다고 늘 강요받는다. 좋은 주인을 얻을 희망에서이기도 하고, 팔리지 못하게 되었을 경우 노예감독이 가할 수 있는 온갖 악행에 대한 두려움에서이기도 하다.

"우리 검둥이는 여기서 뭘 하시나?" 스케그스가 방에서 나가자 삼보가 톰에게 다가오며 말했다. 삼보는 생기 넘치고 수다스럽고 온갖 다양한 표정과 갖가지 잔재주를 지닌 덩치 크고 새까만 흑인이었다.

"여기서 뭐 하슈?" 삼보가 톰에게 다가와 익살스레 옆구리를 쿡쿡 찌르며 말했다. "명상이라도 하시나, 어?"

"내일 경매에서 팔려 나가요!" 톰이 고요히 말했다.

"경매에서 팔린다고, 하! 하! 여봐, 여기 재미있지 않나? 자네들도 좋아하길 바랐는데. 봐, 내가 자네들을 웃겨줄 거라고! 하지만 어떻게? 자네들 무리가 내일 몽땅 가버리면 말이야?" 삼보는 아돌프의 어깨에 손을 척 올리며 말했다.

"나 좀 내버려둬요!" 아돌프가 자세를 꼿꼿이 하며 혐오스러워 죽겠다는 듯이 날카롭게 말했다.

"저런, 여보게들! 여기 자네들 친구는 흰 검둥이구만. 크림색 같은 피부에, 향기도 나는데!" 그는 아돌프에게 다가와 킁킁 냄새를 맡으며 말했다. "세상에! 담배 가게에 딱이겠네. 담배 냄새를 풍기게! 가게가 아주 번창할 거야. 그렇고말고!"

"저리 가버려, 좀!" 아돌프가 격분해서 말했다.

"아이고, 예민하셔라. 고귀하신 흰 검둥이들께서는! 짐을 보라!" 삼

보는 아돌프의 태도를 우스꽝스럽게 흉내 냈다. "이 품위 있고 우아한 태도를 봐라. 짐은 좋은 집안에 있었노라, 맞지?"

"그래," 아돌프가 말했다. "우리 주인님은 고물만 줘도 너네 따위 몽땅 사실 수 있는 분이야."

"자, 자, 잊지 마." 삼보가 말했다. "짐은 신사이니라!"

"난 싱클레어 집안에 있었어." 아돌프가 자랑스레 말했다.

"오, 그랬군! 자네 같은 사람을 얻다니 그 사람들 운이 끝장나게 좋았구만. 자네를 깨진 찻주전자 같은 것들 무더기랑 바꾸려나 보지!" 삼보가 약 올리는 미소를 지으며 말했다.

아돌프는 이 조롱에 격분하여 적을 향해 맹렬하게 몸을 날렸고, 욕을 해대며 그의 온몸을 두들겨 팼다. 다른 사람들이 박장대소하며 소리를 질러댔고, 그 소란에 창고지기가 문간에 나타났다.

"무슨 일이야? 조용히 해, 조용히 하라고!" 그가 커다란 채찍을 휘두르며 안으로 들어왔다.

모두들 사방으로 도망갔고, 허가받은 까불이로서 창고지기가 자신에게 가진 호의를 믿는 삼보만이 제자리에 서서 주인이 자신을 향해 돌진할 때마다 익살스러운 웃음을 띠며 고개를 피했다.

"아이고, 주인님, 우리가 아니에요. 우린 보통 때처럼 얌전히 있었다니까요. 새로 온 녀석들이 그랬어요. 정말로 화를 돋웠어요. 내내 우리 약을 살살 올리더라니까요!"

창고지기는 이 말에 톰과 아돌프를 돌아보더니 묻지도 않고 발길질을 날리며 손찌검을 했다. 그러고는 모두에게 얌전히 잠이나 자라고 명령을 내리고는 방에서 나갔다.

남자들의 숙소에서 이런 일이 벌어지고 있는 동안, 독자들은 여자들용으로 지정된 방을 엿보고 싶은 호기심이 들 것이다. 안을 들여다보면 방바닥에는 흑단처럼 새까만 색에서부터 흰색까지 온갖 피부색에, 아이에서 할머니까지 온갖 나이의 수많은 여자들이 제각각의 자세로 널브러져 바닥에서 자고 있는 모습을 볼 수 있다. 열 살 남짓 된 밝은 피부의 소녀 하나는 엄마가 어제 팔려 가고 돌봐줄 사람이 없어 울다 지쳐 잠이 들어 있다. 그리고 앙상한 팔과 못 박힌 손가락이 고된 노역을 말해주는 늙고 지친 검둥이 하나는 내일 그나마 푼돈이라도 받고 떨이 품목으로 팔리길 기다리고 있다. 사오십 대의 여자들이 담요나 옷가지로 잡다하게 머리를 감싼 채 주변에 널브러져 있다. 하지만 다른 이들과 떨어진 구석에 보통 이상의 흥미로운 외모를 지닌 두 여자가 있다. 그중 하나는 사오십 정도 되어 보이는 단정한 차림의 물라토 여인으로, 온화한 눈과 상냥하고 호감 가는 인상을 지니고 있다. 머리에는 화려한 붉은색의 최상급 마드라스 손수건으로 만든 터번을 높이 두르고 있고, 단정하게 잘 맞는 좋은 소재의 옷으로 보아 훌륭한 보살핌을 받았음을 알 수 있다. 그 옆에 꼭 붙어 앉은 사람은 그녀의 딸로, 열다섯 정도 되어 보이는 소녀이다. 더 밝은 피부색으로 짐작할 수 있듯이 쿼드룬이지만, 누가 봐도 어머니와 닮은 얼굴을 하고 있다. 어머니와 마찬가지로 온화한 검은 눈과 긴 속눈썹에다, 굽이치는 빛나는 갈색 머리카락을 가지고 있다. 아이 역시 옷차림이 아주 단정하고, 하얗고 섬세한 손에는 시중드는 일을 해본 흔적이라곤 거의 없다. 이 둘은 내일 싱클레어의 하인들과 함께 팔릴 예정이다. 두 사람의 소유자이자 판매대금을 전달받을 신사는 뉴욕의 기독교회 신자로, 그는 이 돈을 받은 후 주님의 성례전에 갈 것이고 이 일은 잊어버릴 것이다.

이 두 사람—수전과 에멀린이라고 부르자—은 뉴올리언스의 친절하고 경건한 부인의 시종이었고, 부인에게서 세심하고 경건하게 가르침과 훈련을 받았다. 그들은 읽고 쓰는 법을 배웠고, 종교적 진리에 대해 성실한 가르침을 받았으며, 그런 처지의 사람들로서는 최대한의 행복을 누렸다. 하지만 보호자의 외아들이 재산관리를 하면서, 경솔하고 무절제한 행동으로 큰 빚을 지고 마침내 파산해버렸다. 가장 큰 채권자 중 하나는 뉴욕의 B주식회사라는 명망 높은 회사였다. B주식회사는 뉴올리언스의 담당 변호사에게 편지를 보냈고, 변호사는 부동산을 압류하고(이 두 품목과 많은 농장 일꾼들이 거기서 가장 값나가는 부분이었다) 뉴욕에 그 사실을 알렸다. B교우는 말했다시피 기독교인에다가 자유주 거주자라서 그 문제가 좀 찜찜했다. 그는 노예와 인간의 영혼을 매매하는 게 싫었다. 당연히 싫었다. 하지만 이 일에는 3만 달러가 달려 있었고, 원칙을 위해 포기하기에는 너무나 큰 돈이었다. 그래서 B교우는 자신이 원하는 충고를 해줄 사람들에게서 조언을 구하기도 하고 심사숙고한 끝에 변호사에게 편지를 써서 그가 보기에 가장 적당한 방식으로 농장을 처분하고 수익금을 보내라고 했다.

뉴올리언스에서 편지가 온 다음 날, 수전과 에멀린은 압류당해 창고로 보내졌고 다음 날 아침 경매를 기다리는 신세가 되었다. 쇠창살 쳐진 창문 너머로 들어오는 달빛 속에 그들의 모습이 어렴풋이 드러 나면서 독자들은 그들의 대화를 듣게 된다. 두 사람 모두 울고 있지 만, 상대방 귀에 들리지 않도록 소리 없이 울었다.

"엄마, 내 무릎에 머리를 놓고 잠을 좀 자요." 소녀는 애써 침착을 가장하며 말했다.

"자고 싶은 마음이 전혀 없구나, 엠. 그럴 수가 없어. 우리가 함께 있는 마지막 밤이 될 수도 있잖니!"

"아, 엄마, 그런 말 말아요! 어쩌면 같이 팔릴 수도 있잖아요. 누가 알겠어요?"

"다른 사람 일이라면 나도 그렇게 말할 거야, 엠." 여인이 말했다. "하지만 너를 잃는 게 너무 두려우니 온통 위험만 보이는구나."

"엄마, 그 남자 말이 우린 둘 다 인상이 괜찮으니 잘 팔릴 거라 했 어요."

수전은 그 남자의 표정과 말을 기억했다. 에멀린의 손을 바라보던 남자의 시선과 고슬고슬한 머리카락을 들어 올리던 손길, 일급 상품 이라고 선언하던 목소리가 생각나며, 욕지기가 치밀어 올랐다. 수전은 기독교인으로 교육받았고, 매일 성경을 읽고 자랐으며, 아이가 치욕 스러운 곳에 팔려 간다는 데 대해 다른 기독교인 어머니와 똑같은 공 포심을 느끼고 있었다. 하지만 희망이 없었다. 보호막이 없었다.

"엄마, 어느 집안에서 엄마는 요리사 자리를 얻고 난 시종이나 침 모 자리를 얻을 수 있으면 우린 정말 잘할 텐데요. 정말 그럴 거예요.

우리 최대한 밝고 생기 있게 보이고 뭐든 할 수 있다고 해요. 어쩌면 정말 그렇게 될지도 몰라요." 에멀린이 말했다.

"내일은 머리를 모두 뒤로 빗어 넘겼으면 좋겠어." 수전이 말했다.

"왜요, 엄마? 그렇게 하면 모양새가 덜한데."

"그래, 하지만 그러면 더 잘 팔릴 거야."

"이해가 안 돼요!" 아이가 말했다.

"네가 예뻐 보이려고 애쓰지 않는다는 듯이 수수하고 점잖은 모양새를 하고 있으면 좋은 집안에서 널 살 가능성이 더 크기 때문이야. 그 사람들 방식은 너보다 내가 더 잘 알아." 수전이 말했다.

"그렇다면 그럴게요, 엄마."

"그리고 에멀린, 우리가 내일 이후 다시는 서로 못 본다 해도, 난 어딘가의 농장으로 팔려 가고 넌 다른 곳으로 팔려 간다 해도, 네가 어떻게 자랐는지, 아씨가 어떤 말씀들을 해주셨는지 항상 기억해야 한다. 성경과 찬송가책을 가져가. 주님에 대한 믿음을 지키면, 주님께서도 너를 지켜주실 거야."

그 가엾은 영혼은 무너지는 가슴을 안고 말한다. 그녀는 알고 있기 때문이다. 내일이면 아무리 야비하고 짐승 같은 사람이라도, 아무리 불경스럽고 무자비한 사람일지라도, 값을 치를 돈만 있다면 딸을, 그 몸과 영혼을 모두 소유하게 될 것이기 때문이다. 그렇게 되면 어떻게 믿음을 지킬 수 있겠는가? 그녀는 딸을 품에 안고 이 모든 것을 생각하며 차라리 아이가 예쁘고 매력적이지 않기를 바란다. 딸이 보통 사람들과는 비교도 안 될 정도로 순수하고 경건하게 자랐던 것을 생각하면 더 기가 막힐 뿐이다. 하지만 **기도** 외에는 의지할 데가 없다. 이와 같은 말쑥하고 깔끔하며 훌륭한 노예감옥들에서는 비슷한 기도들이 하나님을 향해 수없이 올라갔다. 하나님은 그 기도를 잊지 않으셨고, 다가올 날이 이를 보여줄 것이다. "나를 믿는 이 작은 자 중 하나를 실족하게 하면 차라리 연자 맷돌이 그 목에 달려서 깊은 바다에 빠뜨려지는 것이 나으리라."(「마태복음」 18장 6절—옮긴이)

부드럽고 진지하며 고요한 달빛이 엎어져 잠든 사람들의 몸 위에 창문 쇠창살 모양을 확고히 새기면서 방 안을 들여다본다. 어머니와 딸은 노예들이 흔히 장례식 성가로 부르는 강한 비탄이 담긴 음울한 만가를 함께 부른다.

"오, 우는 메리는 어디에 있나?
오, 우는 메리는 어디에 있나?
좋은 땅에서 부활했다네.
죽어서 천국에 갔다네.
죽어서 천국에 갔다네.
좋은 땅에서 부활했다네."

독특하고 달콤한 애조 띤 목소리가 부르는 노래 가사는 천국을 꿈꿨다가 지상의 절망에 빠져 한숨짓는 듯한 분위기와 애처로운 운율에 실려 한 구절 한 구절 어두운 감옥 안을 흘러 다녔다.

"오, 폴과 사일러스는 어디에 있나?

오, 폴과 사일러스는 어디에 있나?

좋은 땅으로 갔다네.

죽어서 천국에 갔다네.

죽어서 천국에 갔다네.

좋은 땅에서 부활했다네."

가엾은 영혼이여, 계속해서 노래하라! 밤은 짧고 아침이 오면 영영 헤어져야 할 테니!

하지만 아침이 밝아오고 모두들 잠에서 깬다. 경매에 많은 물건이 나올 예정이기에 고매하신 스케그스 씨는 분주히 쾌활하게 움직인다.

차림새에 대한 감시가 활발히 이루어진다. 모두에게 인상을 활짝 펴고 기운찬 모습을 보이라는 명령이 전달된다. 이제 모두 거래소로 행진해 들어가기 전 최종점검을 위해 둥글게 모여 선다.

스케그스 씨는 종려 잎사귀 모자를 쓰고 입에 시가를 문 채 돌아다니며 자신의 상품들에 마지막 인사를 건넨다.

"이게 뭐야?" 그가 수전과 에멀린 앞에서 걸음을 멈추며 말했다. "곱슬머리는 어디 갔나, 아가씨?"

소녀가 겁에 질려 어머니를 돌아보자, 어머니는 그 계급의 사람들에게 흔히 보이는 매끄러운 순발력을 발휘하여 대답했다.

"제가 어젯밤에 곱슬머리를 사방에 날리게 하지 말고 가지런하고 단정하게 올리라고 했거든요. 그러면 더 점잖아 보이잖아요."

"제기랄!" 남자는 소녀를 돌아보며 거만하게 말했다. "넌 당장 가서 머리 제대로 단장하고 와!" 그는 손에 들고 있던 등나무 회초리를 철썩 휘두르며 덧붙였다. "빨리 돌아와야 해!"

"가서 도와줘." 그가 어머니에게 덧붙였다. "저 곱슬머리로 100달러는 더 받을 수 있을걸."

멋진 돔 지붕 아래 대리석 깔린 바닥 위에서는 온갖 나라에서 온 사람들이 이리저리 서성거리고 있었다. 원형 공간을 둘러싸고 사회자와 경매인들을 위해 조그만 연단들이 놓여 있었다. 그중 서로 마주 보고 있는 두 연단은 똑똑한 신사들이 차지하고 서서 프랑스어와 영어를 뒤섞어가며 전문가들이 다양한 상품에 매기는 입찰가를 열렬하게 올리고 있었다. 아직 아무도 없는, 다른 쪽의 세 번째 연단은 매매가 시작되기를 기다리고 있는 한 무리의 사람들이 둘러싸고 있었다. 여기에 싱클레어의 하인들인 톰과 아돌프, 그 밖에 다른 몇몇과 수전과 에멀린의 모습이 보인다. 그들은 불안하고 기죽은 얼굴로 차례를 기다리고 있었다. 상황을 봐가며 살 수도 있고 사지 않을 수도 있는 온갖 구경꾼들이 이들을 에워싸고 몰려들어 기수들이 말의 장점을 논할 때처럼 거침없이 이곳저곳과 얼굴을 살펴보며 이러니저러니 평을 늘어놓고 있었다.

"여어, 앨프! 여긴 무슨 일로 왔나?" 한 멋쟁이 젊은이가 안경 너머로 아돌프를 살피고 있던, 말쑥하게 차려입은 젊은이의 어깨를 툭 치며 말했다.

"아, 시종이 필요하던 참이었는데 싱클레어가 하인들이 팔린다는 소리를 들었거든. 한번 볼까 해서—"

"내 사전엔 싱클레어가 하인들을 사는 일이라곤 없을 거야! 버릇 없는 검둥이들 같으니, 하나같이 다 그래. 악마처럼 염치가 없지!" 상대방이 말했다.

"그거라면 걱정 마! 사게 되면, 순식간에 그 건방진 태도를 없애버릴 거니까. 이 주인은 무슈 싱클레어와는 전혀 다르다는 걸 금세 알게 될걸. 장담하는데, 저 녀석을 사야겠어. 생긴 게 마음에 들어."

"저 녀석을 데리고 있자면 한재산 다 날릴걸. 엄청나게 낭비가 심하거든!"

"그래, 하지만 **내** 집에선 낭비 같은 거 **못** 할걸. 채찍 징벌장에 몇 번 보내기만 하면 멋 따위는 전혀 못 부리게 될 테니까! 그러고도 제 정신을 못 차리는지 두고 보자고! 내가 완전히 새 인간으로 만들어놓겠어. 두고 봐. 저 녀석을 사겠어. 결정했어!"

톰은 생각에 잠긴 표정으로 주위를 둘러싸고 몰려든 수많은 사람들의 얼굴을 살폈다. 그는 주인님이라고 부르고 싶은 사람이 있는지 찾고 있었다. 독자 여러분이 200명의 사람들 가운데 자신의 절대주인이자 감독자가 될 사람을 하나 골라야만 하는 처지에 놓였다면, 당신 또한 톰과 마찬가지로 그중에 자신이 양도되어도 안심할 수 있을 사람은 거의 없음을 깨닫게 될 것이다. 톰은 수많은 사람들을 보았다. 크고 건장하고 무뚝뚝한 사람들, 조그맣고 쨍쨍거리고 바싹 마른 사람들, 오랫동안 특권을 누려온 홀쭉하고 엄격한 사람들, 온갖 짜리몽

땅하고 평범한 사람들. 이들은 자신과 같은 인간을 나무토막 고르듯이 골라 나무토막 다루듯이 무심하게 제멋대로 불속에 집어넣거나 바구니에 던져 넣는다. 하지만 싱클레어 같은 사람은 없었다.

매매가 시작되기 직전, 가슴팍을 열어 젖힌 체크셔츠와 꼬질꼬질하고 낡아빠진 바지를 입은, 키 작고 체격이 떡 벌어진 근육질의 사내가 제대로 작정한 사람처럼 사람들 사이를 헤치고 무리로 다가오더니 체계적으로 살펴보기 시작했다. 그가 다가오는 것을 본 순간, 톰은 즉시 혐오감이 뒤섞인 두려움을 느꼈다. 그가 다가올수록 그 느낌은 더 커졌다. 그는 키는 작지만 힘은 장사인 게 분명했다. 고백하건대, 둥근 머리와 커다란 연회색 눈, 텁수룩한 연갈색 눈썹, 볕에 그을린 듯한 철사처럼 뻣뻣한 머리카락은 반감을 불러일으키는 요소들이었다. 커다랗고 추잡한 입은 담배 때문에 불룩했고, 그 담뱃진을 그는 이따금씩 엄청난 추진력과 정확도를 자랑하며 내뱉었다. 어마어마하게 크고 털이 숭숭 난 손은 햇볕에 타 주근깨투성이인 데다가 굉장히 더러웠고, 때가 낀 기다란 손톱이 붙어 있었다. 사내는 무리를 하나하나 거침없이 살펴보기 시작했다. 그는 톰의 턱을 잡아 입을 벌리고는 치아를 검사했고, 소매를 걷고 근육을 보이게 했으며, 걸음걸이를 보기 위해 한 바퀴 돌아보라 하고 제자리 뛰기를 시켰다.

"어디 출신이야?" 검사를 하는 와중에 그가 짤막하게 물었다.

"켄터키입니다, 나리." 톰이 구원을 요청하듯이 주위를 둘러보며 말했다.

"뭘 했지?"

"주인님 농장을 관리했습니다." 톰이 말했다.

"괜찮은 이야긴데!" 상대방은 짧게 말하더니 옆으로 옮겨 갔다. 그는 돌프 앞에서 잠시 걸음을 멈추었다. 그러고는 그의 반짝반짝 닦은 구두에 담뱃진을 찍 뱉더니 경멸스럽다는 듯이 허, 하고는 지나갔다. 그는 다시 수전과 에멀린 앞에서 발을 멈추었다. 그는 두껍고 지저분한 손을 내밀어 소녀를 앞으로 잡아당기더니 목과 가슴을 더듬고 팔을 만지고 치아를 들여다보고는 어머니에게 다시 밀었다. 인내하는 어머니의 표정에는 끔찍한 사내의 동작 하나하나마다 그녀가 느꼈던 고통이 고스란히 담겨 있었다.

소녀는 공포에 질려 울음을 터뜨렸다.

"그만하지 못해, 이 창녀야!" 상인이 말했다. "여기서 훌쩍거리지 마. 곧 경매가 시작될 거니까." 그 말대로 곧 경매가 시작되었다.

아돌프는 앞서 그를 사겠다고 했던 젊은 신사에게 좋은 가격에 팔렸고, 싱클레어가의 다른 하인들도 여러 입찰자들에게 팔려 갔다.

"자, 이제 너 올라와! 내 말 들려?" 경매인이 톰에게 말했다.

톰은 연단에 올라가 불안한 얼굴로 주위를 둘러보았다. 모든 것이 불분명한 한 덩어리의 소음에 휩싸여 있는 듯했다. 프랑스어와 영어로 그의 자질들을 소리 높여 외치고 있는 상인의 고함소리, 속사포처럼 던져지는 프랑스어와 영어의 입찰소리들. 경매인이 순식간에 끝을 알리는 망치소리와 함께 '**달러**'의 마지막 음절이 낭랑하게 울려 퍼지며 경매인이 가격을 공표했다. 톰은 넘겨졌다. 주인이 생긴 것이다!

그는 연단에서 떠밀려 내려왔다. 둥그런 머리의 키 작은 사내가 거

칠게 그의 어깨를 잡고 한쪽 편으로 밀
치며 거슬리는 목소리로 고함쳤다.

"너, 거기 서 있어!"

톰은 뭐가 뭔지 알 수 없었지만,
경매는 시끌벅적하게 때로는 프랑스
어로, 때로는 영어로 계속되었다. 또
다시 망치소리가 울렸다. 수전이 팔
렸다! 그녀는 연단에서 내려와 걸음
을 멈추더니 근심 가득한 얼굴로 뒤
를 돌아본다. 딸아이가 엄마를 향해 손

을 내민다. 그녀는 고통이 가득한 표정으로 자신을 산 남자의 얼굴을
쳐다본다. 자애로운 인상의 점잖은 중년 신사이다.

"오, 주인님, 제 딸도 제발 사주세요!"

"나도 그러고 싶지만, 그럴 여력이 안 될 것 같아!" 신사는 연단에
올라 공포에 질린 눈길로 사방을 둘러보는 소녀를 아프게 바라보며
말했다.

소녀의 창백한 뺨에 고통스러운 홍조가 피어오르고, 눈은 열에 들
뜬 듯이 타오른다. 어머니는 딸이 그 어느 때보다 아름다워 보이는 것
을 보고 신음하며 괴로워한다. 경매인은 옳다구나 하고 프랑스어와
영어를 섞어가며 청산유수로 자세히 설명을 늘어놓고, 입찰이 연달아
이어진다.

"합당한 선에서는 최대한 해보지." 자애로운 인상의 신사는 사람

들 사이에 끼어들어 입찰에 참여한다. 몇 분도 지나지 않아 입찰가는 그의 자력을 넘어선다. 그는 입을 다문다. 경매인은 점점 더 흥이 오르지만, 점차 입찰이 뜸해지기 시작한다. 이제 입찰은 귀족적인 노시민과 우리의 둥근 머리 사내 사이에서 벌어진다. 시민은 상대를 경멸스럽게 재보며 몇 차례 더 입찰한다. 하지만 둥근 머리 사내가 끈기나 숨겨진 재력에 있어서나 모두 우위에 있다. 논쟁은 곧 끝나고, 망치소리가 울린다. 그가 소녀를, 몸과 영혼을 모두 가진 것이다. 하나님께서 돕지 않으신다면!

소녀의 주인은 리그리 씨로 레드 강 유역에 면화농장을 소유하고 있다. 소녀는 톰과 다른 두 남자와 같은 무리에 들어가 서럽게 울며 떠나간다.

자애로운 신사는 마음이 좋지 않다. 하지만 이런 일은 매일 일어난다! 이런 경매장에서는 울어대는 딸들과 어머니들의 모습을 **늘상** 볼 수 있다! 어쩔 수가 없는 일이다. 그는 획득물을 데리고 다른 방향으로 걸어간다.

이틀 후 기독교 기업인 뉴욕 B주식회사의 변호사는 그들에게 돈을 보냈다. 그렇게 얻은 수표의 뒷면에는 훗날 그들이 정산을 치러야 할, 위대하신 회계담당자에 대한 구절을 적어두게 하

라. "피 흘림을 심문하시는 이가 가난한 자의 부르짖음을 잊지 아니하
시도다."(「시편」9장 12절을 고쳐 인용―옮긴이)

중간 항로

"주께서는 눈이 정결하시므로 악을 차마 보지 못하시며 패역을 차마 보지 못하시거늘 어찌하여 거짓된 자들을 방관하시며 악인이 자기보다 의로운 사람을 삼키는데도 잠잠하시나이까?"

—「하박국」1장 13절

톰은 손목과 다리에 사슬을 찬 채 보잘것없는 조그만 배의 하갑판에 앉아 있었다. 그의 가슴은 사슬보다 더 무거운 것이 내리누르고 있었다. 그의 하늘에서는 달도, 별도, 모든 것이 빛을 잃었다. 모든 것이 그를 지나쳐 갔다. 지금 스쳐 가는 나무들과 강둑들처럼 다시는 돌아오지 못할 것이다. 아내와 아이들이 있는 켄터키의 집, 관대한 주인들, 세련되고 화려한 싱클레어 저택, 에바의 금발 머리와 성인聖人 같은 눈동자, 당당하고 경쾌하고 잘생기고 태평해 보이지만 언제나 친절했던 싱클레어, 관대하게 주어진 편안한 여가시간들, 그 모든 것은 이제 사라져버렸다! 그렇다면 그 대신 남은 것은 **무엇**인가?

노예제의 가장 참담한 측면 가운데 하나는, 착하고 순응적인 검둥이가 품위 있는 집안에서 그 집 분위기를 이루는 취향과 정서를 익힌 다음에도 천박하기 이를 데 없는 야만적인 인간의 노예가 되지 않으리라는 법이 없다는 점이다. 마치 한때는 최고급 살롱을 장식했던 의자나 테이블이 마침내는 부서지고 망가진 채 지저분한 선술집이나 저속한 유흥가의 천한 구석까지 흘러 들어오는 것과 마찬가지다. 하지만 커다란 차이점은 테이블이나 의자에게는 감정이 없지만, **사람**에게는 있다는 것이다. 노예가 '법적으로 동산으로 점유, 간주, 조정'된다는 법령조차도 노예의 영혼을, 그리고 추억과 희망, 사랑, 두려움, 욕망으로 이루어진 자신만의 조그만 세계를 지워버릴 수는 없기 때문이다.

톰의 주인인 사이먼 리그리는 뉴올리언스의 이곳저곳에서 여덟 명의 노예들을 사들여 둘씩 짝지어 쇠고랑을 채운 뒤 레드 강을 따라 올라갈 준비를 마치고 제방에 정박 중이던 증기선 파이럿(해적이라는 의미—옮긴이) 호에 몰아넣었다.

모두를 배에 싣고 배가 출발하자, 그는 특유의 효율적인 자세로 노예들을 검토했다. 그는 경매를 위해서 가진 옷 가운데 가장 좋은 포플린 옷과 풀을 빳빳하게 먹인 리넨, 그리고 윤을 낸 부츠를 차려입고 있던 톰의 앞에 와서 서더니, 다음과 같이 짧게 의중을 표했다.

"일어서."

톰은 일어섰다.

"그 옷 벗어!" 톰이 족쇄 때문에 힘겹게 옷을 벗자 리그리는 난폭한 손길로 목 부분을 잡아당겨 돕더니 그 옷을 자기 주머니에 집어넣었다.

리그리는 이제 톰의 가방으로 향했다. 그는 조금 전 그 가방을 뒤져서 톰이 마구간 일을 할 때 주로 입던 낡은 바지와 해진 코트 한 벌을 꺼냈고, 이제 톰의 손에서 쇠고랑을 풀어주더니 상자들 사이 구석을 가리키며 말했다.

"저기 가서 이걸 입어."

톰은 복종했고, 잠시 후 돌아왔다.

"부츠 벗어." 리그리가 말했다.

톰은 그렇게 했다.

"자," 리그리는 노예들이 흔히 신는 조잡하고 튼튼한 신발 한 켤레를 던지며 말했다. "이걸 신어."

서둘러 갈아입는 와중에도 톰은 잊지 않고 소중한 성경책을 주머니에 옮겨 넣었다. 잘한 일이었다. 쇠고랑을 다시 채운 리그리가 주머니의 내용물을 꼼꼼하게 뒤지기 시작했기 때문이다. 그는 실크 손수건을 꺼내 자기 주머니에 넣었고, 에바가 좋아하여 톰이 아끼던 몇몇 잡동사니들을 보며 혀를 차더니 어깨 너머 강물 속으로 집어 던졌다.

이제 그는 톰이 서두르다 깜박 잊어버린 감리교 찬송가책을 들고 뒤적였다.

"허! 보아하니 신앙심이 깊으시구만. 그래, 이름이 뭐야? 교회에 다니나, 어?"

"네, 주인님." 톰이 차분하게 대답했다.

"어, 조만간 **그걸** 없애야겠군. 소리 지르고, 기도하고, 노래 부르는 검둥이들 따위 우리 집에는 없어. 똑똑히 기억하라고. 자, 조심해." 그가 바닥을 쿵 차며 살벌한 눈길로 톰을 쏘아보며 말했다. "이제 **내가** 니 교회다! 잘 알아두라고. 넌 **내** 말대로 해야 해."

조용한 흑인의 마음속에서 무엇인가가 '아니야!' 하고 말했다. 그리고 마치 보이지 않는 목소리가 되풀이하듯이 에바가 종종 읽어줬던 옛 예언서의 말들이 들려왔다. "너는 두려워하지 말라. 내가 너를 구속하였고 내가 너를 지명하여 불렀나니 너는 내 것이라."(「이사야」 43장 1절—옮긴이)

하지만 사이먼 리그리에게는 아무 소리도 들리지 않았다. 그 목소리는 그가 절대 듣지 못할 목소리이다. 그는 고개 숙인 톰의 얼굴을 잠시 노려보다가 가버렸다. 그는 깔끔한 옷들이 가득 들어 있는 톰의 가방을 앞갑판으로 가져갔고, 거기서 가방은 곧 수많은 사람들에게 둘러싸였다. 물건들은 순식간에 신사가 되려 하는 검둥이를 안주 삼아 비웃어대는 사람들에게 팔렸고, 마침내 빈 가방이 경매에 부쳐졌다. 모두가 이 농담을 즐겼다. 톰의 물건들을 사방으로 돌려보며 물건을 정리해놓은 모양새를 구경하는 것이 특히 재미있었고, 뒤이은 가방 경매는 단연코 제일 웃겨서 익살스러운 조롱이 끝도 없이 이어졌다.

이 일이 끝나자 사이먼은 다시 어슬렁거리며 자기 재산들에게로 돌아갔다.

"자, 톰, 내가 너의 불필요한 짐들을 덜어줬다. 그 옷 아주 잘 아껴 입어. 다음 옷은 한참 있어야 얻을 수 있을 테니까. 난 검둥이들을 검소하게 만들자는 주의거든. 내 집에선 1년에 옷 한 벌로 끝이야."

그리고 사이먼은 에멀린이 다른 한 여자와 함께 묶여 있는 곳으로 걸어갔다.

"자, 이쁜이." 그가 에멀린의 턱 아래를 톡톡 건드리며 말했다. "기운 내라고."

그를 바라보는 소녀의 얼굴에 자신도 모르게 떠오른 공포와 두려움, 혐오의 표정을 그는 놓치지 않았다. 그는 눈살을 확 찌푸렸다.

"생기가 전혀 없잖아, 이것아! 내가 말할 때는 기쁜 표정을 지으라고. 알아들어? 그리고 너, 이 노란 늙다리 시골뜨기!" 그는 에멀린과 함께 묶여 있는 물라토 여인을 쿡 찌르며 말했다. "그 따위 얼굴 하기만 해봐! 더 즐거운 표정을 지으라고, 어!"

"내 모두에게 말하는데," 그는 뒤로 한두 발짝 물러나며 말했다. "날 봐. 날 보라고. 눈을 들여다봐. **똑바로**, 지금!" 그는 중간중간 발을 구르며 말했다.

모두의 눈이 홀린 듯이 사이먼의 번득이는 회녹색 눈을 향했다.

"자," 그는 두꺼운 주먹을 대장장이 망치 비슷하게 크게 쥐어 보이며 말했다. "이 주먹 보이나? 만져봐!" 그는 주먹을 톰의 손에 들이대며 말했다. "이 뼈대를 보라고! 이 주먹은 **검둥이들을 때려눕히는** 차고처럼 단단하지. 이제까지 한 방에 안 뻗는 검둥이는 한 번도 본 적 없어." 그가 주먹을 톰의 얼굴에 너무도 바싹 들이대자 톰은 눈을 껌벅이며 뒤로 물러났다. "난 지긋지긋한 감독 따위 안 써. 내가 직접 감독하지. 그리고 내 말하지만, **제대로** 감독한다고. 모두들 잘 새겨들어. 내가 말만 하면 재빨리 행동하라고. 그래야 나랑 잘 지낼 수 있을 거야. 나한테는 물렁한 구석이라곤 없어. 단 한 군데도. 그러니 조심해. 내겐 자비라곤 없으니까!"

여자들은 자기도 모르게 숨을 죽였고, 모두가 기죽은 얼굴로 앉아 있었다. 그러는 동안 사이먼은 발꿈치를 축으로 해서 빙그르 돌더니 한잔하러 선상에 있는 바로 올라갔다.

"전 처음에는 제 검둥이를 이렇게 다룹니다." 그는 연설을 늘어놓는 동안 옆에 서 있던 신사에게 말했다. "세게 시작하는 게 제 방식이죠. 그래야 그것들이 제대로 감을 잡거든요."

"그렇군요!" 낯선 신사는 괴상한 표본을 관찰하는 박물학자 같은 호기심을 보이며 그를 쳐다보았다.

"그럼요. 전 백합 같은 손가락을 가진 당신네 신사 농장주들과는 다르거든요. 어슬렁거리며 돌아다니다 웬 더러운 감독 새끼한테 속아 넘어가기나 하는 그런 사람과는 다르죠! 제 주먹을 만져봐요. 한번 보라고요. 검둥이 놈들을 때려주느라 살이 돌덩이처럼 단단해졌죠? 한번 만져봐요."

상대방은 문제의 도구에 손가락을 갖다 대보곤 말했다.

"단단하군요. 그러니까," 그는 덧붙였다. "실습을 통해 댁의 심장도 그렇게 됐겠군요."

"그렇죠. 그렇다고 할 수 있죠." 사이먼은 너털웃음을 터뜨리며 말했다. "제겐 물렁한 구석이라곤 없습니다. 누구도 제 머리 꼭대기에는 못 서요! 울고 불든 알랑거리든 검둥이 놈들은 절대 절 못 속여요. 그게 사실이죠."

"좋은 녀석들을 데리고 있군요."

"제대로죠." 사이먼이 말했다. "저기 톰이라는 녀석요, 사람들 말이 저놈이 특별한 데가 있다네요. 돈도 좀 비싸게 줬습니다. 운전사에 관리인으로 쓰려고. 검둥이 분수에 안 맞는 대우를 받으면서 배운 것들만 깡그리 뽑아내면 아주 잘할 겁니다! 저 노르스름한 계집은 속았어요. 병이 든 것 같거든요. 그래도 돈값은 뽑을 겁니다. 1, 2년 정도는 버티겠죠. 전 검둥이를 아끼지 않거든요. 다 써버리고 나서 더 많이 사면 되는 거니까. 그게 제 방식입니다. 그게 골치도 덜 아프고, 결국엔 더 싸게 먹혀요." 사이먼은 잔을 들고 홀짝 마셨다.

"보통 얼마나 버티는데요?" 상대방이 물었다.

"글쎄, 모르겠네요. 체력에 달렸죠. 튼튼한 놈들은 6, 7년 정도. 쓰레기 같은 것들은 2, 3년 만에 끝장나요. 처음 시작했을 때는 저도 난리를 치며 오래 붙들고 있으려 했죠. 아프면 의사도 부르고, 옷이랑 담요 같은 것들도 주고, 제대로 편하게 해주려고 애썼죠. 에이, 그런 거 다 소용없어요. 검둥이가 죽으면, 또 하나 사면 됩니다. 그게 모든 면에서 더 싸고 편해요."

낯선 이는 리그리를 떠나, 불편한 기색을 숨기며 그들의 대화를 듣고 있던 다른 신사 옆에 가서 앉았다.

"저 사람을 남부 농장주의 표본으로 여겨서는 안 돼." 그가 말했다.

"나도 그렇지 않길 바란다네." 젊은 신사가 힘주어 말했다.

"비열하고 천박하고 짐승 같은 인간이야." 상대방이 말했다.

"그런데도 자네들 법은 저런 자가 수많은 사람들에 대해 전권을 휘두르도록 허락해주지. 보호막이라고는 조금 치도 없이 말이야. 게다가 저자가 비열하긴 해도 저런 사람이 별로 없다고는 말할 수 없잖나."

"음," 상대방이 말했다. "사려 깊고 인간적인 농장주들도 많아."

"그럴지도 모르지." 젊은이가 말했다. "하지만 내 생각에는 사려 깊고 인간적인 자네들 같은 사람들이야말로 이 가엾은 자들에게 가해지는 잔인하고 야만적인 폭력에 대해 책임져야 할 사람들이야. 자네들의 인가와 영향이 없다면 이 모든 체제는 한 시간도 버티지 못할 테니까. 모든 농장주들이 저런 작자라면," 그는 그들에게 등을 돌린 채 서 있는 리그리를 손가락으로 가리키며 말했다. "이 모든 것은 맷돌처럼 가라앉을 거야. 저자의 야만성을 허가해주고 보호해주는 건 자네 같은 점잖고 인간적인 양반들이야."

"자넨 정말이지 내 인격을 높이 평가해주는군." 농장주는 미소를 지으며 말했다. "하지만 충고하는데 소리 좀 낮춰. 이 배에는 나처럼 다른 의견에 관대하지만은 않은 사람들도 타고 있을지 모르거든. 내 농장에 도착할 때까지 기다리는 게 좋을 거야. 거기선 우리 모두를 마음껏 욕해도 좋아."

젊은 신사는 얼굴을 붉히며 미소를 지었고, 두 사람은 곧 주사위 놀이에 열중했다. 그러는 사이 배의 아래쪽에서는 에멀린과 그녀와 함께 묶여 있는 물라토 여인 사이에 또 다른 대화가 오가고 있었다.

흔히 그렇듯이 그들은 서로의 사연을 나누고 있었다.

"전에 어디에 계셨어요?" 에멀린이 물었다.

"어, 우리 주인님은 엘리스 씨라고, 레비 가에 살고 계셨어. 어쩌면 너도 그 집을 봤을지 모르겠구나."

"좋은 분이셨어요?" 에멀린이 물었다.

"병이 들기 전까지는 대체로 괜찮았지. 그런데 6개월 넘도록 시름시름 아프더니 무시무시하게 불쾌한 사람이 되어버렸어. 밤이고 낮이고 아무도 못 쉬게 하려는 것 같더라고. 게다가 너무너무 이상해져서 아무도 그 비위를 맞출 수가 없었어. 성격은 매일매일 더 괴팍해지는 것 같았고, 날 밤늦게까지 붙들어놓는 바람에 기진맥진해져서 제정신을 차리고 있기도 힘들었어. 하루는 자러 갔더니 끔찍한 소리를 퍼부으면서 가장 못된 주인에게 팔아버리겠다고 하지 뭐야. 자기가 죽으면 자유를 주겠다고 했으면서."

"친구는 없어요?" 에멀린이 물었다.

"남편이 있어. 대장장이야. 주인님은 대개 남편에게 바깥 고용살이를 시켰는데, 사람들이 어찌나 나를 빨리 데려갔던지 난 남편 얼굴도 못 보고 왔어. 아이도 넷 있어. 세상에!" 여인은 손으로 얼굴을 가리며 말했다.

고통스러운 이야기를 들으면 모두가 자연히 어떤 위로의 말을 해줄까 생각하게 마련이다. 에멀린은 무슨 말이라도 해주고 싶었지만 아무 말도 생각나지 않았다. 해줄 말이 뭐가 있겠는가? 서로 동의라도 한 것처럼 그들은 이제 그들의 새 주인이 된 그 끔찍한 남자에 대한 어떤 언급도 두려워하며 피했다.

가장 암담한 순간에도 종교적 기대는 있는 법이다. 물라토 여인은 감리교 교회의 교인이었고, 지식은 없어도 매우 독실한 신앙심을 가지고 있었다. 에멀린은 훨씬 더 많이 배웠다. 믿음이 강하고 경건한 여주인의 보살핌 아래 읽고 쓰기를 익혔고, 성실하게 성경의 교리를 가르침 받았다. 하지만 하나님에게서 버려져 잔인한 폭군의 손아귀에 놓이는 처지가 된다면 가장 굳건한 기독교인의 믿음도 시험에 들지 않을까? 어리고 지식도 모자란 이 불쌍한 어린 양들의 믿음을 얼마나 더 많이 흔들어야만 하는 것일까?

슬픔에 잠긴 짐들을 가득 실은 배는 급격히 구불구불 휘어진 레드 강의 붉고 혼탁한 강물을 계속해서 거슬러 올라갔다. 슬픔에 빠진 눈동자들은 변함없이 황량한 풍경을 지나치며 가파른 붉은 진흙 제방을 지친 눈길로 물끄러미 바라보았다. 마침내 배는 조그만 마을에 멈춰 섰고, 리그리는 자신의 일행을 거느리고 배에서 내렸다.

제32장

어두운 곳들

"무릇 땅의 어두운 곳에 포악한 자의 처소가 가득하나이다."

—「시편」74편 20절

톰과 그 일행은 투박한 마차 뒤에서, 그보다 더 투박한 길을 따라 계속해서 힘든 발걸음을 내디뎠다.

마차에는 사이먼 리그리가 타고 있었고, 두 여자는 여전히 같이 쇠고랑을 찬 채 짐짝들과 함께 마차 뒤편에 실려 있었다. 무리는 저 멀리 있는 리그리의 농장을 향해 가고 있었다.

황량하고 인적 없는 길은 바람이 음산하게 속삭이는 황무지의 소나무 사이를 굽이굽이 통과하여 삼나무 습지를 통과하는 긴 둑길로 들어섰다. 발이 푹푹 빠지는 끈적끈적한 땅에서 자라난 음침한 나무들에는 장례식장처럼 검은 이끼가 기다랗게 늘어져 있었고, 때때로

징그러운 독사가 여기저기 물속에서 썩어가고 있는 그루터기와 부서
진 나뭇가지들 사이로 미끄러지며 지나갔다.

이런 길에서라면 업무차 주머니를 두둑이 채운 채 마구를 잘 갖춘
말을 타고 홀로 길을 나선 이방인이라도 쓸쓸한 기분이 들 텐데, 한
걸음 걸을 때마다 사랑하고 희망하는 모든 것들로부터 점점 멀어져가
는 노예의 심정은 더 황량하고 울적할 것이다.

그 검은 얼굴들에 떠오른 낙담한 표정, 그 처연한 여정 속에서 스
쳐 지나가는 대상 하나하나를 물끄러미 바라보는 슬픈 눈에 담긴 지
친 그리움의 감정을 지켜본 사람들이라면 누구나 그렇게 생각했을 것
이다.

하지만 사이먼은 이따금씩 주머니에 넣어둔 술병을 꺼내 술을 마
셔가며, 홍에 겨워 계속해서 나아갔다.

"이봐, **너!**" 그는 고개를 돌려 뒤에 앉은 기운 없는 얼굴들을 흘낏
쳐다보며 말했다! "노래 한 곡 뽑아봐, 이것들아, 어서!"

그들이 서로 얼굴을 쳐다보고 있는 사이, 그는 다시 "어서" 하고 재
촉하며 손에 들고 있던 채찍을 철썩 내리쳤다. 톰이 감리교 찬송가를
부르기 시작했다.

"예루살렘, 나의 행복한 집,
너무도 소중한 이름!
내 슬픔은 언제나 끝날까,
당신의 즐거움이—"

“닥쳐, 이 검둥이 새끼야!” 리그리가 고함을 질렀다. “내가 그딴 극악무도한 감리교 교의를 듣고 싶은 줄 아냐? 노래를 하라고, 제대로 떠들썩한 걸로. 빨리!”

다른 사람 하나가 노예들이 흔히 부르는 아무 의미 없는 노래를 부르기 시작했다.

“주인님이 내가 너구리 잡는 걸 보셨네.
높이, 애들아, 높이!
죽어라 웃으셨네. 저 달 좀 보게.
호! 호! 호! 애들아, 호!
호! 요! 하이! 오!”

그는 말이 되게 하려는 생각도 없이 그저 각운을 대충 맞추며 제멋대로 지어서 부르고 있는 듯했다. 모두들 이따금씩 끼어들어 함께 불렀다.

“호! 호! 호! 애들아, 호!
더 노오오피! 더 노오오피!”

그들은 억지로 흥을 짜내며 시끌벅적하게 노래했다. 하지만 어떤 절망적인 통곡도, 어떤 간절한 기도의 말도 이 열광적인 합창보다 더 깊은 슬픔을 담지는 못할 것이다. 말 못하는 가엾은 심장이 감금당한 채 협박에 밀려 말 아닌 음악의 성역으로 피신했다가 거기서 하나님께 드릴 기도를 표현할 언어를 찾은 것만 같았다! 그 노래에는 기도가 담겨 있었지만, 사이먼에게는 들리지 않았다. 그는 그저 시끄러운 노랫소리만 들었고, 이에 흡족해했다. 자기가 노예들의 '기운을 북돋워 주고' 있는 거니까.

"자, 우리 꼬마 아가씨," 그는 에멀린을 돌아보며 어깨에 손을 얹고 말했다. "거의 다 왔어!"

리그리가 야단치거나 호통을 쳐대면 에멀린은 무서웠다. 하지만 그가 손을 대면서 지금 같은 어조로 말하면, 차라리 맞는 게 나을 것 같다는 기분이 들었다. 그 눈빛을 보면 영혼까지 메스껍고 온몸이 스멀거렸다. 그녀는 자기도 모르게 옆의 물라토 여인이 엄마라도 되는 양 바싹 달라붙었다.

"귀고리를 한 적이 없군." 그가 거친 손가락으로 그녀의 조그만 귀를 잡으며 말했다.

"네, 주인님!" 에멀린은 고개를 숙이고 덜덜 떨며 말했다.

"착하게 굴면 집에 가서 내가 귀고리를 한 쌍 주지. 그렇게 무서워할 것 없어. 넌 힘들게 일 시키지 않을 거니까. 넌 나랑 즐겁게 지내면서 숙녀처럼 살게 될 거야. 착하게만 굴면 말이지."

리그리는 술에 취해 마음이 관대해져 있었다. 그 순간 저 멀리 농장의 울타리가 보이기 시작했다. 그 집은 과거 세련되고 부유한 신사가 소유하고 있었고, 그는 상당히 신경 써서 자신의 영지를 꾸몄다. 그가 파산해서 죽자 리그리는 싼 값에 이 집을 사들였고, 다른 모든 것들과 마찬가지로 이를 돈벌이를 위한 도구로만 사용했다. 집은 버려진 듯이 황폐한 모습이었고, 이는 방치되어 완전히 망가져버린 전 주인의 흔적들에서 잘 드러났다.

예전에는 군데군데 장식관목들이 심겨 있고 매끈하게 깎여 있던 집 앞 잔디밭은 이제 지저분하게 얽힌 풀들로 뒤덮여 있고, 여기저기에 세워진 말 매는 기둥 주위의 잔디밭은 발길질 때문에 움푹 파여 있었다. 땅바닥에는 부서진 들통과 옥수숫대, 여타 지저분한 것들이 어지러이 널려 있었다. 흰 곰팡이가 핀 재스민 혹은 인동덩굴 같은 것이 장식기둥 같은 데서 여기저기에 제멋대로 늘어져 있었지만, 말 기둥으로 쓰느라 한쪽 옆으로 밀쳐져 있었다. 한때는 커다란 화원이었던 자리에는 이제 온통 잡초만 무성했고, 간혹 가다 잡초들 사이로 이국적인 식물이 버림 받은 고개를 외롭게 내밀고 있었다. 과거 온실이었던 곳에는 이제 창틀도 없고, 썩어가는 선반 위에는 막대기가 꽂힌 말라빠진 꽃 화분들이 버려져 있었다. 그것들이 한때 식물이었음을 알려주는 것은 바싹 마른 잎들밖에 없었다.

마차는 장대한 멀구슬나무가 늘어선 잡초투성이 자갈길을 달려 올라갔다. 나무의 우아한 생김새와 끝없이 돋아나는 잎사귀들은 아무리 방치해도 꺾어놓거나 변화시킬 수 없는 유일한 존재 같았다. 선한 마음 깊이 뿌리박은 고귀한 영혼이 좌절과 쇠퇴를 겪으면서 더 웅성하고 강해지는 것처럼 말이다.

집은 남부에서 흔히 볼 수 있는 양식으로 지어져 있었고, 크고 근사했다. 넓은 2층짜리 베란다가 집의 사방에 붙어 있었고, 모든 바깥문은 베란다로 열렸다. 아래층 베란다는 벽돌기둥이 떠받치고 있었다.

하지만 그 집은 황량하고 불쾌한 느낌을 주었다. 일부 창문들은 판자로 막혀 있었고, 몇몇 창문들은 창유리가 부서지고 덧문이 경첩 하나에만 매달려 흔들거렸다. 모든 것이 조악한 관리 소홀과 불편의 흔적을 보여주고 있었다.

판자 조각과 밀짚, 썩어가는 나무통과 상자 들이 사방 바닥에 널려 있었다. 마차바퀴 소리를 듣고 흥분해서 뛰쳐나온 사나운 인상의 개 서너 마리가 톰과 일행에게 달려들려다 그 뒤를 쫓아 나온 남루한 하인들에 의해 가까스로 제지당했다.

"어떻게 될지 봤지?" 리그리는 냉혹하고 만족스러운 표정으로 개들을 쓰다듬고는 톰 일행을 바라보며 말했다. "도망치려 하면 어떻게 될지 봤겠지. 이 개들은 검둥이들 추적용으로 길러졌거든. 이 녀석들은 저녁밥 먹듯이 네놈들을 씹어 삼켜버릴 거야. 그러니 조심들 해! 자, 삼보!" 그가 모자에 챙도 없는 남루한 흑인에게 말했다. 그는 건들거리며 주인을 바라보았다. "그동안 여긴 어땠나?"

"최고였죠, 주인님."

"킴보," 리그리는 자신의 주의를 끌려고 열심히 시위를 벌이고 있던 또 한 명에게 말했다. "내가 시킨 것들은 다 했겠지?"

"어련하겠습니까?"

이 두 흑인이 농장의 대장일꾼이었다. 리그리는 불도그를 훈련시킬 때처럼 이들을 체계적으로 야만스럽고 냉혹하게 훈련시켰고, 오랜 시간에 걸쳐 혹독하고 잔인한 성질로 훈련시킨 끝에 그들의 본성을 불도그 비슷한 정도까지 바꾸어놓았다. 흑인 감독이 백인 감독보다 언제나 더 악질이고 잔인하다는 것은 공통된 소견이자 종족 특성에 크게 영향을 미치는 사실이기도 하다. 간단히 말해서, 흑인들은 백인들보다 마음이 더 망가지고 타락했다. 이는 이 인종은 물론이거니와 전 세계의 모든 억압받는 종족에게도 해당되는 진실이다. 노예는 언제나 폭군이다. 폭군이 될 수 있는 기회만 잡는다면 말이다.

리그리는 역사상의 몇몇 군주들처럼 힘을 분산시켜 농장을 통치했다. 삼보와 킴보는 서로를 미워했다. 농장 일꾼들은 모두 두 사람을 진심으로 증오했다. 서로를 반목시키면 세 파 중 어느 하나를 통해 농장에서 무슨 일이 벌어지고 있든 다 알게 된다고 리그리는 확신했다.

다른 사람들과 아무런 친교도 없이 살 수 있는 사람은 없는 법이다. 그래서 리그리는 두 흑인 종자들이 자신에게 나름 상스럽게 격의 없이 굴도록 부추겼다. 하지만 이런 격의 없는 태도는 언제라도 누구 하나에게 화를 불러올 수 있었다. 사소하기 짝이 없는 일로 리그리의 기분이 언짢아져서 그가 신호를 보내기만 하면 둘 중 하나가 언제라도 상대방에게 그 대신 복수를 해줄 태세를 갖추고 있었기 때문이다.

지금 리그리의 옆에 서 있는 그들의 모습은 짐승 같은 인간은 동물보다도 못하다는 사실을 적절히 예시하는 그림 같았다. 야비하고 시커멓고 육중한 생김새, 서로를 견제하며 굴리는 부리부리한 눈, 목구멍에서 울려 나오는 야만적이고 반은 짐승 같은 어조, 바람에 펄럭이는 누더기 옷. 이 모든 것이 그곳의 음침하고 해로운 분위기와 안성맞춤으로 어울렸다.

"자, 삼보," 리그리가 말했다. "이것들은 숙소로 데려가. 이건 **너** 주려고 데려온 물건이야." 그는 물라토 여인을 에멀린에게서 떼어내 삼보 쪽으로 밀치며 말했다. "내가 하나 데려오겠다 그랬지?"

여인은 깜짝 놀라 뒤로 물러나며 다급히 말했다.

"아이고, 주인님! 전 뉴올리언스에 남편이 있어요."

"그래서 뭐? 여기도 하나 있어야 하지 않겠어? 더 이상 떠들어대지 말고 가!" 리그리가 채찍을 들며 말했다.

"가지, 아가씨." 리그리는 에멀린에게 말했다. "넌 나랑 여기로 가는 거야."

바깥을 노려보는 어둡고 사나운 얼굴이 저택 창문에 흘낏 보였다. 리그리가 문을 열자, 여자 목소리가 명령조로 속사포처럼 뭐라고 말했다. 집으로 들어가는 에멀린의 뒷모습을 불안하게 바라보고 있던 톰은 이 목소리를 들었고, 화난 목소리로 대답하는 리그리의 고함도 들었다. "입 닥치는 게 좋을 거야! 네가 뭐라던 난 나 좋을 대로 할 테니까!"

더 이상 아무 소리도 들을 수 없었다. 곧 삼보를 따라서 숙소로 가야 했기 때문이다. 숙소는 저택에서 한참 떨어진 농장 한구석에 일렬로 늘어선 조악한 판잣집들로, 쓸쓸하게 방치된 짐승우리 같은 분위기였다. 숙소를 본 톰은 낙담했다. 그는 형편없어도 나름 깔끔하고 조용하게 꾸밀 수 있는 오두막을 상상하며 스스로를 위안하고 있었다. 성경을 둘 시렁도 있고, 고된 일을 끝내고 나면 혼자 있을 수 있는 곳 말이다. 몇 군데를 들여다봤지만, 모두 다 가구라곤 하나도 없이 조잡한 껍데기만 있는 집에 불과했다. 집 안에 있는 것이라곤 수많은 발에 밟혀 단단하게 굳어진 맨흙바닥에 너저분하게 깔린 흙투성이 짚더미뿐이었다.

"이 중 제 집은 어디죠?" 그가 삼보에게 공손하게 물었다.

"몰라. 여기 들어가든지." 삼보가 말했다. "하나 정도는 더 들어갈 수 있을 거야. 집집마다 검둥이들이 득실거리거든. 여기서 더 많아지면 도대체 어째야 할지 모르겠네."

늦은 밤이 되자 피곤에 지친 판잣집 주민들이 집으로 몰려왔다. 꼬질꼬질하고 해진 옷차림에 부루퉁하고 불편한 표정을 한, 신참에게 다정하게 대해줄 기분이라곤 눈곱만치도 없는 남녀 무리였다. 조그만 마을은 불쾌한 소음으로 북적대기 시작했다. 쉰 목소리들이 맷돌을 놓고 싸움을 벌였다. 자기 몫으로 할당받은 딱딱한 곡물을 이제부터 갈아서 가루로 만들어야 유일한 저녁거리인 빵을 만들 수 있어서였다. 그들은 새벽 댓바람부터 들판에 나가서 감독이 휘두르는 채찍에 내몰려 일했다. 지금이 한창 눈코 뜰 새 없이 바쁜 철이라 모두 자신의 최대치 능력을 발휘해서 일하도록 밀어붙이기 위해 온갖 수단이 다 동원되었다. "그렇지," 무심히 빈둥거리는 인간들은 말한다. "목화 따는 거야 어려운 일 아니지." 그런가? 머리에 물 한 방울이 떨어지는 것도 별로 불편할 것 없는 일이다. 하지만 최악의 고문은 시시각각 한 방울, 또 한 방울의 물을 같은 부위에 한결같이 계속해서 떨어뜨리는 것이다. 그 자체로는 힘들지 않은 일도, 똑같은 일을 몇 시간이고 계

     Uncle Tom's Cabin

속해서 꾸준히 강제로 하게 되면 힘들어진다. 지루함을 덜어줄 자유의지조차 없이 말이다. 톰은 꾸역꾸역 밀려 들어오는 무리들 가운데 친구가 될 만한 사람을 찾으려 해봤지만 소용없었다. 사방에 부루퉁하게 인상을 쓴 험악한 남자들과 지치고 기죽은 여자들, 아니면 여자라고 할 수도 없는 여자들—약한 자들을 사정없이 밀치는 강자들—밖에 없었다. 아무런 희망도 열망도 없고 거침없는 동물적 이기심만 남은 상스러운 인간들, 모든 면에서 짐승 같은 취급만 받다 보니 거의 동물과 다를 바 없는 지경으로 전락한 인간들이었다. 맷돌소리는 밤 늦게까지 계속되었다. 사람들에 비해 맷돌 숫자가 적은 데다, 지치고 약한 사람들은 힘센 사람들에게 밀려 마지막에야 차례가 왔기 때문이다.

"이봐!" 삼보가 물라토 여인에게 다가오더니 그 앞에 곡물자루를 털썩 내려놓았다. "이름이 뭐야?"

"루시." 여자가 말했다.

"자, 루시. 넌 이제 내 여자야. 이 곡식 갈아서 **내** 저녁을 차려. 알 아들었어?"

"난 네 여자가 아냐. 그렇게 되지도 않을 테고!" 여자가 갑자기 절망에서 솟아난 용기를 그러모아 소리 질렀다. "저리 가버려!"

"그럼 걷어차 줄 테다!" 삼보가 위협적으로 발을 쳐들며 말했다.

"그러고 싶으면 죽이라고. 빠르면 빠를수록 좋지! 차라리 죽고 싶으니까!" 그녀가 말했다.

"삼보, 일꾼들을 상하게 하면 내가 주인님께 이를 거야." 킴보가 말했다. 그는 곡물을 갈려고 줄을 서서 기다리고 있던 지친 여자 두어 명을 악랄하게 밀쳐낸 뒤 부지런히 맷돌을 돌리고 있었다.

"그럼 나는 네 녀석이 맷돌을 못 쓰게 여자들을 쫓아냈다고 이를 테다!" 삼보가 말했다. "넌 줄이나 잘 서."

톰은 하루 종일 걸어서 배가 고팠고, 음식을 못 먹어 거의 기절할 지경이었다.

"거기, 너!" 킴보가 곡식 한 펙(1펙은 약 9리터―옮긴이)이 들어 있는 거친 자루 하나를 던지며 말했다. "거기, 검둥이, 그거 받아서 잘 보관해. **이번** 주에는 그게 다니까."

톰은 밤늦게까지 기다려서야 겨우 맷돌 하나를 쓸 수 있었다. 그 순간에조차 그는 기진맥진한 상태로 곡식을 갈려고 애쓰는 두 여자를 보고 짠한 마음이 들어 그들 분량까지 갈아주고, 많은 사람들이 빵을 구운 뒤라 꺼져가는 장작불을 다시 지펴준 다음에야 자기 저녁을 만들기 시작했다. 그곳에서 그의 행동은 새로운 일, 작지만 자비로운 행동이었다. 그의 행동에 그들은 감동했고, 그 굳은 얼굴에조차 여자다운 친절한 표정이 떠올랐다. 그들은 그의 빵을 반죽하고 구워주었다. 톰은 불가에 앉아 성경을 꺼냈다. 그에게는 위로가 필요했다.

"그게 뭐예요?" 한 여자가 물었다.

"성경입니다." 톰이 말했다.

"세상에! 켄터키를 떠난 후론 한 번도 못 봤는데."

"켄터키에서 자랐습니까?" 톰이 흥미를 보이며 물었다.

"그래요. 게다가 잘 자랐죠. 이런 곳에 오리라곤 생각도 못 했는데." 여자가 한숨을 내쉬며 말했다.

"그 책이 뭐길래 그러우?" 다른 여자가 물었다.

"성경이라고요."

"허참 내! 그래서 그게 뭐냐고요?" 여자가 물었다.

"맙소사! 성경에 대해 한 번도 못 들어봤다고?" 다른 여자가 말했다. "예전에 켄터키에선 아씨가 때때로 읽어주곤 했어요. 하지만 여기서 들리는 소리라곤 채찍소리와 욕설뿐이네요."

"한번 읽어봐 주구랴!" 첫 번째 여자가 톰이 주의 깊게 책을 들여다보는 것을 보더니 호기심을 보이며 말했다.

톰은 읽기 시작했다. "수고하고 짐 진 자들아, 다 내게로 오라. 내가 너희를 쉬게 하리라."(「마태복음」 11장 28절을 고쳐 인용―옮긴이)

"좋은 말이네." 여자가 말했다. "누가 한 말이유?"

"주님께서요." 톰이 말했다.

"그분이 어디 있는지 알면 좋으련만." 여자가 말했다. "거기로 가게 말이유. 도대체 난 휴식이라곤 다시는 못 가져볼 것 같아. 매일 온몸이 욱신거리고 덜덜 떨린다우. 그런데 삼보는 매일 나더러 목화를 빨리 못 딴다고 소리나 질러대지, 밤이면 자정이 다 되어서야 겨우 저녁을 먹지. 겨우 한 번 뒤척이고 눈을 붙인 것 같은데 어느새 기상 뿔소리가 들린다고. 그러면 다시 아침인 거야. 그 주님이라는 분이 어디 있는지 안다면 그분께 이 이야기를 할 텐데."

"그분은 여기 계십니다. 어디에나 계세요." 톰이 말했다.

"허, 나더러 그 말을 믿으라는 거유! 주님이 여기 없는 건 내가 알아!" 여자가 말했다. "말해봤자 소용없지. 난 자러 갈라우. 그나마 잘 수 있는 만큼이라도 자둬야지."

여자들이 자기들 오두막으로 돌아간 후 톰은 꺼져가는 불 옆에 혼자 앉아 있었다. 불빛이 그의 얼굴을 붉게 물들였다.

은빛 눈썹 모양의 달이 자줏빛 하늘에 떠서 비참한 압제의 광경을 지켜보는 하나님처럼 고요히 아래를 내려다보고 있었다. 달빛은 무릎에 성경을 올려놓고 팔짱을 끼고 앉은 외로운 흑인을 조용히 비추었다.

"하나님이 여기 계시느냐고?" 끔찍한 실정과 아무도 제지하지 않는 명백한 부정 앞에서 어떻게 하면 무지한 마음이 바른 길에서 벗어나지 않고 믿음을 지킬 수 있을까? 그의 소박한 마음속에서 격렬한 갈등이 일어났다. 가슴을 찢어놓는 악행들, 앞날의 비참한 생애에 대한 예감, 부서져버린 예전의 모든 희망이 영혼의 눈앞에서 구슬프게 너울거렸다. 물에 빠져 반쯤 죽어가고 있는 선원의 눈앞에 아내와 아이, 친구들의 시체가 검은 파도 속에서 솟구쳐 나와 밀려오는 것처럼! '하나님은 계시며, 그분을 성실하게 찾는 자들에게 보상을 내려주는 분이시다'라는 기독교 신앙의 위대한 암호를 **여기서** 믿고 지키기가 쉬울까?

톰은 수심에 잠긴 채 일어나 자신에게 할당된 오두막으로 비

     Uncle Tom's Cabin

척비척 걸어갔다. 바닥에는 피곤에 지친 사람들이 이미 사방에 널브러져 자고 있었고, 실내 공기는 불쾌할 정도로 역했다. 하지만 흠뻑 내린 밤이슬이 차가웠고 팔다리는 지쳐 기운이 없었기에 그는 유일한 이불인 누더기 담요를 둘둘 말고 밀짚 위에 누워 곧 잠이 들었다.

꿈에서 그의 귀에 부드러운 목소리가 들렸다. 그는 폰차트레인 호숫가 정원의 이끼 낀 의자에 앉아 있고, 에바가 심각한 눈을 내리깐 채 그에게 성경을 읽어주고 있었다.

"네가 물 가운데로 지날 때에 내가 너와 함께할 것이라. 강을 건널 때에 물이 너를 침몰하지 못할 것이며, 네가 불 가운데로 지날 때에 타지도 아니할 것이요, 불꽃이 너를 사르지도 못하리니. 대저 나는 여호와 네 하나님이요, 이스라엘의 거룩한 이요, 네 구원자임이라."(「이사야」 43장 2~3절―옮긴이)

그 말들은 신성한 음악에 녹아들듯이 서서히 사라지는 듯했다. 아이가 깊은 눈을 들어 그를 사랑스럽게 지긋이 바라보자, 그 눈에서 따스하고 편안한 빛이 나와 그의 심장 속으로 흘러 들어오는 것 같았다. 그러더니 아이가 마치 음악에 실려 가는 것처럼 빛나는 날개를 타고 두둥실 솟구쳐 올랐다. 날개에서 황금색 조각들이 별처럼 떨어지더니, 아이는 사라져버렸다.

톰은 잠에서 깼다. 꿈이었단 말인가? 그렇다고 치자. 그래도 생전에 가난한 자들을 위로하고자 그렇게 애썼던 그 사랑스러운 어린 영혼이 사후 이런 임무를 떠맡겠다는 것을 하나님께서 허락하지 않았다고 누가 말할 수 있겠는가?

죽은 자들의 영혼이

천사의 날개에 실려

우리 머리 주위를 항상 떠돌고 있다는 것은

정말로 아름다운 믿음.

Uncle Tom's Cabin

제33장

캐시

"보라, 학대받는 자들의 눈물이로다. 그들에게 위로자가 없도다. 그들을
학대하는 자들의 손에는 권세가 있으나, 그들에게는 위로자가 없도다."

—「전도서」 4장 1절

톰은 이 새로운 생활에서 무엇을 기대해야 하고 무엇을 두려워해
야 하는지 곧 파악했다. 그는 무슨 일을 하건 숙련되고 효율적인 일꾼
이었다. 습관과 원칙 모두에 있어서 민첩하고 성실했다. 조용하고 평
화로운 기질을 가진 그는 끈질긴 성실함으로 현 상황에서 벌어지는
악행을 조금이라도 피할 수 있기를 바랐다. 넌더리가 날 정도로 수많
은 폭력과 고통을 목격했지만, 그는 정의로운 심판을 내리시는 그분
께 자신을 의탁한 채 경건하고 성실하게 묵묵히 일을 해나갔다. 여기
서 벗어날 길이 아직도 남아 있을지 모른다는 희망도 버리지 않았다.

리그리는 톰의 이용가치를 말없이 알아보았다. 그는 톰을 일등급 노예로 평가했지만, 내밀히 그를 증오했다. 악이 선에 대해 품는 타고난 반감이었다. 종종 무력한 자들에게 폭력과 악행을 일삼을 때면 톰이 신경 쓴다는 것을 그는 분명히 감지했다. 사람의 평가는 너무나도 미묘한 분위기를 가지고 있어서, 말이 없이도 느껴지는 법이며 심지어 노예의 평가도 주인을 불쾌하게 만들 수 있다. 톰은 상냥한 감정과 고통을 함께하는 동료들에 대한 동정심을 여러 방식으로 드러내 보였다. 이는 그들에게는 낯설고 새로운 감정이었고, 리그리는 이를 경계하며 지켜보았다. 그는 나중에 톰을 가끔 잠시 집을 비울 때면 믿고 일을 맡길 수 있는 감독으로 만들 생각을 하고 샀다. 그가 볼 때, 그 자리를 맡기 위한 필수조건은 첫째도, 둘째도, 셋째도 **냉혹함**이었다. 리그리는 결심했다. 톰이 일꾼들에게 냉혹하게 굴지 않으면, 그가 당장 톰을 냉혹하게 만들어주겠노라고. 톰이 그곳에 온 지 몇 주 후 그는 그 절차를 개시하기로 마음먹었다.

어느 날 아침 일꾼들이 들판에 나가려고 모여 있을 때, 톰은 새로운 얼굴을 보고 깜짝 놀랐다. 시선을 끄는 외모였다. 그 새 인물은 키가 크고 호리호리한 몸매에 뛰어나게 섬세한 손발을 가진 여자로, 옷차림도 깔끔하고 훌륭했다. 얼굴 생김새로 보아 나이는 서른다섯에서 마흔 사이로 보였는데, 한 번 보면 절대 잊을 수 없는 얼굴이었다. 슬쩍 보기만 해도 격정적이고 고통스럽고 낭만적인 사연이 담겨 있는 그런 얼굴이었다. 이마는 높았고 눈썹은 보기 좋게 깔끔했다. 똑바르고 잘생긴 코와 단정한 입매, 우아한 두상과 목선은 과거의 아름다움을 여실히 보여주고 있었다. 하지만 그 얼굴에는 고통과, 도도하고 쓰디쓴 인내의 주름이 깊게 새겨져 있었다. 창백하고 병든 안색에 뺨은 홀쭉하고 이목구비는 날카로웠으며, 온몸은 바싹 말라 있었다. 하지만 가장 눈에 띄는 것은 그녀의 눈이었다. 너무나 크고, 칠흑처럼 새카맣고, 그 못지않게 새카만 긴 속눈썹에 덮인 그 눈에는 너무나 처절하고 구슬픈 절망의 빛이 담겨 있었다. 얼굴선 하나하나, 유연한 입술 곡선 하나하나, 몸동작 하나하나에서 지독한 자부심과 도전정신이 엿보였지만, 그 눈만은 깊은 한밤중 같은 고뇌를 담고 있었다. 그녀의 모든 태도에서 풍기는 경멸과 자부심과 무시무시하게 대조될 정도로 한결같이 절망적인 표정이었다.

그녀가 어디에서 왔으며 누구인지 톰은 몰랐다. 정신을 차려보니, 어슴푸레한 회색 새벽 속에 여자는 자신의 옆에서 꼿꼿하고 당당한 자세로 걷고 있었다. 하지만 다른 사람들은 그녀를 아는 게 분명했다. 주위의 비참하고 남루하고 배고픈 무리들이 연거푸 그녀를 쳐다보고, 외면하고, 나지막하지만 또렷이 들리는 소리로 기쁨을 표시했기 때문이다.

"결국 이 꼴이 됐군. 잘됐어!" 누군가 말했다.

"하! 하! 하!" 다른 누군가 말했다. "얼마나 좋은지 알게 될 거야, 아가씨!"

"저 여자가 일하는 꼴을 보겠네!"

"밤에 우리처럼 매질을 당할까?"

"채찍질 당하는 꼴 한번 보고 싶군. 정말로!" 또 누군가 말했다.

여인은 이런 조롱들에 꿈쩍도 하지 않고, 아무 소리도 못 들었다는 듯이 여전히 매서운 경멸을 담은 표정으로 계속해서 걸어갔다. 톰은 항상 세련되고 교양 있는 사람들 사이에 살아서, 그 분위기와 태도만으로도 그녀가 그런 유의 사람임을 본능적으로 알 수 있었다. 하지만 어쩌다가 그런 비참한 처지로 전락했는지는 알 수가 없었다. 여인은 그를 쳐다보지도 않고 말을 걸지도 않았지만, 들판까지 가는 내내 그의 옆에 붙어 걸었다.

톰은 곧 일하느라 정신이 없었지만, 멀지 않은 곳에서 일하는 여자의 모습을 간간이 슬쩍 쳐다보았다. 얼핏 봐도 타고나길 기민하고 솜씨가 좋아서 다른 사람들보다 더 쉽게 일한다는 것을 알 수 있었다. 그녀는 매우 신속하면서도 깔끔하게 목화를 땄지만, 마치 자기가 처한 치욕스럽고 굴욕적인 상황과 이 일을 모두 경멸하기라도 하는 것처럼 오만한 태도를 취하고 있었다.

일하다 보니 톰은 어느덧 같은 날 함께 팔려 온 물라토 여인 근처에서 목화를 따고 있었다. 그녀는 누가 봐도 몸이 안 좋아 보였다. 종종 덜덜 떨며 기도하는 소리가 들렸고, 당장이라도 쓰러질 것만 같았다. 톰은 조용히 옆으로 다가가서 자기 자루에서 목화를 몇 움큼 꺼내 여자의 자루로 옮겨 담았다.

"아, 그러지 마요, 그러지 마요!" 여자가 깜짝 놀라며 말했다. "그랬다간 경을 치게 될 거예요."

바로 그때 삼보가 다가왔다. 그는 여자에게 특별한 악의를 품고 있는 듯했다. 그는 채찍을 휘두르며 짐승처럼 거친 목소리로 말했다. "이게 뭐야, 루시, 장난쳐?" 그 말과 함께 그는 두꺼운 쇠가죽 신발로 여자를 걷어차고 톰의 얼굴을 채찍으로 휘갈겼다.

톰은 말없이 다시 일을 시작했지만, 그 전에도 탈진 일보 직전이었던 여자는 그대로 기절해버렸다.

"내가 정신이 들게 해주지!" 십장이 잔인하게 미소 지으며 말했다. "장뇌보다 더 좋은 걸 주겠다 이거야!" 그러더니 코트 소매에서 핀을 꺼내 맨머리의 살갗에 박아 넣었다. 여자가 신음하며 반쯤 정신을 차렸다. "일어나, 이 짐승 같은 것아, 일을 하라고. 안 그러면 더한 기술을 보여줄 테니!"

여자는 자극을 받아 순간적으로 신비의 기운이라도 솟구친 양 필사적으로 열심히 일했다.

"계속 그렇게 해." 남자가 말했다. "아니면 오늘 밤 차라리 죽었으면 하고 바라도록 해줄 테니까!"

"지금도 그렇다고!" 여자가 말했다. "오, 주여, 얼마나 더 오래 참아야 해요! 오, 주여, 왜 저희를 안 도와주세요?"

톰은 위험을 감수하고 다시 가까이 다가가서 자루에 든 목화를 몽땅 여자의 자루에 부었다.

"오, 안 돼요! 저자들이 당신한테 무슨 짓을 저지를지 모른다고요!" 여자가 말했다.

"전 참을 수 있습니다." 톰이 말했다. "당신보다 더 잘 견딜 수 있어요." 그리고 그는 다시 자기 자리로 돌아갔다. 순식간에 벌어진 일이었다.

톰의 마지막 말이 들릴 정도로 가까이에 있었던 그 낯선 여자가 갑자기 짙은 검은 눈동자를 들어 순간적으로 그를 똑바로 바라보았다. 그러고는 자신의 바구니에서 목화를 한 무더기 집어 그의 자루에 넣었다.

"당신은 이곳에 대해 아무것도 모르는군요." 그녀가 말했다. "아니면 그런 짓은 하지 않았을 거예요. 여기 한 달만 있으면 아무도 안 돕게 돼요. 자기 앞가림하기도 힘드니까!"

"하나님께서 허락하지 않으십니다, 아씨!" 톰은 본능적으로 전에 모셨던 상류사회 사람들에게 적합한 경칭을 동료 일꾼에게 붙였다.

"하나님께선 이곳에 절대 오시지 않아요." 여자가 민첩하게 앞으로 나아가며 가차 없이 말했다. 또다시 입가에는 경멸조의 미소가 떠올랐다.

하지만 들판 너머에서 여자의 행동을 목격한 십장이 채찍을 휘두르며 다가왔다.

"뭐! 뭐!" 그가 의기양양하게 여자에게 말했다. "이게 감히 속이려 들어? 해보라고! 넌 이제 내 손아귀에 있거든. 똑바로 하지 않으면 혼쭐을 내줄 테다!"

여자의 검은 눈이 순간 번개처럼 번득였다. 그녀는 주위를 둘러보더니 입술을 부들부들 떨고 코를 벌름거리며 십장에게 바싹 다가가 분노와 경멸로 이글이글 타오르는 시선으로 그를 똑바로 쳐다보았다.

"개 같은 놈!" 그녀가 말했다. "어디 감히 할 수 있으면 **날** 건드려 보시지! 아직은 네놈을 개한테 찢어발겨지게 하거나, 산 채로 불에 타게 하거나, 난도질당하게 할 정도의 힘은 있으니까! 말만 하면 돼!"

"젠장, 그럼 도대체 왜 여기 있는 거야?" 남자는 눈에 띄게 기가 죽어 한두 발짝 물러나며 말했다. "혼내려던 건 아니었다고, 미스 캐시!"

"그럼 저리 꺼져!" 여자가 말했다. 실제로 남자는 들판 반대편에 다급하게 처리해야 할 용무가 있는 듯이 재빨리 가버렸다.

여자는 갑자기 일에 달려들더니 톰이 깜짝 놀랄 정도의 속도로 일을 해나갔다. 마치 마법이라도 쓰는 것 같았다. 하루 일이 끝나기도 전에 그녀는 꾹꾹 눌러 쌓을 정도로 바구니를 가득 채운 데다, 톰에게 몇 번이나 넉넉히 퍼주기까지 했다. 황혼이 지난 지 한참 뒤에야 지친 일꾼들은 머리에 바구니를 이고서 목화 무게를 달고 저장하는 건물로 줄지어 행진해 올라갔다. 거기서는 리그리가 두 감독과 분주하게 이야기를 나누고 있었다.

"저기 톰 녀석 아주 골치예요. 계속 루시 바구니에 목화를 덜어주더라구요. 주인님께서 감시하지 않으시면, 조만간 검둥이 녀석들 모두 버릇이 나빠질 거예요." 삼보가 말했다.

"에잇! 검둥이 새끼!" 리그리가 말했다. "제대로 길을 들여놔야겠어, 안 그래?"

이 말에 두 사람 모두 잔인한 미소를 지었다.

"그럼요, 그렇구말구요! 리그리 주

인님께서 직접 길을 들이셔야죠! 그 일은 악마가 온다 해도 주인님을 못 따라가지!" 킴보가 말했다.

"자, 제일 좋은 방법은 정신 차릴 때까지 채찍질을 하게 만드는 거야. 내 확 꺾어놓고야 말겠어!"

"정신 차리게 하자면 아주 힘들기는 할 거예요!"

"어쨌거나 정신 차리게 만들어야지!" 리그리는 입안에서 담배를 굴리며 말했다.

"저, 루시도 골칫거리예요. 여기서 젤 못생긴 그년이오!" 삼보가 계속해서 말했다.

"알아서 해, 샘. 도대체 왜 루시를 못 잡아먹어서 난리야?"

"아시잖아요, 주인님 말을 거역하고 저를 거부해요. 주인님이 그러라고 하셨는데도."

"나라면 채찍으로 후려쳐서 다스리겠다." 리그리가 침을 찍 뱉으며 말했다. "다만 지금은 일이 너무 많으니 애를 망쳐놔 봤자 별로 좋을 게 없어. 그년은 바싹 말랐지만, 마른 것들이 꼭 반 죽여놔도 제 고집을 안 꺾거든!"

"루시는 진짜 골치예요. 게으른 데다 늘 뚱한 얼굴을 하고 돌아다니고. 아무짝에도 쓸모없는 년이라구요. 그런데 톰이 감싸고 도니."

"그래! 그렇다면 톰한테 그년을 채찍으로 치라고 해야겠군. 좋은 훈련이 될 거야. 게다가 네놈들처럼 심하게 치지도 않을 테고."

"하, 하! 와! 와! 와!" 두 시커먼 녀석들이 웃어댔다. 그 잔인무도한 웃음소리는 리그리가 그들에게 준 악마 같은 성격과 절묘하게 들어맞았다.

"그런데 주인님, 톰과 미스 캐시가 루시의 바구니를 채워줬어요. 그것들이 딴 게 그 바구니에 들어 있어요, 주인님!"

"내가 무게를 달도록 하지!" 리그리가 힘주어 말했다.

감독들은 또다시 잔인한 웃음을 터뜨렸다.

"그럼!" 그가 덧붙였다. "미스 캐시는 자기 일을 했단 말이지."

"아주 귀신같이 따더라구요!"

"귀신이 붙은 게 맞아, 아암!" 리그리는 짐승같이 으르렁거리며 계량소로 갔다.

피곤에 지친 무리들이 줄지어 천천히 방 안으로 들어와 무게를 달기 위해 엉거주춤 바구니를 내밀었다.

리그리는 한쪽에 이름 목록과 양이 적혀 있는 명부에 그것을 기록했다.

톰의 바구니가 저울에 올라갔고 통과되었다. 그는 자신이 도와준 여자가 통과하기를 바라며 걱정스럽게 이를 지켜보았다.

여자는 기운이 없어 비틀거리며 앞으로 나가 바구니를 내밀었다. 바구니 무게는 충분했다. 리그리는 다 봤으면서도 화난 척 고함을 질렀다.

"뭐야, 이 게을러빠진 년! 또 모자라잖아! 옆에 가서 서 있어. 곧 대가를 치르게 될 테니!"

여자는 절망의 신음소리를 내뱉으며 바닥에 주저앉았다.

이번에는 미스 캐시라고 불렸던 여자가 앞으로 나오더니 거만하고 무심한 태도로 바구니를 내밀었다. 그러자 리그리는 조소와 호기심이 섞인 시선으로 그녀의 눈을 들여다봤다.

그녀는 검은 눈으로 그를 똑바로 쳐다보며 입술을 살짝 움직여 프랑스어로 뭐라고 말했다. 무슨 말인지 아무도 몰랐다. 하지만 그녀의 말에 리그리의 얼굴은 완전히 악마처럼 변했다. 그는 때리기라도 할 것처럼 손을 반쯤 들어 올렸지만, 그녀는 그 동작을 아예 무시하고 돌아서서 가버렸다.

"자," 리그리가 말했다. "이리 와, 너, 톰 말이야. 내가 말했지? 그냥 별거 아닌 일이나 시키려고 네놈을 사 온 게 아니라고. 난 널 십장으로 승진시킬 작정이야. 오늘 밤부터 시작하는 게 좋겠다. 이년을 끌고 가서 채찍으로 때려. 많이 봤으니 어떻게 하는지는 잘 알겠지?"

"뭐라고요?" 톰이 말했다. "그런 일은 안 시키셨으면 합니다. 그런 일에는 익숙하지 않아요. 해본 적도 없고, 할 수도 없습니다. 절대로!"

"전혀 몰랐던 것들을 배울 기회를 갖게 될 거다. 아니면 나한테 혼이 나보든지!" 리그리는 쇠가죽 채찍을 들어 톰의 뺨을 철썩 휘갈기더니 사정없이 때리기 시작했다.

"자!" 그가 잠시 멈추며 말했다. "자, 이래도 못 하겠다고 할 테냐?"

"못 합니다, 주인님." 톰은 손을 들어 얼굴에서 흘러내리는 피를 닦으며 말했다. "밤낮으로 일하겠고 숨이 붙어 있는 한 기꺼이 일하겠습니다. 하지만 이런 일은 옳지 않아요. 주인님, 전 절대 못 해요. **절대!**"

톰의 목소리는 굉장히 부드럽고 나직하며 언제나 공손했기에, 리그리는 그가 겁쟁이고 쉽게 굴복시킬 수 있을 거라고 생각했다. 그의 말을 들은 사람들 사이에 경악의 물결이 휩쓸고 지나갔다. 가엾은 여인은 손을 모아 쥐고 말했다. "오, 주여!" 모두가 곧 닥쳐올 폭풍에 대비라도 하는 듯이 자기도 모르게 서로 쳐다보며 숨을 죽였다.

리그리는 어리둥절한 채 망연자실해 있다가 마침내 폭발했다.

"뭐라고! 이 빌어먹을 검둥이 새끼야! 내가 시킨 일이 **옳지** 않다고 지금 **나한테** 말하는 거냐! 짐승 같은 네놈들이 뭐가 옳은지 생각할 주제나 돼? 내가 그딴 짓 못 하게 해주겠다. 네놈이 뭐라도 되는 줄 아냐? 신사라도 되는 줄 알아, 어, 톰 주인님? 감히 이 주인님에게 뭐가 옳으니 그르니 잔소리를 해! 그래, 계집년을 때리는 건 잘못된 일이다 이거지!"

"그렇습니다, 주인님." 톰이 말했다. "저 가엾은 여자는 병들었고 약해요. 그건 정말 잔인한 짓이에요. 전 절대로 안 할 겁니다. 시작도 안 할 거예요. 주인님, 절 죽이시려거든 죽이세요. 하지만 여기 누구에게든 손을 대라고 하시면 그건 절대 못 합니다. 차라리 제가 먼저 죽겠어요!"

톰은 조용하게 말했지만, 그 목소리에는 절대 흔들 수 없는 결연함이 담겨 있었다. 리그리는 분노로 몸을 덜덜 떨었다. 초록색 눈은 흉포하게 빛났고, 콧수염마저 흥분으로 말려 올라간 것처럼 보였다. 하지만 그는 먹이를 집어삼키기 전에 가지고 노는 맹수처럼 당장 폭력을 쓰고 싶은 강한 충동을 억제하고 신랄하게 조롱을 퍼부었다.

"허, 드디어 여기 우리 죄인들 사이에 경건한 개새끼가 왕림하셨구먼! 우리 죄인들에게 무슨 죄를 지었는지 알려주는 성인군자 아니신가! 이렇게 고결하셔서 어쩌나! 이 깡패 같은 놈아, 경건한 척하고 싶은 모양인데, 네놈이 읽는 그 성경에서 이런 말도 안 들어봤냐? '종들아, 너의 주인을 따를지어다!' 네놈 주인이 나 아니냐? 그 빌어먹을 시커먼 대가리 속에 들어 있는 걸 내가 현금으로 1,200달러나 내고 샀단 말이다. 네놈의 몸과 영혼은 모두 다 내 것 아니야?" 그는 육중한 부츠로 톰을 냅다 걷어차며 말했다. "말해봐!"

잔인한 학대로 인한 극심한 육체적 고통 속에서 이 질문은 톰의 영혼에 기쁨과 승리의 한 줄기 빛을 던졌다. 그는 갑자기 똑바로 서서 피와 눈물이 뒤섞여 흐르는 얼굴로 간절히 하늘을 바라보며 외쳤다.

"아니요! 아닙니다! 절대로! 제 영혼은 주인님 것이 아니에요! 제 영혼은 주인님이 사지 않았습니다. 살 수도 없고요! 제 영혼은 그걸 지키실 수 있는 오직 한 분이 사고 지불하셨습니다. 어떤 일이 있어도 주인님은 저를 해할 수 없어요!"

"못한다고!" 리그리가 비웃으며 말했다. "어디 두고 보지. 두고 보자고. 야, 삼보, 킴보. 이 개새끼를 이번 달 내에는 일어나지도 못할 정도로 후려 패줘."

두 거대한 흑인은 악마처럼 의기양양한 표정으로 톰을 붙들었다. 마치 어둠

의 힘이 사람의 형상을 하고 나타난 것만 같았다. 그들이 저항하지 않
는 톰을 끌고 밖으로 나가자, 그 가엾은 여인은 두려움에 비명을 질렀
고 모두가 한 몸이라도 된 듯 일제히 자리에서 일어났다.

제34장

쿼드룬 여자
이야기

"보라, 학대받는 자들의 눈물이로다. 그들을 학대하는 자들의 손에는 권세가 있다. 그러므로 나는 아직 살아 있는 산 자들보다 이미 죽은 자들을 더 복되다 하였으며."

—「전도서」 4장 1~2절

늦은 밤, 톰은 부서진 기계 조각들과 못 쓰게 된 솜 더미, 아무렇게나 쌓인 잡동사니들이 널려 있는 조면소의 한 낡은 빈방에서 피 흘리고 신음하며 홀로 누워 있었다.

밤공기는 축축하고 답답한 데다가 모기까지 무수하게 들끓어서 상처의 쉼 없는 고통을 더 증가시켰다. 게다가 다른 무엇보다도 극심한 고문인 타는 듯한 갈증이 육체적 고통의 정점에 달하고 있었다.

"오, 주여! **제발** 저를 굽어살펴 주소서. 제게 승리를 주소서! 모든 것을 이기게 해주소서!" 가엾은 톰은 고통에 몸부림치며 기도했다.

뒤에서 방 안으로 들어오는 발자국 소리가 들리더니, 불빛이 그의 눈을 비추었다.

"거기 누구세요? 오, 제발 제게 물 좀 주십시오!"

캐시였다. 그녀는 등불을 놓고 병에서 물을 따르더니 그의 머리를 부축해 들고 물을 먹였다. 한 잔, 또 한 잔, 그는 열에 들떠 허겁지겁 잔을 비웠다.

"마음껏 마셔요." 그녀가 말했다. "어떤 상태일지 잘 알아요. 당신 같은 사람에게 물을 주려고 밤에 나와본 게 처음이 아니니까."

"고맙습니다, 아씨." 물을 다 마시고 톰이 말했다.

"아씨라고 부르지 말아요! 전 당신과 똑같은 불쌍한 노예일 뿐이에요. 당신이 절대 내려갈 수 없는 바닥까지 내려온 노예라고요!" 그녀는 괴로운 어조로 말하고는 문 쪽으로 가서 짚으로 만든 조그만 자리를 끌고 왔다. 자리 위에는 차가운 물로 적신 리넨 천이 펴져 있었다. "이 위에 누워봐요."

톰은 상처와 타박상으로 몸을 가누기조차 힘들어서 한참 동안 애
쓴 후에야 겨우 올라가 누울 수 있었다. 그렇게 눕자 상처가 시원한
천에 닿아 훨씬 더 편안해졌다.

잔인한 폭력의 희생자들을 오랫동안 돌보면서 여러 가지 치료기술
을 익히게 된 여자가 톰의 상처에 계속해서 여러 조치를 취하자 금세
어느 정도 아픔이 덜해졌다.

"자," 여자가 톰의 머리 밑에 베개용으로 둘둘 만 솜 덩어리를 괴어
주며 말했다. "제가 해줄 수 있는 건 이 정도밖에 없어요."

톰이 고맙다고 하자, 여자는 바닥에 앉아 무릎을 팔로 감싼 채 고
통스러운 표정으로 정면을 물끄러미 바라보았다. 모자가 뒤로 젖혀지
자 물결치는 검은 머리카락이 독특하고 우울한 얼굴 주위로 흘러내
렸다.

"소용없어요!" 그녀가 마침내 소리 질렀다. "댁이 하려는 일, 그거
다 쓸데없다고요. 당신은 용감했어요. 정의는 당신 편이죠. 하지만 싸
워봤자 다 부질없고 불가능해요. 당신은 악마 손아귀에 들어 있어요.
그 사람이 제일 세니 포기할 수밖에 없어요!"

포기라고! 인간의 약함과 육체적 고통이 전에 그렇게 속삭이지 않
았던가? 톰은 깜짝 놀랐다. 광기 어린 눈과 슬픈 목소리를 지닌 여자
는 그가 맞서 싸우고 있던 유혹이 인간의 모습을 하고 나타난 것 같
았다.

"오, 주여! 오, 주여!" 그는 신음했다. "제가 어떻게 포기할 수 있겠
습니까?"

"주님을 불러봤자 소용없어요. 절대 듣지 않으니까." 여자가 한결같은 어조로 말했다. "전 하나님은 없다고 믿어요. 혹 있다고 해도 우리 편이 아니에요. 모두가, 하늘과 땅이 모두 우리에게 등을 돌렸어요. 모든 게 우리를 지옥으로 밀어붙이고 있다고요. 못 갈 게 뭐 있겠어요?"

톰은 이 음울한 무신론적 발언에 몸을 떨며 눈을 감았다.

"봐요," 여자가 말했다. "**당신**은 아무것도 몰라요. 전 알아요. 여기서, 이 남자의 발에 짓밟히며 5년을 살았으니까. 그 인간을 악마처럼 증오해요! 당신이 있는 이곳은 사방에서 15킬로미터는 떨어진 늪지대의 외딴 농장이에요. 당신을 산 채로 불태워 죽이건, 끓는 물에 집어넣건, 잘게 난도질을 하건, 개들에게 줘서 찢어발기건, 매달아놓고 죽을 때까지 채찍으로 때리건, 증언해줄 백인도 하나 없는 곳이라고요. 여긴 무법천지예요. 하나님의 법이건 인간의 법이건 당신에게, 아니 우리 누구에게도 최소한의 정의를 지켜줄 수 있는 법 따윈 없어요. 그리고 이 사람! 세상에 그 인간이 못 할 짓은 하나도 없어요. 내가 여기서 보고 들은 걸 말하기만 하면 누구라도 머리털이 곤두서고 이가 덜덜 떨릴 거예요. 맞서봤자 소용없어요! 제가 그 인간이랑 살고 **싶어서** 살았겠어요? 전 곱게 자란 여자예요. 그런데 그 인간은…… 맙소사! 어떤 인간이었죠, 아니 어떤 인간이죠? 하지만 전 그 인간이랑 지금까지 5년을 같이 살았어요. 낮이고 밤이고 매 순간순간을 저주했어요! 이제 그 인간은 새 여자를 구해왔어요. 어린애더군요, 겨우 열다섯 살. 게다가 독실하게 자랐대요. 착한 여주인이 성경 읽는 걸 가르쳐줬다고 하더군요. 성경책을 여기, 이 지옥까지 들고 왔지 뭐예요!" 여자는 미친 듯이 슬프게 웃었고, 웃음소리는 기괴하게 초자연적인 소리를 내며 낡은 작업장 구석구석까지 울려 퍼졌다.

톰은 두 손을 모았다. 모든 것이 암흑과 공포였다.

"오, 주여! 주 예수여! 가엾은 우리를 잊으셨나이까?" 마침내 말이 터져 나왔다. "도와주십시오, 주여. 전 죽습니다!"

여자가 엄숙하게 말을 계속했다.

"이 비참한 종자들이 뭐길래 그 사람들을 위해 희생을 하는 거죠? 그 사람들, 기회만 있으면 즉시 하나같이 당신에게 등을 돌릴 거예요. 모두 서로에게 한없이 비열하고 잔인한 사람들이라고요. 그 사람들 대신 고통을 자처해봤자 소용없어요."

"불쌍한 사람들!" 톰이 말했다. "그 사람들이 왜 잔인해졌겠습니까? 포기하면 저도 그런 일에 익숙해질 테고, 조금씩 조금씩 그 사람들과 똑같아지겠죠! 아니, 아니요, 아씨!

전 모든 걸 다 잃었습니다. 아내와 아이들, 집, 친절한 주인님까지 몽땅. 일주일만 더 사셨어도 주인님은 절 해방시켜주셨을 거예요. 전 **이** 세상에서 모든 걸 다 잃었어요. 모두 영원히 사라져버렸습니다. 이제 와서 천국까지 잃을 수는 **없어요.** 아뇨, 전 어떤 일이 있

Uncle Tom's Cabin

어도 악에 물들지 않을 겁니다!"

"하지만 주님은 우리에게 죄를 묻지는 않을 거예요." 여자가 말했다. "어쩔 수 없는 상황인데 죗값을 우리한테 치르라고 할 리는 없잖아요. 죗값은 우리를 악으로 몬 인간들에게 요구하겠죠."

"그래요," 톰이 말했다. "하지만 그렇다고 해서 우리가 악해지지 않는 건 아니죠. 제가 삼보처럼 냉혹하고 사악해진다면, 어쩌다 그렇게 되었는지는 중요하지 않을 겁니다. **그렇게 되었다는** 게 문제인 거예요. 전 그게 두려운 겁니다."

여자는 마치 갑자기 새로운 생각이 떠오른 것처럼 깜짝 놀란 표정으로 톰을 바라보더니, 괴롭게 신음하며 말했다.

"오, 주여, 자비를 베푸소서! 당신 말이 옳아요! 아— 아— 아!" 그녀는 참을 수 없는 정신적 고통에 몸부림치는 사람처럼 신음하며 바닥에 쓰러졌다.

잠시 침묵이 이어지며 두 사람의 숨소리밖에 들리지 않다가, 마침내 톰이 나직이 말했다. "오, 제발, 아씨!"

여자가 평소의 차갑고 슬픈 표정을 되찾더니 벌떡 일어나 앉았다.

"아씨, 저 사람들이 제 코트를 저쪽 구석에 던져뒀는데, 그 안에 제 성경이 들어 있습니다. 좀 가져다주시겠어요?"

캐시가 가서 성경을 가져왔다. 톰은 성경을 펼치더니 진하게 표시가 되어 있는 나달나달한 페이지를 순식간에 찾았다. 우리를 치유하기 위해 매질당하신 그분 생애의 마지막 순간을 묘사한 부분이었다.

"아씨, 부디 친절을 베푸셔서 읽어주세요. 전 그게 물보다 더 좋습니다."

캐시는 무심하고 오만한 태도로 책을 받아 그 구절을 훑어보았다. 그러고는 부드러운 목소리와 특이하게 아름다운 억양으로 그 고통과 영광의 이야기를 읽기 시작했다. 종종 목소리가 떨리고 때로는 목이 메어 말이 나오지 않을 때도 있었지만, 그러면 읽기를 멈추고 냉정하게 침착한 태도로 감정을 추슬렀다. 하지만 "아버지 저들을 사하여 주옵소서. 저들은 자기들이 하는 것을 알지 못함이니이다"(「누가복음」 23장 34절—옮긴이)라는 감동적인 구절에 이르자, 그녀는 책을 떨어뜨리고 머리카락에 얼굴을 묻은 채 몸을 떨며 격렬하게 흐느꼈다.

톰도 울면서 간간이 작은 소리로 부르짖었다.

"저렇게 따를 수 있으면 좋으련만!" 톰이 말했다. "그분께는 너무도 자연스러운 일이 저희에겐 너무도 힘든 싸움입니다! 오, 주여, 저희를 도우소서! 복되신 주 예수여, 저희를 도와주소서!"

"아씨," 톰이 잠시 후 말했다. "제가 보기에 아씨는 저보다 모든 면에서 한참 나은 사람이지만, 아씨가 이 하잘것없는 톰에게서도 배울 수 있는 게 하나 있습니다. 아씨는 하나님은 우리가 모질게 혹사당하고 두들겨 맞게 내버려두시니 우리 편이 아니라고 했죠? 하지만 하나님의 아드님, 복되신 영광의 주님께서 겪은 일을 보세요. 그분도 항상 가난하지 않았나요? 우리가 그분보다 더 비참한 처지까지 내려갔나요? 하나님께선 우리를 잊어버리지 않으셨어요. 전 확신합니다. 그분과 고난을 함께하면 우리도 권세를 얻게 된다고 성경에서 말하고 있어요. 하지만 우리가 그분을 저버리면 그분도 우리를 저버리실 겁니다. 하나님과 하나님의 백성들은 모두 고난을 겪었잖아요? 돌로 맞고, 난자당하고, 양 가죽과 염소 가죽을 뒤집어쓰고 방랑하고, 곤궁과 고통, 고뇌를 겪었습니다. 고난은 하나님께서 우리에게 등을 돌렸다고 생각할 이유가 안 돼요. 오히려 그 반대입니다. 하나님에 대한 믿음을 지키고, 죄에 굴복해서는 안 돼요."

"하지만 왜 하나님께선 우릴 죄를 저지르지 않을 수 없는 곳에 두시는 거죠?" 여자가 물었다.

"우린 이겨낼 수 **있다**고 생각합니다." 톰이 말했다.

"두고 봐요." 캐시가 말했다. "어쩔 거죠? 내일이면 그 인간들은 당신을 또 때릴 거예요. 전 알아요. 그자들이 하는 짓을 다 봤다고요. 그 사람들이 당신한테 할 짓들을 생각만 해도 괴로워요. 결국에는 당신을 포기하게 만들 거예요!"

"주 예수님!" 톰이 말했다. "제 영혼을 보살펴주실 거죠? 오, 주여, 그렇게 해주십시오! 제가 포기하지 않게 해주세요!"

"가엾어라!" 캐시가 말했다. "다른 사람들도 다들 이렇게 울고 기도했죠. 하지만 모두 다 굴복하고 무너졌어요. 에멀린은 버티려고 애쓰고 있죠. 그리고 당신도. 하지만 무슨 소용이 있어요? 포기해야 해요. 그러지 않으면 그들이 당신을 조금씩 죽여나갈 거예요."

"그렇다면 전 차라리 죽겠습니다!" 톰이 말했다. "아무리 오래 끌어봤자 언젠가는 절 죽일 수밖에 없겠죠! 그러고 나면 더 이상 어쩔 수 없을 겁니다. 전 준비가 됐어요! 하나님께서 절 도우셔서 끝까지 버티게 해주실 겁니다."

여자는 더 이상 대답하지 않았다. 그녀는 검은 눈으로 뚫어져라 바닥을 응시하며 앉아 있었다.

"그럴지도 모르죠." 그녀가 혼자 중얼거렸다. "하지만 포기한 사람들에게는 희망이 없어요! 전혀! 우린 추악하게 살면서 점점 더 더러워지고 마침내 자신을 혐오하게 되죠! 죽고 싶어도 죽을 용기도 없어요! 희망이 없어요! 전혀! 전혀! 지금 이 소녀도 예전의 나만 한 나이인데!"

"절 봐요." 그녀가 속사포처럼 말했다. "지금 제 모습을 보라고요! 전 풍족하게 컸어요. 가장 오래된 기억은 어릴 때 호화스러운 거실에서 뛰어놀던 거예요. 전 항상 인형처럼 예쁜 옷을 입고 있었고, 손님들은 다들 절 칭찬해줬죠. 거실 창문에서 보이는 정원이 있었는데, 전 거기서 오빠 언니 들이랑 오렌지나무 밑에서 숨바꼭질을 하곤 했어요. 그리고 수녀원에 가서 음악과 프랑스어, 자수 같은 걸 배웠어요. 열네 살 때 아버지 장례식에 갔어요. 갑자기 돌아가셨거든요. 그런데 재산정리를 하면서 알고 보니 빚을 갚을 만큼의 재산도 없었던 거죠. 채권자들이 재산목록을 작성했고, 저도 거기 들어갔어요. 우리 어머니가 노예였으니까. 아버지는 항상 절 해방시켜주겠다고 했지만 그러지 못했고, 결국 전 재산목록에 적히는 신세가 됐어요. 제 처지를 늘 알고 있긴 했지만, 한 번도 심각하게 생각해보지 않았어요. 강하고 건강하던 분이 돌아가시리라곤 아무도 생각하지 못했으니까요. 돌아가시기 네 시간 전만 해도 너무나 멀쩡하셨거든요. 아버진 뉴올리언스에 발생한 첫 번째 콜레라 환자 중 하나였어요. 장례식 다음 날 아버지의 부인은 아이들을 데리고 친정 농장으로 가버렸어요. 그 사람들이 절 대하는 태도가 이상하다고 생각하긴 했지만, 전 아무것도 몰랐어요. 재산문제를 맡긴 젊은 변호사가 있었는데, 그 사람이 매일 와서 집을 돌보고 제게도 정중하게 대해줬어요. 하루는 그분이 젊은 남자를 하나 데리고 왔는데, 그렇게 잘생긴 사람은 처음 봤어요. 그날 저녁 일은 절대 잊지 못할 거예요. 전 그 사람이랑 정원에서 산책을 했죠. 그이는 외롭고 슬퍼하는 제게 너무도 친절하고 다정하게 대해줬어요. 제가 수녀원에 가기 전에 절 봤다고 하면서 오랫동안 절 사랑해왔다고 하더군요. 제 친구이자 보호자가 되어주겠노라고. 간단히 말해서, 제게 말은 안 했지만 그 사람은 제 몸값으로 2,000달러를 지불했고, 전 이미 그이의 재산이었어요. 전 기꺼이 그 사람 것이 되었어요. 그이를 사랑했거든요. 사랑했다고요!" 그리고 여자는 잠시 말을 멈추었다. "오, 전 정말로 그이를 사랑했어요! 지금도, 그리고 앞으로도 숨이 붙어 있는 날까지는 영원히 사랑할 거예요! 매우 아름답고 고귀하고 품위 있는 사람이었어요! 그이는 절 하인과 말, 마차, 가구, 옷 들이 다 갖춰진 아름다운 집으로 데려갔죠. 돈으로 살 수 있는 건 뭐든 다 해줬어요. 하지만 그런 건 중요하지 않았어요. 전 그이만 있으면 됐어요. 하나님보다, 제 영혼보다도 더 사랑했어요. 그러지 않으려고 해도 사랑할 수밖에 없었을 거예요.

제가 원하는 건 하나밖에 없었어요. 그이가 저와 **결혼**하는 거요. 그이가 자기 말대로 절 사랑한다면, 그리고 내가 그이가 생각하는 바

그대로의 사람이라면, 기꺼이 저와 결혼하고 절 해방시켜줄 거라고 생각했어요. 하지만 그이는 그건 불가능하다고 절 설득했어요. 서로에게 충실하기만 하면 하나님 앞에선 이미 결혼한 거라고요. 그게 사실이라면 전 그이의 아내 아니겠어요? 충실했냐고요? 전 7년 동안 그이의 안색과 행동 하나하나를 살피며 오로지 그이를 기쁘게 해주기 위해서 살았어요. 그이가 황열병에 걸렸을 때는 20일을 밤낮으로 지켜봤어요. 저 혼자서 약을 먹였고 뭐든 다 했어요. 그이는 절 천사라고 부르며 제가 자기 생명을 구했다고 했죠. 우린 귀여운 두 아이를 낳았어요. 첫째는 사내아이였는데, 헨리라고 이름을 붙여줬어요. 완전히 아버지의 판박이였죠. 너무나 예쁜 눈과 이마를 가지고 있었고, 그 주위로 온통 곱슬곱슬한 머리카락이 흘러내렸어요. 아버지의 기개와 재능도 그대로 물려받았죠. 그이는 엘리스는 저와 꼭 닮았다고 말했어요. 그이는 제가 루이지애나에서 가장 아름다운 여자고, 저와 아이들이 정말 자랑스럽다고 종종 말하곤 했어요. 아이들을 예쁘게 차려입히게 하고는 저와 아이들을 뚜껑 없는 마차에 태워 돌아다니며 사람들의 칭찬을 듣곤 했죠. 항상 저와 아이들에 대한 칭찬의 말을 들려줬고요. 정말 행복한 나날이었어요! 저처럼 행복한 사람은 없을 거라 믿었어요. 하지만 곧 시련이 닥쳐왔죠. 그이가 끔찍하게 아끼는 절친한 사촌이 뉴올리언스에 왔는데, 처음 보는 순간부터 이유는 알 수 없었지만 전 그 사람이 두려웠어요. 그 사람이 우리에게 고통을 가져올 거라는 확신이 들었어요. 그 사람은 헨리를 사방으로 데리고 다녔고, 종종 새벽 2, 3시까지도 안 들어왔어요. 전 한마디도 할 수 없었어요. 헨리가 너무나 좋아해서 그럴 수가 없었어요. 그 사람이 헨리를 도박장에 데리고 갔어요. 그이는 어디 한군데 몰두하면 멈출 줄 모르는 그런 사람이었죠. 그러고는 그 사촌이 다른 여자를 소개시켜준 거예요. 그이의 마음은 곧 제게서 떠났어요. 말은 안 했지만, 느낄 수 있었어요. 날마다 알았어요. 마음이 찢겨 나가는 것 같았지만, 아무 말도 할 수 없었어요! 그 시점에 그 악당 놈은 헨리의 도박 빚을 갚겠다며 저와 아이들을 사겠다고 나섰어요. 그이는 그 여자와 결혼하고 싶어 했는데 빚이 걸림돌이었거든요. 그래서 **우리를 팔았어요**. 하루는 시골에 일이 있다면서 2, 3주 정도 가 있어야 한다더군요. 그 어느 때보다 상냥하게 말하면서 돌아오겠다고 했지만, 절 속일 수는 없었어요. 때가 왔다는 걸 알았죠. 마치 제가 돌로 변해버리는 것 같았어요. 말을 할 수도, 눈물을 흘릴 수도 없었어요. 그이는 저와 아이들에게 여러 번 키스하고 떠났어요. 전 그이가 말을 타고 가는 걸 사라질 때까지 지켜보고는, 그대로 쓰러져서 기절해버렸어요.

그리고 **그**가 왔어요. 그 저주받을 악당이 소유권을 받아서요! 자기가 나와 아이들을 샀다고 하면서 서류를 보여주더군요. 전 하나님 앞에서 그를 저주하며 그와 사느니 차라리 죽어버리겠다고 말했어요. '마음대로 해.' 그가 말했어요. '하지만 똑바로 행동하지 않으면 네 아이들을 절대 다시는 볼 수 없는 곳으로 다 팔아버릴 줄 알아.' 그 사람은 처음 본 순간부터 절 가지려고 작정했다고 하더군요. 절 팔게 만들려고 일부러 헨리를 끌고 다니고, 빚을 지게 한 거라고요. 그래서 헨리가 다른 여자를 사랑하게 만든 거라고요. 그러니 앙탈을 부리거나 눈물을 흘려봤자 자기는 절대 포기하지 않을 테니 그리 알라더군요.

전 포기했어요. 손이 묶여 있는데 어쩌겠어요. 그 인간은 제 아이들을 데리고 있었어요. 어디서건 반항하기만 하면 아이들을 팔겠다고 협박했고, 그러면 전 하라는 대로 고분고분 굴 수밖에 없었죠. 얼마나 괴로웠는지 몰라요! 매일 심장이 찢기는 심정으로 살아가는 게, 비참한 사랑을 계속해야 하는 게, 증오하는 인간에게 몸과 영혼이 모두 묶여 있다는 게요. 헨리에게는 책을 읽어주고 연주를 해주고 노래를 불러주는 게 좋았어요. 함께 왈츠를 추면 즐거웠죠. 하지만 이 사람과 하면 모든 게 끔찍했어요. 하지만 아무것도 거절할 수 없었죠. 그는 아이들에게 무척이나 강압적이고 잔인했어요. 엘리스는 소심하고 겁 많은 아이였지만, 헨리는 대담하고 기운이 넘치는 아이였어요. 제 아버지처럼요. 다른 사람에게 한 번도 굴종해본 적이 없는 아이였죠. 그 사람은 항상 헨리를 트집 잡고 나무랐고, 전 매일매일 두려움에 시달렸어요. 제게 목숨보다 더 소중한 아이들이라, 공손하게 굴도록 애도 써보고 두 사람을 떼어놓으려고도 해봤지만 아무 소용이 없었어요. 그러다가 그 인간이 **아이들을 모두 팔아버린 거예요.** 하루는 함께 말을 타러 갔다가 돌아와 보니 아이들이 아무 데도 없었어요! 아이들을 팔아버렸다고 하면서 돈을 보여주더군요. 내 아이들의 피 값을요. 좋은 일은 몽땅 저를 저버린 것 같았어요. 저는 미친 사람처럼 날뛰고 욕을 해댔어요. 하나님을 저주하고 인간을 저주했죠. 잠시 동안은 그 인간마저 진짜로 저를 무서워할 지경이었어요. 하지만 그렇게 포기하지는 않았어요. 아이들을 팔긴 했지만, 아이들 얼굴을 다시 볼 수 있을

지 아닐지는 자기에게 달려 있다고 하는 거예요. 얌전히 굴지 않으면 저 때문에 아이들이 고통을 겪게 될 거라고요. 여자는 아이들만 볼모로 잡고 있으면 자기 마음대로 할 수 있어요. 그 인간은 절 꺾어서 고분고분하게 만들었죠. 어쩌면 다시 사 올 수도 있다는 감언이설에 매달리게 만들었어요. 그렇게 1, 2주가 지나갔어요. 하루는 산책을 하다가 징벌장을 지나게 되었어요. 문 앞에 사람들이 모여 있었는데, 어떤 아이의 목소리가 들리더군요. 그런데 갑자기 우리 헨리가 자기를 붙들고 있던 두세 명의 남자를 뿌리치고 비명을 지르며 달려와 제 옷자락을 잡는 거예요. 남자들이 무시무시한 욕설을 퍼부어대며 아이에게 달려왔어요. 그중 한 남자가 그렇게 못 빠져나간다고 하더군요. 그 얼굴은 평생 못 잊을 거예요. 그는 아이가 자기랑 같이 징벌장으로 들어가서 절대 잊지 못할 교훈을 배워야 한다고 했어요. 빌고 애원했지만 그 남자들은 콧방귀만 뀌었어요. 그 가엾은 아이가 비명을 지르면서 제 얼굴을 쳐다보고 매달렸지만, 결국 그 남자들은 제 옷자락을 반이나 찢어가며 아이를 떼어내더니 끌고 들어가 버렸어요. "엄마! 엄마! 엄마!" 하고 비명을 지르는 아이를. 거기 서 있던 사람 중에 하나가 저를 불쌍히 여기는 것 같아서, 말려주기만 하면 가진 돈을 다 주겠다고 애원했죠. 그 사람은 고개를 젓더니, 아까 그 남자가 처음 샀을 때부터 아이가 건방지고 말을 안 들어서 제대로 길을 들여놓겠다고 했다고 하더군요. 전 그대로 돌아서서 달렸어요. 한 걸음 내디딜 때마다 아이의 비명소리가 들리는 것 같았어요. 집에 와서 숨이 턱에 찬 채 거실로 달려 들어갔어요. 버틀러는 거기 있었어요. 이야기를 하고 가서 말려달라고 빌었어요. 그 인간은 그냥 웃기만 하면서 아이가 응분의 벌을 받은 거라고 하더군요. 길이 들어야 한다고. 빠르면 빠를수록 좋다고. 내게 뭘 기대했느냐고 묻더군요.

그 순간 머릿속에서 뭔가가 뚝 끊어지는 것 같았어요. 머리가 어지럽고 미칠 듯이 화가 났어요. 테이블 위에 있던 날카로운 사냥칼을 본 기억이 나요. 그걸 잡고 휘둘렀던 것도. 그러고는 모든 게 캄캄해지더니 의식을 잃어버렸어요. 며칠 동안이나 계속해서요.

정신을 차렸을 때 전 안락한 방에 누워 있었어요. 제 방은 아니었어요. 나이 든 흑인 여자가 절 돌봐주고 있었고, 의사가 와서 진찰도 해줬어요. 극진하게 보살펴주더군요. 얼마 후에야 그 인간이 절 팔라고 이 집에 맡기고 가버렸다는 걸 알았어요. 그래서 그 사람들이 그렇게 지극정성을 들이고 있던 거였어요.

전 건강해지고 싶지 않았어요. 그러지 않길 바랐어요. 하지만 열은 가라앉았고, 점점 기력을 회복해서 결국 자리에서 일어났죠. 그러자 그들은 매일같이 절 차려입혔고, 신사들이 와서 담배를 피며 절 쳐다보고 질문하고 값을 흥정했어요. 제가 우울한 얼굴로 아무 말도 하지 않고 있자, 아무도 절 원하지 않았어요. 그들은 환한 얼굴을 하고 사람들 환심을 사려고 노력하지 않으면 채찍질을 하겠다고 협박했어요. 그러던 어느 날 스튜어트라는 신사가 왔어요. 제게 마음이 있는 것 같더라고요. 제 마음을 끔찍하게 내리누르는 문제가 있다는 걸 눈치 채고는 따로 여러 번 절 만나러 와서 전 마침내 속을 털어놓았어요. 결국 그 사람이 저를 샀고, 최선을 다해 제 아이들을 찾아서 다시 사주겠노라고 약속했어요. 그 사람은 우리 헨리가 있는 호텔을 찾아갔지만, 이미 펄 강 상류의 농장주에게 팔려 갔다는 이야기만 들었어요. 그게 제가 들은 마지막 이야기예요. 제 딸이 있는 곳도 알아냈어요. 어떤 나이 든 부인이 데리고 있더군요. 하지만 엄청난 돈을 제시해도 팔려고 하지 않았어요. 그가 저를 위해 딸아이를 사려 한다는 걸 버틀러가 알아내고는 절대로 딸을 찾지 못할 거라는 전갈을 보냈어요. 스튜어트는 제게 정말 잘해줬어요. 그는 멋진 농장을 가지고 있었고, 저를 그곳으로 데리고 갔어요. 1년 뒤 저는 사내아이를 낳았어요. 아, 그 아이! 전 정말 그 아이를 사랑했어요! 우리 가엾은 헨리랑 얼마나 닮았던지요! 하지만 전 결심했어요. 그래요, 결심했어요. 다시는 아이가 크도록 내버려두지 않겠다고. 아이가 2주가 됐을 때 그 어린 것을 팔에 안고 키스한 다음 눈물을 흘리며 아편팅크를 먹이고 품에 꼭 안았어요. 아이가 잠자다 죽을 때까지. 전 울고 또 울었어요! 아이에게 아편팅크를 먹인 게 실수가 아니라고 누가 상상이나 했겠어요? 하지만 그건 지금 제가 잘했다고 생각하는 몇 안 되는 일 중 하나예요. 지금도 후회하지 않아요. 적어도 그 아이는 고통 없는 곳에 있으니까. 죽음보다 더 나은 무엇을 제가 줄 수 있었겠어요, 불쌍한 것! 얼마 후 콜레라가 퍼졌고, 스튜어트는 죽었어요. 살고 싶어 하는 사람들은 다 죽는데, 전 죽음의 문턱까지 갔다가도 **살더군요!** 그리고 또 팔려서 이 손 저 손을 거치다가 마침내 시들고 쭈글쭈글해지고 열병에도 걸렸어요. 그리고 이 악당에게 팔려 이곳으로 온 거예요. 그래서 여기 있게 된 거죠!"

여인은 말을 마쳤다. 이야기를 하는 내내 그녀는 미친 듯이 흥분된 어조로 쏜살같이 풀어냈는데, 때로는 톰에게 이야기하는 듯했고, 때로는 혼자 중얼거리는 듯했다. 그 어조가 어찌나 격하고 압도적인지 톰은 한참 동안 상처의 아픔마저 잊어버렸다. 그는 한쪽 팔꿈치를 대고 상반신을 일으킨 채, 긴 검은 머리를 휘날리며 쉴 새 없이 왔다 갔다 하는 그녀를 지켜보았다.

"당신이 그랬죠." 잠시 후 그녀가 말했다. "하나님은 계시다고. 이 모든 일을 지켜보고 계신다고요. 그럴지도 모르죠. 수녀원의 수녀님들은 모든 것이 환한 빛 아래 드러날 심판의 날 이야기를 들려주곤 하셨어요. 그럼 그때는 복수도 이루어지겠죠!

그들은 우리의 고통이 아무것도 아니라고 해요. 우리 아이들의 고통도 아무것도 아니라고! 모두 별것 아니라고요. 하지만 전 마음속 고통이 너무 커서 도시 전체를 가라앉힐 것 같은 기분으로 거리를 걸어봤어요. 집들이 내 머리 위로 무너져버렸으면, 내 발 아래서 땅이 꺼져버렸으면 하고 바랐어요. 그래요! 심판의 날, 전 하나님 앞에 서서 나와 내 아이들을, 우리 몸과 영혼을 모두 망가뜨린 그 사람들을 고발할 거예요!

어렸을 땐 제게 믿음이 있는 줄 알았어요. 그때는 하나님과 기도를 사랑했죠. 이제 제 영혼은 밤낮으로 절 괴롭히는 악마들에게 쫓겨 타락했어요. 그 악마들이 계속해서 절 몰아대요. 저도 그렇게 할 거예요, 조만간!" 그녀는 짙은 검은 눈에서 광기에 찬 빛을 번득이며 주먹을 꽉 쥐고 말했다. "조만간 밤 그놈이 있어야 할 곳으로 보내줄 거예요. 그것도 지름길로. 그 때문에 산 채로 불에 탄다 해도 좋아요!" 광기에 찬 웃음소리가 버려진 방 구석구석을 오랫동안 울리다가 히스테리성 흐느낌으로 변했다. 그녀는 바닥에 엎어져 온몸을 들썩이며 흐느꼈다.

잠시 후 미칠 듯한 발작이 잦아들자 그녀는 천천히 일어나 감정을 가다듬었다.

"뭘 더 해줄까요?" 그녀가 톰이 누워 있는 곳으로 다가오며 물었다. "물 더 줘요?"

이렇게 말하는 그녀의 목소리와 태도에는 좀 전의 광기와는 극명하게 대조되는 우아하고 자비로운 상냥함이 녹아 있었다.

톰은 물을 마신 뒤 인정 많고 진지한 눈길로 그녀의 얼굴을 바라보았다.

"오, 아씨. 아씨에게 생명수를 주실 그분께 가기를 바랍니다!"

"그분께 가라고요! 어디에 있는데요? 누군데요?" 캐시가 말했다.

"아씨가 제게 읽어준 책에 있는 그분이오. 주님."

"예전에 어렸을 때 제단 위에 걸린 그분의 그림을 본 적 있어요." 캐시의 검은 눈이 슬픈 회상에 잠겨 물끄러미 한곳을 응시했다. "하지만 그분은 **여기 없어요**! 여긴 죄악과 길고 긴 절망 외에는 아무것도 없어요!" 그녀는 손을 가슴에 얹고 무거운 짐을 들기라도 하듯이 숨을 들이마셨다.

톰은 다시 말하려는 듯이 쳐다봤지만, 그녀는 단호한 태도로 그의 말을 잘랐다.

"말하지 마요. 잠들도록 애써봐요." 그리고 캐시는 그의 손이 닿는 곳에 물을 두고 최대한 편안하게 있을 수 있도록 이것저것 정리해준 다음 창고에서 나갔다.

제35장

징후

"영원히 떨쳐버리고 싶었던 무게를
다시 마음에 가져오는 건 어쩌면 사소한 것들.
소리, 꽃, 바람, 바다 같은 것들이
비밀스레 우리를 묶고 있는 전기장의 사슬을 건드려
상처를 입히네."

—바이런, 「차일드 해럴드의 편력」 제4곡

리그리 저택의 거실은 넓고 커다란 벽난로가 있는 크고 길쭉한 방이었다. 예전에 벽을 장식하고 있던 비싸고 화려한 벽지는 이제 습기찬 벽에서 곰팡이가 피고 찢어진 채 변색되어 있었다. 거실에서는 좁고 낡은 집에서 종종 나는, 습기와 먼지, 곰팡이가 뒤섞인 괴상하게 메스껍고 퀴퀴한 냄새가 났다. 벽지는 군데군데 맥주와 와인 얼룩으로 지저분했고, 분필로 끼적인 메모들이 있는가 하면, 누가 계산 연습이라도 한 것처럼 긴 숫자들의 합계가 적혀 있었다. 벽난로에는 불타는 목탄이 가득 든 화로가 놓여 있었다. 날이 춥지 않아도 밤에 그 커다란 방에 있으면 항상 축축하고 으슬으슬한 기분이 들어서였고, 무엇보다 리그리는 담뱃불을 붙이고 펀치 물을 데울 곳을 필요로 했다. 붉게 타오르는 목탄 불빛에 지저분하고 대책 없는 방의 꼬락서니가 드러났다. 안장과 굴레, 마구들, 채찍, 외투, 이런저런 옷가지들이 너저분하게 방 안에 흩어져 있고, 앞서 등장했던 개들이 그 와중에 자기 입맛과 편리에 맞는 자리를 차지하고 앉아 있었다.

리그리는 구시렁거리면서 금이 가고 코가 깨진 주전자에서 뜨거운 물을 따라 막 펀치를 한 잔 만들고 있던 참이었다.

"삼보 이 죽일 놈, 나와 새 일꾼들 사이에 분란을 일으키다니! 그 녀석 지금부터 일주일은 족히 일도 못 할 지경이 돼버렸잖아. 이렇게 한창 바쁜 시기에!"

"그래, 딱 당신처럼 말이지." 의자 뒤에서 누군가 말했다. 그의 혼잣말을 주워들은 캐시였다.

"하! 이 악마 같은 년! 돌아온 거냐?"

"그래, 돌아왔어." 그녀가 차갑게 말했다. "난 내 마음대로 할 거야!"

"거짓말하고 있네, 이 더러운 계집년이! 내 입장은 그대로야. 얌전하게 굴든지, 아니면 숙소에 가서 살라고. 그리고 다른 사람들과 똑같이 일하고."

"나도 당신 발밑에서 사느니 더럽기 짝이 없는 쥐구멍 같은 숙소라도 거기서 사는 게 만 배는 더 좋아." 여자가 말했다.

"하지만 그런데도 내 발밑에 **있잖아**." 그가 비열한 미소를 띠며 여자를 향해 돌아섰다. "한 가지 위안은 되는군. 자, 여기 내 무릎 위에 앉아서 이유를 말해보라고, 자기." 그가 여자의 손목을 잡으며 말했다.

"사이먼 리그리, 조심해!" 여자가 눈을 번득이며 말했다. 간담이 서늘할 정도로 광기 어린 눈빛이었다. "당신은 내가 두렵지, 사이먼." 그녀가 유유히 말했다. "그리고 그럴 만한 이유도 있지! 하지만 조심해. 내 속에는 악마가 들어앉았으니까!"

그녀는 이 마지막 말을 그의 귀 가까이에서 속삭이며 말했다.

"꺼져! 정말이지 네년은 그러고도 남아!" 리그리가 여자를 불쾌하게 쳐다보며 확 밀쳤다. "결국 말이지, 캐시," 그가 말했다. "전처럼 그냥 나랑 친구 하면 안 되는 거야?"

"전처럼이라고!" 그녀가 모질게 말했다. 그러고는 말을 멈췄다. 심장에서부터 울컥하고 치밀어 오르는 감정 때문에 그녀는 말을 잇지 못했다.

캐시는 항상 리그리에게 나름의 영향력, 즉 강하고 열정적인 여자가 짐승 같은 남자에게 발휘할 수 있는 영향력을 가지고 있었다. 하지만 최근에는 끔찍한 노예생활의 굴레에 눌려 점점 더 성마르고 참을성이 없어졌고, 그 예민함 때문에 리그리는 그녀를 좀 두려워했다. 거칠고 무지한 사람들이 미친 사람들에 대해 흔히 갖는 미신적인 공포심이었다. 리그리가 에멀린을 집으로 데려왔을 때 캐시의 지친 마음 속에서 거의 불씨가 꺼져가고 있던 여자로서의 감정들이 화르르 불타올라 소녀의 편을 들었고, 그녀는 리그리와 대판 싸움을 벌였다. 리그리는 격분한 나머지 고분고분하게 굴지 않을 거면 들판에 나가 일하라고 퍼부었고, 캐시는 오만하게 비웃으며 들판에 나가겠노라고 선언했다. 그리고 우리가 알다시피 그녀는 들판에서 하루를 일하여 그 협박을 얼마나 우습게 생각하는지 보여줬다.

리그리는 내심 하루 종일 불안해했다. 캐시에게는 그가 벗어날 수 없는 힘이 있었다. 캐시가 바구니를 저울에 올렸을 때, 그는 일말의 양보 비슷한 것을 기대하고 있었고, 그래서 그녀에게 반은 회유조, 반은 조롱조로 말을 걸었다. 하지만 그녀의 반응은 차디찬 경멸이었다.

불쌍한 톰에게 내린 가혹한 처벌로 그녀는 더욱 격분했다. 그래서 오로지 그의 잔인함을 비난하기 위해 집까지 쫓아온 것이었다.

"캐시, 점잖게 좀 행동해." 리그리가 말했다.

"**당신**이 점잖은 행동을 운운해! 당신이 한 짓은 뭔데? 최고의 일꾼을 제일 바쁜 시기에 망쳐놓는 행동을 막을 정도의 분별력도 없는 사람이? 순전히 악마 같은 제 성질머리 때문에!"

"내가 바보였어. 그건 사실이야. 그런 시시한 말다툼이 벌어지도록 내버려두다니." 리그리가 말했다. "하지만 고집을 부리는 놈은 꺾어놔야 한다고."

"당신은 **그 사람** 못 꺾을 거야!"

"내가 못할 것 같아?" 리그리는 화가 나서 벌떡 일어나며 말했다.

"어디 못하는지 한번 두고 보자고. 놈은 나한테 처음으로 대든 검둥이야! 항복하지 않으면 놈의 몸 안에 있는 뼈란 뼈는 다 분질러놓을 거야!"

바로 그때 문이 열리더니 삼보가 들어왔다. 그는 다가와서 머리를 조아리며 종이에 든 무엇인가를 내밀었다.

"뭐냐, 이놈아?" 리그리가 말했다.

"마녀의 물건이에요, 주인님!"

"뭐라고?"

"검둥이들이 마녀한테 얻는 건데, 매질을 당해도 아무것도 못 느끼게 해주는 거래요. 녀석이 검은 끈으로 묶어 목에 매고 있었어요."

리그리는 신을 믿지 않는 잔인한 사람들이 흔히 그렇듯이 미신에 약했다. 그는 종이를 받아 들고 불안해하며 열어보았다.

그 안에서 달러 은화와 반짝이는 긴 금발 머리타래가 나왔다. 머리칼은 마치 살아 있는 생물처럼 리그리의 손가락을 휘감았다.

"젠장!" 그는 깜짝 놀라 펄쩍 뛰며 소리를 지르더니, 머리카락에 화상이라도 입은 것처럼 황급히 잡아뗐다. "이거 어디서 가져온 거야? 가져가! 태워버려! 태워버리라고!" 그는 머리카락을 잡아떼 목탄불에 집어 던지며 고함을 질렀다. "이걸 왜 나한테 가져온 거야?"

삼보는 깜짝 놀라 두꺼운 입을 멍하니 벌린 채 서 있었고, 캐시는 방에서 나가려다 발을 멈추고 놀랍기 그지없다는 듯이 그를 바라보았다.

"다시 한 번 이런 악마 같은 물건들을 가져오기만 해봐!" 그는 허겁지겁 문 쪽으로 물러나는 삼보에게 주먹을 휘두르며 고함을 지르더니, 달러 은화를 집어 들어 유리창을 향해 던졌다. 동전은 창문을 박살내고 어둠 속으로 사라졌다.

삼보는 이때다 하고 도망쳤다. 그가 나가고 나자, 리그리는 지나치게 호들갑 떤 게 약간 부끄러워졌다. 그는 고집스레 의자에 앉아 뚱한 얼굴로 펀치를 홀짝거리기 시작했다.

캐시도 그의 눈에 띄지 않게 나갈 준비를 하고는, 우리가 이미 본 대로 불쌍한 톰을 돌봐주기 위해 살짝 빠져나갔다.

그렇다면 리그리는 왜 그런 것일까? 그깟 금발 머리타래가 뭐길래 온갖 잔혹한 일에 도가 튼 짐승 같은 사내가 그렇게 혼비백산한 것일까? 이 질문에 대답하기 위해서는 그의 과거사를 돌아봐야 한다. 지금은 이 불경스러운 인간이 냉혹한 무뢰한처럼 보이겠지만, 그에게도 어머니의 품에 안겨 기도와 경건한 찬송가를 들으며 잠들던 시절이 있었다. 그 비정한 이마에 세례의 성수가 뿌려지던 시절이 있었다. 어린 시절에는 그도 안식일의 종소리를 들으며 금발의 여인을 따라 기도하러 갔다. 저 멀리 뉴잉글랜드에서 그의 어머니는 지치지 않는 사랑과 끈질긴 기도로 외아들을 가르쳤다. 그 온화한 여인이 바치는 한없는 사랑을 전혀 소중히 여길 줄 모르던 무정한 아버지의 아들인 리그리는 아버지의 전철을 그대로 밟았다. 거칠고 제멋대로인 데다 포악한 그는 어머니의 충고는 모두 싫어했고 꾸지람도 귓등으로 흘려버렸다. 그는 일찍이 어머니 곁을 떠나 선원이 되었고, 그 이후 집에는 단 한 번밖에 가지 않았다. 무엇인가를 사랑해야만 하는 열망을 타고났지만 사랑할 대상이 없었던 어머니는 그때 그에게 매달려 그가 죄악의 삶에서 빠져나와 영혼의 영생을 얻을 수 있도록 열렬하게 기도하고 간청했다.

그때가 리그리의 은총의 날이었다. 그날 선한 천사들은 그를 불렀다. 그는 거의 설득당할 뻔했고, 자비의 신의 손을 거의 잡을 뻔했다. 속마음이 누그러졌고, 갈등이 벌어졌다. 하지만 죄가 승리를 거두었다. 그의 거친 성정은 온 힘을 다해 양심의 가책에 맞서 싸웠다. 그는 술 마시고, 욕을 해댔고, 그 어느 때보다도 난폭하고 잔인하게 굴었다. 그러던 어느 날 밤 그의 어머니는 절망과 최후의 사투를 벌이며 그의 앞에 무릎을 꿇었다. 그는 어머니를 걷어차고 의식을 잃은 그녀를 바닥에 내동댕이친 채 험한 욕설을 내뱉으며 배로 도망쳤다. 그 후 그가 어머니 소식을 들은 것은 어느 날 밤 거나하게 취해 사람들과 흥청망청하던 중 받은 한 장의 편지를 통해서였다. 편지를 뜯자 곱슬곱슬한 기다란 머리타래가 나오더니 그의 손가락을 휘감았다. 편지에는 어머니가 돌아가셨고, 임종하면서 그를 축복하고 용서해줬다고 적혀 있었다.

불경스럽고 사악한 강신술은 가장 아름답고 거룩한 것을 끔찍하고 무시무시한 유령으로 바꾼다. 그 창백하고 아름다운 어머니, 어머니의 임종 기도와 원망을 모르던 사랑이 악마 같은 마음속에서는 오로지 저주의 선고로만 여겨졌고, 심판과 격렬한 의분에 대한 두려운 경계심을 낳았다. 리그리는 머리카락을 태웠고, 편지도 태워버렸다. 머리카락과 편지가 불속에서 탁탁거리며 타들어 가는 모습을 바라보며 그는 영원한 지옥불을 떠올리고 내심 덜덜 떨었다. 리그리는 술 마시고 흥청거리며 그 기억을 떨치려 했다. 그러나 엄숙한 고요함으로 인해 타락한 영혼이 심문에라도 처해지듯 스스로와 대면하게 되는 깊은 밤이면, 종종 침대 옆에서 창백한 얼굴의 어머니가 스르르 일어났고, 손가락에는 부드러운 머리카락이 감기는 느낌이 들었다. 결국 그는 공포에 질려 식은땀을 흘리며 벌떡 일어나곤 했다. 똑같은 복음서에서 하나님은 사랑이시며 또한 모든 것을 집어삼키는 불이라는 구절을 읽고 경탄했던 사람이라면, 철두철미 악에 물든 영혼에게 있어 완벽한 사랑이야말로 가장 두려운 고문이며 가장 무서운 절망의 보증이자 선고임을 이해할 수 있을 것이다.

"이런 젠장할!" 리그리는 술을 홀짝홀짝 마시며 혼자 중얼거렸다. "도대체 그걸 어디서 얻은 거지? 그렇게 똑같지만 않았어도…… 휴! 잊었다고 생각했는데. 잊을 수 있다고 생각한 내가 바보지, 이런 젠장! 울적하구나! 엠이나 불러야겠다. 하지만 고것은 날 미워하잖아. 바보 같은 년! 상관없어. **오라고 할테다!**"

리그리는 위층으로 올라가려고 넓은 복도로 나갔다. 한때는 근사했던 나선식 계단이 아래층과 위층을 연결하고 있었다. 하지만 복도는 상자들과 지저분한 쓰레기들이 쌓여 있어 더럽고 음산했고, 카펫이 깔리지 않은 어두침침한 계단은 아무도 모를 장소로 이어져 있는 것 같았다. 문 위의 깨진 채광창을 통해 창백한 달빛이 흘러 들어왔다. 공기는 지하무덤처럼 퀴퀴하고 차가웠다.

리그리는 노랫소리를 듣고 계단발치에서 걸음을 멈추었다. 음산하고 낡은 집에서 그 목소리는 기이한 유령 소리 같았다. 어쩌면 신경이 이미 흥분한 상태였기에 그렇게 들리는지도 몰랐다. 들어봐! 뭐지?

애조 띤 목소리가 노예들이 흔히 부르는 찬송가를 불렀다.

"통곡, 통곡, 통곡이 있을지니,
예수님의 심판석 앞에서 통곡이 있을지니!"

"젠장할 년!" 리그리가 말했다. "목을 졸라버릴 거야. 엠! 엠!" 그는 거칠게 고함을 질렀다. 하지만 대답이라곤 그를 놀리듯이 벽에서 튕겨 나오는 메아리밖에 없었다. 달콤한 목소리는 계속해서 노래했다.

"부모와 자식들은 거기서 헤어지리!
부모와 자식들은 거기서 헤어지리!
다시는 만나지 못하리!"

텅 빈 복도에 후렴구가 크고 낭랑하게 울려 퍼졌다.

"통곡, 통곡, 통곡이 있을지니,
예수님의 심판석 앞에서 통곡이 있을지니!"

리그리는 발걸음을 멈췄다. 말하기도 부끄러웠지만, 그의 이마에는 커다란 땀방울이 맺혔고, 심장은 공포로 방망이질 쳤다. 심지어 눈앞

의 어둠 속에서 뭔가 하얀 것이 스르르 솟아올라 희미하게 빛나는 듯
했다. 죽은 어머니의 형상이 갑자기 나타나면 어쩌나 싶어 그는 몸서
리쳤다.

"한 가지는 분명해." 그는 비틀거리며 거실로 돌아와 주저앉으면서
중얼거렸다. "이제부터 그놈은 내버려둬야겠어! 그놈의 젠장할 종이
따위 필요 없어! 내가 뭐에 홀린 게 틀림없어, 정말로! 그때부터 계속
식은땀을 흘리고 떨고 있잖아! 그 머리카락을 어디서 얻었을까? **그것**
일 리는 없어! **그건** 내가 태워버렸잖아. 분명히 그랬어! 머리카락이 다
시 살아나다니 그런 말도 안 되는 일이 어딨어!"

아, 리그리! 그 금발 머리타래는 **진정** 마법이 깃든 물건이다. 그 머
리카락에는 한 올 한 올마다 당신을 공포와 후회에 몰아넣을 주문이
걸려 있어서, 당신의 잔혹한 손이 무력한 자들에게 극악한 짓을 저지
르지 못하도록 묶어놓을 것이다.

"이봐," 리그리는 발로 바닥을 쿵쿵 차며 개들에게 휘파람을 불었
다. "일어나, 이놈들아. 일어나서 같이 좀 있어줘!" 하지만 개들은 졸
음에 못 이겨 한쪽 눈만 슬쩍 떴다가 다시 감았다.

"삼보랑 킴보를 불러서 노래하고 춤추게 해야겠다. 이런 끔찍한 생
각일랑 떨쳐버려야지." 리그리는 이렇게 말하며 모자를 쓰고 베란다
로 나가 뿔피리를 불었다. 그가 두 흑인 감독을 부르는 방법이었다.

리그리는 기분이 좋을 때면 이 두 높으신 양반을 종종 거실에 부
르는 버릇이 있었다. 그러고는 위스키로 흥을 돋운 다음 기분 내키는
대로 노래나 춤, 싸움을 시켜놓고 즐겼다.

캐시가 불쌍한 톰을 돌보고 돌아온 밤 1시에서 2시경, 거실에서는 광란의 비명과 응원, 고함, 노랫소리가 개 짖는 소리와 다른 시끌벅적한 소음들과 함께 섞여서 흘러나오고 있었다.

그녀는 베란다 계단을 올라가 안을 들여다보았다. 리그리와 감독들은 고주망태가 되어 노래하고 고함 지르고 의자를 뒤엎고 온갖 우스꽝스럽고 험악한 인상을 써대고 있었다.

그녀는 창문 블라인드에 조그맣고 섬세한 손을 올려놓고 방 안을 물끄러미 바라보았다. 그 광경을 쳐다보는 그녀의 검은 눈에는 한없는 고통과 경멸, 쓰디쓴 슬픔이 담겨 있었다. "세상에서 저런 쓰레기를 없애버리는 것도 죄가 될까?" 그녀는 혼자 중얼거렸다.

그녀는 황급히 돌아서서 뒷문을 통해 계단으로 미끄러지듯 올라가 에멀린의 방문을 두드렸다.

제36장

에멀린과 캐시

캐시가 방에 들어와 보니 에멀린은 공포로 하얗게 질린 채 방구석에 앉아 있었다. 그녀가 들어오는 순간 소녀는 불안에 떨며 깜짝 놀랐지만, 캐시라는 것을 알자 그녀에게 달려들어 팔을 붙들고 말했다. "오, 캐시군요? 와줘서 너무 기뻐요. 무서웠어요, 혹시나…… 오늘 밤 내내 아래층에서 얼마나 무시무시한 소리가 났는지 모르죠!"

"왜 모르겠어?" 캐시가 건조하게 말했다. "얼마나 많이 들었는데."

"오, 캐시! 말해줘요. 우리 여기서 나갈 수는 없나요? 어디든 상관없어요. 뱀들이 득실대는 늪이라도. 어디든요! 여기서 벗어나 **어디로든** 갈 수 없나요?"

"무덤 외엔 갈 곳이 없어." 캐시가 말했다.

"시도는 해봤어요?"

Uncle Tom's Cabin

"보기는 많이 봤지. 그리고 그 결과도." 캐시가 말했다.

"늪에서 살면서 나무껍질을 먹어도 좋아요. 뱀들도 무섭지 않아요! 저 사람보다는 차라리 뱀이 옆에 오는 게 낫겠어요." 에멀린이 간절하게 말했다.

"너랑 같은 생각을 하는 사람들이 많았단다." 캐시가 말했다. "하지만 늪에 있을 수도 없어. 개들이 쫓아와 다시 잡아가거든. 그러고 나면…… 그러고 나면……"

"그 사람이 어떻게 하는데요?" 소녀가 숨을 죽인 채 캐시의 얼굴을 바라보며 물었다.

"못 할 짓이 뭐가 있을까요, 하고 묻는 게 낫지 않을까?" 캐시가 말했다.

"그는 서인도제도에서 해적질을 하면서 일을 아주 제대로 배웠어. 내가 본 것들, 그 인간이 때로 농담이랍시고 말해준 것들을 너한테 들려주면 넌 잠도 제대로 못 잘걸. 난 여기서 몇 주일이고 머릿속에서 떨쳐버릴 수 없는 무시무시한 비명들도 들었어. 숙소에서 좀 내려가면 꺼멓게 바싹 마른 나무가 있어. 그 주변 땅은 온통 검은 재로 덮여 있고. 거기서 무슨 일이 벌어졌는지 아무에게나 물어봐. 감히 말해줄 사람이 있을지."

"무슨 말이에요?"

"말 못 해. 생각도 하기 싫어. 말해두지만, 저 불쌍한 친구가 계속 고집을 부리면 내일 무슨 일이 벌어질지는 아무도 몰라."

"끔찍해요." 에멀린의 뺨에서 핏기가 싹 가셨다. "오, 캐시, 전 어떻게 해야 하죠?"

"내가 한 대로 해. 그냥 최선을 다해. 해야만 하는 일을 해. 그리고 증오하고 욕하면서 견뎌."

"저 사람이 그 끔찍한 브랜디를 억지로 마시게 해요." 에멀린이 말했다. "전 정말이지 싫어⋯⋯"

"마시는 게 좋아." 캐시가 말했다. "나도 싫었어. 하지만 이젠 술 없이는 살 수가 없어. 사람에게는 기댈 곳이 필요해. 술을 마시면 모든 게 그렇게까지 끔찍해 보이진 않거든."

"엄마는 절대 그런 거 손대지 말라고 말씀하셨어요." 에멀린이 말했다.

"**엄마**가 말했다고!" 캐시는 엄마라는 말을 쓰라리게 강조하며 말했다. "엄마들이 뭐라고 말하든 그게 무슨 소용이야? 너희는 다 돈에 팔려 가고, 너희 영혼은 너희를 사는 사람 것인데. 세상은 그런 식이야. 그러니까, 브랜디를 마셔. 힘껏 마셔, 그러면 모든 게 좀 편해질 테니까."

"오, 캐시! 절 불쌍히 여겨주세요!"

"불쌍히 여겨달라고! 내가 안 그런 것 같니? 나도 딸이 있었어. 어디 있는지, 누가 데리고 있는지 이제는 알 수도 없지만. 제 어미가 먼저 간 길을 따라갔겠지. 그리고 나중엔 그 애의 아이들도 그러겠지! 이 저주엔 끝이 없어. 영원히!"

"차라리 태어나지 않았으면 좋았을 텐데!" 에멀린이 손을 쥐어뜯으며 말했다.

"내 오랜 소원이구나." 캐시가 말했다. "이젠 그 소원에도 익숙해져 버렸어. 용기만 있다면 죽어버릴 텐데." 그녀는 쉬고 있을 때면 늘 습관적으로 짓는 절망적인 표정으로 어두운 바깥을 바라보며 말했다.

"자살은 나쁜 짓이에요." 에멀린이 말했다.

"난 왜 그런지 모르겠다. 살면서 나날이 저지르는 짓보다 더 사악할 것도 없는데. 하지만 수녀원에 있을 때 수녀님들이 죽음을 두려워하게 만드는 이야기들을 해주셨지. 그게 끝이기만 하다면, 그렇다면⋯⋯"

에멀린은 돌아서서 손으로 얼굴을 가렸다.

방에서 이런 대화가 오가는 동안, 리그리는 흥청망청하다 지쳐서 아래층 방에 잠들어 있었다. 리그리는 상습적인 술꾼은 아니었다. 거칠고 강한 그의 체질은 섬세한 사람이라면 완전히 망가지고 미쳐버릴 자극을 끊임없이 갈망했고, 또 견딜 수도 있었다. 하지만 마음속 깊이 자리한 경계심이 스스로를 제어하지 못할 지경으로 빠지는 것을 막아주어서 그런 욕구에 자주 빠져들지는 않았다.

하지만 이날 밤 그는 마음속에서 깨어난 무시무시한 고뇌와 회환을 떨쳐버리기 위해 보통 때보다 훨씬 더 많이 마셨고, 결국 흑인 종복들을 물리자마자 방 안의 긴 나무의자에 털썩 쓰러져 깊은 잠에 빠졌다.

오! 악한 영혼이 어찌 감히 어두컴컴한 잠의 세계에 들어오려 하는가? 천벌이 행해지는 알 수 없는 영역과 무서울 정도로 접해 있는 그 희미한 경계선의 땅으로! 리그리는 꿈을 꿨다. 그 불편하고 불안한 잠 속에서 베일을 쓴 형상이 그의 옆에 서서 차갑고 부드러운 손을 그에게 내려놓았다. 누구인지 알 것 같았다. 얼굴은 베일에 가려 보이지 않았지만, 그는 스멀스멀 밀려오는 공포에 덜덜 떨었다. 그 **머리카락**이 그의 손가락을 휘감았다. 머리카락은 손가락들 사이로 스르르 미끄러지며 감기더니 점점 조여오기 시작했다. 그는 숨도 쉴 수 없었다. 그러더니 **속삭이는** 목소리가 들렸다. 모골이 송연해지는 속삭임이었다. 다음 순간 그는 끝이 보이지 않는 심연의 가장자리에 서 있는 듯했다. 극한의 공포에 사로잡혀 버티려고 안간힘을 썼지만, 검은 손이 위로 뻗어 올라와 그를 끌어당겼다. 뒤에서 캐시가 나타나더니 깔깔 웃으며 그를 밀었다. 그 순간 베일을 쓴 그 엄숙한 형상이 스르르 올라오더니 베일을 걷었다. 어머니였다. 어머니는 그를 외면했고, 그는 비명과 신음소리, 악마 같은 웃음소리가 혼란스럽게 뒤섞인 가운데 아래로, 아래로, 아래로 추락했다. 그리고 리그리는 잠에서 깼다.

장밋빛 새벽빛이 조용히 방 안으로 스며들고 있었다. 밝아오는 하늘에서는 새벽별이 엄숙하고 고결한 눈으로 죄인을 굽어보고 있었다. 오, 매일의 새 아침은 얼마나 싱싱하고 엄숙하고 아름답게 다시 태어나는가? 마치 비정한 인간에게 "보라! 너는 또 한 번의 기회를 받았다! 불멸의 영광을 얻기 위해 **노력해보라!**"고 말하는 것 같지 않은가! 어디에도 이 목소리가 들리지 않는 말이나 언어는 없다. 하지만 이 대담하고 사악한 인간은 그 소리를 듣지 못했다. 그는 저주와 욕설을 내뱉으며 잠에서 깼다. 이 황금빛과 보랏빛이, 매일 아침 벌어지는 기적이 그에게 다 무슨 소용인가! 하나님의 아드님께서 당신의 상징으로

Uncle Tom's Cabin

성화하신 저 고결한 별이 다 무슨 소용이란 말인가? 짐승이나 다름
없는 그는 보고도 알지 못했다. 그는 비틀대며 일어나 브랜디를 한 잔
가득 따라 반을 죽 들이켰다.

"완전 지옥 같은 밤이었어!" 그는 막 반대쪽 문으로 들어오던 캐시
에게 말했다.

"훗날 그런 거 많이 겪게 될 거야." 그녀가 차갑게 말했다.

"무슨 소리야, 이년아?"

"조만간 알게 될 거야." 캐시는 같은 어조로 대답했다. "사이먼, 충
고해줄 게 있어."

"네 주제에!"

"내가 해주고 싶은 충고는," 캐시는 방 안의 물건들을 정리하며 차
분하게 말했다. "톰을 내버려두라는 거야."

"그게 네년이랑 무슨 상관이야?"

"뭐라고? 물론, 그거야 나도 모르지. 사람을 1,200달러나 주고 사
와서 가장 바쁜 철에 그대로 끝장내버릴 작정이라면, 성질대로 해. 내
알 바 아니니까. 그래도 해줄 수 있는 건 해주고 왔어."

"뭐? 네가 뭔데 내 일에 간섭해?"

"물론 상관할 필요 없지. 몇 번이나 당신 일꾼들을 간호해서 수천
달러를 아껴줬더니, 이게 나한테 주는 감사의 말이야? 당신 수확량
이 다른 사람들 것보다 적다 해도 내기에 지진 않겠지, 안 그래? 톰킨
스가 으스대지도 않겠지, 안 그래? 당신은 고분고분 돈을 내놓을 테
고 말이야, 안 그래? 당신 모습이 눈에 보이는 것 같은데!"

리그리는 다른 농장주들과 마찬가지로 단 하나의 야심, 즉 그 철 최대의 수확량을 올리는 것밖에 없었고, 이번 철에는 옆 마을에서 벌어진 몇 군데 내기에 돈을 걸어놓은 판이었다. 그래서 캐시는 여자다운 재치를 발휘해 그에게 있어 유일하게 약한 구석을 건드렸다.

"음, 그럼 이번에는 그대로 두겠어." 리그리가 말했다. "하지만 나한테 용서는 빌어야 해. 앞으로는 말 잘 듣겠다고 약속도 해야 하고."

"그 사람 그런 거 안 할 거야." 캐시가 말했다.

"안 해?"

"어, 안 할 거야." 캐시가 말했다.

"**이유**를 알고 싶군요, 아씨." 리그리가 살벌하게 비아냥대며 말했다.

"그 사람은 옳은 일을 했고 본인도 그걸 알고 있으니까. 잘못했다는 말은 절대 안 할걸."

"놈이 뭘 알건 말건 그게 무슨 상관이야? 그 검둥이 놈은 내가 하라는 대로 해야 돼, 아니면—"

"아니면 당신이 목화 수확량 내기에서 지겠지. 이렇게 바쁜 시기에 일꾼을 들판에 안 내보내서 말이야."

"하지만 놈은 손들 거야. 그렇고말고. 검둥이들이 어떤 놈들인지 내가 모르나? 오늘 아침이면 나한테 개처럼 빌걸."

"아니, 사이먼. 당신은 이런 유형을 몰라. 잘근잘근 저며서 죽인다 해도 잘못했다는 말은 단 한 마디도 안 할걸."

"두고 보자고. 그놈 어딨어?" 리그리가 나가면서 물었다.

"조면소 창고에." 캐시가 말했다.

캐시 앞에서는 큰소리를 뻥뻥 치긴 했지만 리그리는 그답지 않은 찜찜한 기분으로 집을 나섰다. 어젯밤 꿈에다가 캐시의 신중한 충고까지 더해지니 마음이 적잖이 흔들렸다. 그는 톰과의 만남을 누구도 보지 못하게 해야겠다고 결심했다. 그리고 협박으로 굴복시키지 못한다 해도 복수는 좀 더 편한 시기로 미뤄서 해주겠다고 마음먹었다.

새벽의 준엄한 빛, 새벽별의 천상의 영광이 톰이 누워 있는 창고의 엉성한 창문 틈으로 들어왔다. 그리고 그 별빛에 실려 내려온 듯이 엄숙한 목소리가 들렸다. "나는 다윗의 조상이자 후손, 환한 새벽별이다." 캐시의 수수께끼 같은 경고와 암시는 그의 영혼을 풀 죽게 하기는커녕 오히려 하늘의 부르심이나 되는 것처럼 고양시켰다. 톰이 아는 것은 자신이 죽을 날이 하늘에서 밝아오고 있다는 것뿐이었다. 그의 마음은 환희와 열망이 뒤섞인 엄숙한 고민으로 두근거렸다. 이제껏 그가 종종 그려본 가운데 가장 놀라운 광경이었다. 커다란 하얀 왕좌와 그를 둘러싼 찬란한 무지개, 하얀 옷을 입은 수많은 사람들과 그 수많은 목소리들, 왕관, 종려나무, 하프를 저 해가 다시 지기 전에 눈앞에 보게 될지도 모른다. 그래서 다가오는 압제자의 목소리를 들었을 때도 그는 떨거나 불안해하지 않았다.

"자," 리그리가 톰을 멸시하듯 걷어차며 말했다. "좀 어떠냐? 뭐 좀 배우게 될 거라 그랬지? 배워보니 어때, 어? 마음에 드냐, 톰? 어젯밤처럼 기운이 넘치진 않나 보지? 지금은 불쌍한 죄인에게 설교 한 말씀 해줄 기운이 없나, 어?"

톰은 아무 대답도 하지 않았다.

"일어나, 이 새끼야!" 리그리가 다시 걷어차며 말했다.

온몸에 멍이 들고 기운이 없는 사람에게는 힘든 일이었다. 톰이 일어나려고 애를 쓰자 리그리는 잔인하게 웃어댔다.

"오늘 아침에는 뭐가 그리 기분이 좋으신가, 톰? 어젯밤에 감기라도 걸렸나 보지?"

톰은 이제 일어나서 차분한 얼굴로 주인을 바라보았다.

"이런 괴물, 설 수 있잖아!" 리그리가 그를 훑어보며 말했다. "아직 덜 맞았나 보네. 자, 톰, 무릎 꿇고 어젯밤 너의 죄에 대해 나한테 용서를 빌어라."

톰은 움직이지 않았다.

"엎드려, 이 개새끼야!" 리그리가 채찍으로 그를 내리치며 말했다.

"리그리 주인님," 톰이 말했다. "전 못 합니다. 전 그저 제가 옳다고 생각하는 대로 했습니다. 또 그런 상황이 와도 똑같이 할 거예요. 무슨 일이 있어도 전 잔인한 짓은 못 합니다."

"그래, 하지만 어떤 일이 닥칠지는 모르지, 톰 주인님. 네 의견이 대단한 줄 아나 본데, 넌 아무것도 아니야. 아무것도 아니라고. 나무에 묶어놓고 그 아래에다 불을 서서히 지펴줄까? 어때? 그거 재미있지 않겠어, 어, 톰?"

"주인님," 톰이 말했다. "주인님께서 끔찍한 일들을 하실 수 있다는 거 압니다. 하지만—" 그는 하늘을 바라보며 손을 맞잡았다. "하지만 육신을 죽이고 나면 더 이상은 할 수 있는 게 없어요. 그다음에는 **영원**이 올 테니까요!"

영원. 그 말에 톰의 영혼은 광명과 권세의 약속으로 짜릿하게 벅차올랐다. 그 말은 죄인의 영혼 또한 전갈이 쏘고 간 듯 짜릿하게 찌르고 지나갔다. 리그리는 이를 갈았지만 분노로 입을 꾹 다물었고, 톰은 속박에서 풀려난 사람처럼 청랑하고 밝은 목소리로 말했다.

"리그리 주인님, 주인님께서 저를 사셨으니 전 충실하고 성실한 하인이 될 겁니다. 제 손과 시간, 힘을 다 바쳐 일할게요. 하지만 제 영혼은 필멸의 존재인 인간에게 주지 않을 겁니다. 전 주님의 것이고, 죽어서건 살아서건 주님의 명령을 무엇보다 우선시할 겁니다. 주인님도 아실 거예요. 리그리 주인님, 전 죽는 건 조금도 두렵지 않습니다. 지금 당장 죽는 게 차라리 더 좋습니다. 절 때리셔도, 굶기셔도, 태워 죽이셔도 좋아요. 결국 제가 가고 싶은 곳으로 더 빨리 보내줄 테니까요."

"네놈이 항복하게 만들어주겠다!" 리그리가 분노로 몸을 떨며 말했다.

"**도움**이 올 겁니다." 톰이 말했다. "주인님은 결코 그렇게 하실 수 없을 거예요."

"도대체 누가 네놈 따위를 도와준단 말이야?" 리그리는 코웃음을 치며 말했다.

"위대하신 주님께서요." 톰이 말했다.

"빌어먹을 놈 같으니!" 리그리는 톰을 주먹으로 쳐서 바닥에 쓰러뜨렸다.

그 순간 리그리의 손에 차갑고 부드러운 손이 와 닿았다. 돌아보니 캐시였다. 하지만 그 차갑고 부드러운 손에 의해 전날 밤의 꿈이 생각났고, 그와 함께 잠 못 이루던 밤의 그 모든 무시무시한 환영과 그 끔찍한 공포가 머릿속을 스치며 되살아났다.

"바보 같은 짓 할 거야?" 캐시가 프랑스어로 말했다. "내버려둬! 들에 나가 일할 수 있는 상태가 되도록 내가 돌봐줄게. 이건 내가 말한 그대로 아니야?"

악어나 코뿔소가 아무리 철갑 같은 껍질을 두르고 있어도 약한 지점이 있다고들 한다. 믿음이라곤 없는 사납고 분별없는 무뢰한의 약점은 보통 미신적인 두려움이다.

리그리는 이번은 넘어가기로 결심하고 돌아섰다.

"네 마음대로 해." 그는 캐시에게 완고하게 말했다.

"너, 잘 들어!" 그는 톰에게 말했다. "한창 바쁜 때라 일손들이 다 필요하니 지금은 놔두겠지만, **절대** 안 잊을 거야. 내 똑똑히 기억해뒀다가 언젠가 네놈의 그 시커먼 살가죽에다 다 갚아주겠다. 조심해!"

리그리는 돌아서서 나갔다.

"두고 봐요," 캐시는 어두운 표정으로 그의 뒷모습을 바라보며 말했다. "나중에 이 값을 치르게 될 테니까요! 가엾은 사람 같으니, 몸은 좀 어때요?"

"주 하나님께서 이번에는 천사를 보내서 사자의 입을 막아주셨군요." 톰이 말했다.

"이번에는요." 캐시가 말했다. "하지만 저 사람의 원한을 샀으니, 목덜미를 물고 늘어지는 개처럼 낮이고 밤이고 당신을 주시할 거예요.

당신 피를 빨아서 한 방울 한 방울 생명이 다 빠져나갈 때까지요. 전
저 인간을 알아요."

제37장

자유

"그가 아무리 엄숙하게 노예제의 제단에 바쳐졌다 할지라도, 신성한 영국 땅을 밟는 순간 그 제단과 하나님은 먼지 속으로 사라지고, 그는 만인의 해방이라는 거부할 수 없는 정신에 의해 구원받아 갱생되고 해방된다."

—존 필포트 커런(가톨릭 교도 해방법을 위해 일했던 아일랜드의 웅변가이자 판사—옮긴이)

잠시 톰은 압제자의 손아귀에 두고, 친절한 농장 사람들에게 맡겨졌던 조지와 그의 아내의 운명을 따라가 보도록 하자.

우리가 마지막으로 봤을 때, 톰 로커는 도르카스 아주머니의 어머니 같은 보살핌을 받으며 티 하나 없이 깨끗한 퀘이커 교도의 침대에서 신음하며 몸부림치고 있었다. 도르카스 아주머니가 보기에 그는 아픈 들소만큼이나 고분고분한 환자였다.

키 크고 위엄 있고 고상한 여인을 상상해보라. 여인의 깨끗한 모슬린 모자는 사려 깊은 회색 눈동자 위 훤하고 반듯한 이마를 가르며 흘러내린 은발을 덮고 있고, 가슴에는 부드러운 크레이프로 만든 눈처럼 하얀 손수건이 정갈하게 붙어 있었다. 그녀가 방 안에서 미끄러지듯 조용히 움직일 때마다 윤나는 갈색 실크드레스가 조그맣게 바스락거렸다.

"젠장!" 톰이 이불을 탕 치며 말했다.

"토머스, 그런 말은 쓰지 말라고 부탁해야겠네요." 도르카스 아주머니가 침대를 조용히 다시 정리하며 말했다.

"그럴 수 있으면 저도 안 한다고요, 할머니." 톰이 말했다. "하지만 욕이 안 나올 수 없는 상황인걸. 지랄 맞게 덥네!"

도르카스는 이불을 다시 잘 펴서 정리하고는 톰이 번데기처럼 보일 정도로 꼭꼭 야무지게 여몄다.

"이봐요, 욕설일랑은 그만두고 자신에 대해 좀 생각해보는 게 어때요?"

"빌어먹을," 톰이 말했다. "왜 그런 걸 생각해야 해? 내가 젤 생각하기 싫은 게 바로 그건데. 다 꺼져버리라 그래!" 톰은 쳐다보기조차 끔찍할 정도로 발광을 해대며 몸부림을 쳐서 이불을 다 헤집고 흩뜨려 놓았다.

"그 친구랑 여자 여기 있죠?" 잠시 후 그가 뚱하게 물었다.

"그래요." 도르카스가 말했다.

"호수로 가는 게 좋을 거예요." 톰이 말했다. "빠를수록 좋고."

"아마 그렇게 할걸요." 도르카스 아주머니는 평온하게 뜨개질을 하며 말했다.

"들어봐요," 톰이 말했다. "선더스키에는 우리 연락책이 있어서 배들을 감시해요. 이젠 이야기해도 상관없어요. 나도 그 사람들이 도망쳤으면 하니까. 마크스를 엿 먹이기 위해서라도. 빌어먹을 개새끼 같으니. 죽어버려라!"

"토머스!" 도르카스가 말했다.

"이봐요, 할머니, 사람은 너무 꽉 조이면 부서져버리는 법이라구요." 톰이 말했다. "그런데 그 여자 말인데, 옷 좀 어떻게 입혀서 변장시키라 그래요. 인상착의가 선더스키에 좍 깔렸으니까."

"그렇게 할게요." 도르카스는 여전히 평온하게 말했다.

이곳에서 톰과는 작별을 고하도록 하자. 다만 퀘이커 교도의 집에서 여러 고통들에 수반한 류머티즘 열에 시달리며 3주간 투병하고 일어난 톰이 좀 더 처연하고 지혜로운 사람이 되었다는 사실은 이야기해두는 게 좋겠다. 그는 노예사냥을 그만두고 새 개척지에 정착해 재능을 더 좋은 쪽으로 발현하여 곰과 늑대 등 산짐승들을 잡았고, 그 일로 제법 이름을 떨쳤다. 톰은 항상 퀘이커 교도들에 대해 호의적이었고 이렇게 말하곤 했다. "그 착한 사람들이 날 개종시키려고 했지만, 딱히 그렇게 되지는 않았지. 하지만, 이봐, 그 사람들 치료 솜씨만은 일급이야. 정말로. 그 사람들 수프랑 공예품은 가히 세계 최고라고."

Uncle Tom's Cabin

톰이 선더스키에서 그 일행을 찾고 있다고 알려주자, 일행을 나눠서 보내는 게 낫겠다는 의견이 나왔다. 그래서 짐과 노모는 따로 먼저 보냈고, 조지와 엘리자와 아이는 하루 이틀 뒤 비밀리에 선더스키로 와서 마지막 관문인 호수를 건너기에 앞서 호의적인 사람들의 집에 머물고 있었다.

밤이 이제 거의 지나가고 자유의 새벽별이 환하게 떠올랐다. 자유! 얼마나 전율을 불러일으키는 말인가! 그것이 무엇이길래, 그저 수사적인 장식에 불과한 이름보다 더한 무엇이 거기에 있단 말인가? 미국의 남녀들이여, 그 말을 들으면 심장의 피가 끓지 않는가? 그 자유를 위해 여러분의 아버지들은 피를 흘렸고, 용감한 어머니들은 고귀하고 잘난 자식들을 기꺼이 죽음의 전쟁에 내보내지 않았던가?

국가에 영광스럽고 소중한 것이라면 개인에게도 마찬가지지 않겠는가? 국가에 있어서 자유란 그 국가에서 사는 개인들의 자유가 아니고 무엇이란 말인가? 저기 아프리카계 혈색의 얼굴에 검은 눈을 빛내며 넓은 가슴 위로 팔짱을 끼고 앉아 있는 젊은이에게 있어 자유란 무엇인가? 조지 해리스에게 있어 자유란 무엇인가? 여러분의 아버지에게 있어 자유란 국가에 대한 국가의 권리였다. 그에게 있어 자유란 짐승이 아닌 인간에 대한 인간의 권리이다. 아내를 아내라 부를 수 있는 권리, 아내를 무법천지의 폭력에서 보호할 수 있는 권리, 아이를 보호하고 교육시킬 수 있는 권리, 다른 사람의 의지에 휘둘리지 않고 자신만의 집과 종교, 성격을 가질 권리이다. 이런 갖가지 상념들이 턱을 손으로 괸 채 호리호리하고 예쁜 몸에 남자 옷을 입어보고 있는 아내를 지켜보던 조지의 가슴속에서 휘몰아치고 있었다. 엘리자가 남자로 변장하고 탈출하는 게 가장 안전하겠다고 결론 났기 때문이다.

"자," 그녀는 거울 앞에 서서 풍성한 검은 곱슬머리를 풀어 헤치며 말했다. "조지, 참 아깝지 않아?" 그녀는 장난스레 머리를 한 움큼 잡으며 말했다. "이 머리를 다 잘라야 하다니?"

조지는 슬픈 표정으로 미소만 짓고 아무런 대답도 하지 않았다.

엘리자는 다시 거울을 향해 돌아섰다. 가위가 번쩍이더니 기다란 머리카락이 한 움큼, 또 한 움큼 머리에서 떨어져 나갔다.

"자, 이 정도면 되겠어." 그녀가 빗을 집어 들며 말했다. "이제 좀 예쁘게 정리만 하면 되겠다."

"나 예쁘게 생긴 젊은이 같지 않아?" 그녀는 얼굴을 붉히고 웃으며 남편을 향해 돌아섰다.

"당신은 뭘 해도 항상 예쁠 거야." 조지가 말했다.

"뭐 때문에 그렇게 심각해?" 엘리자가 한쪽 무릎을 꿇고 남편의 손을 잡으며 말했다. "우린 캐나다에서 24시간밖에 떨어지지 않은 곳에 있대. 하루 밤낮 호수만 건너면, 그러고 나면!"

"오, 엘리자." 조지가 아내를 끌어당기며 말했다. "그거야! 이제 내 운명은 모두 한 지점을 향해 달려가고 있어. 이렇게 가까이 왔는데, 거의 눈앞에 있는데, 이러고 모든 걸 잃는다면, 난 다시는 그렇게 살지 못할 거야, 엘리자."

"두려워하지 마." 아내가 희망차게 말했다. "도망시킬 작정이 아니셨다면, 주님께서 우릴 이렇게 멀리까지 데려오지 않으셨을 테니까.

 Uncle Tom's Cabin

주님이 우리와 함께 계신 걸 느낄 수 있어, 조지."

"당신은 축복받은 여자야, 엘리자!" 조지는 아내를 격렬하게 껴안으며 말했다. "하지만, 아, 말해줘! 이 엄청난 행운이 우리 것일 수 있을까? 그 비참한 오랜 세월들이 정말 끝날까? 우린 자유를 얻게 되는 걸까?"

"난 확신해, 조지." 엘리자는 하늘을 우러러보며 말했다. 그녀의 기다란 검은 속눈썹에 희망과 흥분의 눈물이 빛났다. "하나님께서 우리를 해방시켜주시리라는 게 난 느껴져, 바로 오늘 말이야."

"당신을 믿을게, 엘리자." 조지는 갑자기 벌떡 일어섰다. "믿을 거야. 자, 가자. 정말로," 그는 아내의 손을 잡고 사랑스럽게 쳐다보며 말했다. "당신 정말 예쁘게 생긴 청년 같아. 그 짧은 고수머리가 꽤 잘 어울려. 모자 써. 그렇지, 조금만 더 옆으로. 당신 지금이 최고로 예뻐. 마차가 올 시간이 거의 다 됐어. 스미스 부인이 해리 옷을 잘 입혔을지 모르겠군."

문이 열리더니 점잖은 중년 부인이 여자아이 옷을 입은 해리를 앞세우고 들어왔다.

"너무 예쁜 여자아이 같아!" 엘리자가 해리를 앞뒤로 돌려보며 말했다. "해리엇이라고 하면 되겠네. 이름이 정말 잘 어울리지 않아?"

아이는 이상한 옷을 입은 엄마의 새로운 모습을 보더니 한 마디 말도 없이 가끔 깊은 한숨을 쉬어가며 검은 고수머리 너머로 심각하게 엿보았다.

"해리, 엄마를 못 알아보겠니?" 엘리자가 손을 내밀며 말했다.

아이는 수줍게 엄마에게 달라붙었다.

"엘리자, 애를 달래려 하지 마. 어차피 떨어져 있어야 하는 거 알면서."

"그래, 바보 같은 짓이지." 엘리자가 말했다. "하지만 애가 외면하니 못 견디겠어. 하지만 가야지. 내 망토는 어디 있지? 아, 여기 있구나. 남자들은 망토를 어떻게 입어, 조지?"

"이렇게 하는 거야." 남편이 망토를 어깨 위로 척 걸치면서 말했다.

"자, 그렇다면," 엘리자도 그 동작을 흉내 냈다. "그리고 쿵쿵거리고 성큼성큼 걸어야 하는 거지? 건방진 태도로."

"너무 애쓰지 마." 조지가 말했다. "가끔 보면 얌전한 젊은이들도 있으니까. 그런 성격의 젊은이인 척하는 게 당신한테도 더 쉬울 거야."

"그리고 이 장갑은 어떡해! 맙소사!" 엘리자가 말했다. "손이 완전 묻혔어."

"장갑 단단히 끼고 있는 게 좋을 거야." 조지가 말했다. "당신의 가느다랗고 조그만 손 때문에 우리 정체가 다 들통 날 수도 있으니까. 자, 스미스 부인, 저희와 함께 가면서 숙모님 역할을 하시는 겁니다."

"저 아래쪽에서 남자들이 모든 정기선 선장들에게 남자아이가 있는 남녀 일행을 보면 알리라고 협박하고 있다는 이야기를 들었어요." 스미스 부인이 말했다.

"그렇단 말이죠!" 조지가 말했다. "음, 그런 사람들을 보게 되면 알려야겠네요."

마차가 문간에 도착했고, 도망자 일행을 받아준 친절한 가족은 그들을 둘러싸고 작별인사를 했다.

일행의 변장은 톰 로커의 힌트에 따른 것이었다. 일행이 도망가려는 캐나다의 정착지에서 온 점잖은 여인인 스미스 부인이 마침 호수를 건너 마을로 돌아갈 참이어서 해리의 숙모 역할을 해주기로 동의했다. 아이와 친해지기 위해서 지난 이틀 동안 스미스 부인은 혼자서 아이를 데리고 있었고, 케이크와 사탕을 마구 주면서 예뻐해줬더니 아이는 부인에게 찰싹 달라붙어서 떨어질 줄 몰랐다.

마차는 부두로 달려갔다. 두 젊은이는 판자를 걸어 올라가 배에 탔다. 엘리자는 스미스 부인에게 정중하게 팔을 내밀었고, 조지는 짐을 실었다.

선장실 옆에 서서 일행을 챙기고 있던 조지는 옆에서 두 남자가 하는 이야기를 들었다.

"배에 타는 사람들은 몽땅 다 봤어요." 한 사람이 말했다. "그 사람들 이 배에는 없습니다."

배의 선원의 목소리였다. 그와 이야기하고 있는 사람은 예전에 우리가 본 적 있는 마크스로, 그는 특유의 대단한 끈기로 선더스키까지 와서 집어삼킬 대상을 찾고 있었다.

"그 여자는 백인과 거의 구별이 안 돼요." 마크스가 말했다. "남자는 굉장히 연한 피부의 물라토고요. 한쪽 손에 낙인이 있어요."

티켓과 잔돈을 들고 있던 조지의 손이 조금 떨렸다. 하지만 그는 아무렇지도 않게 돌아서서 무심한 표정으로 마크스의 얼굴을 쳐다보며 엘리자가 기다리며 서 있는 배 반대편으로 유유히 걸어갔다.

스미스 부인은 해리를 데리고 숙녀용 객실에 숨었고, 거기서 어린 흑인 소녀는 승객들에게 귀엽다고 많은 칭찬을 받았다.

배가 떠난다는 종이 울리자, 조지는 마크스가 판자를 걸어 내려가 부두에 내리는 모습을 만족스럽게 바라보며 깊은 안도의 한숨을 내쉬었다. 배는 그들 사이의 거리를 돌이킬 수 없이 늘여나갔다.

더할 나위 없이 아름다운 날이었다. 이리 호의 푸른 물살이 햇살 아래 반짝이며 잔물결을 일으켰다. 상쾌한 바람이 호숫가에서 불어왔고, 위풍당당한 배는 씩씩하게 물결을 헤치고 나아갔다.

아, 인간의 마음속에는 말로 다 할 수 없는 거대한 세계가 있는 법! 얌전해 보이는 친구를 데리고 증기선 갑판을 조용히 어슬렁거리는 조지의 마음속에 어떤 생각이 불타오르고 있는지 누가 짐작이나 하겠는가? 눈앞에 다가오고 있는 지복은 너무 좋고 너무 아름다워서 현실일 수 없을 것 같았다. 하루 종일 매 순간마다 그는 무엇인가 불쑥 나타나 그 행복을 낚아채 갈 것 같은 불안한 두려움에 시달렸다.

하지만 배는 힘차게 나아갔다. 쏜살같이 시간이 지나가고 마침내 축복받은 영국령의 땅이 눈앞에 선명하게 나타났다. 어떤 언어로 선언되었건 어떤 국가가 승인했건 간에 노예제의 모든 주문을 한 번의 손길로 다 풀어버릴 수 있는 마법의 땅이.

조지와 아내는 보트가 캐나다의 조그만 마을 앰허스트버그에 다가가는 것을 팔짱을 끼고 지켜보았다. 그의 호흡이 점점 더 가빠졌고, 눈앞이 흐려졌다. 그는 자신의 팔 위에서 떨고 있는 조그만 손을 말없이 꼭 쥐었다. 종이 울리고 배가 멈추었다. 그는 자신이 무엇을 하는

     Uncle Tom's Cabin

지도 알지 못한 채 짐을 챙기고 일행을 모았다. 소규모의 일행은 호숫가에 내렸다. 그들은 배가 사라질 때까지 가만히 서 있었다. 그런 뒤 남편과 아내는 어리둥절한 아이를 품에 안고 눈물을 흘리며 서로 얼싸안은 채 무릎을 꿇었다. 그러고는 하나님을 향해 진심 어린 기도를 올렸다!

"그것은 죽음에서 삶으로,
무덤의 수의에서 천국의 옷으로,
죄악의 지배에서, 열정의 투쟁에서,
용서받은 영혼의 순결한 자유로 다시 태어나는 것.
그곳에서는 죽음과 지옥의 모든 속박은 끊어지고
필멸의 존재는 불멸의 존재가 되리니.
자비의 손이 황금열쇠를 돌리고
자비의 목소리가, '기뻐하라 네 영혼은 자유다'

라고 말할 때."

소규모의 일행은 곧 스미스 부인의 안내를 받아 착한 선교사의 집으로 들어갔다. 이곳 호숫가에서 끊임없이 안식처를 찾는 추방자들과 방랑자들의 목자가 되어주기 위해 자비로운 기독교인들이 이곳에 둔 선교사였다.

자유를 얻은 첫날의 축복에 대해 누가 말할 수 있을까? 자유의 **감각**은 다른 어떤 오감보다 더 고상하고 섬세하지 않은가? 움직이고 말하고 숨 쉬며, 감시받지도 않고 어떤 위험도 없이 나가고 들어올 수 있는 그 기분을 누가 알 수 있겠는가! 하나님께서 인간에게 주신 권리를 보장해주는 법 아래서 자유인의 베개에 찾아오는 휴식의 축복에 대해 누가 말할 수 있겠는가? 잠자는 아이의 얼굴은 어머니의 눈에 얼마나 아름답고 소중하게 보일까? 수천 번의 위험한 기억으로 인해 그 소중함이 얼마나 더 간절하게 사무칠까? 그런 축복으로 벅찬 가슴을 안고 어떻게 잠이 들 수 있을까? 하지만 이 두 사람에게는 한 조각의 땅도, 자기 것이라 부를 수 있는 지붕도 없었다. 그들은 마지막 한 푼까지 모든 재산을 다 써버렸다. 하늘을 나는 새나 들판의 꽃만큼이나 아무것도 가진 것이 없었다. 하지만 그들은 기쁨에 들떠 잠을 이룰 수 없었다. "오, 인간에게서 자유를 앗아 간 자여, 하나님 앞에 어떤 말로 대답할 수 있겠는가?"

제38장

승리

"우리에게 승리를 주시는 하나님께 감사하노니."

—「고린도전서」15장 57절

때로 삶에 지친 나머지 사는 것보다 죽는 게 훨씬 더 쉬울 거라는 생각이 들 때가 있지 않는가?

순교자는 육체적 고통과 공포가 수반되는 죽음을 눈앞에 마주하고도 그 끔찍한 운명 속에서 강한 자극과 활기를 발견한다. 영원한 영광과 휴식이 탄생하는 순간인 그 갈림길의 고통에는 생생한 흥분과 전율, 열광이 있다.

하지만 산다는 것, 있는 대로 움츠러든 채 서서히 감정을 질식시키면서 날이면 날마다 초라하고 쓰라리고 비천하고 괴로운 노예생활을 견뎌나가는 것, 마음속의 생명력이 매일 시시각각 한 방울씩 서서히 빠져나가는 것 같은 이 길고 지치는 순교의 길, 이것이야말로 사람들의 마음속에 무엇이 들어 있는지 알아볼 수 있는 진정한 시험이다.

자신의 압제자와 마주 보고 서서 그의 위협을 들었을 때, 톰은 때가 왔다고 직감했다. 그의 마음은 용기백배했고, 고문이고 불길이고 이겨낼 수 있다고 생각했다. 예수님과 천국이 바로 한 발짝 앞에 있으니 어떤 고통도 견딜 수 있다고 믿었다. 하지만 그는 그냥 가버렸고, 그러자 흥분이 가라앉으며 멍들고 지친 팔다리의 아픔이 되살아났다. 완전히 바닥을 친, 희망이라곤 없는 외로운 처지도 다시 사무쳤다. 그날 하루는 지치도록 천천히 흘러갔다.

상처가 나으려면 멀었는데도 리그리는 톰에게 들에 나가 제 몫을 하라고 억지를 부렸다. 하루하루가 고통스럽고 힘들게 지나갔고, 비열하고 사악한 자들의 악의가 생각해낼 수 있는 온갖 부당하고 모욕적인 짓들은 그를 더 힘들게 했다. 고통의 시험을 겪어본 사람이라면 누구나 그것이 얼마나 마음을 좀먹어 들어가는 일인지 알 것이다. 보통 고통을 경감시킬 수 있는 온갖 방책을 쓸 수 있는 **우리**의 경우에조차 그렇다. 톰은 언제나 험악하고 퉁명스러운 동료들의 모습이 더 이상 이상해 보이지 않았다. 아니, 오히려 같은 모습이 그의 체질이었던 평온하고 밝은 성격을 무너뜨리고 잠식해 들어오는 것을 느낄 수 있었다. 전에는 여가가 나면 성경을 읽어야지 하고 스스로를 달랬다. 하지만 그곳에는 여가라고는 없었다. 한창 바쁜 철 내내 리그리는 주일이고 주중이고 상관없이 모든 일손을 가차 없이 몰아붙였다. 왜 그러지 않겠는가? 그는 더 많은 목화를 생산했고, 내기에서 이겼다. 일꾼

몇 명을 소진시킨다 하더라도 더 나은 놈들을 사면 됐다. 처음에 톰은 매일의 고된 노동에서 돌아온 후 깜박거리는 불가에 앉아 성경을 한두 구절씩 읽곤 했다. 하지만 잔인한 처벌을 받은 후 그는 완전히 기진맥진해서 돌아왔고, 성경을 읽으려고 하면 머리가 빙빙 돌고 눈앞이 아른거렸다. 톰은 완전히 탈진해서 다른 사람들처럼 뻗지 않을 수 없었다.

이제껏 그를 지탱해준 종교적 평화와 믿음이 영혼의 혼란과 어두운 낙담에 항복하다니 이상하지 않은가? 이 수수께끼 같은 삶에서 가장 우울한 문제, 즉 짓밟히고 망가진 영혼과 의기양양한 악, 침묵하는 하나님이 항상 그의 눈앞에 있었다. 톰의 영혼은 몇 주, 몇 달 동안 어둠과 슬픔 속에서 씨름했다. 미스 오필리아가 그의 켄터키 친구들에게 보낸 편지를 생각하며 하나님께서 구원을 보내주시기를 간절히 기도했다. 그를 구하러 온 누군가를 볼 막연한 희망으로 날이면 날마다 사방을 주시하곤 했다. 하지만 아무도 오지 않자 쓰라린 생각들이 그의 영혼을 파고들었다. 하나님을 섬겨봤자 다 소용없다, 하나님은 그를 잊어버리신 것이다! 때로는 캐시도 보고 저택에 불려갈 때면 한껏 처진 에멀린의 모습도 흘낏 봤지만, 이야기를 나눠본 적은 거의 없었다. 사실 누구와도 이야기할 시간이 없었다.

어느 날 그는 하잘것없는 저녁거리를 꺼져가는 불 위에 올려놓고 우울한 마음으로 기운 없이 앉아 있었다. 나뭇가지 몇 개를 불 위에 올려 불길을 살리려고 애쓴 다음 주머니에서 그의 영혼을 수없이 전율케 한 문구들—인간들에게 용기를 불어넣어 준 과거 이스라엘의 조상들과 선각자들, 시인들과 현자들, 정신없이 세상을 살아가는 우리를 항상 구름처럼 둘러싸고 지켜보고 있는 이들이 들려주는 목소리—에 열심히 표시를 해둔 낡아빠진 성경을 꺼냈다. 말이 힘을 잃어버린 것일까, 아니면 침침해지는 눈과 지친 감각이 그 위대한 영감의 손길에 더 이상 답할 수 없는 것일까? 그는 깊은 한숨을 내쉬며 성경을 주머니에 넣었다. 야비한 웃음소리에 정신이 번득 들었다. 고개를 들어보니 리그리가 맞은편에 서 있었다.

"이 자식아," 그가 말했다. "이제 네놈의 종교가 안 먹히는 걸 알겠나 보지! 그걸 네 대가리에 심어줘야겠다고 생각했는데, 이제야 됐네!"

잔인한 조롱은 허기나 추위, 헐벗음보다 더 견디기 힘들었다. 톰은 말이 없었다.

"이 바보 같은 것," 리그리가 말했다. "네놈을 샀을 때 난 잘해주려고 했어. 넌 삼보나 킴보보다 더 잘돼서 편하게 살 수도 있었다고. 매일매일 맞고 깨지는 대신 남들 위에 군림하면서 다른 검둥이 놈들을 작살낼 수도 있었어. 그리고 가끔 위스키 펀치를 불쾌하게 마실 수도 있었을 테고 말이야. 자, 톰, 정신 차리는 게 나을 것 같지 않아? 그 낡은 쓰레기는 불에 던져버리고 내 교회에 들어오라고!"

"주님께서 금하십니다!" 톰이 격렬하게 말했다.

"주님은 널 도와주지 않을 거야. 주님이 계셨어봐, **내**가 네놈을 갖도록 했겠어! 네놈의 종교는 몽땅 말도 안 되는 미신이라고, 톰. 내가 다 알아. 나한테 의탁하는 게 더 좋을 거야. 내가 대장이고, 난 뭐든

할 수 있으니까!"

"아뇨, 주인님." 톰이 말했다. "전 버틸 겁니다. 주님께서는 절 도우실 수도 있고, 돕지 않으실 수도 있겠죠. 하지만 전 주님께 의탁할 겁니다. 그리고 마지막까지 주님을 믿을 겁니다!"

"그럴수록 더 바보지!" 리그리는 그를 향해 경멸스럽게 침을 뱉으며 발로 걷어찼다. "마음대로 해. 내가 네놈을 쫓아가서 끌어내릴 테니까. 두고 보라고!" 그리고 리그리는 가버렸다.

무거운 짐이 영혼을 압박해 인내심의 바닥까지 떨어뜨리면, 육신과 도덕의 신경은 모두 그 무게를 떨치기 위해 즉각 필사적인 사투를 벌이게 된다. 따라서 더 이상 참기 힘든 고통 뒤에는 종종 환희와 용기가 다시 물밀 듯이 밀려온다. 지금 톰이 그러했다. 표독한 주인의 무신론적인 조롱은 이미 낙담해 있던 그의 영혼을 바닥까지 떨어뜨렸다. 믿음의 손은 여전히 영원의 반석을 움켜잡고 있었지만, 그 손은 마비되고 힘이 빠지고 있었다. 톰은 정신이 나간 사람처럼 불가에 앉아 있었다. 갑자기 주위의 모든 것이 희미해지는 듯하더니, 눈앞에 가시 면류관을 쓴, 얻어맞고 피 흘리는 사람의 환영이 나타났다. 톰은 두렵고 놀란 심정으로 그 얼굴에 담긴 웅대한 인내심을 지켜보았다. 그 깊고 슬픈 눈길이 그의 심장을 깊숙이 꿰뚫었다. 그의 영혼은 깨어났고, 그는 감정의 홍수에 휩쓸려 손을 내밀며 무릎을 꿇었다. 서서히 그 환영이 변화했다. 날카로운 가시들은 영광의 빛이 되었고, 상상할 수 없는 광휘 속에서 그 얼굴이 자비롭게 그를 굽어보았다. 목소리가 들려왔다. "이기는 그에게는 내가 내 보좌에 함께 앉게 하여주기를

내가 이기고 아버지 보좌에 함께 앉은 것과 같이 하리라."(「요한계시록」 3장 21절—옮긴이)

얼마나 오랫동안 그렇게 엎드려 있었는지 그는 알지 못했다. 정신을 차리고 보니 불은 꺼져 있고 옷은 한기와 이슬로 흠뻑 젖어 있었다. 하지만 끔찍한 영혼의 위기는 지나갔다. 가슴 벅찬 환희 속에서 배고픔도, 추위도, 비참한 처지도, 불행도 더 이상 느껴지지 않았다. 그 순간 그는 영혼 깊은 곳에서 현생에 대한 모든 희망을 놓고, 자신의 의지를 신에게 무조건 희생하겠노라고 내놓았다. 톰은 언제나 말없이 반짝이며 인간을 굽어보는 천사 같은 별들을 쳐다보았다. 밤의 고요함을 뚫고 승리의 찬송가 구절이 울려 퍼졌다. 행복했던 시절 종종 불렀던 노래였지만 지금처럼 벅찬 마음으로 불러본 적은 없었다.

"대지는 눈처럼 녹아 사라지고,
태양은 더 이상 빛을 발하지 않겠지만,
여기 아래의 나를 부르신 하나님은
영원한 나의 주님.

이 유한한 인간의 생명이 다하는 날,
육신과 감각이 끝나는 날,
나는 베일 속에서
환희와 평화의 생명을 얻으리.

그곳에서 1만 년 동안

태양처럼 환히 빛난 후에도

처음 시작했을 때처럼

하나님을 찬양할 수많은 나날이 있네."

노예들의 종교사를 잘 아는 사람들이라면 우리가 말한 것 같은 이야기가 매우 흔하다는 사실을 알 것이다. 우리는 매우 감동적이고 애절한 몇몇 이야기를 그들에게서 직접 들었다. 심리학자들에 따르면, 마음속 애정과 이미지가 너무나 압도적으로 강력하면 감각이 이에 굴복하여 마음속의 상상에 실체적인 형상을 입히는 경우가 있다고 한다. 편재하시는 하나님께서 우리 인간의 이러한 능력이나, 고독한 인간의 낙담한 영혼을 격려하는 당신 방식을 이용하여 어떤 일을 하시는지 누가 알 수 있겠는가? 잊힌 한 불쌍한 노예가 예수님이 나타나 말씀하셨다고 한들 누가 그 말에 반박하겠는가? 어느 시대건 하나님의 과업은 비탄에 빠진 사람들의 마음을 치료하고 멍든 사람들을 해방시켜주는 것이라 하지 않았던가?

어슴푸레한 회색 새벽빛에 사람들이 잠에서 깨어나 들로 나갈 때, 누더기를 입고 덜덜 떠는 비참한 사람들 가운데 힘차게 발길을 내딛는 사람이 하나 있었다. 그에겐 위대하신 하나님과 그분의 영원한 사랑에 대한 믿음이 자신이 밟고 있는 대지보다 더 단단했다. 리그리, 할 수 있는 짓은 다 해봐라! 극한의 고통, 슬픔, 비참함, 결핍, 상실도 그가 하나님의 왕이나 사제가 될 날을 앞당길 뿐일 테니까!

이날부터 침범할 수 없는 평화가 억압받는 톰의 비천한 심장을 감싸 안았다. 상존하시는 구원자께서 이를 성화하여 성전으로 만드신 것이다. 이제 지상의 회환의 고통은 사라졌다. 요동치는 희망과 공포, 욕망도 사라졌다. 뒤틀리고 피 흘리며 씨름하던 인간의 의지는 이제 완전히 신의 의지와 하나가 되었다. 이제 남은 인생 여정은 너무나 짧고 영원의 지복은 너무도 가깝고 선명해 보여서, 삶의 극한의 슬픔도 그에게 아무런 상처도 입히지 못하고 떨어져 나갔다.

모두가 그의 달라진 모습을 눈치 챘다. 그는 다시 활발하고 기민해졌고, 어떤 모욕이나 상처도 뒤흔들 수 없는 평온함이 있는 듯했다.

"도대체 톰한테 뭔 놈의 악마가 씐 거냐?" 리그리가 삼보에게 물었다. "좀 전까지만 해도 풀이 죽어 오만상 짓더니 지금은 아주 펄펄 날잖아."

"모르겠어요, 주인님. 도망가려는 게 아닐까요?"

"어디 그래 봤으면 좋겠군." 리그리는 야비한 미소를 지으며 말했다. "안 그래, 삼보?"

"그럼요! 야호! 하!" 시커먼 녀석은 비굴하게 웃으며 말했다. "이야, 얼마나 재밌을까! 흙탕에서 구르고, 도망치다 수풀에 살갗이 찢기고, 개들한테 쫓기는 놈을 보면! 몰리를 잡았을 때는 웃다가 배가 찢어질 뻔했잖아요. 가서 떼놓기도 전에 개들이 그년을 몽땅 다 찢어발겨 버리는 줄 알았다니까요. 아직도 그년한테 그때 상처가 남아 있죠."

"무덤까지 갈걸." 리그리가 말했다. "하지만 삼보, 지금은 단단히 살펴. 그 검둥이 놈이 이런 짓을 꾸미면 발목을 제대로 잡으라고."

"주인님, 저한테 맡겨주십쇼." 삼보가 말했다. "그 검둥이 놈을 나무에 매달고 말테니. 하, 하, 하!"

리그리는 이웃마을에 가기 위해 말에 오르며 이 대화를 나눴다. 그날 밤 돌아오는 길에 그는 상황이 괜찮은지 살펴보러 말을 돌려 숙소를 둘러봐야겠다고 생각했다.

휘영청 밝은 달밤이라 단아한 멀구슬나무의 그림자가 풀밭 위에 펜으로 그린 듯이 정교하게 비쳤고, 깨뜨리면 거의 불경스러울 것 같은 기분이 드는 투명한 고요가 공기 중에 맴돌았다. 숙소에서 조금 떨어진 곳에 갔을 때, 누군가 노래하는 소리가 들렸다. 보통 그곳에서 들을 수 있는 소리가 아니었기 때문에 그는 말을 멈추고 귀를 기울였다. 높은 음성의 노랫소리가 들렸다.

"하늘의 집에

내 자격을 분명히 고할 수 있을 때

나는 모든 두려움에 이별을 고하고

눈물을 닦으리.

이 세상이 내 영혼과 싸움을 벌이고

무시무시한 창들이 날아와도

그때 나는 악마의 분노에도 미소를 짓고

세상의 험악한 얼굴과 마주 보리.

대홍수 같은 근심이 닥치고

슬픔의 폭풍이 밀려와도

난 무사히 나의 집에,

나의 하나님, 나의 천국, 나의 모든 것에 가 닿으리."

"그렇단 말이지!" 리그리는 혼자 중얼거렸다. "그렇게 생각한다 이거지? 이 빌어먹을 감리교 찬송가 정말 지긋지긋해! 이 검둥이 놈아." 그는 갑자기 톰 앞에 나타나 승마용 채찍을 들었다. "자야 할 시간에 감히 웬 소란이야? 그 시커먼 주둥아리 닥치고 안으로 들어가!"

"네, 주인님." 톰은 즉시 경쾌하게 대답하고서 일어나 들어갔다.

리그리는 너무나 명백하게 행복한 톰의 모습에 뭐라 할 수 없이 격분해서 그를 쫓아가 머리와 어깨를 사정없이 때렸다.

"이 개새끼야," 그가 말했다. "이러고도 편할 수 있을지 어디 한번 보자!"

하지만 그 주먹질은 톰의 표면에만 가 닿았을 뿐, 전처럼 심장을 강타하지 못했다. 톰은 전혀 반항하지 않고 고분고분 서 있었지만, 리그리는 노예에 대한 자신의 지배력이 사라져버렸음을 스스로도 부정할 수 없었다. 톰이 오두막으로 들어가자, 그는 홱 말을 돌렸다. 어둡고 사악한 영혼에 가끔 찾아오는 섬광 같은 자각이 그의 마음속을 선명하게 스쳐 지나갔다. 그는 자신과 자신의 희생물 사이에 하나님이 버티고 있다는 것을 완전히 이해했고, 불경스러운 욕설을 내뱉었다. 조롱도, 위협도, 매질도, 잔혹한 형벌도 흔들 수 없는 그 순종적이고 말없는 인간으로 인해 그의 안에서 한 목소리가 깨어나더니 마치

먼 옛날 주 예수 그리스도가 악마 같은 영혼을 일깨웠을 때처럼 질문했다. "나사렛의 예수여, 당신을 어찌해야 하는가? 당신은 때가 되기도 전에 우리를 괴롭히러 온 것인가?"

톰의 영혼은 주위를 둘러싼 가없고 비참한 노예들에 대한 동정심과 공감으로 가득 찼다. 마치 그의 인생의 슬픔은 이제 다 끝났고, 하늘이 그에게 선사한 평화와 기쁨의 신비한 보고에서 무엇인가 쏟아내어 주위 노예들의 슬픔을 달래주고 싶어 하는 듯했다. 물론 그럴 기회는 많지 않았다. 하지만 들판으로 오가는 길이나 일하는 도중, 지치고 낙담하고 풀 죽은 자들에게 도움의 손길을 내밀 기회들이 생겼다. 짐승이나 다를 바 없는 상태가 된, 이 지치고 가없은 사람들은 처음에는 그의 행동을 거의 이해하지 못했다. 하지만 한 주 또 한 주가 가고, 한 달 또 한 달이 지나도 이런 행동이 계속되자 그들의 마비된 마음속에서 오랫동안 침묵하고 있던 감정이 깨어나기 시작했다. 모든 이의 짐을 기꺼이 질 태세이면서 아무에게도 도움을 구하지 않는 이 말 없이 인내하는 이상한 사람. 모두에게 양보하고 맨 나중에 와서 가장 적게 가져가지만 그 보잘것없는 양조차 기꺼이 필요한 사람과 나누려는 사람. 추운 밤이면 아파서 떨고 있는 여자를 조금이라도 더 따뜻하게 해주기 위해 자신의 누더기 담요를 내놓는 사람. 할당량을 못 채울 끔찍한 위험을 무릅쓰면서도 들판에서 약한 자들의 바구니를 채워주는 사람. 무자비한 주인의 폭력에 시달리면서도 절대 한 마디의 욕설도 저주도 하지 않는 사람. 이 사람이 마침내 알아차릴 수도 없을 정도로 서서히 사람들에게 기이한 영향력을 발휘하기 시작했다. 한창 바쁜 철이 지나고 다시 일요일의 휴식을 허락받게 되자, 많은 사람들이 모여 그에게서 예수의 이야기를 듣고 싶어 했다. 어딘가에 함께 모여 이야기를 듣고 기도하고 노래하고 싶어 했다. 하지만 리그리는 이를 허락할 마음이 없었고, 몇 번이나 욕설과 잔인한 저주를 퍼부으며 그런 시도를 막아버렸다. 그래서 축복의 소식은 한 사람, 한 사람에게로 전달될 수밖에 없었다. 하지만 삶이란 미지의 암흑을 향해 가는 기쁨 없는 여행일 뿐이라고 생각했던 이 버림 받은 가엾은 사람들이 자비로운 구원자와 천국의 집에 대한 이야기를 듣고 느낀 그 소박한 환희를 누가 알 수 있겠는가? 선교사들은 지상의 모든 종족 가운데 가장 열렬하고 순종적으로 복음을 받아들인 사람들은 아프리카인들이라고 말한다. 기독교의 근본인 신뢰와 무조건적인 믿음의 원칙은 세상 그 어떤 종족보다 이들에게 체질적으로 존재하는 요소이다. 그렇기에 우연히 바람에 날려 가장 무지한 자들의 가슴에 떨어진 진실의 씨앗이 어찌나 더 풍성한 열매를 맺었는지, 더 높은 수준의 세련된 문명도 부끄럽게 할 정도라는 이야기가 종종 들리는 것이다.

눈사태처럼 몰아닥친 폭력과 악행에 압도당해 소박한 믿음을 거의 잃어버렸던 가엾은 물라토 여인의 영혼은 들판으로 나가고 돌아오는 길에 비천한 전도사가 간간이 그녀의 귀에 불어넣어 준 성경 구절과 찬송가를 통해 고양되었다. 심지어 반쯤은 미친 것이나 다름없던 캐시의 방황하던 마음도 그의 소박하고 겸손한 영향력 아래 위로받고 진정되었다.

참을 수 없는 삶의 고통으로 인해 광기와 절망으로 내몰렸던 캐시는 종종 마음속 깊이 응징을 결심했다. 자신이 목격하고 직접 겪은 그 모든 부당함과 잔혹함을 자신의 손으로 압제자에게 앙갚음해주겠다고 굳게 다짐했다.

어느 날 밤 톰의 오두막 안의 모든 사람이 깊은 잠에 빠져 있을 때, 창문이랍시고 나 있는 통나무 사이 구멍으로 캐시의 얼굴이 불쑥 들어와 톰의 잠을 깨웠다. 그녀는 그에게 나오라고 조용히 손짓했다.

톰은 문밖으로 나갔다. 시간은 밤 1시에서 2시경, 달빛이 환한 고요한 밤이었다. 달빛에 비친 캐시의 커다란 검은 눈을 바라보던 톰은 그 눈빛에 평소의 체념적인 절망과는 다른 광기 어린 이상한 번득임이 담겨 있음을 눈치 챘다.

"이리 와요, 톰 목사님." 그녀가 조그만 손으로 그의 손목을 잡더니 손이 강철이라도 되는 듯이 굉장한 힘으로 그를 끌어당기며 말했다. "이리 와요. 들려줄 소식이 있어요."

"뭐예요, 캐시 아씨?" 톰이 불안하게 물었다.

"톰, 자유를 원하죠?"

"하나님의 때가 오면 얻게 될 겁니다, 아씨." 톰이 말했다.

"네, 하지만 오늘 얻을 수도 있어요." 캐시가 갑자기 활기차게 말했다. "자, 가요."

톰은 주저했다.

"가자니까요!" 그녀는 검은 눈으로 그를 뚫어져라 바라보며 속삭였다. "가요! 그 인간은 잠들었어요, 아주 깊이. 그러라고 브랜디에 충분히 넣었거든요. 더 많았으면 좋았을 텐데. 그러면 당신을 부를 필요도 없었을 거예요. 하지만 가요. 뒷문은 안 잠겨 있고, 거기 도끼가 있어요. 제가 거기 놓아뒀거든요. 그 인간 방문은 열려 있어요. 제가 안내할게요. 팔에 이렇게 기운이 없지만 않다면 제가 직접 했을 텐데. 같이 가요!"

"세상을 다 준대도 그렇게는 못 합니다, 아씨!" 톰은 우뚝 버티고 서더니 앞으로 가려는 캐시를 잡아당겼다.

"하지만 이 가엾은 사람들을 생각해봐요." 캐시가 말했다. "이 사람들을 다 풀어주고 늪지대 어딘가 섬 같은 곳을 찾아서 우리끼리 살 수도 있다고요. 그런 일이 있었다는 이야기를 들었어요. 어떤 삶도 이것보다는 낫다고요."

"안 됩니다!" 톰은 단호하게 말했다. "안 돼요! 악에서는 절대 선이 나올 수 없어요. 그러느니 차라리 제 오른손을 자르겠습니다!"

"그럼 제가 할 거예요." 캐시가 돌아서며 말했다.

"캐시 아씨!" 톰이 몸으로 그녀의 앞길을 막으며 말했다. "당신을 위해 돌아가신 주님을 생각해서 소중한 영혼을 그런 식으로 악마에게 팔지 말아요! 그 결과는 악밖에 없어요. 주님께서는 우리에게 분노하라 하지 않으셨습니다. 우리는 인내하며 때를 기다려야 해요."

"기다린다고요!" 캐시가 말했다. "제가 안 기다리고 이래요? 머리가 빙빙 돌고 신물이 날 때까지 기다렸다고요. 저 인간이 제게 어떤 고통을 겪게 했는데요? 저 인간이 저 수백 명의 불쌍한 사람들에게 어떤 고통을 겪게 했는데요? 저 인간이 당신의 피를 쥐어짜고 있잖아요? 전 부르심을 받았어요. 절 부른다고요! 하나님의 때가 왔어요.

내가 저 인간 심장의 피를 흘리게 할 거예요!"

"안 돼요, 안 돼요, 안 돼!" 톰은 발작적으로 격렬하게 떨고 있는 캐시의 조그만 손을 잡고 말했다. "아니, 절대 그래선 안 돼요. 소중하신 주님께선 당신의 피 외엔 어떤 피도 흘리지 않으셨어요. 그 피를 원수였던 우리를 위해 흘리셨죠. 주여, 우리가 당신의 발자취를 따를 수 있도록 도와주십시오. 우리의 원수를 사랑하도록 도와주십시오."

"사랑이라고요!" 캐시가 눈을 사납게 번득이며 말했다. "**그런** 원수를 사랑하라고요! 피가 흐르는 육신을 가진 사람은 그럴 수 없어요."

"그래요, 아씨, 그럴 수는 없죠." 톰은 하늘을 우러러보며 말했다. "하지만 **주님**께서 우리에게 그럴 힘을 주셨어요. 그게 **승리**인 겁니다. 우리가 사랑과 기도로 모든 역경을 뚫고 지나가면 싸움이 끝나고 승리가 오는 거예요. 주님께 영광을!" 그는 눈물을 흘리며 목 메인 소리로 이렇게 말하고 하늘을 쳐다보았다.

가장 마지막에 부르심을 받은 나라, 가시 면류관과 채찍, 피땀, 십자가의 고통에 부르심을 받은 나라, 아프리카여! 이것이 **그대들의** 승리이다. 이를 통해 그대들은 그리스도의 왕국이 지상에 이루어지는 날 주님과 함께 다스리게 될 것이다.

톰의 깊은 열정과 부드러운 목소리, 그리고 눈물이 가엾은 여인의 광기 어리고 혼란스러운 마음에 이슬처럼 떨어졌다. 무시무시하게 이글거리던 눈빛이 서서히 부드러워지더니, 그녀는 고개를 떨구었다. 그녀의 손에서 힘이 빠져나가는 게 느껴졌다.

"사악한 영들이 절 쫓는다고 말하지 않았나요? 오, 톰 목사님, 전

기도할 수가 없어요. 저도 그러고 싶어요. 아이들이 팔려 간 이후로는 한 번도 기도한 적이 없어요! 목사님 말이 옳겠죠. 저도 알아요. 하지만 기도를 하려고 하면 증오와 저주의 말밖에 나오지 않아요. 기도할 수가 없어요!"

"가엾은 영혼!" 톰이 온화하게 말했다. "악마가 당신을 가지고 싶어 해요. 제가 주님께 당신을 위해 기도하겠습니다. 오, 캐시, 주 예수의 품으로 돌아가요. 주님께선 다친 가슴을 어루만져 주시고 상심한 사람들을 위로해주러 오셨어요."

캐시는 말없이 서서 내리깐 눈에서 커다란 눈물만 뚝뚝 흘렸다.

"캐시 아씨," 톰이 잠시 말없이 그녀를 바라보다 주저하며 말했다. "여기서 떠날 수만 있다면, 그런 일이 가능하다면 당신과 에멀린에게 그러라고 하고 싶어요. 피로 얼룩진 죄의식 없이 갈 수 있다면 말이에요."

"우리와 함께하겠어요, 톰 목사님?"

"아뇨," 톰이 말했다. "그러고 싶은 때도 있었죠. 하지만 주님께서는 이 불쌍한 영혼들 사이에서 할 일을 제게 주셨어요. 전 이들과 남아서 마지막까지 제 십자가를 지겠습니다. 당신과는 달라요. 여긴 당신에겐 덫과 같아요. 당신이 견딜 수 있는 곳이 아닙니다. 할 수 있다면 떠나는 게 좋아요."

"전 무덤을 통과하는 길밖에 몰라요." 캐시가 말했다. "짐승들도 새들도 다 어딘가에는 집이 있죠. 뱀들과 악어들조차 누워서 조용히 쉴 수 있는 곳이 있어요. 하지만 우리에겐 아무 데도 없네요. 칠흑 같은 늪지대에서도 그놈의 개들이 우리를 쫓아와 찾을 거예요. 모두가, 모든 것이 우리의 적이에요. 짐승들조차 우리 편이 아니라고요. 이러니 어디로 가겠어요?"

톰은 말없이 서 있었다. 마침내 그가 말했다.

"사자의 소굴에서 다니엘을 구해주신 그분, 타오르는 용광로에서 아이들을 구해내신 그분, 바다 위를 걸으시고 바람을 잠재우신 그분, 그분은 아직 살아 계십니다. 전 그분이 당신들을 구원해주리라 굳게 믿어요. 해보세요. 제가 온 힘을 다해 당신을 위해 기도할게요."

오래전 검토해보고 쓸모없다고 짓밟아 뭉개버린 생각이 어떤 기이한 마음의 작용으로 인해 갑자기 다이아몬드처럼 새롭게 빛나는 것일까?

과거 캐시는 종종 몇 시간이고 온갖 가능한 탈출계획을 궁리해보다가 다 가망 없고 실행 불가능하다고 내쳐버리곤 했다. 하지만 지금 이 순간 그녀의 마음속에 한 가지 계획이 번득 떠올랐다. 즉각 희망이 샘솟을 정도로 너무나 단순하고 모든 면에서 그럴듯한 계획이었다. "톰 목사님, 해보겠어요!" 그녀가 갑자기 말했다.

"아멘!" 톰이 말했다. "주님께서 도우실 겁니다!"

제39장

전략

"악인의 길은 어둠 같아서 걸려 넘어져도 그것이 무엇인지 깨닫지 못하
느니라."

—「잠언」4장 19절

리그리가 사는 집의 다락방은 다른 다락방들과 마찬가지로 곳곳
에 거미줄이 쳐져 있고 잡동사니들이 널려 있는, 먼지투성이의 넓고
황폐한 공간이었다. 호사를 누리던 시절 이 집에서 살았던 가족은 비
싼 가구를 수도 없이 수입해 들여왔는데, 그중 일부는 가지고 떠났지
만 일부는 썩어가는 빈방에 쓸쓸히 남아 있거나 이 창고에 보관되어
있었다. 다락방 벽에는 가구를 넣어 온 엄청나게 큰 포장상자 한두 개
가 기대어 놓여 있었다. 다락방에는 조그만 창문이 하나 있었고, 그
지저분하고 먼지 낀 창문을 통해 들어온 희미한 빛이 한때는 좋은 시

    Uncle Tom's Cabin

절을 보냈던, 등받이 높은 의자와 먼지 쌓인 테이블들을 비추고 있었다. 안 그래도 대체적으로 괴이하고 으스스한 분위기였지만, 미신적인 흑인들 사이에 떠도는 전설은 그 다락방에 대한 공포를 배가시켰다. 몇 년 전, 리그리의 노여움을 산 흑인 여인이 몇 주 동안 그 방에 감금된 적이 있었다. 방에서 무슨 일이 벌어졌는지 우리는 모르지만, 흑인들은 자기들끼리 몰래 속삭이곤 했다. 알려진 사실이라고는 어느 날 그 불쌍한 여인의 시신이 다락방에서 내려져 땅에 묻혔고, 그 이후로 그 오래된 다락방에서 욕설과 저주, 난폭한 구타의 소리가 흐느낌과 절망적인 신음과 뒤섞여 들려온다는 것이었다. 어느 날 어쩌다가 리그리가 이런 이야기를 우연히 엿들었는데, 그는 미친 듯이 화를 내며 누구든 다락방에 대해 그딴 소리를 또 하면 일주일 동안 거기 가둬둘 테니 뭐가 있는지 직접 보게 될 거라고 길길이 날뛰었다. 이 때문에 수군거림은 멈췄지만, 그렇다고 해서 이야기에 대한 믿음이 조금이라도 흔들리지는 않았다.

점차 사람들은 다락방으로 올라가는 계단은 물론, 심지어 계단으로 이어지는 통로까지도 피해 다녔고, 모두들 그 이야기를 입에 담기도 무서워하는 바람에 전설은 점차 사라졌다. 그런데 그 이야기가 문득 캐시에게 떠올랐다. 그녀는 자신과 비참한 동료의 해방을 위해 미신에 쉽게 휘둘리는 리그리의 특징을 이용하기로 결심했다.

캐시가 자는 방은 다락방 바로 밑이었다. 어느 날 그녀는 리그리에게 상의하지도 않고 갑자기 여봐란듯이 방 안의 가구와 물건들을 멀찌감치 떨어진 방으로 옮기기로 했다. 리그리가 말을 타러 나갔다 돌아와 보니, 이사를 돕는 잔심부름꾼들이 호들갑을 떨며 부산하게 이리저리 움직이고 있었다.

"이봐! 너, 캐시!" 리그리가 말했다. "이게 무슨 난리야?"

"아무것도 아니야. 그냥 다른 방에 있으려고." 캐시가 완강하게 말했다.

"이유가 뭔데?" 리그리가 물었다.

"그러고 싶어서." 캐시가 말했다.

"뭔 헛소리야! 왜 그러는 거야?"

"나도 가끔은 잠을 좀 자고 싶거든."

"잠이라고! 뭣 때문에 잠을 못 자는데?"

"듣고 싶으면 말 못 해줄 것도 없지." 캐시가 쌀쌀하게 말했다.

"말해, 이년아!" 리그리가 말했다.

"아, 별일 아니야. 내 말 들어도 **당신**은 별로 놀라지도 않을 거야! 그냥 자정부터 아침까지 신음소리랑 질질 발 끄는 소리, 다락방 바닥에서 구르는 소리가 밤새도록 나서 그러는 것뿐이야."

"다락방에 사람이 있다고!" 리그리는 불안하지만 억지로 웃음을 터뜨리며 말했다. "그게 누군데, 캐시?"

캐시는 날카로운 검은 눈을 들어 리그리의 얼굴을 꿰뚫어 보기라도 할 듯한 표정으로 지긋이 바라보았다. 이어 그녀가 말했다. "그러게 말이야, 사이먼. 누구지? **당신**이 말 좀 해줘. 당신도 모르겠지만!"

리그리는 욕설을 내뱉으며 승마용 채찍으로 캐시를 내리쳤다. 하지만 그녀는 한쪽 옆으로 살짝 피해 문밖으로 나가면서 그를 돌아보고 말했다. "그 방에서 자보면 당신도 다 알게 될 거야. 한번 그래보는 게 어때!" 그리고 그녀는 순식간에 문을 닫고 잠갔다.

리그리는 고래고래 소리 지르고 욕설을 해대며 문을 부수겠다고 으름장을 놓았지만, 곧 생각을 고쳐먹은 듯 불편한 기색으로 거실로 돌아갔다. 속임수가 제대로 먹힌 것을 본 캐시는 이후 계속해서 교묘하기 짝이 없는 언사로 리그리를 휘둘러댔다.

그녀는 다락방 옹이구멍을 헌 병 주둥이로 막아 바람이 조금이라도 불면 서럽고 구슬픈 울음소리 같은 것이 나도록 만들었고, 이 소리는 세찬 바람이 불 때면 미신을 믿고 잘 속는 사람 귀에는 공포와 절망의 비명으로 들리기 딱 좋은 날카로운 비명소리로 변했다.

때로 노예들도 이 소리를 들었고, 그들은 전에 떠돌던 귀신 이야기를 생생하게 다시 떠올렸다. 미신적인 공포가 스멀스멀 온 집을 에워쌌다. 감히 리그리에게 그런 이야기를 할 사람은 아무도 없었지만, 그도 대기처럼 집을 감싸고 있는 공포를 느낄 수 있었다.

신을 믿지 않는 사람처럼 미신에 휘둘리는 사람은 없다. 기독교인은 미지의 공간도 빛과 질서로 채우시며 모든 것을 다스리시는 지혜로운 하나님에 대한 믿음으로 똘똘 뭉쳐 있지만, 하나님을 왕좌에서 끌어내린 자에게 있어 영혼의 세계란 유대인 시인이 말하듯 진실로 "암흑의 땅이요 죽음의 그림자"이다. 그에게 있어 삶과 죽음은 귀신 같은 형상들과 희미하고 어두침침한 공포로 가득 찬 귀신 들린 땅이었다.

톰과의 만남으로 리그리의 내면에서 잠들어 있던 도덕이 깨어났지만, 악의 힘은 결연하게 이에 저항했다. 하지만 어두운 내면 세계는 말 한마디나 기도, 찬송가에도 흔들리며 동요했고, 미신적인 공포심이 솟아올랐다.

캐시가 그에게 미치는 영향력은 낯설고 기이한 것이었다. 그는 그녀의 주인이자 폭군, 고문관이었다. 그도 알다시피 그녀는 어떤 도움이나 구제의 가능성도 없이 그의 손아귀에 있었다. 그러나 이 잔혹하기 이를 데 없는 남자는 여인의 강한 영향력을 끊임없이 받고 살면서 자기도 모르게 그 영향에 휘둘리게 되었다. 처음 그녀를 샀을 때 그녀는 스스로도 말했듯이 곱게 자란 여자였다. 그는 거리낌 없이 잔악한 발로 그녀를 짓뭉갰다. 하지만 시간과 천박한 영향, 절망이 그녀를 강하게 만들고 사나운 열정의 불을 일깨워 그녀는 그의 정부 비슷한 존재가 되었고, 그는 그녀를 학대하면서 동시에 그녀를 두려워했다.

이 영향력은 더 성가시게 괴롭고 결정적인 것으로 변했다. 반쯤 정신이 나간 듯한 그녀의 상태로 인해 그녀가 하는 모든 말이 이상하고 기괴하고 불안하게 들렸다.

그로부터 하루 이틀 정도 지난 밤, 리그리는 깜박이는 불빛이 방 안에 희미한 빛을 던지고 있는 거실 벽난로 옆에 앉아 있었다. 삐걱거리는 낡은 집이 온갖 형용할 수 없는 소리들을 내게 만드는 폭풍우 몰아치는 밤이었다. 창문들은 덜걱거리고, 덧창들이 탕탕 부딪치고, 바람은 굴뚝 아래로 덜거덕거리며 곤두박질쳐 내려왔고, 이따금씩 한 무리의 영혼이 그 뒤를 따라 내려오기라도 하듯이 연기와 재가 훅 날아 들어왔다. 리그리는 몇 시간째 셈을 하고 신문을 읽고 있었고, 캐시는 한쪽 구석에 앉아 음울한 표정으로 불을 바라보고 있었다. 신문을 내려놓은 리그리는 초저녁에 캐시가 읽고 있던 낡은 책이 테이블 위에 있는 것을 보더니 책을 집어 들고 넘겨보기 시작했다. 잔인한 살인과 유령, 초자연적 현상 이야기를 조잡한 삽화와 함께 모아놓은 책으로, 일단 읽기 시작하면 이상하게도 놓지 못하고 빠져들게 되는 그런 책이었다.

리그리는 코웃음을 쳤지만 계속해서 책장을 넘기며 읽었고, 마침내 어느 정도 읽더니 욕을 하며 책을 패대기쳤다.

"넌 유령 같은 거 안 믿지, 캐시?" 그는 집게를 들고 불을 쑤시며 말했다. "**넌** 이런 이야기들에 놀랄 정도로 분별없지는 않은 것 같은데."

"내가 뭘 믿든 무슨 상관이야." 캐시는 무뚝뚝하게 말했다.

"바다에서 겪은 이야기 따위를 해서 날 무섭게 하려는 작자들이 있었지." 리그리가 말했다. "나한테는 절대 안 통했어. 나 같은 강한 남자는 그런 쓰레기 이야기에 안 넘어가거든, 아암."

캐시는 어둑어둑한 구석에 앉아 그를 뚫어지게 바라보고 있었다. 그 눈에는 리그리를 항상 불편하게 만드는 기이한 빛이 어려 있었다.

"저건 다 쥐나 바람 부는 소리야." 리그리가 말했다. "쥐들이 얼마나 엄청난 소리를 내는데. 배 선창에서 쥐소리를 들은 적 있어. 그리고 바람은…… 빌어먹을! 바람은 오만 소리를 다 낸다고."

캐시는 리그리가 자신의 눈길을 불편해하고 있음을 알았고, 그래서 아무 말도 없이 전처럼 이 세상 사람 같지 않은 기이한 표정으로 뚫어져라 그를 바라보기만 했다.

"말 좀 해봐, 이년아. 그렇게 생각 안 해?" 리그리가 말했다.

"쥐들이 계단을 걸어 내려와 입구를 지나 문을 열 수 있어? 문을 잠그고 의자로 막아놓았는데도?" 캐시가 말했다. "그러고는 계속 걷고 또 걸어서 침대 옆까지 와서 손을 내밀 수 있어?"

캐시는 이렇게 말하며 빛나는 눈으로 계속해서 리그리를 응시했다. 그는 악몽을 꾸는 사람처럼 그녀를 바라보다가, 마침내 그녀가 얼음처럼 차가운 손을 그의 손 위에 놓자 펄쩍 뛰며 욕을 퍼부었다.

"이년아! 무슨 소리야? 아무도―"

"그래. 물론 아니지. 누가 그 사람들이 그랬대?" 캐시가 차가운 냉소를 담은 미소를 지으며 말했다.

"하지만…… 정말로 본 거야? 자, 캐시, 그게 뭐야, 말해봐!"

"거기서 직접 자봐." 캐시가 말했다. "알고 싶으면."

"**그게** 다락방에서 왔단 말이야, 캐시?"

"그거라니…… 뭐가?" 캐시가 물었다.

"네가 말한 것―"

"난 아무 소리도 안 했는데." 캐시는 단호히 무뚝뚝하게 말했다.

리그리는 방 안을 불안하게 서성거렸다.

"내가 네 이야기를 알아볼 거야. 오늘 밤 들여다볼 거라고. 권총을 가지고 가서―"

"해." 캐시가 말했다. "그 방에서 자. 당신이 그러는 거 보고 싶네. 총 쏘라고. 해봐!"

리그리는 발을 구르며 정신이 나간 듯이 욕을 퍼부었다.

"욕하지 마." 캐시가 말했다. "누가 들을지 어떻게 알아. 쉿! 저건 무슨 소리야?"

"뭐가?" 리그리가 깜짝 놀라며 말했다.

방구석에 서 있는 커다란 네덜란드 시계가 천천히 12시를 알리는 종을 치기 시작했다.

이런저런 이유로 리그리는 입을 열지도, 움직이지도 않았다. 뭐라고 말할 수 없는 공포가 그에게 서서히 내려앉았다. 캐시는 날카로운 조소를 담은 눈빛으로 그를 바라보고 서서 종소리를 셌다.

"12시야. 자, **이제** 보게 되겠지." 그녀는 돌아서서 문을 열고 복도로 나가 무슨 소리라도 듣는 듯이 서 있었다.

"쉿! 저게 무슨 소리지?" 그녀는 손가락을 올리며 말했다.

"바람소리라니까." 리그리가 말했다. "얼마나 사납게 부는지 안 들려?"

"사이먼, 이리 와봐." 캐시는 이렇게 속삭이며 그의 손을 잡아끌고 계단 아래로 데려갔다. "**저게** 뭔지 알아? 들어봐!"

날카로운 비명이 계단을 울리며 내려왔다. 다락방에서 나는 소리였다. 리그리의 무릎이 덜덜 떨며 부딪쳤고, 얼굴은 공포로 백지장처럼 하얗게 질렸다.

"권총을 가져오는 게 낫지 않겠어?" 캐시가 리그리의 피를 얼려버릴 것 같은 조소를 띠며 말했다. "제대로 알아볼 때가 됐어. 지금 당신이 올라가는 게 좋겠어. **그들이 저기 있다고!**"

"난 안 가!" 리그리가 욕설을 내뱉으며 말했다.

"왜? 유령 같은 건 없다며! 가자!" 캐시는 깔깔 웃으며 둥글게 구부러진 계단을 가볍게 뛰어오르더니 뒤돌아서 그를 바라보았다. "어서."

"네년이 **진정** 악마구나!" 리그리가 말했다. "돌아와, 이 마녀야, 돌아오라고, 캐시! 가지 마!"

하지만 캐시는 미친 듯이 깔깔 웃으며 계속해서 올라갔다. 그녀가 다락방으로 올라가는 문을 여는 소리가 들렸다. 세찬 돌풍이 휙 불어와 그가 들고 있던 촛불을 껐고, 그와 동시에 이 세상 소리 같지 않은 무시무시한 비명이 들렸다. 마치 그의 귀에 대고 지르는 듯했다.

리그리는 혼비백산하여 거실로 돌아왔다. 캐시는 몇 분 후 뒤따라 들어왔다. 그녀의 얼굴은 복수의 칼을 가는 영혼처럼 창백하고 고요하고 차가웠고, 눈에는 여전히 무시무시한 빛이 어른거리고 있었다.

"이제 만족하길 바라." 그녀가 말했다.

"죽어버려, 캐시." 리그리가 말했다.

"왜?" 캐시가 말했다. "난 그저 올라가서 문을 닫았을 뿐이야. **저 다락방에 무슨 문제라도 있는 거야**, 사이먼?" 그녀가 말했다.

"네가 알 바 아냐!" 리그리가 말했다.

"오, 그래? 그럼." 캐시가 말했다. "어쨌거나, 그 아래에서 안 자서 난 좋아."

캐시는 바람이 거세질 것을 예상하고 그날 밤 미리 올라가서 다락방 창문을 열어두었다. 물론 문을 열자마자 돌풍이 불어와 촛불을 껐던 것이다.

이것이 캐시가 리그리와 벌인 게임의 일례로, 결국 그는 다락방에 올라가느니 차라리 사자 입에 머리를 들이미는 걸 택할 지경이 되었다. 그러는 동안 밤이면 캐시는 다른 사람들이 잠든 사이 당분간 먹고살기에 충분할 양의 물자들을 다락방에 천천히 조심스레 모았다. 그녀는 자신과 에멀린의 옷을 하나하나씩 가져가 대부분 옮겼다. 모든 게 정리되자 이제 계획을 실행시킬 적절한 기회를 기다릴 일만 남았다.

캐시는 리그리의 마음이 좀 관대해진 시기를 틈타 그를 구슬려 레드 강변에 위치한 이웃마을에 갈 때 데려가 달라고 했다. 그녀는 거의 초자연적인 경지에 도달할 정도로 날카로워진 기억력으로 길 모양새를 하나도 놓치지 않고 눈여겨보고, 그곳을 통과하는 데 걸릴 시간을 마음속으로 계산해보았다.

이제 실행 준비가 다 되었으니, 독자들은 아마도 무대 뒷모습과 최후의 쿠데타를 보고 싶을 것이다.

저녁 무렵이었고, 리그리는 이웃농장에 가고 없었다. 지난 며칠 동안 캐시는 사근사근하게 그의 비위를 맞춰줬고, 겉보기에 리그리와 그녀의 사이는 더할 나위 없이 좋았다. 지금 이 순간, 캐시와 에멀린은 에멀린의 방에서 조그만 꾸러미 두 개를 서둘러 싸고 있었다.

"자, 이 정도면 충분해." 캐시가 말했다. "이제 모자 쓰고 출발하자. 지금이 딱 좋아."

"왜요, 아직은 우리를 볼 수 있잖아요." 에멀린이 말했다.

"내 말이 그거야." 캐시가 냉정하게 말했다. "저놈들이 우리를 쫓아와야 한다는 걸 모르겠어? 내 계획은 이래. 우리는 뒷문으로 살짝 빠져나가 숙소 옆으로 도망칠 거야. 삼보나 킴보가 분명히 우리를 보겠지. 놈들이 우릴 쫓아올 테고, 우린 늪지대로 들어갈 거야. 그러면 더 이상 못 쫓아오고 다시 올라가서 경종을 울리고 개들을 풀겠지. 늘 그렇듯이 놈들이 서로 부딪치면서 우왕좌왕하는 사이에 너랑 나는 집 뒤편으로 흐르는 샛강으로 가서 강을 따라 몰래 올라와 뒷문 건너편으로 오는 거야. 그럼 개들도 냄새를 못 맡아. 물에는 냄새가 안 남으니까. 모두가 우리를 찾으러 집 밖으로 나갈 테니, 그 틈을 타서 우리는 뒷문으로 슬쩍 들어와 다락방으로 올라오는 거야. 내가 커다란 상자 하나로 괜찮은 잠자리를 만들어뒀어. 우린 다락방에 잠시 숨어 있어야 해. 우리를 찾느라 난리가 날 테니까. 리그리는 다른 농장의 노련한 감독들까지 동원해서 대대적으로 수색을 할 거야. 늪지대를 샅샅이 뒤지겠지. 아무도 도망치지 못했다는 걸 아주 자랑으로 여기거든. 그러니 마음껏 수색하게 하자고."

"캐시, 정말 근사한 계획이에요!" 에멀린이 말했다. "당신이 아니고 서야 누가 그런 생각을 하겠어요?"

캐시의 눈에는 기쁨도, 흥분도 없었다. 그저 절망에서 나온 단호함 뿐이었다.

"가자." 그녀는 에멀린에게 손을 내밀며 말했다.

두 도망자는 소리 없이 집에서 빠져나가 짙어가는 저녁 어스름을 헤치고 숙소 옆으로 날 듯이 뛰어갔다. 서쪽 하늘에 은색 인장처럼 떠 있는 반달이 밤이 오는 것을 잠시 지체시키고 있었다. 캐시의 예상

대로 그들이 농장을 둘러싼 늪지대에 거의 다다랐을 때 뒤에서 멈추
라고 외치는 고함소리가 들렸다. 하지만 그건 삼보가 아니라 거칠게
욕을 하며 쫓아오는 리그리였다. 그 소리에 기가 약한 에멀린이 무너
져버렸다. 그녀는 캐시의 팔을 잡으며 말했다. "오, 캐시, 전 기절할 것
같아요."

"그러기만 해봐, 죽여버릴 테니!" 캐시는 번득이는 조그만 칼을 꺼
내 소녀의 눈앞에서 흔들어댔다.

위협 작전은 소기의 목적을 거두었다. 에멀린은 기절하지 않았고,
캐시와 함께 미로처럼 복잡한 늪지대로 뛰어들었다. 너무나 깊숙하고
어두워서 리그리도 도움 없이는 절대 따라올 생각을 할 수 없는 곳이
었다.

"허!" 그는 잔인하게 낄낄 웃으며 말했다. "어쨌거나 이제 제 발로
덫에 들어간 거지, 갈보년들! 독 안에 든 쥐야. 혼쭐을 내줄 테다!"

"어이, 거기! 삼보! 킴보! 모두 모여!"
리그리는 숙소로 가서 막 일터에서 돌
아오고 있는 남녀를 불러 모았다. "늪
에 도망자가 둘 있다. 그년들을 잡는 검
둥이에게는 5달러를 주겠다. 개들을 풀
어! 타이거랑 퓨리, 그 외 나머지 다 풀
어!"

이 소식은 순식간에 대단한 흥분
을 불러일으켰다. 보상에 대한 기대에

서건, 노예제의 가장 지독한 영향인 비굴함 때문이건 많은 남자들이 즉시 나서서 수색에 자원했다. 어떤 이들은 그저 우왕좌왕했고, 어떤 이들은 소나무 가지로 만든 횃불을 가지러 달려갔다. 몇몇은 개들을 풀어줬다. 개들의 거칠고 사나운 울음소리에 흥분된 분위기가 더 고조되었다.

"못 잡으면 쏴도 돼요, 주인님?" 삼보는 주인에게서 총을 받으며 물었다.

"캐시는 쏴도 돼. 이제 그년은 제 주인인 악마한테 갈 때도 됐어. 하지만 애는 쏘지 마." 리그리가 말했다. "자, 이것들아, 빨랑빨랑 똑똑하게 행동해. 잡는 사람에게는 5달러를 주고, 모두에겐 어쨌거나 술 한 잔씩 돌리겠다."

모두 이글거리는 횃불을 들고 짐승과 인간 공히 야만적인 소리를 질러대며 늪지대로 내려갔고, 집 노예들은 조금 떨어져 뒤를 따랐다. 그 결과 캐시와 에멀린이 뒷길로 살짝 집에 들어왔을 때 농장은 완전히 텅 비어 있었다. 추적자들의 고함소리는 여전히 쩌렁거리며 울리고 있었다. 캐시와 에멀린은 거실 창문에 서서 횃불을 들고 늪지대 가장자리로 흩어지고 있는 무리를 지켜보았다.

"저기 봐요!" 에멀린이 캐시에게 손짓하며 말했다. "수색이 시작됐어요! 저 일렁이는 횃불들 좀 봐요! 쉿! 개 짖는 소리들! 들려요? **저기** 있었다면 우린 완전 죽은 목숨이었겠어요. 오, 제발, 어서 숨어요. 어서!"

"서두를 것 없어." 캐시가 냉정하게 말했다. "모두들 수색하러 나갔으니. 즐거운 저녁 놀이가 될 거야! 우린 천천히 올라가자고." 그녀는 리그리가 급히 벗어 던지고 간 코트 주머니에서 유유히 열쇠를 꺼내 며 말했다. "그동안 여비나 좀 챙겨야겠다."

그녀는 책상을 열고 지폐 뭉치를 하나 꺼내더니 재빨리 셌다.

"오, 그러지 마요!" 에멀린이 말했다.

"그러지 말라고!" 캐시가 말했다. "왜 안 돼? 늪지대에서 굶을래, 아 니면 자유주로 갈 여비가 될 이 돈을 챙길래? 돈으론 뭐든지 할 수 있 어, 애야." 그녀는 이렇게 말하며 돈을 품속에 쑤셔 넣었다.

"그건 도둑질이잖아요." 에멀린이 지친 목소리로 속삭였다.

"도둑질!" 캐시가 비웃으며 말했다. "육신과 영혼을 훔치는 사람들 은 우리한테 그런 말 하면 안 되지. 이 돈은 다 훔친 거야. 가난하고 굶주리고 피땀 흘려 일하는 사람들한테서 훔친 거라고. 그 작자 배를 불리자고 결국 죽어 나가게 될 사람들한테서 말이야. **그 인간**이 도둑 질이라 하건 말건 무슨 상관이야! 하지만 이제 다락방으로 올라가는 게 좋겠어. 거기에 촛불이랑 시간 때울 책들도 좀 가져다 뒀어. 우리 를 찾으러 **거기** 올 사람은 아무도 없으니 안심해도 좋아. 혹시라도 그 런 일이 있으면 내가 귀신 흉내를 내줄테니."

에멀린이 다락방에 올라가 보니, 예전에 커다란 가구를 들여왔던 엄청난 크기의 상자가 입구 쪽 벽과 처마를 마주 보도록 옆으로 눕혀 있었다. 캐시가 조그만 등불을 켜고 처마 아래로 기어 들어갔다. 그들 은 상자 안에 자리를 잡았다. 그 안에는 조그만 매트리스와 베개들이 놓여 있고, 옆의 상자에는 촛불과 양식, 여행에 필요한 옷가지들이 넉

넉하게 준비되어 있었다. 캐시는 이 모든 것을 굉장히 작은 꾸러미들로 꾸려놓았다.

"자," 캐시는 등불을 걸 수 있도록 상자 옆면에 박아둔 조그만 고리에 등불을 걸고 말했다. "여기가 당분간 우리 집이 될 거야. 어때?"

"정말로 다락방을 뒤지지 않을까요?"

"사이먼 리그리가 그러는 걸 보고 싶네." 캐시가 말했다. "절대 그럴리 없어. 가까이 올 엄두도 내지 않을 거야. 하인들도 여기에 얼굴을 들이미느니 차라리 총에 맞는 편을 택할걸."

에멀린은 어느 정도 안심한 듯 베개를 베고 누웠다.

"날 죽이겠다고 한 건 무슨 말이었어요, 캐시?" 그녀가 소박하게 물었다.

"기절 못 하게 하려고 그런 거야." 캐시가 말했다. "그리고 실제로 그렇게 됐잖아. 에멀린, 무슨 일이 일어나도 기절하지 **않도록** 마음 단단히 먹어야 해. 그래선 안 돼. 내가 널 막지 않았으면 지금쯤 저 작자가 너를 잡았을걸."

에멀린은 몸서리를 쳤다.

두 사람은 잠시 말이 없었다. 캐시는 프랑스어로 된 책을 읽었고, 에멀린은 피로에 지쳐 꾸벅꾸벅 졸더니 잠시 잠에 빠져들었다. 시끄러운 고함과 말발굽 소리, 개 짖는 소리가 소녀의 잠을 깨웠다. 그녀는 숨죽인 비명을 지르며 벌떡 일어났다.

"사냥꾼들이 돌아오는 것뿐이야." 캐시가 냉정하게 말했다. "겁먹지 마. 옹이구멍으로 내다봐. 다들 저 아래 있지? 사이먼은 오늘 밤은 추적을 포기할 수밖에 없어. 봐, 말이 늪지대를 돌아다니느라 진흙투성이잖아. 개들도 지쳐 보이고. 대단한 주인님아, 추적을 하고 또 해야 할걸. 사냥감은 거기 없으니까."

"아, 말하지 마요!" 에멀린이 말했다. "저 사람들이 들으면 어떡해요?"

"무슨 소리를 듣는다면, 더 떨어져 있으려고 안달복달하게 될걸." 캐시가 말했다. "위험할 거 없어. 우린 멋대로 소리 내도 돼. 그럴수록 효과만 더 좋아질 테니까."

마침내 한밤의 고요함이 집을 감쌌다. 리그리는 재수 없다고 욕설을 퍼부어대며 내일의 복수를 다짐하더니 잠자리에 들었다.

제40장

순교자

"하늘이 의인을 잊었다고 생각지 마라!

삶의 흔한 선물도 받지 못하고,

찢기고 피 흘리는 심장을 부여잡고

사람들에게 멸시당하며 죽는다 해도!

하나님께서는 그 서러운 나날 하루하루,

쓰디쓴 눈물 한 방울 한 방울을 세어두시는 법.

이곳에서 고통 받는 모든 자식에게

천국의 기나긴 축복이 주어지리니.

—윌리엄 컬런 브라이언트

(미국의 시인이자 비평가, 편집자, 노예제 폐지론자—옮긴이)

아무리 긴 길도 어딘가에는 끝이 있다. 칠흑 같은 밤도 저물면 아침이 온다. 무정하고 영원한 시간의 흐름은 쉼 없이 종종걸음 치며 악의 낮을 영원한 밤으로, 정의의 밤을 영원한 낮으로 바꾸어놓는다. 이제까지 우리는 우리의 비천한 친구와 함께 노예제의 골짜기를 걸어왔다. 처음에는 편안하고 관대한 꽃밭을 지나, 소중하게 여기는 모든 것과 가슴 찢기는 이별을 했고, 관대한 손이 쇠사슬을 꽃으로 가려주는 햇빛 찬란한 섬에서 다시 그와 함께 기다렸다. 그리고 마침내 지상의 마지막 희망의 빛이 어둠 속에서 꺼질 때 그를 따라와, 그 새카만 지상의 어둠 속에서 보이지 않는 하늘이 의미심장하고 새롭게 빛나는 별들과 함께 타오르는 것을 보았다.

이제 새벽별이 산꼭대기에 걸리고, 지상의 것이 아닌 미풍과 산들바람이 새날의 문이 열리는 모습을 보여준다.

캐시와 에멀린의 도주는 안 그래도 험악한 리그리의 성질을 있는 대로 돋우었다. 짐작한바, 그의 분노는 무방비한 톰의 머리에 떨어졌다. 그가 일꾼들에게 그 소식을 다급히 알렸을 때, 톰이 갑자기 눈을 반짝이며 손을 불쑥 치켜 올렸다. 그는 이를 놓치지 않았다. 톰이 추적자 무리에 끼지 않는 것도 보았다. 억지로 끌고 갈까도 생각해보았지만, 비인간적인 짓에 동참하라고 명령했을 때 절대 굴하지 않던 것을 이미 경험했기에, 촌각을 다투는 상황에 톰과 싸우느라 지체하고 싶지 않았다.

그래서 톰은 그에게서 기도를 배웠고 도망자들이 무사히 탈출하기를 기도하는 몇몇 노예들과 함께 뒤에 남았다.

추적에 실패하고 돌아오자, 자기 노예에 대해 오랫동안 품어왔던 리그리의 증오는 걷잡을 수 없이 폭발했다. 사 온 이래 내내 이 인간은 자신을 한결같이, 강력하게, 저항할 수 없이 무시하지 않았던가? 말은 없지만 마음속에 지옥불처럼 타오르는 기개가 있지 않았나?

"그놈이 **미워**!" 그날 밤 리그리는 침대에 앉아 말했다. "**밉다고**! 놈은 내 것이잖아? 내 마음대로 하면 어때? 누가 막을 거야?" 리그리는 손 안에 있는 무엇인가를 산산조각 내기라도 할 듯 주먹을 불끈 쥐고 흔들었다.

한편 생각해보면 톰은 충실하고 훌륭한 하인이었다. 그 때문에 리그리가 톰을 더 미워하기는 했지만, 그래도 그러한 점들이 다소 제동장치가 되어주었다.

다음 날 아침 그는 아직은 아무 말도 하지 말자고 결심하고, 총을 가진 이웃농장 사람들과 개들을 끌어모아 추격대를 만들어 늪지대를 포위해 체계적으로 추적하기로 했다. 성공한다면 좋은 일이고, 실패한다면 톰을 불러와서 철저하게 부숴버릴 것이다. 혹은…… 음산한 내면의 속삭임이 들렸고, 그의 영혼은 이에 동의했다. 그는 피가 끓어오르는 것을 느끼며 이를 악물었다.

주인의 **이익**이 노예들에게는 충분한 안전장치 역할을 한다고들 말한다. 하지만 분노로 제정신이 아니게 되면, 사람은 자신의 목적을 이루기 위해 두 눈을 멀쩡히 뜬 상태로 자신의 영혼을 악마에게 팔아넘긴다. 그러니 이웃의 육신 따위에 왜 연연하겠는가?

"자," 다음 날 캐시는 다락방 옹이구멍으로 정찰을 하며 말했다. "사냥이 다시 시작될 거야, 오늘!"

말을 탄 남자 서너 명이 집 앞에서 이리저리 뛰고 있고, 검둥이들은 서로 으르렁거리며 짖어대는 낯선 개 두어 마리의 목줄을 놓치지 않으려고 안간힘을 쓰고 있었다.

그중 두 사람은 근처 농장의 감독이었고, 다른 사람들은 이웃도시 술집에서 리그리와 어울리는 친구들로, 놀이 삼아 온 참이었다. 상상하기 힘들 정도로 험악한 인상의 사내들이었다. 리그리는 그들뿐만 아니라 여러 농장에서 이 일을 위해 차출된 검둥이들에게도 브랜디를 넉넉히 돌리고 있었다. 검둥이들에게 이런 일을 가능하면 휴가처럼 느끼게 하기 위해서였다.

캐시는 옹이구멍에 귀를 갖다 댔다. 아침 바람이 집 쪽으로 똑바로 불고 있어서 대화가 잘 들렸다. 구역을 나누고, 개들의 상대적 장점을 논하고, 사격에 대해 명령하고, 탈주자들을 포획할 경우 각각을 어떻게 다루어야 할지 명하는 소리를 듣고 있던 그녀의 어둡고 심각한 얼굴에 조소가 떠올랐다.

캐시는 뒤로 물러나 손깍지를 끼고 위를 바라보며 말했다. "오, 위대하신 하나님! 저흰 **모두** 죄인이에요. 하지만 **저희**가 세상 다른 사람들보다 어떤 더한 짓을 했길래 이런 취급을 받아야 하는 거죠?"

이렇게 말하는 그녀의 얼굴과 목소리는 처절하게 진지했다.

"**네**가 없다면," 그녀가 에멀린을 바라보며 말했다. "난 저들에게 **나갈** 거야. 누구든 날 쏘아 죽여주면 정말 고마울 거야. 나한테 자유가 무슨 소용이 있어? 그게 내 아이들을 돌려주겠어, 과거의 나로 돌려주겠어?"

아이답게 순진한 에멀린은 캐시의 음침한 모습에 겁을 먹었다. 그녀는 당황한 듯했지만, 아무 대답도 하지 않았다. 그저 상냥하고 다정하게 캐시의 손을 잡을 뿐이었다.

"그러지 마!" 캐시는 손을 뿌리치려 하며 말했다. "그러다가 너랑 정들겠다. 난 다시는 아무 데도 애정 같은 거 안 주겠다고 결심했어!"

"가엾은 캐시!" 에멀린이 말했다. "그런 마음 갖지 말아요! 주님께서 자유를 주신다면, 어쩌면 딸도 돌려주실지도 모르잖아요. 어쨌거나 내가 딸이 되어줄게요. 난 불쌍한 우리 엄마를 다시는 못 볼 거예요! 내가 당신을 사랑해줄게요, 캐시. 캐시가 날 사랑해주건 말건!"

어린애 같은 상냥한 마음이 승리를 거두었다. 캐시는 에멀린 옆에 앉아 팔로 목을 감싸고 부드러운 갈색 머리를 쓰다듬었다. 에멀린은 눈물 맺혀 온화해진 캐시의 눈이 얼마나 아름다운지, 그 경이로움에 새삼 경탄했다.

"오, 엠!" 캐시가 말했다. "애들이 보고 싶어서 속이 타들어. 애들이 너무 보고 싶어서 눈이 멀어버릴 것 같아! 아이고! 아이고!" 그녀는 가슴을 치며 부르짖었다. "마음이 온통 황무지야. 텅 비었어! 하나님께서 내 아이들을 돌려주신다면, 나도 기도를 할 수 있을 텐데."

"하나님을 믿어야 해요, 캐시." 에멀린이 말했다. "그분은 우리 아버지잖아요!"

"우린 그분의 진노를 받은 거야." 캐시가 말했다. "진노해서 우리에게 등을 돌리신 거라고."

"아니에요, 캐시! 우리를 위해주실 거예요! 하나님께 희망을 걸어요." 에멀린이 말했다. "난 언제나 희망을 갖고 있었어요."

오랜 시간 동안 씩씩하고 철저하게 추적했지만, 그 결과는 실패였다. 캐시는 비웃는 표정으로 지치고 낙담한 모습의 리그리가 말에서 내리는 것을 내려다보았다.

"자, 킴보." 리그리는 거실에 무너지듯 털썩 앉으며 말했다. "가서 톰 자식을 이리로 데려와, 당장! 그놈이 이 일의 배후야. 내 그놈의 시커먼 살가죽을 다 벗겨줄 테다. 그러면 이유를 알게 되겠지!"

삼보와 킴보는 서로를 증오했지만, 톰에 관한 한 그 못지않게 진심 어린 증오로 똘똘 뭉쳐 있었다. 처음에 리그리는 자신이 부재중 총감독으로 쓰려고 톰을 사 왔다고 말했고, 이것이 그들 입장에서 악의를 품게 된 계기였다. 그리고 그가 점점 주인의 노여움을 사는 것을 보면서 그 타락하고 비굴한 근성 속에서 악의는 점점 더 커져갔다. 그래서 킴보는 기꺼이 명령을 수행하기 위해 떠났다.

도망자들의 탈주계획과 그들이 지금 숨어 있는 장소를 다 알고 있는 톰은 준비된 자세로 전갈을 들었다. 그는 자신이 대면해야 하는 남자의 잔인한 성격과 전제적 권력을 알고 있었다. 하지만 그는 하나님 안에서 힘을 얻었고, 힘없는 자들을 배신하느니 죽음을 맞이할 자세가 되어 있었다.

그는 가로수 옆에 바구니를 놓고 앉아 하늘을 우러러보며 말했다. "당신의 손에 제 영혼을 맡깁니다! 당신께서 저를 속량하셨습니다. 오, 진실의 주 하나님이시여!" 그러곤 그를 붙잡는 킴보의 거칠고 야만스러운 손길에 순순히 자신을 맡겼다.

"자, 자!" 킴보는 그를 끌고 가며 말했다. "넌 이제 죽었어! 주인님은 한 수 **위**에 계시다고! 이제 못 빠져나가! 넌 완전 죽었어! 주인님의 검둥이들이 도망가는 걸 돕다니, 어쩌나 함 보자! 무슨 벌을 받는지 두고 보자고!"

그 야만스러운 말들은 톰의 귀에 하나도 들어오지 않았다! 그의 귀에 들리는 것은 더 고귀한 목소리였다. "육신을 죽이는 자들을 두려워하지 마라. 그러고 나면 그들은 더 이상 아무것도 할 수 없으니." 그 가엾은 자의 몸의 신경과 뼈는 그 말에 하나님의 손에 닿기라도 한 듯 전율했다. 수천 개의 영혼이 하나에 모인 것처럼 힘이 솟았다. 나무와 수풀, 노예숙소를 지나가고 있자니, 그 모든 굴종의 장소들이 달릴 때 귓등으로 스쳐 가는 풍경처럼 맴돌며 지나갔다. 그의 영혼은 고동치며 두근거렸다. 이제 그의 집이 눈앞에 보였다. 해방의 시간이 다가온 듯했다.

"자, 톰!" 리그리가 다가와 멱살을 콱 틀어잡더니 참을 수 없는 분노로 발작이라도 일으키듯 이를 악물고 말했다. "내가 네놈을 죽이기로 마음먹었다는 걸 아냐?"

"그러실 것 같았습니다, 주인님." 톰이 조용히 말했다.

"그렇게 마음먹었어, 톰. 그년들에 대해 아는 걸 네놈이 불지 않는다면 말이야!"

톰은 아무 말도 하지 않고 서 있었다.

"안 들리냐?" 리그리는 분노한 사자처럼 으르렁대며 발을 굴렀다.

   Uncle Tom's Cabin

"말해!"

"**전 아무것도 드릴 말씀이 없습니다, 주인님.**" 톰은 천천히 단호하고 침착하게 말했다.

"이 늙어빠진 기독교도 검둥이 새끼가 감히 **모른다고** 해?" 리그리가 말했다.

톰은 말이 없었다.

"말해!" 리그리는 미친 듯이 그를 패며 호통쳤다. "뭔가 알고 있지?"

"압니다, 주인님. 하지만 아무 말씀도 드릴 수 없어요. **죽음을 택하겠어요!**"

리그리는 숨을 길게 들이마셨다. 그는 분노를 억누르며 톰의 팔을 잡고 얼굴을 바싹 들이대더니 무시무시한 목소리로 말했다. "잘 들어, 톰! 내가 전에 봐줬다고 빈말이라고 생각하나 보지. 하지만 이번에는 **마음을 먹었고**, 그 값을 다 계산했다고. 네놈은 항상 내 말을 거역했어. 이제 **널 꺾어놓든지, 아니면 죽여버릴 거야!** 둘 중 하나라고. 네놈 몸 안에 흐르는 피 한 방울까지 다 헤아려서 마지막 한 방울까지 다 앗아 갈 거야. 네 녀석이 항복할 때까지!"

톰은 주인을 올려다보며 대답했다. "주인님, 주인님이 아프거나 문제가 있거나 죽어가고 계시다면, 제가 구해드릴 수 있습니다. 제 심장의 피라도 **드릴** 수 있어요. 이 가엾은 늙은 몸의 피를 가져가서 주인님의 소중한 영혼을 구할 수 있다면, 기꺼이 드리겠어요. 주님께서 저를 위해 당신의 영혼을 주셨던 것처럼요. 오, 주인님! 주인님 영혼에 이런 커다란 죄를 짓지 마세요! 그건 저보다 주인님에게 더 큰 상처를 입힐 겁니다. 최악의 끔찍한 짓을 제게 하신다 해도 제 고통은 곧 끝날 거예요. 하지만 회개하지 않으시면 주인님의 고통은 **결코** 끝나지 않을 겁니다!"

태풍이 잠잠해진 찰나의 순간 들려온 기묘한 천상의 음악처럼, 이 격렬한 감정의 표출에 순간 침묵이 이어졌다. 리그리는 깜짝 놀라 톰을 바라봤고, 잠시 사방이 쥐죽은 듯 고요해졌다. 돌처럼 굳은 그의 심장에 자비와 유예를 가져다줄 최후의 순간을 말없는 손길로 재는 시계소리가 들릴 정도였다.

하지만 그것은 찰나에 불과했다. 한순간 주저하며 마음이 누그러지는 떨림이 있었지만, 악의 기운은 일곱 배는 더 세찬 힘으로 다시 돌아왔다. 리그리는 분노로 거품을 뿜으며 제물에게 주먹을 날렸다.

유혈이 낭자하고 잔인한 장면은 우리의 귀와 심장에 충격을 준다. 사람들은 직접 행할 배짱이 있는 일도, 들을 용기는 내지 못한다. 동료 인간이자 동료 기독교인이 겪는 고난은 비밀리에조차 들려줄 수 없다! 그랬다가는 영혼이 그 고통에서 벗어나지 못할 것이다. 하지만 오, 조국이여! 이러한 일들이 법의 그림자 아래서 행해지고 있는 것이다! 오, 주여! 당신의 교회는 이러한 일들을 목격하고도 거의 침묵하고 있습니다!

하지만 먼 옛날 한 분의 고난이 고문과 굴욕, 수치의 도구를 영광과 명예, 영생의 상징으로 바꾸어놓았다. 그분이 계시는 곳에서는 굴욕적인 채찍도, 피도, 모욕도 기독교인의 마지막 고투에서 영광을 앗아갈 수 없다.

그 낡은 헛간에서 구타와 잔인한 채찍질을 견디던 용감하고 상냥한 영혼은 그 긴긴 밤 동안 혼자였을까?

아니다! 그의 옆에는 '하나님의 아들에게 그랬듯이' 그의 눈에만 보이는 한 분이 계셨다.

유혹자 역시 그의 옆에 서 있었다. 악마는 격렬하고 포악한 의지에 취해 그에게 죄 없는 자들을 배신하고 고통에서 벗어나라며 매 순간 졸라댔다. 하지만 용감하고 진실한 심장은 영원의 반석 위에 굳건히 자리 잡고 있었다. 그는 자신의 주인과 마찬가지로 타인을 구원하면 자신을 구원할 수 있음을 잘 알고 있었다. 극한의 고통도 기도와 신성한 믿음의 말 외에 어떤 말도 그의 입에서 쥐어짜 내지 못했다.

"거의 죽었는뎁쇼, 주인님." 자기도 모르게 그의 인내심에 감동한 삼보가 말했다.

"계속해, 항복할 때까지! 더 쳐! 더 치라고!" 리그리가 고함 질렀다. "자백하지 않으면 최후의 피 한 방울까지 다 짜내고 말테다!"

톰이 눈을 뜨고 주인을 바라보았다. "가엾고 비참한 사람!" 그가 말했다. "주인님이 할 수 있는 건 이제 없어요! 주인님을 용서합니다, 제 영혼을 다해!" 그리고 그는 완전히 정신을 잃었다.

"정말로 끝장난 거 같네, 이제야." 리그리가 앞으로 다가와 그를 쳐다보며 말했다. "그래, 끝났어! 드디어 입을 닥쳤네. 그거 참 속 시원하군!"

그래, 리그리, 하지만 당신 영혼이 듣는 그 목소리는 누가 잠재우지? 회개나 기도, 희망의 손길이 닿지 못하는 영혼, 그 영혼 안에서는 이미 절대 꺼질 수 없는 불길이 타오르고 있지 않는가?

하지만 톰은 아직 죽지 않았다. 그의 놀라운 말들과 경건한 기도는 야수의 상태로 전락해 잔인한 폭력의 도구가 된 흑인들의 심장을 흔들었다. 리그리가 나가자마자 그들은 그를 눕히고는, 무지한 마음에 그를 살려내려고 노력했다. 마치 그것이 그를 위하는 일이기라도 한 것처럼 말이다.

"우린 끔찍한 짓을 저질렀어!" 삼보가 말했다. "이 책임은 주인님이 져야 할 텐데. 우리 말고."

그들은 그의 상처를 씻고, 버려진 목화솜으로 조악하게나마 자리를 만들어 그를 눕혔다. 둘 중 하나는 집으로 쫓아가 자기가 피곤해서 마시고 싶은 척하면서 리그리에게 브랜디를 얻었다. 그는 브랜디를 가져와 톰의 입에 부었다.

"오, 톰!" 킴보가 말했다. "우리가 너무 나빴어!"

"용서합니다, 진심으로." 톰이 꺼져가는 목소리로 말했다.

"오, 톰! **예수님**이 누군지 부디 말해줘, 어떻게든." 삼보가 말했다. "오늘 밤 내내 네 옆에 서 있던 예수라는 사람, 도대체 누구야?"

그 말에 기력을 잃고 꺼져가고 있던 영혼이 깨어났다. 그는 그 놀라운 분, 그분의 삶과 죽음, 영원한 존재, 구원의 힘에 대해 몇 개의 힘찬 문장들을 쏟아냈다.

야만인 같은 두 남자는 모두 울음을 터뜨렸다.

"왜 난 이 이야기를 한 번도 못 들었지?" 삼보가 말했다. "하지만 난 믿어! 어쩔 수가 없어! 주 예수님, 제게 자비를 베풀어주세요!"

"가엾은 사람들!" 톰이 말했다. "당신들을 예수님께 데려갈 수만 있다면 뭐든지 다 참을 수 있습니다. 오, 주여! 이 두 영혼을 제게 주소서!"

그 기도는 화답받았다.

제41장

젊은 주인

이틀 뒤, 한 청년이 멀구슬나무가 늘어선 대로를 따라 소형마차를 몰고 오더니, 고삐를 말목에 급히 던져놓고 뛰어내려 그곳 주인을 찾았다.

그 사람은 조지 셸비였다. 그가 그곳에 온 사연을 알기 위해서는 이야기를 뒤로 거슬러 올라가야 한다.

미스 오필리아가 셸비 부인에게 보낸 편지는 불행한 사고로 인해 한두 달 동안이나 어느 외딴 우체국에 묶여 있다가 목적지에 도착했다. 부인이 그것을 받았을 때, 톰은 이미 레드 강 깊숙이 자리한 늪지대 속으로 사라진 후였다.

셸비 부인은 깊은 관심을 갖고 그 정보를 읽었지만, 즉각적인 대처는 불가능했다. 당시 부인은 열병에 걸려 헛소리를 하는 병석의 남편을 보살피고 있었다. 그사이 소년에서 키가 훌쩍 큰 청년으로 자란 아들 조지 셸비는 어머니를 끊임없이 성실하게 도왔고, 아버지의 일을 이어받아 감독하였다. 조지는 그녀가 유일하게 믿는 구석이었다. 미스 오필리아는 만일의 경우에 대비해서 싱클레어 부부를 위해 일을 해준 변호사의 이름을 알려주었다. 며칠 뒤 셸비 씨는 갑작스레 사망했고, 그 일은 한 철 동안 다른 문제들은 다 잊게 할 정도로 대사건이었다.

셸비 씨는 자신의 영지에 대해 아내를 유일한 유언집행인으로 정함으로써 아내의 능력을 신뢰하고 있음을 보여주었다. 그에 따라 부인의 손에는 곧 복잡하고 많은 양의 일이 맡겨졌다.

셸비 부인은 특유의 활력으로 실타래처럼 얽힌 문제들을 바로잡는 작업을 시작했다. 그녀와 조지는 한동안 세를 징수하고, 회계장부를 확인하며, 재산을 팔고, 빚을 갚는 데 집중했다. 셸비 부인이 모든 문제는 눈으로 보고 확인할 수 있는 상태로 있어야 하며, 결과가 어떤지 검사해야 한다고 마음먹었기 때문이다. 그사이 그들은 미스 오필리아가 말했던 변호사로부터 그 문제에 대해 아무것도 모른다는 내용의 편지를 받았다. 그는 그 남자가 공개 경매장에서 팔렸으며, 돈을 받은 것 이외에는 그 문제에 관해서 아무것도 모른다고 했다.

조지도, 셸비 부인도 이 결과에 마음이 편할 수 없었다. 따라서 6개월 뒤, 어머니를 대신해 강 하류에서 볼일이 있었던 조지는 직접 뉴올리언스를 방문해 톰이 어디에 있는지 알아내 구해내려고 여기저기 수소문해보기로 했다.

몇 달 동안 성과 없이 찾아다닌 후, 매우 사소한 우연으로 조지는 원하는 정보를 가진 남자를 뉴올리언스에서 우연히 만났다. 그래서 우리의 주인공은 옛 친구를 찾아 다시 사들일 생각으로 호주머니에 돈을 넣고 레드 강으로 향하는 증기선을 탔다.

그는 곧 집 안으로 안내되었고, 응접실에서 리그리를 만났다.

리그리는 낯선 사람을 부루퉁한 표정으로 환대했다.

"뉴올리언스에서 톰이라는 이름의 노예를 사신 걸로 알고 있습니다." 청년이 말했다. "예전에 제 아버지 밑에 있던 사람인데, 제가 그를 다시 살 수 있을지 알아보러 왔습니다."

리그리는 표정이 어두워지더니 흥분한 목소리로 이렇게 내뱉었다. "그렇소, 그런 자를 산 적이 있고, 하—, 어떤 거래였는지도 알고 있소! 몹시도 반항적이고, 건방지고, 뻔뻔한 놈이었소! 내 검둥이들이 달아나게 돕고, 800달러와 1,000달러가 나가는 계집 둘을 풀어줬지. 놈이 그랬다고 자백했소. 그년들이 어디 있냐고 물었더니 알지만 말하지 않겠다더군요. 내 검둥이 역사에 제일 심한 채찍질을 해줬는데도 그러고 버티더군. 놈이 죽으려는 수작이라고 생각했지만, 뜻대로 되었는지는 모르겠소."

"지금 어디 있습니까?" 조지가 다급히 물었다. "그를 만나게 해주십시오." 젊은이의 두 뺨은 붉게 달아올랐고, 눈에는 불길이 이글거렸지만, 그는 조심스럽게 아직은 아무 말도 하지 않았다.

"저 창고에 있어요." 조지의 말을 잡고 있던 작은 아이가 말했다.

리그리는 소년을 걷어차며 욕을 했다. 하지만 조지는 한 마디도 덧붙이지 않고 돌아서서 그곳으로 걸어갔다.

Uncle Tom's Cabin

톰은 그 무서운 밤 이후 이틀간 누워 있었지만, 고통을 느끼지는 않았다. 고통을 느끼게 하는 신경은 모두 무뎌지고 망가졌다. 그는 대부분 조용히 멍한 상태로 누워 있었다. 강인하고 잘 짜인 몸은 그 안에 든 영혼을 단번에 놓아버리지 않는 법이기 때문이다. 캄캄한 밤이면 가엾고 외로운 이들이 얼마 안 되는 짧은 휴식시간을 쪼개어 몰래 찾아와 그가 늘 아낌없이 나눠준 애정을 조금이라도 갚아보려 했다. 사실 이 가엾은 제자들이 줄 수 있는 건 찬물 한 잔밖에 없었지만, 마음을 다한 것이었다.

감각이 사라진 정직한 얼굴 위로 눈물이 떨어졌다. 가련하고 무지한 이교도의 뒤늦은 회개의 눈물이었다. 그가 죽어가며 보여준 사랑과 인내심이 그들의 회개를 일깨워냈고, 그들은 이름 이외에는 아는 것이 없지만 무지한 인간의 간절한 마음이 바치는 간구를 헛되게 하는 법 없는 구세주를 향해 그의 주위에서 기도를 올렸다.

은신처에서 빠져나왔다가 톰이 자신과 에멀린을 위해 치른 희생을 엿들어 알게 된 캐시도 그 전날 밤 붙잡히는 위험을 무릅쓰고 그곳에 찾아왔다. 애정으로 가득한 영혼이 마지막 남은 힘을 다해 들려준 마지막 몇 마디에 감화를 받자, 긴 절망의 겨울과 숱한 세월 동안 꽁꽁 얼어 있던 얼음이 녹아 사라졌고, 어둠과 절망에 빠져 있던 여인은 울며 기도했다.

창고에 들어가자, 조지는 머리가 어지럽고 마음이 아팠다.

"이, 이럴 수가!" 그는 그 곁에 무릎을 꿇었다. "톰 아저씨, 내 가련하고, 또 가련한, 옛 친구!"

그 목소리의 무언가가 죽어가는 이의 귀에도 들렸다. 그는 고개를 가만히 돌리더니 미소를 지으며 말했다.

"예수께서는 죽어가는 이의 침상을
깃털 베개처럼 부드럽게 만들어주실 수 있지요."

청년이 가련한 친구를 향해 허리를 숙이는 동안, 그 눈에서 흘러 나온 눈물이 고결한 속마음을 드러냈다.

"그리운 톰 아저씨! 일어나, 이야기를 더 해봐! 눈을 들어봐! 조지 도련님이 왔어. 아저씨가 귀여워하던 조지 도련님! 나 모르겠어?"

"조지 도련님!" 톰은 눈을 뜨고서 힘없는 목소리로 이렇게 말했다. "조지 도련님!" 그는 어안이 벙벙한 표정을 지었다.

서서히 그 상황에 대한 이해가 그의 영혼을 채웠다. 멍하던 눈이 또렷하게 빛나고, 얼굴 전체가 밝아지고 단단한 손에 힘이 들어가더니, 두 볼에 눈물이 흘렀다.

"주여! 이건, 이건, 바라는 건 다 얻었습니다. 저를 잊지 않으셨군요. 제 영혼이 따뜻해지고, 마음도 기뻐집니다! 이제 여한 없이 죽겠습니다! 주여, 제 영혼을 받아주소서!"

"죽으면 안 돼! 죽으면 안 돼! 죽는다는 생각도 하지 마! 아저씨를 사서 데려가려고 왔어." 조지는 다급한 마음으로 말했다.

"오, 조지 도련님. 너무 늦으셨어요. 주께서 저를 사셨고, 저를 집으로 데려가실 겁니다. 저는 가고 싶어요. 천국이 켄터키보다 좋거든요."

"아, 죽으면 안 돼! 그럼 난 죽어버릴 거야! 아저씨가 당한 일을 생각하면 마음이 찢어질 거야. 이 낡은 창고에 누워 있다니! 가엾고, 또 가엾은 아저씨!"

"절 가엾다고 하지 마세요!" 톰이 엄숙히 말했다. "저는 가엾은 놈이었지만, 그건 다 지난 일입니다. 저는 이제 영광의 땅으로 들어가는 문턱에 있습니다! 오, 조지 도련님! 천국에 다 왔습니다! 저는 승리했어요! 주 예수께서 제게 승리를 주셨습니다! 그분의 이름을 찬양합니다!"

조지는 톰이 이렇게 띄엄띄엄 전하는 말에서 느껴지는 힘과 열의, 기백에 경외심에 사로잡혔다. 그는 말없이 바라보며 앉아 있었다.

톰은 그의 손을 잡더니 말을 이어나갔다. "절대, 가엾은 클로이에게 절 어떻게 찾았는지 말씀하시면 안 됩니다. 그 사람에겐 너무 무서운 일일 거예요. 제가 영광의 땅으로 갔다고만 하세요. 누굴 위해서도 계속 버티지는 못했다고요. 그리고 주님께서 언제나, 어디서든 제 곁에 계셨고, 매사를 쉽고 편하게 해주셨다고요. 아, 가엾은 아이들과 아기를 생각하면, 제 늙은 마음이 자꾸만 찢어집니다! 그들에게 저를 따르라고 전해주세요. 저를 따르라고! 주인님과 고마우신 마님께, 그곳의 모두에게 사랑한다고 전해주세요! 아마 모르실 겁니다! 제가 모두를 사랑한다는 걸! 사방의 만물을 사랑합니다! 사랑뿐이에요! 오, 조지 도련님! 기독교인이 된다는 건 정말 놀라운 일이에요!"

그 순간, 리그리가 창고 문 앞으로 다가오더니 아무렇지도 않은 듯 안을 들여다보고 돌아섰다.

"늙은 사탄 같으니!" 조지가 분개하여 외쳤다. "언젠가 악마가 이 일에 대해 갚아줄 거라 생각하니 위로가 되는군!"

"그, 그러지 마세요! 그러시면 안 됩니다!" 톰이 그의 손을 잡으며 말했다. "가엾고 불쌍한 사람입니다! 그 생각을 하면 무서워요! 회개만 한다면 주께서 지금이라도 저 사람을 용서하실 텐데. 하지만 절대 그러지 않을 것 같네요!"

"저자가 회개하지 않았으면 좋겠어!" 조지가 말했다. "천국에서 저자를 보고 싶진 않아!"

"쉿, 조지 도련님! 이러시면 걱정이 됩니다. 그러지 마세요! 그는 절 해치지 못했어요. 그저 천국의 문을 열어준 것뿐입니다. 그게 전부예요!"

젊은 주인을 만난 기쁨에 죽어가던 사람이 느꼈던 기운이 그 순간 빠져나갔다. 별안간 그는 쇠약해졌다. 그는 눈을 감았고, 저세상이 다가오고 있음을 알리는 신비하고도 장엄한 변화가 그의 얼굴을 스쳐 지나갔다.

그는 숨을 길고 깊게 들이쉬기 시작했다. 너른 가슴이 힘겹게 움직였다. 얼굴에는 정복자의 표정이 떠올랐다.

"누, 누, 누가 우리를 그리스도의 사랑에서 떼어내겠습니까?" 그는 육신의 나약함과 싸우는 목소리로 말했다. 그러곤 미소를 짓더니 잠들었다.

조지는 숙연한 경외심을 느끼며 꼼짝 않고 앉아 있었다. 그곳이 성스러운 장소가 된 듯했다. 생명이 사라진 고인의 눈을 감기고 일어나는 사이 그에게는 한 가지 생각만 떠올랐다. 그의 순수한 옛 친구가 남긴, "기독교인이 된다는 건 정말 놀라운 일이에요!"라는 말이었다.

조지가 돌아섰다. 리그리는 부루퉁한 표정으로 그 뒤에 서 있었다.

죽음의 현장에서 느낀 무언가가 청년의 맹렬한 분노를 억눌러주었다. 그자의 존재는 조지에게 혐오스러울 뿐이었다. 그저 가급적 짧은 대화만 나눈 후 그에게서 벗어나고 싶은 생각뿐이었다.

그는 예리한 검은 눈으로 리그리를 쏘아보며, 고인을 가리키면서 이렇게 말했다. "저 사람에게 할 수 있는 짓을 다 저질렀군요. 시신에는 얼마를 치러야 되겠소? 내가 수습해 제대로 장례를 치르겠소."

"죽은 검둥이는 팔지 않네." 리그리가 완고한 말투로 말했다. "원하는 때, 아무 데나 파묻어도 좋소."

"이봐." 조지가 시신을 쳐다보고 있던 검둥이 두셋에게 권위 있는 목소리로 말했다. "시신을 내 마차로 옮기는 일을 도와줘. 그리고 삽을 가져오고."

그중 하나가 삽을 가지러 달려갔다. 나머지 둘은 조지를 도와 시신을 마차에 실었다.

조지는 리그리에게 말을 걸지도, 쳐다보지도 않았고, 리그리는 그의 명령에 반대하지 않고서 짐짓 무관심하다는 듯 휘파람을 불며 서 있었다. 그는 마차가 서 있는 문 앞으로 부루퉁한 표정을 지은 채 따라갔다.

조지는 외투를 마차에 깔고 그 위에 시신을 조심스레 안치했다. 자리를 만들기 위해 좌석은 치워놓았다. 그는 돌아서서 리그리를 노려보며 애써 침착하게 말했다.

"아직까지 이 잔악무도하기 짝이 없는 일에 대해 내 생각을 말하지 않았소. 아직은 그럴 때도, 그럴 장소도 아니오. 하지만 이 무고한 희생에 대해서는 정당한 대가를 치르게 될 거요. 이 일은 살인으로 주장하겠소. 가장 가까운 판사를 찾아가 당신을 고발하겠소."

"그러든지!" 리그리는 경멸하는 표정으로 손가락을 부딪치며 말했다. "그러는 걸 꼭 보고 싶군. 목격자는 어디서 구할 건가? 살인이라고 어떻게 증명할 건가? 어디 해볼 테면 해보라지!"

조지는 곧바로 그의 반박이 옳다는 것을 알 수 있었다. 그곳에는 백인이 한 사람도 없었고, 남부의 모든 법정에서는 유색인의 증언이 받아들여지지 않았다. 그 순간 그는 정의를 구하는 분노의 고함소리로 하늘이라도 찢어버릴 수 있을 것만 같았다. 하지만 소용없는 일이었다.

"거참, 검둥이 하나 죽었다고 웬 난리법석인지!" 리그리가 말했다.

그 말은 화약고에 날아든 불똥과 같았다. 켄터키 소년 조지에게 신중함이란 결코 타고난 미덕이 아니었다. 조지는 돌아서서 분노를 담은 주먹 한 방으로 리그리를 쓰러뜨렸다. 그는 땅에 코를 박고 쓰러진 그 남자의 앞에 용과 싸워 이긴 전설 속의 세인트 조지처럼 분노로 이글거리며 당당하게 버티고 섰다.

어떤 이들은 얻어맞아서 훨씬 더 나은 사람이 되기도 한다. 누군가 그런 자들을 흙 속에 제대로 처박아주면, 그들은 곧 상대에 대한 존경심을 갖게 되는 모양이다. 리그리도 바로 그런 종류에 속했다. 따라서 그는 일어나 옷에 묻은 흙을 털면서 서서히 떠나가는 마차를 묵묵히 쳐다보았다. 그는 마차가 보이지 않을 때까지 입을 열지도 않았다.

농장 경계를 지나온 조지는 나무 몇 그루가 그림자를 드리우고 있는 마른 모래 언덕을 발견했다. 거기서 그들은 무덤을 팠다.

"외투는 가져갈까요, 도련님?" 무덤을 다 파고 나자, 검둥이들이 물었다.

"아니, 아니야! 그와 함께 묻어라! 줄 것이 이것밖에 없네, 톰. 그러니 받아줘."

그들은 그를 눕히고, 조용히 삽으로 흙을 덮었다. 그들은 봉분을 만들고, 그 위에 푸른 뗏장을 얹었다.

"이제 가도 좋다, 애들아." 조지가 검둥이들의 손에 25센트 동전을 한 닢씩 쥐어주며 말했다.

"도련님, 제발 우리를 사주서요." 하나가 말했다.

"정말 열심히 모실게요!" 또 다른 하나가 말했다.

"여긴 정말 힘들어요, 도련님!" 처음 말한 검둥이가 말했다. "제발, 도련님, 우릴 사주셔요!"

"그럴 수 없어! 안 돼!" 조지가 힘겹게 그들에게 손사래를 치며 말했다. "불가능한 일이야!"

가엾은 흑인들은 풀 죽은 표정으로 말없이 걸어갔다.

"보십시오, 영원한 하나님!" 조지는 가련한 친구의 무덤 앞에 무릎을 꿇고 말했다. "오, 지금 이 시각부터 저는 제 나라에서 이 저주받을 노예제도를 몰아내기 위해 **사람이 할 수 있는 일이라면** 뭐든 다 하겠습니다!"

우리 친구의 마지막 안식처를 표시해줄 묘비는 없었다. 그에게는 묘비가 필요 없었다! 그의 주는 그가 어디에 있는지 아시고, 영생을 주어 일으키시고, 그가 주의 영광 속에 나타날 때 함께하실 테니.

그를 가엾게 여기지 마라! 그런 삶과 죽음은 가엾게 여길 것이 아니다! 신의 가장 큰 영광은 풍요로운 전능에 있는 것이 아니라, 자신을 부인하고 고통당하는 사랑에 있는 것이다! 그리고 주께서 함께하자 부르시고 묵묵히 인내하며 십자가를 지도록 하신 이들에게 축복이 있다. 이에 대해 성경에는 이렇게 적혀 있다. "애통하는 자는 복이 있나니, 저희가 위로를 받을 것임이요."(「마태복음」 5장 4절—옮긴이)

제42장

그럴듯한
유령 이야기

무슨 영문인지 이 무렵 리그리네 하인들 사이에서는 유령 목격담이 유난히 성행했다.

사람들은 한밤중에 다락방 층계를 내려와 온 집 안을 돌아다니는 발자국 소리를 분명히 들었다고 수군거렸다. 위층으로 올라가는 출입구의 문을 잠가도 소용없었다. 유령은 복사한 열쇠를 호주머니에 넣어 다니는지, 아니면 열쇠구멍을 통과하는 유령 고유의 특권을 활용하는지, 섬뜩하게도 자유롭게 활보했다.

이런 경우 눈을 감든지, 담요든 속치마든 은신처로 쓸 만한 것이면 뭐든지 머리에 뒤집어쓰는 검둥이들의 관습—우리가 아는 한 백인들 사이에도 널리 퍼진 관습—탓에 유령의 외양에 대해서는 의견이 좀 갈렸다. 물론 모두가 알다시피 신체의 눈을 이처럼 가려버리는 경우에는 영혼의 눈이 유난히 활발하고 뚜렷하게 작용하는 법이다. 따라서 유령이라는 종족의 특징대로 흰 시트를 뒤집어썼다는 공통점을 제외하면, 생김새에 대한 묘사가 종종 그러하듯이 특별히 서로 일치하는 데가 없는 다양하고 장황한 묘사가 넘쳐났다. 가련한 영혼들은 옛 이야기를 잘 알지 못했고, 셰익스피어 또한

> "시트를 뒤집어쓴 망자는
> 로마의 거리에서
> 주절주절 알 수 없는 소리를 지껄였다."

라고 말하여(「햄릿」, 1막 1장, 115~116행—옮긴이) 이 의상이 진짜임을 증명했다는 사실을 알지 못했다.

그러므로 그들이 모두 이를 언급했다는 점은 영물학靈物學의 관점에서 놀라운 사실이니, 영혼과의 소통에 관심이 있는 이들이라면 주목해보길 추천한다.

다시 유령 이야기로 돌아가자. 흰 시트를 뒤집어쓴 키가 큰 인물이 유령이 나타난다고 알려진 시각에 리그리의 집 주위를 돌아다니며 문을 통과해 여기저기 활보하다가 가끔 사라졌다가 다시 나타나 고요한 충계를 올라 다락방으로 들어가지만, 아침이 되면 출입구는 여느 때와 다름없이 굳게 닫혀 있었다.

리그리도 사람들이 수군대는 이야기를 들을 수밖에 없었고, 그것을 그에게 감추려고 모두 애쓴 만큼 그에게는 더욱 놀라운 일이었다. 리그리는 평소보다 브랜디를 더 마시고 고개를 빳빳이 들고 낮보다

더 크게 욕설을 내뱉었지만 악몽을 꾸었고, 잠자리에서 그의 머릿속에 떠오르는 환상은 전혀 유쾌하지 못했다. 톰의 시체를 들어낸 다음 날 밤, 그는 인근 마을로 술을 마시러 나가서 잔뜩 취했다. 밤늦게 지친 채로 돌아온 그는 문을 잠그고 열쇠를 빼낸 다음 잠자리에 들었다.

따지고 보면 사람이 제아무리 영혼의 속삭임에 귀를 막으려 해도 인간의 영혼이란 악인이 갖기에는 지독히 영적이고 시끄러운 소유물이다. 그것의 한계와 범위를 누가 알 수 있으랴? 그 영혼이 다른 가능성을 놓고 갈등하며 소스라치는 떨림을 억누를 수 없음을 누가 알 수 있으랴? 혼자서는 독대할 용기가 없는 영혼을, 아무리 파묻고 세속적인 것으로 덮어놓아도 심판의 날을 알리는 나팔소리처럼 울려 퍼지는 목소리를 가진 영혼을 가슴에 품고 있는데, 다른 영혼을 쫓아보려 문을 잠그는 자는 얼마나 어리석은가!

하지만 리그리는 문을 잠그고 의자로 막아놓았다. 그는 침대 머리맡에 야간등을 켜놓고, 권총을 두었다. 그는 창문의 걸쇠를 확인하고, "악마도 천사들도 무섭지 않다"고 맹세하고 잠들었다.

그는 잠들었고, 피곤했으므로 곤히 잤다. 하지만 결국 잠든 그에게 그림자가, 두려움이, 뭔가 무시무시한 생각이 덮쳐왔다. 그는 그것이 어머니의 수의라고 생각했다. 하지만 그것을 들어 보여준 사람은 캐시였다. 비명과 신음이 뒤섞인 소음이 들려왔다. 그런 와중에도 그는 자신이 잠들어 있음을 알고 깨어나려고 기를 썼다. 반쯤 잠이 깼다. 무언가 자신의 방으로 들어오고 있는 듯했다. 문이 열리는 것을 아는데도 손발을 꼼짝할 수 없었다. 한참 만에야 그는 화들짝 놀라며 돌아누웠다. 문이 열려 있었고, 등불을 끄는 손이 보였다.

구름이 잔뜩 낀 희미한 달빛 속에서 그는 그것을 보았다! 뭔가 하얀 것이 미끄러져 들어오는 것을! 유령의 옷자락이 바스락거리는 소리도 들었다. 그것은 그의 침대 옆에 서 있었고, 차가운 손이 그의 손을 만졌다. 나지막하고 무시무시한 목소리가 세 차례 속삭였다. "오라! 오라! 오라!" 그리고 그가 공포에 질려 진땀을 흘리는 사이, 그것은 언제 어떻게 사라졌는지 알 수 없게 사라져버렸다. 그는 침대에서 벌떡 일어나 문을 잡아당겼다. 문은 잠겨 있었고, 그는 기절했다.

그 후 리그리는 예전보다 더 술을 많이 마셨다. 그는 조심하지도, 신중을 기하지도 않고, 경솔하게 닥치는 대로 마셔댔다.

주위에 소문이 퍼져 나갔다. 그 직후 그는 병이 들어 죽어가는 신세가 되었다. 폭음으로 인해 그는 무서운 병이 들었고, 으스스한 유령의 복수가 현실에서 실현되는 것처럼 보였다. 그가 미친 듯이 고함을 지르고 듣는 사람의 피를 멎게 하는 광경을 이야기할 때면, 그 침실의 공포를 감당할 수 있는 사람은 아무도 없었다. 그가 임종을 맞이하던 순간, 가혹하고 새하얗고 냉혹한 인물이 버티고 서서 "오라! 오라! 오라!"라고 말했다.

희한한 우연이지만, 그 환영이 리그리에게 나타난 이튿날 아침 현관문이 열려 있었고, 흰 옷을 입은 두 사람이 대로를 향해 바삐 걸어 내려가는 모습을 본 검둥이 몇 명이 있었다.

캐시와 에멀린이 시내 근처 나무들이 무성한 곳에서 잠시 걸음을 멈춘 것은 동틀 무렵이었다.

캐시는 스페인의 크리오요 숙녀들처럼 온통 검은색 옷을 차려입고 있었다. 자수가 잔뜩 놓인 베일이 달린 조그만 검은 보닛이 그녀의 얼굴을 가리고 있었다. 탈출하는 동안 그녀는 크리오요 숙녀로, 에멀린은 그녀의 하녀로 변장하기로 해두었던 것이다.

어린 시절부터 최고 상류층 사회에서 자란 캐시의 말씨와 행동거지, 분위기는 이 계획에 꼭 맞았다. 그리고 한때 화려했던 옷장과 보석 가운데 남은 것이 아직도 충분히 있어서 숙녀 행세를 더 잘 해낼 수 있었다.

그녀는 시내 외곽에서 트렁크를 파는 것을 보고 멈춰서 좋은 것을 하나 샀다. 그녀는 남자 상인에게 그 트렁크를 들어다 달라고 했다. 그리하여 그녀는 트렁크를 끄는 하인의 호위와 함께 손가방과 이런저런 꾸러미를 든 에멀린의 시중을 받으며 지체 높은 숙녀처럼 작은 여인숙에 등장할 수 있었다.

도착한 후 캐시가 가장 먼저 만난 사람은 그곳에서 다음 배를 기다리고 있던 조지 셸비였다.

캐시는 다락방 옹이구멍을 통해 그 젊은이를 눈여겨봤고, 그가 톰의 시신을 들고 나가는 것을 보았으며, 그가 리그리와 담판을 벌이는 광경을 내심 통쾌한 마음으로 지켜보았다. 그 후 캐시는 해가 진 후 유령 변장을 하고 돌아다니며 검둥이들 사이에서 넘겨들은 대화로부터 조지 셸비가 누구이며 톰과 어떤 관계인지 알게 되었다. 그러므로 그녀는 그가 자신과 마찬가지로 다음 배를 기다리고 있는 것을 알게 되자 금세 편안한 마음이 들었다.

캐시의 분위기와 몸가짐, 말투, 돈 씀씀이 덕분에 여인숙에서는 아무도 의심하지 않았다. 사람들은 대체로 피부색이 희고 돈을 잘 내는 사람을 상대로는 지나치게 캐묻지 않고, 캐시는 돈을 모을 때부터 이를 예상하고 있었다.

저녁때가 다 되자 배가 오는 소리가 들렸고, 조지 셸비는 켄터키 사람이라면 누구나 그렇듯 예의 바르게 캐시의 손을 잡아 배에 타는 것을 돕고, 그녀가 훌륭한 특등실을 얻을 수 있도록 힘을 써주었다.

캐시는 레드 강을 운항하는 내내 뱃멀미를 핑계로 선실을 떠나지 않고, 하녀의 살뜰한 보살핌을 받았다.

미시시피 강에 다다랐을 때, 조지는 낯선 숙녀도 자신처럼 상류로 향한다는 사실을 듣고 소형선에서 특등실을 잡아주겠다고 제안했다. 착한 성품을 지닌 그는 그녀의 약한 몸 상태를 염려해 도움이 되는 일을 하고 싶어 했다.

보라, 모두 안전하게 훌륭한 증기선 신시내티 호로 갈아타고 증기를 힘차게 내뿜으며 상류로 올라가는 모습을.

캐시의 건강은 훨씬 나아졌다. 그녀는 앉아서 밖을 내다보기도 하고, 식당에 나오기도 했다. 배 안의 사람들은 그녀가 과거 굉장한 미인이었을 거라고들 이야기했다.

그녀의 얼굴을 처음 본 순간부터 조지는 그와 닮은 사람을 언뜻 본 적이 있었던 같은 기억에 고민했다. 누구나 그런 기억으로 혼란스러워한 적이 있을 것이다. 그는 그녀에게서 눈을 뗄 수가 없어 내내 쳐다보고 있었다. 식탁에서 혹은 특등실의 문가에서 그녀는 자신을 뚫

 Uncle Tom's Cabin

어져라 쳐다보는 그 젊은이와 마주치곤 했고, 그의 눈길을 알아차렸음을 표정으로 드러내면 그는 예의 바르게 시선을 돌렸다.

캐시는 불편해졌다. 그녀는 그가 뭔가 의심한다고 생각하기 시작했고, 결국 그의 아량에 모든 것을 맡기기로 결심하고는 자신의 과거를 전부 털어놓았다.

조지는 리그리의 농장에서 탈출한 사람이라면 누구든지 진심으로 동정했다. 그는 그곳을 기억하는 일도, 그곳에 대해 말하는 일도 견딜 수 없었고, 그 나이 때 청년들이 주로 그러하듯 결과에 대해서는 생각 없이 용감하게 전력을 다해 그녀의 탈출을 돕겠다고 말했다.

캐시의 객실 바로 옆 특등실에는 드 투스라는 프랑스인 숙녀가 묵고 있었다. 그녀는 열두 살쯤 된 예쁘장한 딸과 동행 중이었다.

이 숙녀는 조지와 나누는 대화를 통해 그가 켄터키 출신임을 알고는 그와 친분을 쌓고 지내고 싶어 하는 기색이 역력했다. 그녀의 그러한 계획에는 어린 딸도 큰 도움이 되었는데, 보름간의 증기선 여행의 지루함을 덜어주기에 그만큼 예쁘장한 말동무도 드물었기 때문이다.

조지의 의자는 종종 그녀의 특등실 문 앞에 놓였다. 캐시는 밖을 내다보며 그들의 대화를 들을 수 있었다.

마담 드 투스는 켄터키에 대해 매우 꼼꼼히 질문했고, 어린 시절 그곳에서 살았다고 했다. 조지는 그녀가 어릴 적 산 곳이 자신의 집 근처임을 알고 깜짝 놀랐다. 그녀의 질문을 들어보니 그 지역 사람들과 환경에 대해 잘 알고 있었고, 그 역시 매우 놀라워했다.

"이웃에 혹시 해리스라는 이름을 가진 사람을 아세요?" 마담 드 투스가 어느 날 물었다.

"그 이름을 가진 노인 하나가 아버지 댁에서 멀지 않은 곳에 삽니다." 조지가 말했다. "하지만 왕래는 별로 없었습니다."

"노예를 많이 가진 사람이죠." 마담 드 투스는 그녀 자신이 보이고자 한 이상의 관심을 드러내며 말했다.

"그렇습니다." 조지는 그녀의 태도에 좀 놀란 표정으로 말했다.

"그럼 혹시 그 사람이 조지라는 물라토 남자아이를 데리고 있다는 이야기를 들으신 적 있나요?"

"아, 그럼요. 조지 해리스 말씀이시군요. 잘 알죠. 그는 제 어머니의 하녀와 결혼했지만, 지금은 캐나다로 탈출했습니다."

"그런가요?" 마담 드 투스가 빠르게 말했다. "다행이군요!"

조지는 놀란 표정을 지었지만, 아무 말도 하지 않았다.

마담 드 투스는 얼굴을 감싸 쥐더니 울음을 터뜨렸다.

"그는 제 동생이랍니다." 그녀가 말했다.

"마담!" 조지가 깜짝 놀란 어조로 말했다.

"네," 마담 드 투스는 당당히 고개를 들고, 눈물을 닦으며 말했다. "셸비 씨, 조지 해리스는 제 동생이에요!"

"깜짝 놀랐습니다." 조지는 마담 드 투스를 쳐다보며 의자를 조금 뒤로 밀면서 말했다.

"그 애가 어릴 때 전 남부로 팔려 갔어요." 그녀가 말했다. "선량하고 관대한 사람이 저를 샀죠. 그는 저를 서인도제도로 데려가 해방시켜주었고, 저랑 결혼했어요. 그이는 최근에 사망했어요. 그래서 저는 동생을 찾아 해방시켜줄 수 있을지 알아보려고 켄터키로 가는 거랍니다."

"그가 남부로 팔려 간 누님 에밀리 이야기를 하는 걸 들었습니다." 조지가 말했다.

"네! 그게 바로 저랍니다." 마담 드 투스가 말했다. "그 애는 어떤—"

"아주 훌륭한 청년입니다." 조지가 말했다. "그에게 내려진 노예제의 저주에도 불구하고 말이죠. 지적으로나 원칙적인 면에서나 으뜸가는 사람입니다. 제가 알아요. 우리 집안 사람과 결혼했으니까요."

"어떤 아가씬가요?" 마담 드 투스가 궁금하다는 표정으로 물었다.

조지가 말했다. "보석처럼 아름답고 영리하고 사랑스러운 아가씨예요. 신앙심도 매우 깊고요. 어머니께서 그녀를 키웠고, 거의 딸처럼 정성 들여 교육시키셨어요. 읽고 쓸 줄 알고, 자수와 바느질 솜씨도 대단합니다. 노래도 아름답게 하고요."

"댁에서 태어난 아가씨인가요?" 마담 드 투스가 물었다.

"아뇨, 아버지께서 뉴올리언스에 갔을 때 사서 어머니께 선물로 주셨어요. 그때 나이가 여덟 살이나 아홉 살쯤 되었을 겁니다. 아버지께서는 어머니께 얼마에 샀는지 절대 말씀하지 않으셨어요. 하지만 얼마 전 아버지의 옛 서류를 살피다 우연히 영수증을 발견했습니다. 정말 엄청난 금액을 치르셨더군요. 아마 뛰어난 미모 때문이었을 겁니다."

조지는 캐시에게 등을 돌리고 앉아 있어서, 이처럼 세세한 이야기를 전하는 동안 캐시의 골똘한 표정을 볼 수 없었다.

이야기가 여기까지 이르렀을 때, 그녀는 그의 팔을 잡았고, 궁금증에 새하얘진 얼굴로 물었다. "아버님께서 판매자의 이름을 알고 계시나요?"

"시먼스라는 이름의 남자가 주거래자였을 겁니다. 최소한 영수증에는 그렇게 적혀 있었으니까요."

"오, 세상에!" 캐시는 정신을 잃고 선실 바닥에 쓰러졌다.

조지는 그제야 정신을 차렸고, 마담 드 투스도 마찬가지였다. 두 사람 모두 캐시가 기절한 까닭은 추측할 수 없었지만, 이런 경우 어울리는 소란을 피워댔다. 조지는 인정 많은 성품 탓에 손 씻는 물을 담는 주전자를 뒤엎고, 잔을 두 개나 깨뜨렸다. 누군가 기절했다는 말을 들은 선실의 여러 숙녀들이 특등실 문 앞에 몰려들어 바람이란 바람은 있는 대로 다 막아버렸다. 그러니 대체로 예상 가능한 일은 다 벌어진 셈이었다.

가엾은 캐시! 정신이 든 캐시는 벽을 바라보며 아이처럼 울고 흐느꼈다. 당신이 어머니라면 그녀가 무슨 생각을 하는지 알 수도 있고, 알 수 없을 수도 있을 것이다. 하지만 그녀는 그 시각 신께서 그녀에게 자비를 베푸셨다는 것을, 딸을 만날 수 있으리라는 것을 확신했다. 그리고 몇 달 후 그녀는 딸을 만났다. 그때가 언제인지는 기대해보자.

제43장

결과

      나머지 이야기도 곧 하겠다. 젊은이들이 으레 그렇듯, 인간 보편의 감정에 대해서만큼이나 이 사건의 로맨스에 흥미를 느낀 조지 셸비는 엘리자의 판매증서를 힘들게 캐시에게 보냈다. 증서에 적힌 날짜와 이름은 캐시가 아는 사실과 일치했고, 그녀는 아이의 정체에 대해 추호의 의심도 없었다. 이제 도망자들의 발자취를 추적하는 일만 남았다.

  운명의 희한한 장난으로 뜻을 함께하게 된 마담 드 투스와 캐시는 곧 캐나다로 가서 기차역을 찾아다니며 문의하기 시작했다. 노예제로부터 탈출한 많은 이들이 그곳에서 발견되기 때문이었다. 그들은 앰허스트버그에서 조지와 엘리자가 캐나다에 처음 도착했을 때 은신처를 제공해준 선교사를 찾았다. 그리고 그를 통해 그 가족을 찾아 몬트리올로 갈 수 있었다.

조지와 엘리자는 그때 5년째 자유의 몸으로 지내고 있었다. 조지는 능력 있는 수리공의 가게에서 계속 일해왔고, 가족을 충분히 부양할 수 있는 돈을 벌었다. 그사이 그 가족에게는 딸도 하나 더 늘었다.

잘생기고 영리한 소년인 어린 해리는 좋은 학교에 들어갔고, 빠르게 지식을 습득해나가고 있었다.

조지가 처음 도착한 앰허스트버그의 훌륭한 목사는 마담 드 투스와 캐시의 이야기에 큰 관심을 갖게 되어 마담 드 투스의 간청에 따라 그들을 찾아 몬트리올까지 왔다. 마담 드 투스가 모든 경비를 치르기로 한 것은 물론이다.

이제 배경은 몬트리올 외곽의 작고 깔끔한 주택으로 바뀐다. 시각은 저녁때였다. 벽난로에서는 불꽃이 활활 타고 있었고, 새하얀 보를 덮은 탁자에 저녁식사가 차려져 있었다. 방 한쪽 구석에는 책상으로 쓰는 녹색 테이블보가 덮인 탁자가 있었고, 그 위에는 펜과 종이가 놓여 있었다. 그 위 선반에는 엄선한 책들이 꽂혀 있었다.

이곳이 조지의 서재였다. 어린 시절 온갖 고난과 방해에도 불구하고 읽기와 쓰기를 간절히 원해 남몰래 배우며 보다 나은 사람이 되기를 원했던 향상심으로 인해, 그는 여전히 모든 여가시간을 자기수양에 쏟고 있었다.

그 시각 그는 책상에 앉아 가족 서재에서 꺼내 온 책을 읽으며 필기를 하고 있었다.

"조지, 어서 와. 하루 종일 일하고 왔잖아." 엘리자가 말했다. "그 책은 내려놓고 이야기 좀 해. 차를 준비할 테니. 어서."

꼬마 엘리자가 어머니의 말에 찬성한다는 듯 아버지 무릎에 기어 올라 책을 빼앗고 자리를 잡았다.

"아, 이런 꼬마 마녀 같으니!" 조지는 이렇게 말하고, 이와 같은 상황에서 남자라면 늘 그래야 하듯이 간청에 따랐다.

"이제야 내 말에 따라주네." 엘리자가 빵을 자르며 말했다. 그녀는 조금 더 나이 들어 보이고, 살이 조금 더 붙은 듯했다. 몸짓도 조금 더 원숙하게 보였다. 하지만 여자로서 최고로 만족하고 행복한 모습이었다.

"해리, 우리 아들. 오늘 더하기 숙제는 어떻게 했니?" 조지가 아들의 머리를 쓰다듬으며 물었다.

해리의 긴 곱슬머리는 잘라버렸다. 하지만 그 눈과 속눈썹, 훤칠한 이마는 버릴 수 있는 게 아니다. 해리는 자랑스레 환한 얼굴로 대답했다. "전부 **제가** 다 했어요, 아버지. **아무도** 도와주지 않았어요!"

"잘했구나." 아이 아버지가 말했다. "네 힘으로 해야지, 아들아. 네게는 가련한 네 아버지보다 훨씬 더 좋은 기회가 있단다."

그 순간 문을 두드리는 소리가 들렸다. 엘리자가 문을 열었다. "어머나, 목사님!" 반가운 소리에 남편도 따라 나왔다. 앰허스트버그의 선한 목사는 환영을 받았고, 그를 따라온 여자 둘에게 엘리자가 자리를 권했다.

자, 사실대로 말하자면 선한 목사는 일의 진행과정을 미리 계획해 두었고, 그에 따라 상황을 진전시킬 작정이었다. 그래서 이 집에 올 때까지 모두들 미리 정해놓은 순서에서 벗어나 사실을 누설해서는 안 된다고 서로 매우 조심스럽고 신중하게 권고하며 왔다.

그러므로 그 선한 목사가 얼마나 놀랐겠는가? 숙녀들에게 자리를 권하고, 손수건을 꺼내 입가를 훔친 뒤 정해진 대로 소개를 하려는데, 마담 드 투스가 계획을 모조리 뒤엎으며 조지의 목을 얼싸안더니 "오, 조지! 날 모르겠어? 네 누나 에밀리야!"라고 말해버렸으니 말이다.

캐시는 좀 더 침착하게 앉아 있었고, 자신의 역할을 잘 해낼 수도 있었다. 마지막으로 보았을 때의 딸의 모습과 똑같은 외모와 꼭 닮은 윤곽선, 곱슬머리를 한 꼬마 엘리자가 갑자기 나타나지만 않았다면 말이다. 꼬마 엘리자가 그녀의 얼굴을 올려다보았다. 캐시는 아이를 품에 꼭 안고서 "애야, 내가 네 엄마야!"라고 말했다. 그 순간만큼은 그녀는 정말로 그렇게 믿었다.

사실 정확히 순서에 따르기에는 까다로운 일이었다. 하지만 한참 만에 선한 목사는 모두를 진정시키고 처음 계획했던 연설을 하는 데 성공했다. 결국 그의 연설이 너무나 성공적으로 마무리되어서, 주위 의 청중 전체가 고금을 막론하고 모든 웅변가를 만족시킬 만큼 흐느 끼고 있었다.

그들은 함께 무릎을 꿇었고, 선한 목사는 기도했다. 그들의 감정이 너무나 격앙되어서 전능하신 사랑의 품 안에서만 안식을 구할 수 있 어서였다. 새롭게 되찾은 가족은 자리에서 일어나, 아무리 큰 위험 속 에서도 누구도 알 수 없는 방식으로 그들을 하나 되게 하시는 그분에 대한 신성한 믿음 속에서 서로 포옹했다.

캐나다의 도망자 사이에서 지낸 선교사의 공책에는 허구보다 더 기이한 진실이 담겨 있다. 바람이 가을 낙엽을 뒤흔들어 흩어놓듯이 가족을 뒤흔들어 흩어놓는 체제가 세상을 지배하는 와중에, 어떻게 그런 일이 가능할까? 이 피난처는 영원의 땅과 마찬가지로 오랜 세월 서로를 잃어버렸다고 생각하며 애도해온 이들에게 곧잘 기쁨의 재회를 마련해주곤 한다. 매번 새로운 이가 도착할 때마다, 혹시나 노예제의 그림자 속에서 찾아내지 못한 어머니와 누이, 아이나 아내의 소식을 얻을 수 있을지 묻는 이들의 간절한 마음은 이루 형언할 수 없이 감동적이다.

누이나 어머니, 아내를 데려오기 위해 도망자가 고문도 두려워하지 않고 죽음에 맞서가며 그 어두운 땅의 공포와 위험 속으로 자진해 돌아갈 때면, 그 이야기는 로맨스를 넘어 영웅의 행적으로 기록된다.

어느 선교사가 전해준 이야기에 따르면, 한 젊은이는 두 차례나 다시 잡혀 그 영웅적인 행동으로 인해 수치스러운 매질을 당한 뒤 다시 탈출했다. 그러고도 결국에는 누이를 데려오기 위해 세 번째로 돌아갈 것이라는 내용의 편지를 친구들에게 보냈다. 그는 영웅인가, 범죄자인가? 여러분은 누이를 위해 그만한 일을 하지 않을 작정인가? 그리고 그런 그를 비난할 수 있는가?

이제 눈물을 닦아내면서 너무나 크고 갑작스러운 기쁨을 진정시키고 있는 우리의 친구에게로 돌아가도록 하자. 그들은 탁자에 둘러 앉아 즐거운 대화를 나누고 있었다. 꼬마 엘리자를 안고 있는 캐시만이 이따금 어린아이가 놀랄 정도로 꼭 끌어안고 고집스레 입에 케이크를 넣지 않으려고 해서, 아이는 그녀가 케이크보다 더 맛있는 것을 갖고 있어서 원하지 않는 모양이라고 생각했다.

실제로 2, 3일 만에 캐시에게는 너무나 큰 변화가 일어나 우리 독자들은 그녀를 잘 알아보지도 못할 것이다. 절망 어린 수척한 모습은 사라지고, 대신 부드러운 믿음의 표정이 자리 잡았다. 캐시는 당장 가족의 품에 자리 잡고 오랫동안 기다려왔다는 듯 어린아이들을 마음으로 보듬었다. 사실 그녀의 사랑은 친딸보다도 꼬마 엘리자에게 더 자연스럽게 향하는 것 같았다. 아이가 잃어버린 딸과 쏙 빼닮아서였다. 꼬마 엘리자는 어머니와 딸 사이를 이어주며, 그 사이에서 친밀감과 애정을 키워내는 어여쁜 연결고리였다. 언제나 성서를 읽는 엘리자의 한결같이 꾸준한 신심은 찢어지고 지친 어머니의 마음에 꼭 필요한 길잡이가 되어주었다. 곧 캐시는 온 영혼을 다해 올바른 인도를 받아들였고, 신실하고 온유한 기독교인이 되었다.

이틀여 뒤, 마담 드 투스는 동생에게 자신의 사정을 더욱 자세히 이야기해주었다. 그녀는 남편의 사후 큰 재산을 물려받았고, 관대하게도 그 재산을 가족과 나누고자 했다. 그녀가 조지에게 어떻게 하는 게 가장 좋을지 묻자, 조지는 대답했다. "내게 배움의 기회를 줘요, 에밀리 누님. 그게 내가 늘 진심으로 바라던 거였어요. 그러면 나머지는 다 할 수 있으니까."

깊이 숙고한 끝에 가족 전체가 몇 년간 프랑스에 가기로 결정했다. 그들은 에멀린을 데리고 그곳으로 출발했다.

아름다운 외모 덕분에 에멀린은 배의 일등항해사의 애정을 얻었고, 항구에 닿자마자 그의 아내가 되었다.

조지는 4년간 프랑스에 있는 대학을 다니며 끊임없는 열정으로 매우 철저한 교육을 받았다.

하지만 결국 이들 가족은 프랑스의 정치적 혼란으로 인해 피난처를 찾아 다시 이 나라로 돌아왔다.

교육받은 이로서 조지가 가진 감정과 시각은 그가 친구에게 보낸 편지에서 잘 드러난다.

"앞으로 어떻게 해야 할지 좀 당황스러워. 자네가 말했듯이, 내 피부색은 워낙 옅고 아내와 가족들도 별로 눈에 띄지 않으니, 이 나라 백인들 사이에 쉽게 섞여들 수도 있을 거야. 아마 눈만 감아주면 그럴 수도 있겠지. 하지만 솔직히 말해 그럴 마음이 없네.

내가 공감하는 이들은 아버지의 인종이 아니라 어머니의 인종이야. 아버지에게 나는 말 잘 듣는 개나 말과 다름없었어. 하지만 가련한 어머니에게 나는 **자식**이었네. 우리를 잔인하게 갈라놓은 매매 이후 어머니가 돌아가실 때까지 한 번도 뵌 적 없지만, 어머니가 늘 나를 깊이 사랑하신 것을 **알고** 있네. 내 마음 깊이 그 사실을 알고 있어. 어머니가 겪은 고초와 내가 초년에 겪은 고생, 뉴올리언스의 노예시장에서 팔려 간 내 용감한 아내와 누님이 겪은 고난과 투쟁을 생각하면, 비록 기독교인답지 않은 감정을 갖고 싶지는 않지만 나는 미국인이 되고 싶지도, 미국인과 동일시하고 싶지도 않네.

나는 억압당하고 속박당해온 아프리카 **인종**과 운명을 같이할 거야. 내가 바라는 것이 있다면, 내 피부색이 한 단계 더 밝아지는 것보다는 두 단계 더 검어지는 것이네.

내 영혼이 바라고 선망하는 것은 아프리카의 민족이야. 독립적인 존재와 실체를 지닌 국민을 원해. 그런 국민을 어디서 찾아야겠나? 아이티에서는 아니야. 아이티에는 시작할 기초가 없으니 말일세. 개울은 샘보다 높이 거슬러 올라갈 수 없어. 아이티인들의 국민성을 형성한 인종은 지치고 여성적인 인종이야. 그 피지배 인종이 나아져서 뭐라도 되려면 수백 년은 걸릴 거야.

그렇다면 어디를 보아야 하겠나? 아프리카의 해안에 공화국이 하나 있네. 행동력과 자조自助의 힘으로 저마다 노예상태에서 일어난 선민들이 이룬 공화국이야. 미약한 준비단계를 거친 이 공화국은 마침내 지상에서 프랑스와 영국이 인정한 국가가 되었네. 나는 그곳에 소망을 두고, 그곳에서 동포를 찾고자 하네.

자네가 내 뜻에 반대할 것을 알고 있네. 하지만 반박하기 전에 내 말을 들어줘. 프랑스에서 지내는 동안 나는 아메리카에서 우리 동포가 겪은 역사를 열심히 공부했네. 노예제 폐지주의자들과 식민지화 찬성주의자들 사이의 투쟁을 보았고, 멀찌감치 서서 구경하는 사람의 입장에서 몇 가지 인상을 받았네.

물론 이 라이베리아(미국의 해방노예들이 아프리카 서부에 세운 아프리카 최초의 흑인공화국—옮긴이)가 우리의 압제자들 손 안에서 우리에게 맞서는 온갖 목적에 이용되어왔다는 걸 나도 인정해. 분명 그 계획은 우리의 해방을 지연시키기 위해 각종 부당한 방법으로 이용되었겠지. 하지만 내가 궁금한 것은 인간의 모든 계획 위에 신께서 존재하시는 게 아닌가 하는 거야. 신께서 그들이 기획하는 바를 관

장하시고, 우리를 위해 그들로 하여금 나라를 세우게 하신 것이 아닌
가?

요즘에는 하루 만에도 나라가 생겨나지. 이제 국가는 공화국으로
서의 생활과 문명의 온갖 문제를 안고서 시작되네. 국가를 발견하는
것이 아니라 신청하는 것이지. 그렇다면 우리 모두 힘을 다해 하나가
되어 이 새로운 기획으로 무엇을 할 수 있을지 찾아보세. 그러면 이
멋진 아프리카 대륙이 우리와 우리 자식 앞에 펼쳐질 거야. 우리의
나라는 아프리카의 해안을 따라 문명과 기독교를 파급할 테고, 열대
식물처럼 빠르게 자라 후세에 길이 남을 강력한 공화국들을 그곳에
심을 거야.

내게 노예상태의 동포를 버린다고 할 셈인가? 그렇지 않네. 내 한
시라도, 한순간이라도 그들을 잊는다면 신께서도 나를 잊으실 거야!
하지만 여기서 그들을 위해 내가 무슨 일을 할 수 있겠나? 그들의 족
쇄를 부술 수 있나? 아니, 개인의 힘으로는 할 수 없네. 하지만 내가
떠나 한 국가의 일부를 이룬다면, 국가들 사이에서 발언권을 얻을 테
고 소리 높여 말할 수 있을 거야. 국가는 주장하고, 비난하고, 호소하
고, 명분을 내세울 권리를 갖지만, 개인은 그렇지 않네.

내가 주 안에서 믿고 있듯이 유럽이 자유국가를 옹호하는 위원회
가 된다면, 거기에서는 노예제도와 모든 부당하고 억압적인 사회 불평
등이 사라질 거야. 그리고 그들이 프랑스와 영국이 했듯이 우리 계획
을 인정한다면, 우린 국가연합에서 우리 주장을 내세우고, 노예로 속
박당해 고통 받는 우리 인종의 문제를 제시하는 거야. 그러면 자유 문

명국인 미국은 분명 국가들 사이에서 불명예가 되는 오점을 지우고자 할 거야. 그 오점은 노예뿐만 아니라 미국 전체에도 저주이니 말이네.

하지만 자네는 우리 인종이 아일랜드인과 독일인, 스웨덴인과 마찬가지로 미국에서 함께 지낼 권리가 있다고 하겠지. 당연히 그렇지. 우리에겐 신분제도나 피부색과 상관없이 자유롭게 모이고, 함께 지내며, 각기 재능에 따라 성공할 권리가 있으니까. 우리의 이런 권리에 반대하는 이는 인간평등의 원칙에 위배된 생각을 갖고 있는 거야. 특히 우리는 이곳에서 지낼 권리를 얻어야 하네. 우리는 보통 사람들보다 더 큰 권리를 갖고 있네. 우리는 고통 받은 인종으로서 배상을 주장할 수 있어. 하지만 나는 그것을 원하지 않네. 나는 나의 나라, 나의 민족을 원하네. 나는 아프리카 인종이 문명과 기독교 속에서 더 크게 펼쳐 보일 특수한 자질을 갖고 있다고 믿네. 그 자질이 앵글로색슨 민족과 같지는 않다 해도, 도덕적으로는 더욱 고매하다는 게 증명될 거야.

투쟁하고 갈등하던 초기 시절, 세상의 운명이 앵글로색슨 민족에게 맡겨졌네. 그들의 단단하고 확고하며 강인한 요소들이 그 일에 잘 들어맞았어. 하지만 기독교인으로서 나는 새로운 시대가 시작될 거라고 바라보고 있어. 우리는 그 시대의 출발점에 서 있는 걸세. 그리고 그 국가들이 현재 겪고 있는 진통은 전 인류의 평화와 동포애를 낳는 산고라고 믿네.

나는 아프리카의 발전이 근본적으로 기독교의 발전이라고 생각하네. 비록 지배력과 통솔력이 강한 인종은 아니지만, 아프리카인들은 애정이 많고, 마음씨가 넓고, 용서할 줄 아는 이들이네. 부정과 압제의 용광로 속에 들어갔던 그들은 사랑과 용서라는 교리를 마음속에 더욱 단단히 간직해야 하며, 그것을 통해서만 정복할 수 있을 것이네. 그래서 아프리카 전체로 퍼져 나가는 것이 그들의 사명이네.

고백하건대 나 혼자서는 이 일을 감당할 능력이 없네. 내 핏줄에 흐르는 피의 절반은 성급한 색슨인의 것이네. 하지만 아름다운 나의 아내가 내 곁에 복음을 전하는 설교자로 자리 잡고 있어. 내가 갈피를 잃고 방황하면 아내의 온유한 영혼이 늘 나를 제자리로 돌려놓아주고, 그리스도께서 우리 민족에게 주신 부르심과 사명을 기억하게 해주네. 기독교인 애국자로서, 기독교의 교사로서, 나는 고국으로, 영광스러운 아프리카로 갈 것이네. 나는 고국을 향해 이따금 마음속으로 그 눈부신 예언의 말씀을 떠올리네. "전에는 네가 버림을 당하며 미움을 당하였으므로 네게로 가는 자가 없었으나 이제는 내가 너를 영원한 아름다움과 대대의 기쁨이 되게 하리니!"(「이사야」 60장 15절—옮긴이)

아마 나를 광신자라고 하겠지. 내가 지금 무슨 짓을 벌이는지 제대로 생각해보지 않았다고 할 거네. 하지만 나는 대가를 생각하고 계산해보았어. 나는 라이베리아를 로맨스에 나오는 왕국이 아니라 일터로 생각하고 가는 것이네. 두 손으로, 열심히, 온갖 어려움과 역경을 딛고 일할 거야. 죽을 때까지 일할 거야. 나는 이를 위해 떠나는 것이고, 그 안에서 실망하지 않을 거라 확신하네.

내 결심을 어떻게 생각하든 날 믿어줘. 그리고 내가 무슨 일을 하든, 우리 민족을 위해 전심을 다해 행동하는 것이라고 생각해주게.

조지 해리스.”

몇 주 뒤 조지는 아내와 아이들, 누님과 어머니와 함께 아프리카로 떠났다. 우리의 생각이 맞다면 그의 소식은 앞으로도 그곳에서 전해질 것이다.

우리의 다른 주인공들에 대해서는 미스 오필리아와 톱시에 관한 한마디, 그리고 조지 셸비를 주인공으로 하는 마지막 장 이외에는 특별히 전할 이야기가 없다.

미스 오필리아는 톱시를 버몬트의 집으로 데려갔고, 뉴잉글랜드 사람이 '우리 사람들'이라고 부르는 사람들을 깜짝 놀라게 했다. 처음에 '우리 사람들'은 잘 정비된 가족 집단에 톱시가 어울리지도 않고, 필요도 없는 존재라고 여겼다. 하지만 제자에 대한 의무를 다하려는 미스 오필리아의 양심적 노력이 어찌나 효율적이었던지, 아이는 금세 가족과 이웃의 호감을 얻게 되었다. 그녀는 성인이 되자 스스로 청해 세례를 받았고, 그곳 교회의 일원이 되었다. 지적 능력과 행동력, 열의, 선행을 행하려는 마음이 매우 강했던 그녀는 마침내 아프리카에 선교사로 추천을 받아 떠나게 되었다. 어린 시절 그녀를 그토록 다양한 모습으로 활달하게 만들었던 활기와 창의력은 이제는 보다 안전하고 온전한 방식으로 고국의 아이들을 가르치는 데 쓰이고 있다는 소식이 들려왔다.

추신 : 마담 드 투스가 알아보기 시작한 결과 최근 캐시의 아들을 찾아냈다는 사실도 몇몇 어머니들께 반가운 소식이 될 것이다. 힘이 넘치는 청년인 그는 어머니보다 몇 년 앞서 탈출해 북부에서 억압당하는 이들을 돕는 사람들로부터 도움과 교육을 받았다. 그는 곧 가족을 따라 아프리카로 떠날 것이다.

제44장

해방자

조지 셀비는 어머니에게 보낸 편지에 도착 날짜만 달랑 한 줄 적어 보냈다. 오랜 친구의 죽음에 대해서 편지를 쓸 용기가 없었다. 셀비는 서너 차례 시도해보았지만, 눈물을 꾹꾹 참아내다 울먹일 따름이었다. 그는 매번 종이를 찢고 눈을 훔치고는 어디론가 달려가 마음을 진정시켰다.

그날 셀비 저택에서는 모두들 조지 도련님의 도착을 기다리며 온통 부산하게 움직이고 있었다.

셀비 부인은 히코리 장작이 타닥거리며 타들어 가는 난롯불이 늦가을 저녁의 한기를 가시게 해주는 편안한 응접실에 앉아 있었다. 우리의 옛 친구, 클로이의 감독 아래 접시와 세공한 유리잔으로 반짝이는 저녁식탁이 차려져 있었다.

새 캘리코 드레스에 깨끗한 흰 앞치마를 두르고 풀을 빳빳이 먹인

터번을 높다랗게 감아올린 클로이는 새카만 얼굴 가득 환하게 만족
스러운 표정을 지으며 여주인과 조금이라도 잡담을 나눠보려고 이미
잘 차려진 식탁을 쓸데없이 매만지며 남아 있었다.

"자, 정돈을 해야지! 그래야 도련님에게 자연스럽게 느껴지겠지
요?" 클로이가 말했다. "저, 도련님 접시는 도련님이 항상 좋아하는 난
로 옆에 놓았어요. 조지 도련님은 늘 따뜻한 자리를 좋아했거든요.
저런, 샐리는 어째서 제일 좋은 찻주전자를 안 꺼내 온 건지. 그 조그
만 새것 말이에요. 조지 도련님이 크리스마스 선물로 사 오신 거요.
내가 꺼내 와야지! 마님께선 조지 도련님에게 연락을 받으셨다고요?"
클로이가 궁금하다는 듯 물었다.

"그래, 클로이. 하지만 가능하면 오늘 밤 집에 온다는 말 한 줄뿐이
었어."

"혹시 남편 이야기는 없던가요?" 여전히 찻주전자를 만지작거리며
클로이가 물었다.

"아니, 그런 말은 없었어. 아무 말도 하지 않았어, 클로이. 집에 오
면 모두 이야기하겠다고만 했어."

"조지 도련님답네요. 무슨 이야기든지 항상 직접 전하려고 하시잖
아요. 전 늘 조지 도련님의 그런 점이 좋았어요. 전 보통 그렇게 글을
많이 쓰는 일을 백인들이 어떻게 배겨내시는지 모르겠어요. 그렇게
시간도 많이 들고, 힘든 일인데 말이에요."

셸비 부인은 미소를 지었다.

"남편은 아이들과 아기가 얼마나 컸는지 모르겠지요. 세상에, 그

애는 이제 다 컸어요. 게다가 착하기도 하고. 폴리 말이에요. 폴리는 지금 집에서 옥수수 빵이 잘 구워지는지 보고 있답니다. 남편이 딱 좋아하는 걸로 굽고 있어요. 그이가 떠나던 날 아침에 구워준 그대로 말이에요. 오, 주여! 그날 아침에 제 기분이 어땠는지 생각하면!"

셸비 부인은 한숨을 내쉬었고, 그 말이 전하는 의미에 마음이 무거워졌다. 부인은 아들의 편지를 받은 이후로 아들이 쳐둔 침묵의 장막 뒤에 무엇이 감추어져 있는 것은 아닐지 내내 불안했다.

"마님께서 그 증서를 갖고 계시지요?" 클로이가 불안한 표정으로 물었다.

"그럼, 클로이."

"남편한테 제조사가 준 증서를 보여주고 싶어서 말이에요. '그리고 말이야, 클로이 아줌마. 아줌마가 더 오래 있어줬으면 좋겠어.' 그분이 그랬어요. 저는 이렇게 말했고요. '감사합니다, 선생님. 저도 그러고 싶지만 남편이 돌아올 거예요. 그리고 마님께서는 저 없이 지내실 수 없거든요.' 그렇게만 말했어요. 참 좋은 분이에요, 존스 선생님은."

클로이는 자신의 능력을 기념하는 뜻에서 자신의 봉급증서들을 꼭 보관해두었다가 남편에게 보여주어야 한다고 고집을 부렸다. 셸비 부인은 흔쾌히 그 요청을 들어주기로 했다.

"그이는 폴리를 몰라볼 거예요. 남편은 모를 거예요. 세상에, 그 사람들이 그이를 데려간 지 벌써 5년이 지났네요! 폴리는 그때 어려서 설 줄도 몰랐지요. 폴리가 걸어보겠다고 일어나다 넘어지면 그이가 얼마나 재미있어라 했는지, 아이고!"

바퀴소리가 들려왔다.

"조지 도련님이에요!" 클로이 아줌마가 창가로 달려가며 말했다.

셀비 부인은 현관문으로 달려가 아들 품에 안겼다. 클로이 아줌마는 어둠 속을 열심히 살피며 서 있었다.

"아, **가엾은** 클로이 아줌마!" 조지는 안쓰럽다는 표정으로 걸음을 멈추고 아줌마의 검은 손을 두 손으로 꼭 잡았다. "내 모든 재산을 다 주더라도 아저씨를 데려오고 싶었지만, 아저씨는 더 좋은 곳으로 떠났어."

셀비 부인은 크게 탄식했지만, 클로이 아줌마는 아무 말도 하지 않았다. 사람들은 식당으로 들어갔다. 클로이가 그토록 자랑스럽게 여겼던 돈이 여전히 식탁 위에 놓여 있었다.

"저어," 클로이는 떨리는 손으로 그 돈을 그러모아 쥐고 마님에게 말했다. "그건 다시 보고 싶지도, 듣고 싶지도 않아요. 제가 짐작했던 그대로, 팔려 가 농장에서 죽임을 당한 것이죠!"

클로이는 돌아서더니 당당하게 걸어 나갔다. 셀비 부인은 가만히 클로이를 따라가 손을 잡아 의자에 앉히고 곁에 앉았다. "가엾고 착한 우리 클로이!" 부인이 말했다.

클로이는 부인의 어깨에 머리를 기대고서 흐느끼며 말했다. "오, 마님! 절 용서하세요. 마음이 찢어지는 것 같아요. 그것뿐이에요!"

"나도 알아." 셀비 부인도 눈물을 흘리며 말했다. "**나**는 그 상처를 낫게 해줄 수 없지만, 예수님께서는 하실 수 있어. 예수님은 다친 마음을 치유하시고, 상처를 감싸주시니까."

잠시 침묵이 흘렀고, 모두 함께 울었다. 한참 지난 뒤, 조지는 슬퍼하는 클로이의 곁에 앉아서 손을 잡고 비통한 목소리로 그녀의 남편이 얼마나 당당히 죽음을 맞이했는지 설명해주었고, 마지막으로 남긴 사랑한다는 말을 전해주었다.

그 후 한 달쯤 지난 어느 날 아침, 셸비 저택의 하인들은 모두 저택 전체를 가로지르는 큰 복도에 모여 젊은 주인의 이야기를 들었다.

놀랍게도 그는 그곳의 모두에게 자유를 허락하는 서류 꾸러미를 들고 나타났고, 참석한 모든 사람이 흐느끼고, 눈물을 흘리며, 환호하는 가운데 서류의 내용을 읽고 나누어주었다. 하지만 많은 이들이 그에게 몰려들어 내보내지 말아달라고 진심으로 애원했다. 그들은 간절한 표정으로 해방증서를 주인에게 도로 건넸다.

"지금보다 더 큰 자유는 필요 없어요. 항상 우리에게 필요한 걸 주셨잖아요. 정든 이곳이랑, 도련님과 마님, 그리고 다른 분들을 떠나고 싶지 않아요!"

"착한 친구들," 하인들이 조용해지자 조지가 말했다. "너희가 나와 헤어질 필요는 없어. 이곳에는 예전이나 다름없이 일손이 필요할 테니까. 전처럼 집에서 일할 사람도 필요해. 하지만 너희는 이제 자유야. 너희가 해준 일에 급료를 정해서 지불할 거야. 좋은 점은, 혹시 내가 빚을 지거나 죽는다 해도 이제 누가 너희를 데려가거나 팔아버릴 수 없다는 것이지. 난 농장을 계속 운영할 테고, 아마 시간은 좀 걸리겠지만 너희에게 자유인으로서 내가 준 권리를 어떻게 사용하는지 가르쳐주려고 해. 착실하게 열심히 배워주었으면 좋겠다. 그리고 주님께 맹세코, 진심으로 열심히 가르쳐주겠어. 그럼, 친구들. 고개를 들고 자유라는 축복을 주신 주님께 감사드리도록 해.”

그러자 이곳에서 머리가 새고 눈이 먼 늙은 검둥이 하나가 일어나더니 떨리는 손을 들고 말했다. “주님께 감사를 드립시다!” 모두가 한마음으로 무릎을 꿇었다. 노인의 정직한 마음에서 우러난 〈테데움〉(감사의 예배에서 부르는 찬미의 찬송가—옮긴이)은 오르간과 벨, 축포와 함께하는 그 어떤 찬송보다 더 감동적이고 진실했다.

모두 일어나자 또 한 사람이 감리교 찬송가를 불렀다. 후렴구는 다음과 같았다.

“안식의 해가 왔으니, 너희 해방된 죄인들은 집으로 돌아가라.”

“한 가지 이야기할 것이 더 있어.” 조지는 하인들의 축하를 잠시 멈추게 하고 말했다. “모두들 착한 톰 아저씨 기억하고 있지?”

조지는 그가 죽음을 맞이한 과정을 짤막하게 설명하고, 그곳에 모인 모든 사람에게 보낸 애정 어린 작별인사를 전달한 다음, 이렇게 덧붙였다.

“친구들, 나는 그의 무덤에서 주님 앞에 맹세했어. 해방시켜줄 수 있다 해도, 다시는 노예를 갖지 않겠다고. 앞으로 그 누구도 나 때문에 톰처럼 집과 친구들을 떠나 외로운 농장에서 죽어가게 두지 않겠다고 말이야. 그러니 자유를 기뻐할 때 그것이 저 선한 아저씨의 영혼 덕분임을 기억하고 아저씨의 아내와 아이들에게 보답하도록 해. ‘톰

아저씨의 오두막'을 볼 때마다 본인의 자유를 생각하고, 그것을 아저
씨의 발자취를 따를 기념물로 삼아 모두들 아저씨처럼 정직하고 성실
한 기독교인이 되기를."

 Uncle Tom's Cabin

맺음말

본 작가는 전국 여기저기 친구들로부터 이 이야기가 사실인지 묻는 편지를 자주 받아왔다. 그 질문들에 대해 여기서 한꺼번에 대답하고자 한다.

이 이야기를 구성하는 각각의 사건들은 대부분 사실이며, 그중 많은 일들이 작가가 직접, 혹은 절친한 친구들이 직접 지켜보는 가운데 일어났다. 우리는 이 이야기에 소개한 인물 대부분의 모델을 지켜봐왔다. 그리고 대사 가운데 많은 것들이 작가가 직접 들은 내용, 혹은 친구들이 전한 내용을 그대로 옮겨 쓴 것이다.

엘리자의 외모, 그녀에게 부여한 성격은 실제 인물을 보고 그려냈다. 톰 아저씨의 변함없는 성실성과 신앙심, 정직함은 작가가 아는 사실에 근거해 여러 가지로 발전시켰다. 이야기에서 서술한 것 가운데 몇몇 매우 비극적인 사건과 연애사건, 매우 끔찍한 사건들 역시 현실

의 유사한 사건들에서 따왔다. 어머니가 얼음이 언 오하이오 강을 건
넌 사건은 유명하다. 제2권에 서술한 '프루'의 이야기는 당시 뉴올리
언스의 큰 상인 집안에서 일하던 작가의 오빠가 직접 목도한 사건이
었다. 농장주 리그리라는 인물도 같은 출처에서 나왔다. 오빠는 수금
을 위해 그 농장에 들렀던 경험을 전하며 그에 대해 이렇게 말했다.
"그는 실제로 내게 자기 주먹을 만져보게 했는데, 마치 대장장이의 망
치나 강철덩어리 같았어. 주먹에 '검둥이들을 쓰러뜨리느라 굳은살이
생겼다'고 하더라. 농장을 나오니 그제야 한숨이 나오면서 도깨비의
소굴에서 빠져나온 것 같은 기분이 들더구나."

톰의 비극적인 운명과 같은 사건은 현실에서 너무나 많이 일어났
으며, 그와 같은 사건을 증언해줄 증인들은 우리 땅 전역에 널려 있
다. 남부의 모든 주에서는 유색 인종에 속하는 사람은 법정에서 백인
에게 불리한 증언을 할 수 없다고 법이 정하고 있다. 그러니 감정이 이
익에 우선하는 사람이 있고 주인의 의지에 맞설 만큼 용감하고 원칙
적인 노예가 있다면, 이런 일이 벌어질 수 있음을 쉽게 알 수 있을 것
이다. 사실 노예의 생명을 지켜줄 것은 주인의 성품밖에 없다. 생각하
기조차 너무나 충격적인 사실들이 이따금 사람들의 귀에 전하는데,
사람들이 그 사실에 대해 흔히 덧붙이는 논평은 더욱 충격적이다. 그
들은 이렇게 말한다. "이따금 그런 경우가 일어날 수는 있지만, 일반적
인 관행의 본보기는 아니다." 뉴잉글랜드의 법에 스승이 이따금 제자
를 고문하다 죽일 수 있다고 쓰여 있다면, 그 사실도 그와 마찬가지
로 아무렇지 않게 받아들일까? "이런 경우는 드물고, 일반적인 관행

의 본보기는 아니다"라고 말할 수 있을까? 이러한 부당함은 노예제도에 내재한 것이다. 노예제도가 없다면, 이러한 부당한 일은 존재할 수 없다.

아름다운 물라토와 쿼드룬 소녀들을 부끄러운 줄도 모르고 공공연히 매매하는 일은 펄 호 사건 이후로 악명을 얻게 되었다. 우리는 그 재판의 피고 측 변호인 가운데 한 사람이었던 호러스 맨 선생의 연설에서 다음의 내용을 발췌했다. 그는 이렇게 말한다. "1848년, 범선 펄 호를 타고 컬럼비아에서 탈출하고자 시도했으며, 제가 변호를 돕고 있는 일흔여섯 명 가운데에는 젊고 건강한 소녀들도 몇 명 있었습니다. 그들은 특별한 안목을 가진 이들이 매우 높이 평가하는 매력적인 몸매와 외모를 갖고 있었습니다. 엘리자베스 러셀도 그중 하나였습니다. 그녀는 곧 노예상인의 손아귀에 들어갔고, 뉴올리언스 시장에서 팔리는 운명에 처했습니다. 그녀를 본 사람들은 그 운명을 가련히 여겼습니다. 그들은 그녀를 구하기 위해 1,800달러를 내겠다고 했습니다. 돈을 내고 나면 재산이 얼마 남지 않는 사람도 있었습니다. 하지만 악마 같은 노예상인은 무자비했습니다. 그녀는 뉴올리언스로 실려 갔습니다. 하지만 그곳까지 절반 정도 갔을 때, 신께서 그녀에게 자비를 베푸시고 죽음을 내리셨습니다. 그들 가운데 에드먼슨이라는 이름의 두 소녀가 있었습니다. 같은 시장으로 가게 되자, 언니는 자신의 주인인 그 악당의 소굴로 가 제발 살려달라고 애원했습니다. 그는 그들이 매우 좋은 옷을 입고 좋은 가구를 두고 살게 될 거라면서 그녀를 희롱했습니다. '네,' 그녀가 말했습니다. '이승에서는 그러면 아주 좋을지 모르겠지만, 다음에는 그것들이 어떻게 될까요?' 그들도 뉴올리언스로 보내졌지만, 그 후 어마어마한 몸값에 구출되어 돌아왔습니다." 이 말만 듣더라도 에멀린과 캐시 같은 사례가 많이 있으리라는 게 분명하지 않은가?

공정을 기하기 위해서 다음의 일화가 보여주듯 싱클레어처럼 공명정대하고 관대한 사례도 있었음을 말해두어야겠다. 몇 년 전, 남부의 어느 젊은 신사가 어린 시절부터 몸종 노릇을 해온 총애하는 하인과 함께 신시내티에 갔다. 젊은 하인은 이 기회를 이용해 자유를 얻기 위해 달아나 이런 일로 꽤 널리 알려진 어느 퀘이커 교도의 보호를 받았다. 주인은 대단히 분노했다. 그는 그 노예를 항상 매우 아꼈고 그의 애정을 너무나 확신했기 때문에 누군가 주인에게 반항하라고 교사한 것이 분명하다고 믿었다. 그는 노발대발하며 그 퀘이커 교도를 찾아갔다. 하지만 남달리 공평무사하고 공정한 마음을 지닌 그는 곧 그의 주장과 변호에 마음을 가라앉혔다. 퀘이커 교도가 보여주는 사안의 측면은 그로서는 들어본 적도, 생각해본 적도 없는 것이었다. 그래서 그는 이내 자신의 노예가 자신의 면전에 대고 자유를 원한다고 말한다면 해방시켜주겠노라고 퀘이커 교도에게 말했다. 곧 면담이 이뤄졌고, 네이선은 젊은 주인에게 어떤 면에서든 처우에 불평할 이유가 있었는지 질문을 받았다.

"아뇨, 주인님." 네이선이 대답했다. "주인님께서는 늘 제게 잘 대해주셨습니다."

"음, 그렇다면 왜 나를 떠나려는 거지?"

"주인님께서 돌아가신다면, 누가 저를 데려갑니까? 저는 자유인이 되고 싶습니다."

잠시 숙고한 후, 젊은 주인은 대답했다. "네이선, 네 입장이라면 나도 그렇게 느낄 것 같구나. 넌 자유다."

그는 곧장 네이선에게 해방증서를 만들어주고, 퀘이커 교도의 손에 상당한 돈을 건네 네이선이 새 삶을 시작하는 데 도움을 주도록 하였으며, 그 젊은이에게 매우 현명하고 다정한 조언을 담은 편지를 남겼다. 그 편지는 작가가 한동안 보관하기도 했다.

작가가 많은 남부인들이 지닌 고귀함과 아량, 인간애를 공정하게 그려냈기를 바란다. 그러한 사례들이 우리가 인간에 대해 완전히 절망하지 않도록 해준다. 하지만 작가는 세상사를 아는 누구에게든 이렇게 묻는다. 그런 성품을 지닌 인물을 어디에서든 흔히 만날 수 있는 것인가?

작가는 오랜 세월 동안 노예문제는 언급하기가 너무나 고통스럽기 때문에 계몽의 빛과 문명이 필시 이를 씻어낼 것이라고 생각하면서 이 문제에 대한 독서도, 암시도 모두 피해왔다. 하지만 1850년 입법조례 이래 기독교인들과 자비로운 이들이 실제로 도망노예들을 다시 노예로 귀속시켜야 한다고 주장했다는 놀라운 이야기가 전하고, 북부의 자유주에 사는 친절하고 동정심 많으며 존경할 만한 이들이 이 문제에 있어서 기독교인이 져야 할 의무가 무엇인지 궁리하고 논의하는 이야기가 들려오기 시작하자, 작가는 이 사람들과 기독교인들은 노예제도가 무엇인지 모르는 게 분명하다고 생각할 수밖에 없었다. 만약

제45장 맺음말

그들이 노예제도에 대해 안다면, 그런 문제는 논의의 여지가 없었을 것이다. 노예제를 살아 있는 극적 현실로 보여주고자 하는 바람이 이로 인해 생겨났다. 작가는 그 문제를 공정하게 가장 좋은 점과 가장 나쁜 점을 모두 들어 보이고자 노력했다. 가장 좋은 면에 대해서는 작가의 노력이 성공했을지도 모른다. 하지만, 오! 반대편에 자리한 골짜기와 죽음의 그림자 속에 남아 있는 이야기는 누가 전할 것인가!

여러분께, 관대하고 고결한 마음을 지닌 남부의 신사 숙녀들께, 그 미덕과 아량과 순수한 성품 덕분에 가혹한 재판에 반대하는 분들께 작가는 호소하는 바이다. 여러분의 내밀한 영혼 속에서는, 여러분이 마음속에서 주고받는 대화 속에는, 이 저주받을 체제 속에는 이 책에서 암시한 바를 훨씬 능가하는 고통과 악행이 존재한다고 느끼지 않는가? 그것을 바꿀 수 없는가? 인간은 완전히 무책임한 권력을 맡겨도 되는 존재인가? 그리고 노예제도는 노예에게서 증언 권리를 모조리 빼앗음으로써 모든 주인을 무책임한 독재자로 만들어버리고 있지 않는가? 그 실제적 결과가 어떻게 될지 추론할 수 없는 것일까? 우리가 인정하듯, 명예와 정의와 인간애를 지닌 여러분 사이에 공통된 감정이 존재한다면, 악하고 잔인무도하며 타락한 자들 사이에도 또 다른 종류의 공통된 감정이 존재하지 않을까? 그리고 노예법에 따르면, 그 악하고 잔인무도하며 타락한 자들도 선하고 순수한 이들만큼 노예를 소유할 수 있지 않는가? 이 세상 어디에서든, 명예롭고 정의로우며 고상하고 동정심 많은 이들이 다수인 경우가 있는가?

현재 미국법상 노예매매는 해적행위로 간주되고 있다. 하지만 예전과 마찬가지로 조직적인 노예매매가 아프리카 해안에서 이루어지고 있으며, 그것은 미국의 노예제도에 필연적으로 수반되는 결과이다. 그로 인한 가슴 아픈 사연들과 그 공포를 이루 말로 다 할 수 있을까? 작가는 지금 이 순간에도 수천 명의 마음을 갈가리 찢어놓고, 수천 가족을 흩어놓고, 무기력하고 나약한 흑인을 공포와 절망으로 몰아넣고 있는 고통스럽고 절망적인 사건을 제대로 다 전달하지 못했다. 이 저주받을 매매로 말미암아 자식을 살해할 수밖에 없었던 어머니들을 알고 있는 사람들도 있다. 죽음보다 더 무서운 고통을 피하기 위해 스스로 죽음을 택한 사람들도 있다. 우리 땅에서, 미국의 법의 그림자와 그리스도의 십자가의 그림자 아래서 매일 시시각각 자행되고 있는 무시무시한 비극과 같은 현실은 글로 쓸 수도, 말할 수도, 상상할 수도 없다.

자, 미국인들이여, 이것이 가볍게 여겨서 몇 마디 사과를 건네고 침묵 속에 넘길 일이란 말인가? 겨울밤 난롯가에서 이 책을 읽을 매사추세츠 주, 뉴햄프셔 주, 버몬트 주, 코네티컷 주의 농부들, 메인 주의 강인하고 너그러운 선원들과 선주들에게 묻는다. 이것이 찬성하고 장려할 일인가? 뉴욕 주의 용감하고 관대한 이들, 풍요롭고 즐거운 오하이오 주의 농부들에게 묻는다. 너른 대초원 주에 살고 있는 여러분에게 묻는다. 이것이 지키고 지지할 일인가? 그리고 미국의 어머니들이여, 아이의 요람 옆에서 아이에 대한 성스러운 사랑을 통해, 그 아름답고 흠 없는 모습에서 느끼는 기쁨과 아이가 자라는 동안 어머니로서 느끼는 동정심과 상냥함을 통해, 아이에 대한 교육열, 그리고 아이의 영혼의 영원한 안식을 위하여 늘 올리는 기도를 통해 모든 인류를 사랑하고 동정하는 법을 배운 여러분께 진심으로 당부한다. 여러분과 같은 애정을 지니고 있으되 자기 아이를 지키고, 인도하고, 교육할 법적 권리를 전혀 갖지 못한 이들을 동정하라! 아이가 병든 시간에 함께했고, 결코 잊을 수 없는 죽어가는 아이의 눈빛을 보았고, 도와주지도 구하지도 못하며 마음을 찢어놓는 마지막 울음소리와 조용한 아기의 방, 텅 빈 요람의 쓸쓸함을 통해 사랑과 동정을 배운 분들께 부탁한다. 미국의 노예매매로 끊임없이 아이를 빼앗기는 어머니들을 가련히 여겨달라! 미국의 어머니들에게 묻는다. 이것이 옹호하고, 동정하고, 묵과할 일인가?

자유주의 사람들은 그 일과 무관하며 아무 일도 할 수 없다고 말할 셈인가? 그렇다고 신께 맹세하는가! 하지만 그것은 사실이 아니다. 자유주의 사람들은 그것을 옹호하고, 장려하고, 참여해왔다. 그리고 교육이나 관습을 핑계 댈 수 없다는 점에서, 신 앞에서 그들의 죄는 남부 사람들보다 더 크다.

자유주의 어머니들이 모두 느껴 마땅한 감정이 있다면, 자유주의 아들들은 노예를 소유하지도, 가혹하기 짝이 없는 주인이 되지도 않았을 것이다. 미국에서 노예제가 확장되는 것을 묵인하지도 않았을 테고, 인간의 영혼과 육체를 돈과 맞바꾸는 거래를 하지도 않았을 것이다. 북부 도시의 상인들이 잠시 소유했다가 다시 팔아버리는 노예들도 매우 많다. 그런데도 노예제도에 대한 책망과 비방이 모두 남부의 몫이 되어야 할까?

북부 사람들, 북부의 어머니들, 북부의 기독교인들은 남부의 형제들을 비난하기만 해서는 안 된다. 자신들 사이에서 자행되는 악행을 살펴야 한다.

하지만 개인이 무슨 일을 할 수 있을까? 그 문제에 대해서는 모든 개인이 판단할 수 있다. 모든 개인이 할 수 있는 일이 한 가지 있다. 스스로가 옳게 느끼고 있는지 지켜보는 것이다. 모든 인간은 공감의 영향권에 둘러싸여 있으며, 그렇기 때문에 인류의 이익을 위한 사안에 있어 강력하고 건전하고 공정한 감정을 느끼는 사람은 인류 전체에 꾸준히 도움을 주는 셈이다. 그러니 이 문제에 대해 여러분이 무엇에 공감하는지 살펴보라! 여러분이 느끼는 바가 그리스도께서 느끼시는 바와 일치하는가? 혹은 세상의 원칙이 정한 억지에 따라 좌지우지되고 있는가?

북부의 기독교인들이여! 여러분에게는 또 다른 힘이 있다. 기도이다! 기도의 힘을 믿는가? 아니면 기도란 그저 무의미한 교회의 전통으로 전락했는가? 외국의 이교도들을 위해 기도하라. 국내의 이교도들을 위해서도 기도하라. 그리고 신앙심의 발전 가능성이 거래와 판매의 우연에 따라 결정되는 가련한 기독교인들을 위해 기도하라. 하늘에서 내려오는 순교의 용기와 은혜가 주어지지 않는 한, 많은 경우 기독교의 윤리를 고수할 수 없는 이들을 위해 기도하라.

그러나 이뿐만이 아니다. 우리 자유주 땅에는 불쌍하게 고통 받다가 흩어진 가족들이 여기저기서 나타나고 있다. 기적적인 신의 섭리에 따라 노예제의 격랑에서 탈출한 그들은 기독교와 도덕의 모든 원칙을 혼란케 하는 이 체제 속에서 배운 바도 없고 윤리적 견고함도 갖추지 못했다. 그들은 여러분 가운데 피난처를 찾아왔다. 그들은 교육과 지식, 기독교를 찾아온 것이다.

기독교인들이여, 이 가련하고 불행한 이들에게 당신은 어떤 빚을 지고 있는가? 미국의 모든 기독교인이 미국이 아프리카의 인종에게 저지른 잘못을 조금씩이라도 노력해서 갚아주어야 하지 않겠는가? 교회와 학교가 그들을 내쫓아야 할까? 정부가 들고 일어나 그들을 떨쳐내야 할까? 그리스도의 교회는 사람들이 그들에게 퍼붓는 협박을 묵묵히 듣기만 하면서 도움을 구하며 내미는 그들의 손을 피해야 할까? 우리의 주 경계로부터 그들을 내쫓는 잔인한 행동을 교회가 침묵으로 조장해야 할까? 그래야만 한다면, 그것은 슬픈 광경이 될 것이다. 그래야만 한다면, 인간을 동정하고 불쌍히 여기는 그분의 손에 이 나라의 운명이 달려 있음을 기억하고 두려워해야 할 것이다.

당신은 "우리는 그들을 원하지 않는다. 아프리카로 돌아가게 하라"고 말할 것인가?

신의 섭리가 아프리카에 피난처를 마련하셨다는 것은 사실이다. 중대한 사실이다. 하지만 그렇다고 해서 그리스도의 교회가 이 버림받은 인종에 대한 의무를 방기해야 할 이유는 없다.

라이베리아를 노예제도의 속박에서 갓 벗어난 무지하고, 경험이 부족하며, 미개한 인종으로 채워 넣는 것은 새로운 사업이 시작될 때면 늘 뒤따르기 마련인 투쟁과 대립 기간을 오래 늘릴 따름이다. 북부의 교회에서 그리스도의 정신으로 이 가련한 희생자들을 받아주도록 하자. 그들을 받아들여 윤리적, 지적 성숙이 어느 정도 이루어질 때까지 기독교 공화국 사회와 학교의 장점을 교육하고, 미국에서 배운 것을 실행에 옮길 수 있는 그 땅으로 옮겨 가는 데 도움을 주도록 하자.

북부에는 이런 일을 해오고 있는 소규모 모임이 있다. 그리고 그 결과 예전에는 노예였으나 빠른 속도로 재산과 명성, 교육을 얻어낸 사람들의 사례들이 이 나라에 이미 있다. 상황을 고려할 때, 놀랄 만한 재능이 계발되었다. 그들이 얻은 정직과 친절, 상냥함 같은 윤리적 자질과, 아직 노예제 속에 있는 형제자매와 친구들의 몸값을 마련하기 위해 감내한 영웅적인 노력과 자기희생은 그들이 자라난 환경을 감안하면 놀라울 정도이다.

작가는 여러 해 동안 노예주의 경계에서 살아왔으며, 이전에 노예였던 이들을 관찰할 기회가 매우 많았다. 그들은 작가의 집안에서 하인으로 일했다. 그들을 받아줄 학교가 달리 없었으므로, 작가는 가족 학교에서 우리 아이들과 그들을 함께 가르쳤다. 작가는 캐나다의 도망자들 사이에서 활동하는 선교사들도 작가와 같은 경험을 증언하는 것을 들었다. 그래서 흑인들의 능력에 대해 작가는 가능성이 유망하다는 결론을 내린다.

일반적으로 해방노예가 가장 바라는 것은 교육이다. 그들은 자식을 가르치기 위해서라면 무슨 일이든지 마다하지 않으며, 작가가 직접 지켜보거나 교사들이 증언한 바에 따르면 매우 지적이고 빨리 배운다. 신시내티의 복지가들이 흑인들을 위해 세운 학교의 성과 역시 이를 뒷받침해준다.

작가는 현재는 신시내티에 거주하며, 오하이오의 레인 신학교에서 가르쳤던 당시 C. E. 스토 교수가 해방노예에 대해 진술한 의견에 따라 다음과 같은 사실을 전하는 바이다. 이는 특별한 도움이나 격려 없이 그들 인종이 성취할 수 있는 능력을 증명하기 위한 내용이다.

이름은 첫 글자만 썼으며, 이들은 모두 신시내티에 거주하고 있다.

"B———. 가구제작자. 20년 거주. 자신이 번 1만 달러의 재산 소유. 침례교인.

C———. 흑인. 아프리카에서 납치당함. 뉴올리언스에서 팔림. 15년째 자유민. 직접 600달러를 지불하고 해방됨. 농부. 인디애나 주에 농장 서너 곳을 소유. 장로교인. 자신이 번 1만 5,000~2만 달러의 재산 소유.

K———. 흑인. 부동산 중개자. 3만 달러의 재산 소유. 약 40세. 6년째 자유민. 가족을 위해 1,800달러를 지불함. 침례교회 교인. 주인에게서 받은 재산을 잘 관리해 늘림.

G———. 흑인. 석탄 판매업자. 약 30세. 1만 8,000달러의 재산 소유. 처음에 1,600달러를 사기 당해 두 차례나 자신의 몸값을 치름. 모든 재산을 스스로 벌었음. 대부분은 노예시절 주인에게서 번 돈이고, 직접 사업도 함. 세련되고 신사다운 사람임.

W———. 4분의 3 흑인. 이발사 겸 웨이터. 켄터키 주 출신. 19년째 자유민. 자신과 가족을 위해 3,000달러 이상 지불. 침례교회 집사.

G. D.———. 4분의 3 흑인. 회칠업자. 켄터키 주 출신. 9년째 자유민. 자신과 가족을 위해 1,500달러 지불. 최근 60세를 일기로 사망. 6,000달러의 재산 소유."

스토 교수는 이렇게 말한다. "G———의 경우를 제외하면 모두 내가 몇 년간 직접 알고 지낸 이들이며, 내가 아는 바를 진술한 내용이다."

작가는 아버지 집안에서 세탁부로 일한 나이 든 유색 인종 여인을 잘 기억하고 있다. 이 여인의 딸은 노예와 결혼했다. 그녀는 매우 활달하고 재주 많은 젊은 여성이었으며, 근면과 성실함, 끈기 있는 자기희생을 통해 900달러를 모았고, 남편의 자유를 사기 위해 주인의 손에 그 돈을 바쳤다. 하지만 주인이 죽었을 때, 그녀는 아직 100달러를 마저 내지 못한 상태였다. 그녀는 그 돈을 한 푼도 되돌려받지 못했다.

이 이야기들은 노예가 자유상태에서 보여준 희생정신과 활기, 인내심과 정직성을 보여주는 숱한 사례 가운데 일부일 뿐이다.

그리고 이들이 온갖 고난과 역경에 맞서 상당한 재산과 사회적 지위를 얻기 위해 이처럼 용감히 싸워 승리했음을 기억하자. 오하이오 주의 법에 따르면, 유색인은 투표를 할 수 없고, 몇 년 전까지만 해도 백인과의 소송에서 증언할 권리도 갖지 못했다. 이런 사례가 오하이오 주에만 국한된 것도 아니다. 바로 어제 노예제의 구속에서 벗어났지만 감탄할 만한 독학을 통해 사회에서 매우 높은 지위에 오른 이들을 미국 전역에서 볼 수 있다. 성직자들 가운데 J. W. C. 페닝턴, 편집

자들 가운데 프레더릭 더글러스와 새뮤얼 R. 워드 모두 널리 알려진 경우들이다.

온갖 역경을 겪고 불리한 처지에 있었던 이 박해받은 인종이 이만큼이나 해냈다면, 기독교에서 주님의 정신에 따라 그들을 돕는다면 얼마나 더 큰 일을 해낼 수 있을까!

지금은 많은 나라들이 떨며 요동치고 있는 시대이다. 해외에서는 막대한 세력이 지진처럼 세상을 뒤엎고 있다. 그런데 미국은 안전한가? 가슴속에 이 엄청난 부당 행위를 묻어놓고 있는 나라들은 모두 이러한 마지막 혼란의 요소를 가지고 있다.

무엇을 위하여 이 거대한 세력은 모든 국가와 모든 언어가 차마 말로 할 수 없는 신음소리를 내게 하고 있단 말인가, 인간의 자유와 평등을 위해서가 아닌가?

오, 그리스도의 교회에 고하노니, 시대의 징조를 읽어라! 이 힘이 바로 앞으로 지상에 왕국을 세우시고, 하늘에서와 같이 땅에서도 그 뜻을 이루실 그분의 정신이 아니란 말인가? 그분의 임하심에 누가 맞설 수 있을까? "용광로 불 같은 날이 이르리니. '품꾼의 삯에 대하여 억울하게 하며, 과부와 고아를 압제하며, 나그네를 억울하게 하는 이들에게 속히 증언하리라.' 그리고 그는 압박하는 자를 꺾으리로다." (「말라기」 4장 1절 참조—옮긴이)

이 무서운 말씀은 그처럼 엄청난 불의를 감추고 있는 나라를 향한 것이 아닌가? 기독교인들이여! 그리스도의 왕국이 오기를 기도할 때마다 구원의 해가 복수의 날과 동일하다는 예언을 잊을 수 있는가?

    Uncle Tom's Cabin

은총의 날은 아직 도래하지 않았다. 북부와 남부 모두 신 앞에 죄를 저질렀다. 그리스도의 교회는 큰 빚을 치러야 한다. 부당하고 잔인함을 보호하겠다고 하나가 되어 함께 죄를 지어서는 이 합중국은 구원받을 수 없다. 회개와 정의, 은총만이 구원의 길이다. 맷돌이 바다에 가라앉는 영원한 법보다 더 확실한 법은 바로 부정하고 잔인한 나라에 전능하신 주의 진노를 내리게 만드는 강력한 법이기 때문이다!

톰 아저씨의 오두막 2

지은이 | 해리엇 비처 스토
옮긴이 | 권진아
펴낸이 | 양숙진

초판 1쇄 펴낸날 | 2014년 1월 3일

펴낸곳 | ㈜ 현대문학
등록번호 | 제1-452호
주소 | (137-905) 서울시 서초구 신반포로 321(잠원동)
전화 | 02-2017-0280
팩스 | 02-516-5433
홈페이지 www.hdmh.co.kr

© 2014, 현대문학

ISBN 978-89-7275-689-7 04840
ISBN 978-89-7275-563-0 (세트)

* 책값은 뒤표지에 있습니다.